Deutschland – physisch
Städte nach Einwohnern
über 1 000 000
500 000 – 1 000 000
100 000 – 500 000
unter 100 000
Schiffbarer Fluss
Kanal
Landhöhen in Meter (m)
0 – 100
100 – 200
Tiefland
200 – 500
hügeliges Lan
500 – 1500
Mittelgebirge
über 1500
Hochgebirge
50
100 km
DÄNEMARK
NIEDERLANDE
BELGIEN
UXEM-
BURG
FRANKREICH
SCHWEIZ
ÖSTERREICH
TSCHECHISCHE
REPUBLIK
POLEN
DEUTSCHLAND
Nordsee
Ostsee
Sylt
Nordfriesische
Inseln
Helgoland
Deutsche
Bucht
Ostfriesische Inseln
Borkum
Kieler
Bucht
Fehmarn
Lübecker
Bucht
Usedom
Nord-Ostsee-
Kanal
Mittelland-
Kanal
Main-
Donau-
Kanal
Elbe
Weser
Ems
Rhein
Ruhr
Werra
Fulda
Saale
Oder
Spree
Eger
Moldau
Mosel
Saar
Main
Neckar
Donau
Isar
Inn
Lech
Bodensee
Chiemsee
Flensburg
Schleswig
Kiel
Lübeck
Rostock
Wismar
Schwerin
Neubrandenburg
Cuxhaven
Hamburg
Wilhelmshaven
Bremerhaven
Emden
Oldenburg
Bremen
Berlin
Potsdam
Frankfurt/
Oder
Cottbus
Hannover
Braunschweig
Osnabrück
Hildesheim
Magdeburg
Münster
Bielefeld
Goslar
Quedlinburg
Xanten
Dortmund
Essen
Düsseldorf
Göttingen
Halle/Saale
Leipzig
Kassel
Meißen
Görlitz
Dresden
Chemnitz
Köln
Aachen
Bonn
Marburg
Erfurt
Jena
Gera
Zwickau
Plauen
Koblenz
Wiesbaden
Frankfurt
Mainz
Darmstadt
Trier
Worms
Mannheim
Kaiserslautern
Saarbrücken
Speyer
Karlsruhe
Würzburg
Bamberg
Nürnberg
Regensburg
Stuttgart
Tübingen
Nördlingen
Ingolstadt
Landshut
Passau
Ulm
Augsburg
Freiburg
Villingen-
Schwenningen
München
Konstanz
Kempten
Nördlicher Landrücken
Mecklenburgische Seenplatte
Uckermark
Prignitz
Norddeutsches Tiefland
Lüneburger
Heide
Altmark
Oderbruch
Fläming
Spreewald
Niederlausitz
Oberlausitz
Münsterland
Weser-
bergland
Harz
1142
Brocken
Thüringer
Becken
Leipziger
Tieflandsbucht
Rheinisches Schiefergebirge
Rothaargebirge
Hessisches
Bergland
Westerwald
Vogels-
berg
950
Wasserkuppe
Rhön
Thüringer Wald
962
Franken-
wald
Vogtland
Erzgebirge
Eifel
Taunus
Hunsrück
Spessart
Oden-
wald
Fichtel-
gebirge
Ober-
pfälzer
Wald
Schwäbisch-Fränkisches Stufenland
Fränkische Alb
Bayerischer Wald
1456
Schwäbische Alb
Schwarzwald
Feldberg
1493
Alpenvorland
Allgäu
2962
Zugspitze
N
S

Gesellschaftslehre

Band 5/6

Gesellschaftslehre
für die Integrierte Gesamtschule
und Realschule Plus

Bearbeitet von
Mehmet Akyazi
Michael Dieterichs
Laura Hammel
Nicolai Rasky
Lara Rothmann
Anetta Trojecka
Peter Verwohlt

unter Beratung von
Andreas Schindele

Rheinland-Pfalz

C.C.BUCHNER

#Gesellschaftslehre – Rheinland-Pfalz

Gesellschaftslehre für die Integrierte Gesamtschule und Realschule Plus

Band 5/6

Bearbeitet von Mehmet Akyazi, Michael Dieterichs, Laura Hammel, Nicolai Rasky, Lara Rothmann, Anetta Trojecka und Peter Verwohlt
unter Beratung von Andreas Schindele

Zu diesem Lehrwerk sind erhältlich:
- Digitales Lehrermaterial **click & teach** Einzellizenz, Bestell-Nr. 700941
- Digitales Lehrermaterial **click & teach** Box (Karte mit Freischaltcode), ISBN 978-3-661-70094-6

Weitere Materialien finden Sie unter www.ccbuchner.de.

Dieser Titel wird auch als digitale Ausgabe **click & study** unter www.ccbuchner.de erscheinen.

1. Auflage, 1. Druck 2021
Alle Drucke dieser Auflage sind, weil untereinander unverändert, nebeneinander benutzbar.

Dieses Werk folgt der reformierten Rechtschreibung und Zeichensetzung. Ausnahmen bilden Texte, bei denen künstlerische, philologische oder lizenzrechtliche Gründe einer Änderung entgegenstehen.

Die Mediencodes enthalten ausschließlich optionale Unterrichtsmaterialien. An keiner Stelle im Schülerbuch dürfen Eintragungen vorgenommen werden. Auf verschiedenen Seiten dieses Buches finden sich Verweise (Links) auf Internetadressen. Haftungshinweis: Trotz sorgfältiger inhaltlicher Kontrolle wird die Haftung für die Inhalte externer Seiten ausgeschlossen.

Redaktion: Christopher Saal
Layout, Satz und Illustrationen: Wildner + Designer GmbH, Fürth
Druck und Bindung: Firmengruppe Appl, aprinta Druck, Wemding

www.ccbuchner.de

ISBN 978-3-661-**70091**-5

Inhalt

Service-Anhang

Übersicht: Gemeinsam aktiv

Übersicht: Methoden

Zur Arbeit mit dem Buch

1 Jedes Kapitel beginnt mit einer **Auftaktdoppelseite**.
Material und offene Aufgaben ermöglichen euch eine erste Annäherung an die Inhalte des neuen Kapitels. Dabei könnt ihr auch zeigen, was ihr schon über das Thema wisst. Außerdem hilft euch ein kleiner Einführungstext, einen Überblick zu bekommen. Über welches Wissen und Können ihr am Ende des Kapitels verfügt, könnt ihr ebenfalls nachlesen.

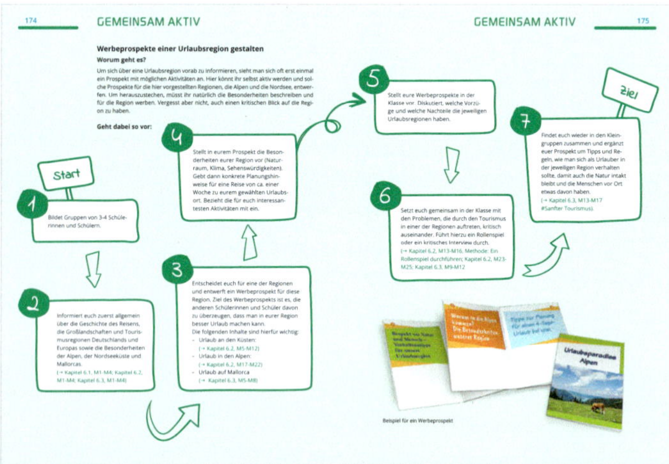

2 Auf den ersten zwei Seiten im Kapitel wird euch immer ein Weg vorgestellt, über den ihr weitgehend selbständig das Kapitel bearbeiten könnt („Gemeinsam aktiv“)! Dazu müsst ihr euch projektartig mit den Materialien und Inhalten des Kapitels auseinandersetzen und abschließend ein Produkt dazu erstellen.

3 Aufgebaut sind die einzelnen Unterkapitel ganz einfach:
Das Thema wird in der Überschrift und wenige Zeilen darunter erläutert.
Die **Materialien** sind immer mit „M“ gekennzeichnet und durchnummeriert.
Natürlich lernt und arbeitet nicht jeder gleich schnell. Deswegen gibt es in der Randspalte oft **Hilfen** H oder auch **Zusatzangebote** F zu den einzelnen Aufgaben.
Das Symbol zeigt an, dass es dieses Material oder diese Aufgabe auch in einer einfacheren Variante mit Hilfen gibt.

4 Ausgewählte wichtige Begriffe eines Themas werden in blauen Kästen als **Grundbegriffe** erklärt und mit einem # gekennzeichnet: Die Kernaussage findet ihr jeweils gleich zu Anfang, ergänzt um Details, Beispiele und Fachbegriffe.
Das ebenfalls blaue **Grundwissen** schließt jedes Unterkapitel ab. Hier werden die wesentlichen Inhalte zusammengefasst. Ihr könnt zur Nacharbeit oder zur Vorbereitung einer mündlichen oder schriftlichen Prüfung das Wichtigste nachlesen.

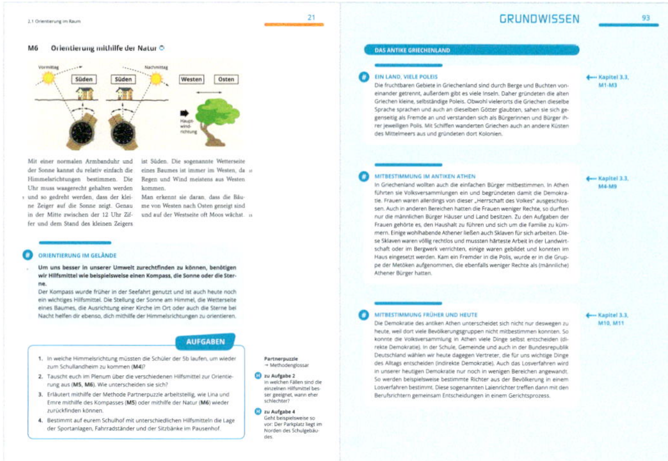

2.1 Orientierung im Raum

21

M6 Orientierung mithilfe der Natur

Mit einer normalen Armbanduhr und der Sonne kannst du relativ einfach die Himmelsrichtungen bestimmen. Die Uhr muss waagerecht gehalten werden und so gedreht werden, dass der kleine Zeiger auf die Sonne zeigt. Genau in der Mitte zwischen der 12 Uhr Ziffer und dem Stand des kleinen Zeigers ist Süden. Die sogenannte Wetterseite eines Baumes ist immer im Westen, da Regen und Wind meistens aus Westen kommen.
Man erkennt sie daran, dass die Bäume von Westen nach Osten geneigt sind und auf der Westseite oft Moos wächst.

ORIENTIERUNG IM GELÄNDE

Um uns besser in unserer Umwelt zurechtfinden zu können, benötigen wir Hilfsmittel wie beispielsweise einen Kompass, die Sonne oder die Sterne.
Der Kompass wurde früher in der Seefahrt genutzt und ist auch heute noch ein wichtiges Hilfsmittel. Die Stellung der Sonne am Himmel, die Wetterseite eines Baumes, die Ausrichtung einer Kirche im Ort oder auch die Sterne bei Nacht helfen dir ebenso, dich mithilfe der Himmelsrichtungen zu orientieren.

AUFGABEN

1. In welche Himmelsrichtung müssten die Schüler der 5b laufen, um wieder zum Schullandheim zu kommen (**M4**)?
2. Tauscht euch im Plenum über die verschiedenen Hilfsmittel zur Orientierung aus (**M5, M6**). Wie unterscheiden sie sich?
3. Erläutert mithilfe der Methode Partnerpuzzle arbeitsteilig, wie Lina und Emre mithilfe des Kompasses (**M5**) oder mithilfe der Natur (**M6**) wieder zurückfinden können.
4. Bestimmt auf eurem Schulhof mit unterschiedlichen Hilfsmitteln die Lage der Sportanlagen, Fahrradständer und der Sitzbänke im Pausenhof.

Partnerpuzzle
→ Methodenglossar

zu Aufgabe 2
In welchen Fällen sind die einzelnen Hilfsmittel besser geeignet, wann eher schlechter?

zu Aufgabe 4
Geht beispielsweise so vor: Der Parkplatz liegt im Norden des Schulgebäudes.

GRUNDWISSEN

93

DAS ANTIKE GRIECHENLAND

EIN LAND, VIELE POLEIS
Die fruchtbaren Gebiete in Griechenland sind durch Berge und Buchten voneinander getrennt, außerdem gibt es viele Inseln. Daher gründeten die alten Griechen kleine, selbständige Poleis. Obwohl vielerorts die Griechen dieselbe Sprache sprachen und auch an dieselben Götter glaubten, sahen sie sich gegenseitig als Fremde an und verstanden sich als Bürgerinnen und Bürger ihrer jeweiligen Polis. Mit Schiffen wanderten Griechen auch an andere Küsten des Mittelmeers aus und gründeten dort Kolonien.

← Kapitel 3.3, M1-M3

MITBESTIMMUNG IM ANTIKEN ATHEN
In Griechenland wollten auch die einfachen Bürger mitbestimmen. In Athen führten sie Volksversammlungen ein und begründeten damit die Demokratie. Frauen waren allerdings von dieser „Herrschaft des Volkes" ausgeschlossen. Auch in anderen Bereichen hatten die Frauen weniger Rechte, so durften nur die männlichen Bürger Häuser und Land besitzen. Zu den Aufgaben der Frauen gehörte es, den Haushalt zu führen und sich um die Familie zu kümmern. Einige wohlhabende Athener ließen auch Sklaven für sich arbeiten. Diese Sklaven waren völlig rechtlos und mussten härteste Arbeit in der Landwirtschaft oder im Bergwerk verrichten, einige waren gebildet und konnten im Haus eingesetzt werden. Kam ein Fremder in die Polis, wurde er in die Gruppe der Metöken aufgenommen, die ebenfalls weniger Rechte als (männliche) Athener Bürger hatten.

← Kapitel 3.3, M4-M9

MITBESTIMMUNG FRÜHER UND HEUTE
Die Demokratie des antiken Athen unterscheidet sich nicht nur deswegen zu heute, weil dort viele Bevölkerungsgruppen nicht mitbestimmen konnten. So konnte die Volksversammlung in Athen viele Dinge selbst entscheiden (direkte Demokratie). In der Schule, Gemeinde und auch in der Bundesrepublik Deutschland wählen wir heute dagegen Vertreter, die für uns wichtige Dinge des Alltags entscheiden (indirekte Demokratie). Auch das Losverfahren wird in unserer heutigen Demokratie nur noch in wenigen Bereichen angewandt. So werden beispielsweise bestimmte Richter aus der Bevölkerung in einem Losverfahren bestimmt. Diese sogenannten Laienrichter treffen dann mit den Berufsrichtern gemeinsam Entscheidungen in einem Gerichtsprozess.

← Kapitel 3.3, M10, M11

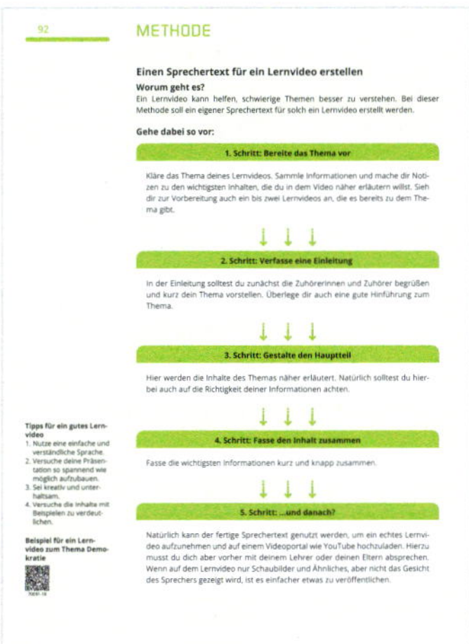

92

METHODE

Einen Sprechertext für ein Lernvideo erstellen

Worum geht es?
Ein Lernvideo kann helfen, schwierige Themen besser zu verstehen. Bei dieser Methode soll ein eigener Sprechertext für solch ein Lernvideo erstellt werden.

Gehe dabei so vor:

1. Schritt: Bereite das Thema vor
Kläre das Thema deines Lernvideos. Sammle Informationen und mache dir Notizen zu den wichtigsten Inhalten, die du in dem Video näher erläutern willst. Sieh dir zur Vorbereitung auch ein bis zwei Lernvideos an, die es bereits zu dem Thema gibt.

↓ ↓ ↓

2. Schritt: Verfasse eine Einleitung
In der Einleitung solltest du zunächst die Zuhörerinnen und Zuhörer begrüßen und kurz dein Thema vorstellen. Überlege dir auch eine gute Hinführung zum Thema.

↓ ↓ ↓

3. Schritt: Gestalte den Hauptteil
Hier werden die Inhalte des Themas näher erläutert. Natürlich solltest du hierbei auch auf die Richtigkeit deiner Informationen achten.

↓ ↓ ↓

4. Schritt: Fasse den Inhalt zusammen
Fasse die wichtigsten Informationen kurz und knapp zusammen.

↓ ↓ ↓

5. Schritt: ...und danach?
Natürlich kann der fertige Sprechertext genutzt werden, um ein echtes Lernvideo aufzunehmen und auf einem Videoportal wie YouTube hochzuladen. Hierzu musst du dich aber vorher mit deinem Lehrer oder deinen Eltern absprechen. Wenn auf dem Lernvideo nur Schaubilder und Ähnliches, aber nicht das Gesicht des Sprechers gezeigt wird, ist es einfacher etwas zu veröffentlichen.

Tipps für ein gutes Lernvideo
1. Nutze eine einfache und verständliche Sprache.
2. Versuche deine Präsentation so spannend wie möglich aufzubauen.
3. Sei kreativ und unterhaltsam.
4. Versuche die Inhalte mit Beispielen zu verdeutlichen.

Beispiel für ein Lernvideo zum Thema Demokratie

5 Im Fach Gesellschaftslehre sollt ihr aber nicht einfach Fakten auswendig lernen und wiedergeben. Ihr sollt euch aktiv und kritisch mit Problemstellungen auseinandersetzen. Dafür müsst ihr Zusammenhänge verstehen und beurteilen lernen. Das
Rüstzeug dafür sind bestimmte Fähigkeiten und Fertigkeiten – man nennt sie auch Kompetenzen. Mithilfe der Methoden lernt ihr Schritt für Schritt, wie man z. B. eine Karte auswertet, Statistiken analysiert, oder einen Flyer gestaltet.

6 Durch die einzelnen Kapitel begleiten euch die beiden Leitfiguren Lina und Emre, ihre Klassenkameraden und Familien. Sie kommen in jedem Kapitel vor und erleben viele Probleme und Fragestellungen mit euch. Manchmal stellen sie auch Fragen zu einzelnen Inhalten und helfen euch dabei, das jeweilige Thema besser zu verstehen.

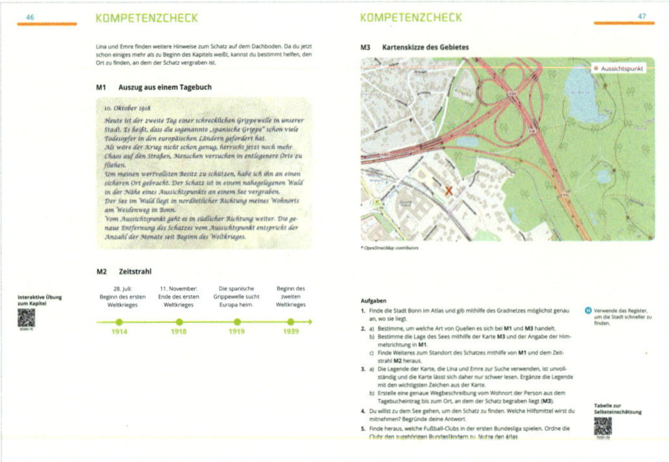

7 Die Doppelseite **Kompetenzcheck** schließt ein Großkapitel ab.Hier könnt ihr euch selbst überprüfen und zeigen, ob ihr die erlernten Kompetenzen in einer konkreten Situation sinnvoll anwenden könnt.
Auf der linken unteren Seite des Kompetenzchecks findet ihr über einen QR-/Mediencode außerdem immer eine **interaktive, digitale Übung** zum Kapitel in Form eines multiple-choice Quiz. Hiermit könnt ihr nochmal prüfen, ob ihr alle wichtigen Begriffe kennt und sie verstanden habt. Auf der rechten unteren Seite findet ihr noch eine **Tabelle zur Selbsteinschätzung**. Hierüber könnt ihr nachsehen, welche Kompetenz durch welche Materialien abgedeckt wird und euch mithilfe der jeweiligen Buchseite nochmal überprüfen.

Differenzierungsmaterialien zum Schulbuch

70091-02

8 Zusätzlich zum Schulbuch **gibt es passgenaue Differenzierungsmaterialien**, die das Lernen in heterogenen Gruppen vereinfachen.
Das Symbol kennzeichnet im Buch, zu welchen Materialen oder Aufgaben ein Zusatzangebot zur Verfügung steht. Dies können sein:

- Texte in einfacher Sprache
- Strukturierungshilfen
- Argumentationshilfen zu Aufgaben
- Lesehilfen zu Karten und Statistiken
- und anderes mehr ...

Die Arbeitsblätter führen zum gleichen Ziel wie die Arbeit mit Material und Aufgaben im Schulbuch.
Mithilfe des **nebenstehenden QR- bzw. Mediencodes** oder im **Lehrermaterial click & teach** können die jeweiligen Materialien online eingesehen, heruntergeladen und ausgedruckt werden.

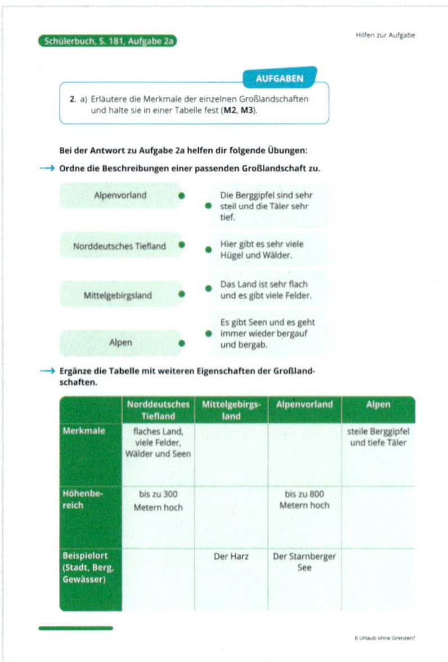

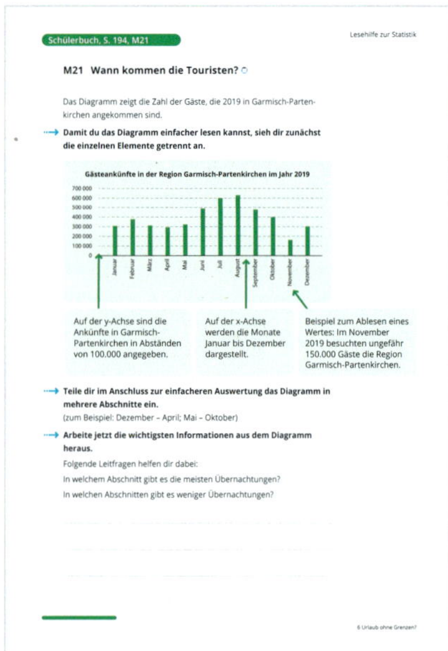

9 Allgemeine Hinweise

Das Schulbuch bietet weitere Zusatzkapitel, die eine vertiefte Behandlung des jeweiligen Themenbereichs ermöglichen. Über den nebenstehenden QR-Code können **kostenfrei** alle Zusatzkapitel, sortiert nach Kapiteln und Fachgebieten, abgerufen werden. **Die Zusatzkapitel finden sich aber auch als QR-Code bei den jeweiligen dazugehörigen Unterkapiteln.**

Alle Zusatzkapitel in #Gesellschaftslehre zum Download

70091-01

Über QR-Codes könnt ihr in verschiedenen Kapiteln Erklärvideos, vertiefende Materialien, interaktive Übungen und Anwendungen direkt ansteuern.
Diese können außerdem über die Eingabe der Mediencodes im Suchfeld auf www.ccbuchner.de aufgerufen werden.

Als Ausdruck einer **geschlechtergerechten Sprache** werden im gesamten Schulbuch nach Möglichkeit Paarformulierungen wie Bürgerinnen und Bürger oder neutrale Formen wie „Lehrkraft“ gebraucht. Ausnahmen davon bilden zum Beispiel layouttechnische Gründe (Platzmangel), Fremdtexte oder die massive Beeinträchtigung **der Lesbarkeit**. Selbstverständlich sind auch in diesen Fällen Personen jeglichen Geschlechts gemeint.
Materialien ohne Quellenangaben sind von den Autorinnen und Autoren verfasst.

Das Methodenglossar am Ende des Buches bietet euch wichtige Methoden, um die Aufgaben besser bearbeiten zu können.

Materialien ohne Quellenangaben sind von den Bearbeiterinnen und Bearbeitern verfasst.

Sofern bei Materialien aus dem Internet kein Verfasserdatum ermittelt werden konnte, wird das „Abrufdatum“ genannt.

Die URLs/vollständigen Internetadressen aller verwendeten Materialien aus dem Internet könnt ihr über den nebenstehenden QR- und Mediencode einsehen.

Die Zahlen unter den QR-Codes, z.B. 70091-03 sind Mediencodes, die direkt zu unserer Verlagshomepage (www.ccbuchner.de) und dort zu dem im QR-Code beschriebenen Zusatzmaterial / Link führen.

URLs aller verwendeten Materialien aus dem Internet

70091-03

1 Unser neues Fach Gesellschaftslehre

Du hast vielleicht schon mal von den „Fridays for Future“ Protesten gehört, bei denen Schülerinnen und Schüler ein Umdenken beim Thema Klima und Umweltschutz fordern. Was haben diese Proteste mit dem Fach Gesellschaftslehre zu tun?

M1 Die Fridays for Future Proteste – eine gesellschaftliche Kontroverse

Gesellschaftliche Kontroverse
Eine Kontroverse ist eine Auseinandersetzung zwischen mehreren Personen oder Gruppen, die nicht der gleichen Meinung sind. Gesellschaftlich relevant ist eine solche Auseinandersetzung, wenn sie den Großteil der Menschen, beispielsweise in Deutschland, betrifft.

Schülerinnen und Schüler protestierten am 22. März 2019 in Düsseldorf für das Klima und fordern ein Umdenken von Politikern und Unternehmen.

Die Fridays for Future Bewegung ist durch die damals 16-jährige Schülerin Greta Thunberg aus Schweden entstanden. Das erste mal schwänzte sie im August 2018 die Schule, um zu demonstrieren. Ihr Hauptanliegen war und ist, gegen die Klimaerwärmung und für ein gemeinsames Handeln in der Politik zu kämpfen. Klimaproteste sind nichts Neues: auch früher haben schon Menschen gegen die Klimaerwärmung und die Umweltverschmutzung durch große Unternehmen protestiert. Diesmal aber ist es anders: Es gehen vor allem Kinder und Jugendliche auf die Straßen. Sie rufen alle Schülerinnen und Schüler dazu auf, mit ihnen zu protestieren. Schließlich sind sie die Generation, die vom Klimawandel wohl am meisten mitbekommen wird. In vielen Ländern der Welt wird protestiert. In Deutschland wurde schon in fast allen großen Städten demonstriert. Politiker und Unternehmen beginnen zögerlich, die Anliegen der Jugendlichen ernst zu nehmen und auch in der Gesellschaft zeigt sich, dass immer mehr Leute Umdenken und etwas für das Klima tun wollen.

M2 Wie erfährst du mehr zu einer gesellschaftlichen Kontroverse?

Wenn du dir das Bild zu den Protesten ansiehst, stellst du dir vielleicht schon einige Fragen wie „Warum protestieren die Schülerinnen und Schüler?“ oder „Was wollen sie damit erreichen?“. In der Gesellschaftslehre stellst du auch Fragen an ein Thema und betrachtest es so von ganz unterschiedlichen Seiten, damit du es besser verstehst. Stell dir vor, du setzt dir unterschiedliche Brillen auf, um mehr zu den Fridays for Future Protesten und zu diesem Thema zu erfahren.

RAUM: Wo findet es statt?
- Wo fand der Protest statt?
- In welchen Städten und Ländern gibt es noch solche Proteste?

ZEIT: Wann findet /fand es statt?
- Seit wann gibt es die Proteste?
- Gab es Proteste für das Klima früher schon mal?

GESELLSCHAFT: Welche Auswirkungen hat das?
- Wie wirken sich die Proteste auf unsere Gesellschaft und Wirtschaft aus?
- Kann ich mich bei den Protesten auch schon einbringen?

GESELLSCHAFTSLEHRE

Das Fach Gesellschaftslehre beschäftigt sich mit Themen, die die ganze Gesellschaft und somit auch dich betreffen. Dabei werden der Raum und die Zeit, in der wir leben, im Vergleich zu früher und morgen und unser Zusammenleben und Wirtschaften in der Gesellschaft betrachtet. Es verbindet so die vier Fachbereiche: Geographie, Geschichte, Politik und Wirtschaft. Die allermeisten Themen kannst du nicht getrennt aus der Perspektive eines Faches betrachten. Wenn du zum Beispiel das Zusammenleben und die Mitbestimmung in der Schule heute mit früher vergleichst, verbindest du automatisch schon zwei Fachbereiche: Politik und Geschichte.

AUFGABEN

1. Tauscht euch in der Klasse darüber aus, was ihr bereits über die sogenannten „Fridays for Future" Proteste wisst (**M1**).
2. a) Arbeite die wichtigsten Informationen zu den „Fridays for Future" Protesten aus dem Text mithilfe der Fragen im Schaubild heraus (**M2**).
   b) Arbeitet zu zweit. Beschreibt, wo ihr noch weitere Informationen zu den Protesten finden könnt (**M2**).
   c) Erklärt, weshalb es wichtig ist, dass ein gesellschaftliches Problem immer „mit mehreren Brillen" betrachtet wird (**M2**, **#Gesellschaftslehre**).
3. Suche dir drei Doppelseiten aus dem Buch und versuche dort die Leitfragen der Gesellschaftslehre auch anzuwenden (**M2**). Hat es funktioniert?

Was brauchst du für eine Schatzsuche?

Auf dem Dachboden des Hauses ihrer Großeltern findet Lina eine alte Karte und zeigt sie Emre. Sie sehen sich gemeinsam die Karte an.

Was weißt du schon?

Lina und Emre wollen versuchen, den Schatz zu finden, wissen aber gar nicht, wie sie überhaupt anfangen sollen. Hilf ihnen dabei, wie sie am besten vorgehen können:

1. Sammle Ideen, was Lina und Emre herausfinden müssen, um den Schatz finden zu können.
2. Nenne Hilfsmittel, die bei der Schatzsuche nützlich sein könnten.

2

#Orientierung in Raum und Zeit

Im Schulalltag oder bei einem Ausflug; aber auch, wenn du etwas über die Zeit der alten Ägypter oder Römer erfahren möchtest: Du benötigst Orientierung, um dich zurechtfinden zu können.
Wie aber findest du dich an deinem Schulort zurecht? Wie erfährst du etwas über die Geschichte der Römer? Welche Hilfsmittel sind dabei wichtig? All das erfährst du in diesem Kapitel.

Was lernst du in diesem Kapitel?

... den eigenen Schulweg zu beschreiben und zu skizzieren.
... den Einzugsbereich der eigenen Klasse zu ermitteln.
... verschiedene Hilfsmittel zu verwenden, um dich unterwegs zurechtzufinden.
... Stadtpläne zur Beschreibung von Lagebeziehungen zu nutzen.
... Atlaskarten zur Orientierung in der näheren und weiteren Umgebung zu nutzen.
... physische, thematische und topographische Karten voneinander zu unterscheiden.
... die Lage der Bundesländer in Deutschland zu zeigen und zu erklären.
... wie du eine Kartenskizze aus einer Vorlage anfertigst.
... die (Erd-)geschichte in verschiedene Zeitabschnitte einzuteilen.
... eine Zeitleiste zu interpretieren und zu erstellen.
... die Arbeit eines Archäologen zu beschreiben.

Einen Portfolioeintrag zum Thema „Orientierung an meinem Schulort und in Deutschland“ gestalten

Worum geht es?

An eurem Schulort und darüber hinaus gibt es viel zu entdecken. Um euch dort zurechtzufinden und eure Umgebung besser zu verstehen, ist es wichtig, Hilfsmittel zu kennen und verwenden zu können. Mithilfe dieses Kapitels könnt ihr einen Portfolioeintrag gestalten und darin die wichtigsten Informationen zu eurem Schulort, Rheinland-Pfalz und Deutschland festhalten.

Geht dabei so vor:

Start

1

Findet euch in Kleingruppen zusammen.
Arbeitet mit einer Karte eures Schulorts und beschreibt euch gegenseitig euren Schulweg. Nutzt hierzu auch die Himmelsrichtungen.
(→ Kapitel 2.1, M1-M3)

2

Für den Wandertag soll eine Wanderung in der näheren Schulumgebung unternommen werden. Erstellt eine Packliste. Denkt dabei beispielsweise an richtiges Schuhwerk, Kleidung, usw. Gebt dann noch Tipps, wie man sich mithilfe der Natur und einfachen Hilfsmitteln orientieren kann, falls man sich im Wald verläuft.
(→ Kapitel 2.1, M4-M6)

3

Um euch einen Überblick über euren Schulort zu verschaffen, müsst ihr euch mithilfe von Atlaskarten über die Umgebung informieren. Arbeitet mit dem Atlas und einer ausgedruckten stummen Deutschlandkarte.

- Zeichnet die Lage eures Schulorts in rot in der Deutschlandkarte ein.
- Notiert die Lage des Schulorts in Deutschland (im Süden/Norden/Westen/Osten, Bundesland) unter der Karte.
- An welchem größeren Fluss und in der Nähe welches Gebirges liegt euer Schulort? Zeichnet diese ebenfalls in der Karte ein.
- Ergänzt die Karte um weitere wichtige Gebirge, Flüsse und Städte.

(→ Kapitel 2.1 Methode: Arbeiten mit dem Atlas, M23-M26).

4

Plant eine kleine Rallye zu den Sehenswürdigkeiten und der Geschichte eures Schulorts / eurer Gemeinde. Ihr braucht hierzu einen Stadtplan und ein einfaches digitales Kartenprogramm.

- Markiert im Stadtplan die wichtigsten Sehenswürdigkeiten.
- Plant eine Route entlang dieser Sehenswürdigkeiten mithilfe eines digitalen Kartenprogramms.
- Findet mithilfe verschiedener Quellen (Fotos, Gebäude, offizielle Dokumente) etwas über die Geschichte eures Schulorts heraus und erstellt eine Zeitleiste. Fügt Fotos hinzu, wenn möglich.
- Informiert euch im Internet darüber, wer im Rathaus Entscheidungen trifft und was dort entschieden wird.

(→ Kapitel 2.1, M9, Kapitel 2.2, M4-M8, Methode: Mit Stadtplänen und digitalen Karten orientieren, Methode: Eine Zeitleiste erstellen)

5

Stellt den Portfolioeintrag fertig, indem ihr ein Deckblatt gestaltet.

- Gebt dem Deckblatt eine Überschrift.
- Zeichnet eine kleine Kartenskizze eures Schulorts und Deutschlands oder verwendet verschiedene Bilder eurer Schule, eures Schulorts und Orten in Deutschland.

Stumme Deutschlandkarte

70091-04

2.1 Orientierung im Raum

Wie kann ich meinen Schulweg beschreiben?

Du weißt bestimmt schon von einigen deiner Mitschülerinnen und Mitschüler, wo sie herkommen. Weißt du auch, wie man dort hinkommt und wo deine Schule genau liegt?

M1 Lina beschreibt Emre ihren Schulweg

Lina beschreibt ihrem Mitschüler Emre den Schulweg: „Von meiner Straße aus gehst du in Richtung der Fachklinik geradeaus und biegst dann rechts in die Brückstraße ein. Dieser folgst du für kurze Zeit und biegst dann links in den Stadtring ein. Dem Stadtring folgst du eine ganze Weile und gehst immer geradeaus. Du überquerst auch eine große Kreuzung und gehst weiter geradeaus den Stadtring entlang. Dann biegst du links in die Schwarzbachstraße ein. Nach kurzer Zeit siehst du auf der linken Seite dann schon bald unsere Schule."
Jetzt ist Emre an der Reihe.

M2 Wie kannst du dich orientieren?

Um beschreiben zu können, wo sich bestimmte Orte befinden und wie sie zu einem anderen Ort liegen, brauchen wir die Himmelsrichtungen.
Die Windrose auf einem Kompass wird schon seit Jahrhunderten zur Orientierung genutzt und zeigt die unterschiedlichen Himmelsrichtungen an. Die Kompassnadel eines Kompasses ist immer nach Norden ausgerichtet.

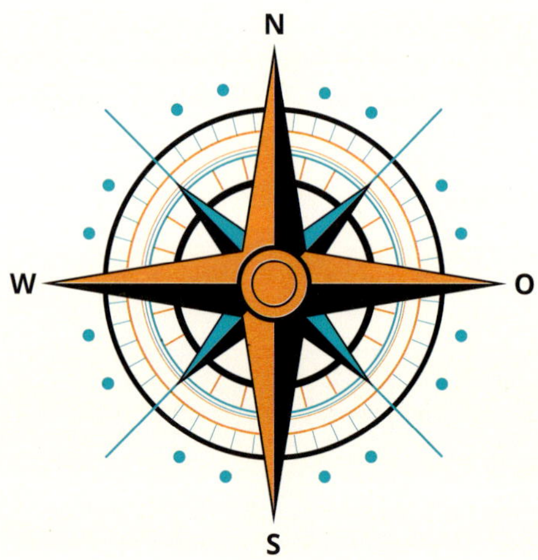

HIMMELSRICHTUNGEN

Die Haupthimmelsrichtungen sind Norden, Osten, Süden und Westen. Sie helfen uns bei der Orientierung im Alltag.
Die Himmelsrichtungen werden vom Lauf der Sonne am Himmel abgeleitet. Neben den Haupthimmelsrichtungen gibt es dazwischen noch die Himmelsrichtungen Nordwest (NW), Nordost (NO), Südwest (SW) und Südost (SO).

M3 Wege zur Schule

Um deinen Mitschülern zeigen und beschreiben zu können, wie dein Schulweg aussieht, brauchst du eine Karte. Auf einer Karte befindet sich in aller Regel Norden immer oben. Die kürzeste Strecke zwischen zwei Punkten wird als Luftlinie bezeichnet. Meistens führen Straßen und Wege aber nicht direkt zu einem anderen Punkt.

Methode: Einzugsbereich bestimmen

70091-70

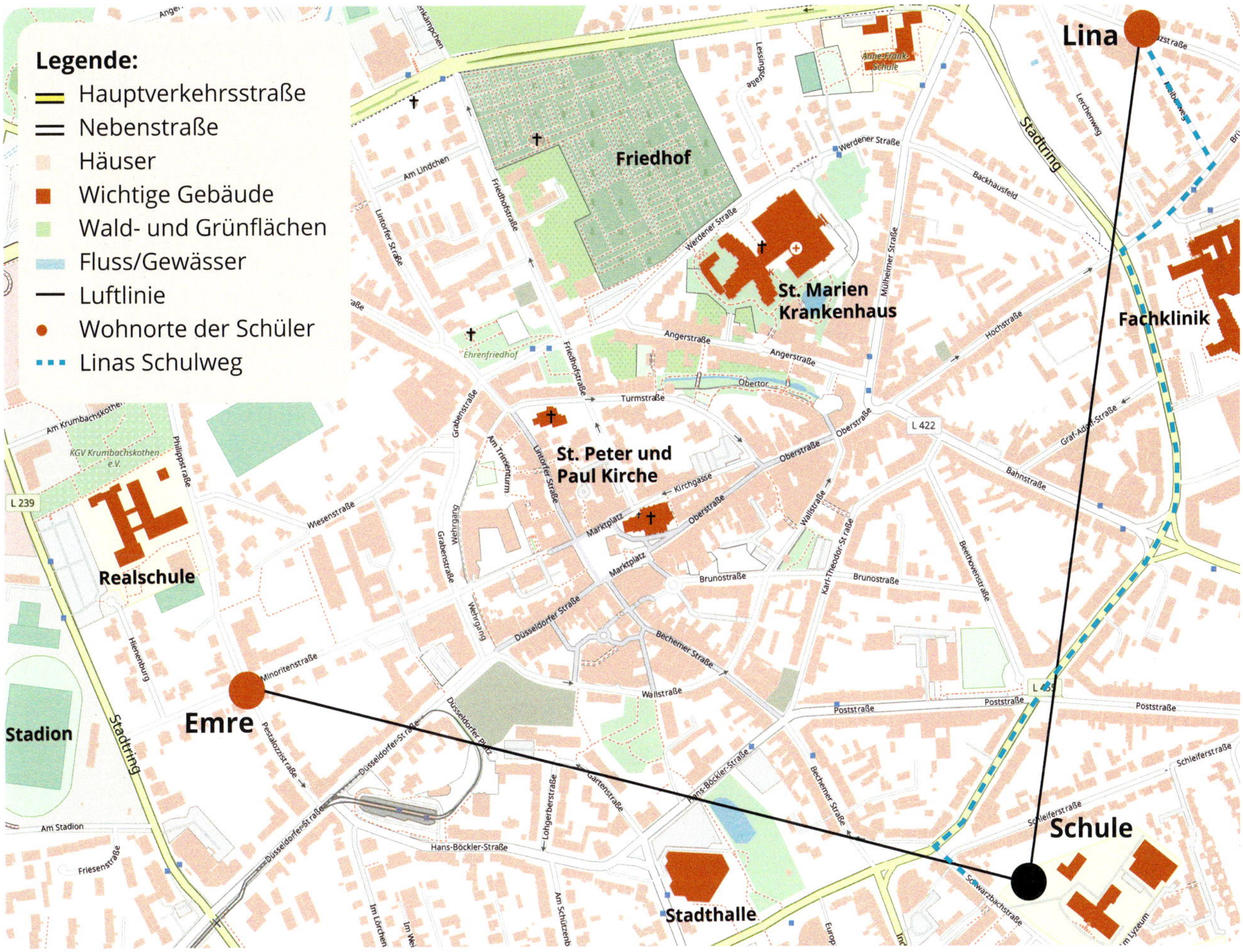

© OpenStreetMap contributors

AUFGABEN

1. a) Arbeitet zu zweit. Ein Partner liest die Beschreibung von Linas Schulweg in **M1** vor und der andere verfolgt ihren Weg auf der Karte **M3**.
   b) Beschreibt auf die gleiche Weise Emres Schulweg (**M3**).
2. Beschreibe, wie die Wohnorte von Lina und Emre zur Schule liegen. Nutze hierfür die Himmelsrichtungen (**M2**, **M3**).
3. Erstelle eine Wegbeschreibung deines eigenen Schulwegs.
4. Notiert gemeinsam die Namen und Wohnorte der Schüler eurer Klasse und bestimmt mithilfe einer Karte den Einzugsbereich eurer Klasse (**Methode: Einzugsbereich bestimmen im QR-Code**)

H zu Aufgabe 1b
Bezieht wichtige Erkennungsmerkmale auf dem Weg mit ein (z. B. Kirche, Krankenhaus, Sportplatz) und nutzt die Begriffe gegenüber, links, rechts.

F zu Aufgabe 3
Füge deiner Beschreibung auch Angaben von Himmelsrichtungen und fertige eine kleine Skizze deines Schulwegs an.

H zu Aufgabe 3
Gehe dabei wie im Beispiel **M1** vor.

Wie orientiere ich mich unterwegs?

Wenn du dich in der Natur oder in einer fremden Stadt orientieren willst, benötigst du Hilfsmittel. Die Himmelsrichtungen als Orientierungshelfer hast du schon kennengelernt. Doch woher weißt du unterwegs überhaupt, wo Norden und Süden sind und in welche Richtung du gehen musst?

M4 Wie kommt die 5b wieder zurück zum Schullandheim?

Die Klasse 5b ist im Schullandheim. Sie machen eine Wanderung im Wald. Herr Thielke erklärt den Schülerinnen und Schülern, dass es wichtig ist, zu wissen, wie man sich unterwegs orientieren kann. Er gibt ihnen dazu einen Kompass und eine Armbanduhr an die Hand. Er stellt ihnen eine Aufgabe: sie sollen damit zum Schullandheim zurückfinden. Er gibt nur noch einen Tipp: Der Wald liegt nördlich des Schullandheims. Lina und Emre besprechen in ihrer Gruppe, wie sie am besten vorgehen. Lina versteht nicht ganz, was sie mit den Gegenständen anfangen soll. „Was soll mir denn eine Uhr bringen? Ich kann auch auf meinem Handy nachschauen wieviel Uhr es ist."

Emre sieht sich den Kompass an und überlegt: „Wenn wir herausfinden, in welche Himmelsrichtung wir laufen müssen, kann uns der Kompass vielleicht dabei helfen, zurückzukommen."

M5 Orientieren mit dem Kompass

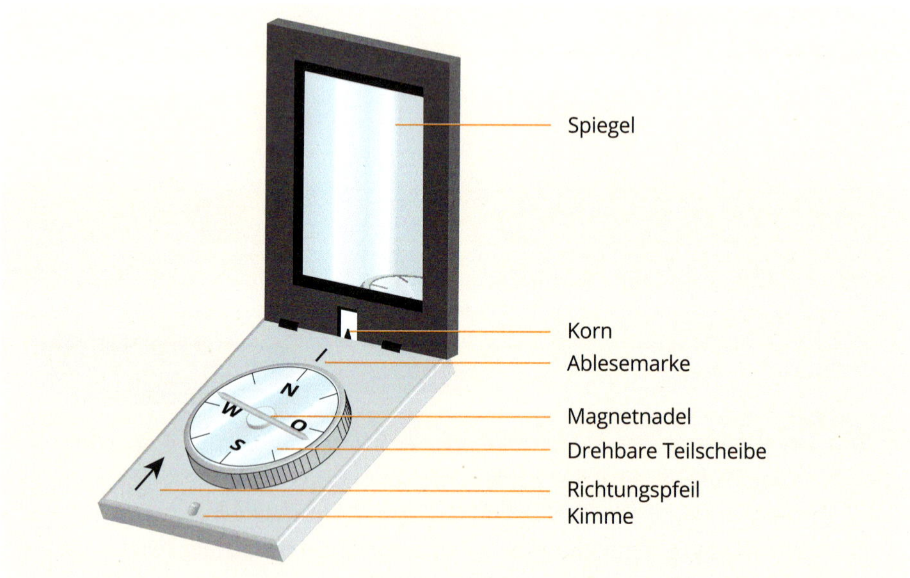

Der Kompass ist auch heute noch ein wichtiges Hilfsmittel zur Orientierung. Bei Wanderungen im Wald musst du immer wieder überprüfen, ob du noch in die richtige Richtung läufst. Wenn du die Windrose so lange drehst, bis die Nadel auf N steht, kannst du die Lage der Himmelsrichtungen an dem Ort an dem du gerade bist, sehr einfach und schnell bestimmen.

M6 Orientierung mithilfe der Natur

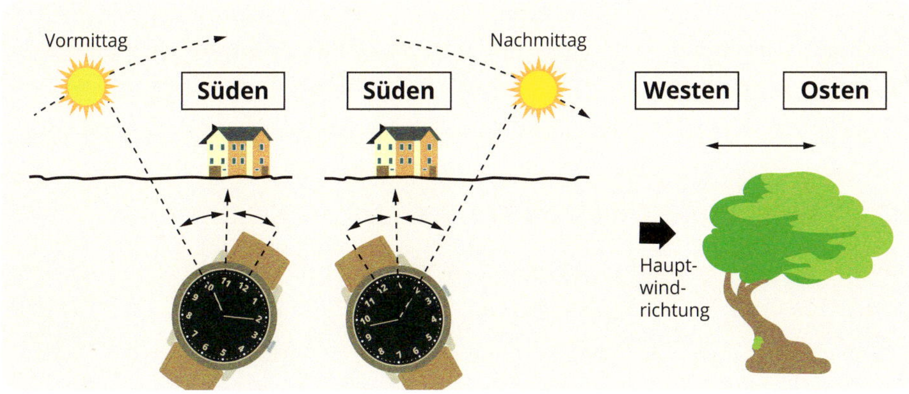

Mit einer normalen Armbanduhr und der Sonne kannst du relativ einfach die Himmelsrichtungen bestimmen. Die Uhr muss waagerecht gehalten werden und so gedreht werden, dass der kleine Zeiger auf die Sonne zeigt. Genau in der Mitte zwischen der 12 Uhr Ziffer und dem Stand des kleinen Zeigers ist Süden. Die sogenannte Wetterseite eines Baumes ist immer im Westen, da Regen und Wind meistens aus Westen kommen.

Man erkennt sie daran, dass die Bäume von Westen nach Osten geneigt sind und auf der Westseite oft Moos wächst.

ORIENTIERUNG IM GELÄNDE

Um uns besser in unserer Umwelt zurechtfinden zu können, benötigen wir Hilfsmittel wie beispielsweise einen Kompass, die Sonne oder die Sterne.

Der Kompass wurde früher in der Seefahrt genutzt und ist auch heute noch ein wichtiges Hilfsmittel. Die Stellung der Sonne am Himmel, die Wetterseite eines Baumes, die Ausrichtung einer Kirche im Ort oder auch die Sterne bei Nacht helfen dir ebenso, dich mithilfe der Himmelsrichtungen zu orientieren.

AUFGABEN

1. In welche Himmelsrichtung müssten die Schüler der 5b laufen, um wieder zum Schullandheim zu kommen (**M4**)?
2. Tauscht euch im Plenum über die verschiedenen Hilfsmittel zur Orientierung aus (**M5, M6**). Wie unterscheiden sie sich?
3. Erläutert mithilfe der Methode Partnerpuzzle arbeitsteilig, wie Lina und Emre mithilfe des Kompasses (**M5**) oder mithilfe der Natur (**M6**) wieder zurückfinden können.
4. Bestimmt auf eurem Schulhof mit unterschiedlichen Hilfsmitteln die Lage der Sportanlagen, Fahrradständer und der Sitzbänke im Pausenhof.

Partnerpuzzle
→ Methodenglossar

H zu Aufgabe 2
In welchen Fällen sind die einzelnen Hilfsmittel besser geeignet, wann eher schlechter?

H zu Aufgabe 4
Geht beispielsweise so vor: Der Parkplatz liegt im Norden des Schulgebäudes.

Wie kann ich mich in der Stadt orientieren?

Wie du weißt, sind Karten sehr wichtig, um sich orientieren zu können. Wenn du in einer neuen Stadt unterwegs bist, hilft dir ein Stadtplan, die wichtigsten Sehenswürdigkeiten oder Geschäfte zu finden. Wie aber entstehen solche Karten und wie liest man sie richtig?

M7 Senkrechtluftbild der Stadt Trier

Das sieht so aus, als würde ich direkt von oben draufschauen.

© Stadt Trier, AB 085/2021

M8 Wie entstehen Karten aus Senkrechtluftbildern?

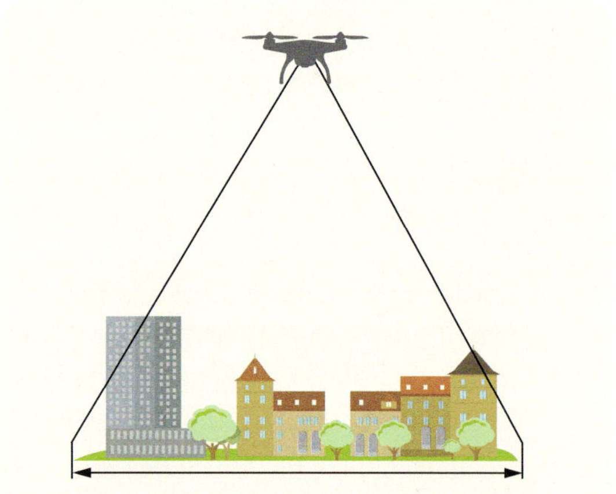

Sogenannte Senkrechtluftbilder werden senkrecht von oben gemacht. Das heißt, man sieht eine Stadt oder eine Landschaft direkt von oben. Je nach Größe des Gebiets werden diese Bilder vom Flugzeug, von Drohnen oder auch von Satelliten gemacht. Anhand dieser Bilder können dann Karten erstellt werden.

M9 Stadtplan der Stadt Trier

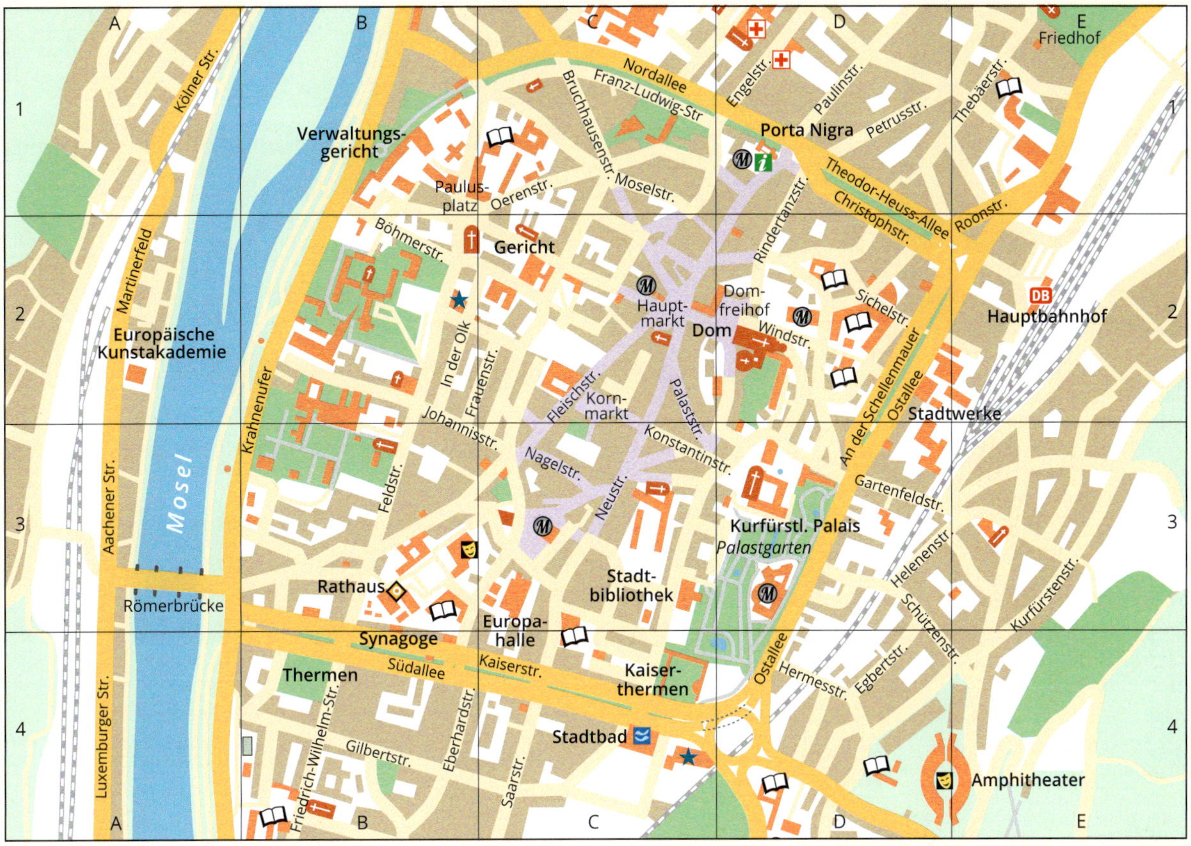

wichtige Gebäude
sonstige Gebäude
Park, Garten
Hauptstraße
Nebenstraße
Fußgängerzone
Eisenbahn
Rathaus
Kirche
Denkmal
Museum
Schule/Universität
Theater
Schwimmbad
DB Hauptbahnhof
Polizei
Krankenhaus
Touristen-information

0 300m

Was sollen denn die ganzen Farben in der Karte bedeuten?

VEREINFACHUNG

Karte und Globus sind vereinfachte und verkleinerte Darstellungen der Wirklichkeit. Damit man eine Karte gut lesen kann, müssen wichtige Einzelheiten hervorgehoben und unwichtige Details weggelassen werden. Gleich eingefärbte Flächen auf einem Stadtplan haben meist die gleiche Bedeutung. Wichtige Gebäude werden häufig rot hervorgehoben, Parkflächen werden immer in der Farbe grün dargestellt. Bestimmte Zeichen finden sich immer wieder. So ist das Zeichen für eine Kirche oder ein Kloster meistens gleich. Oft gibt es aber noch viele weitere Farben, Linien und Signaturen. Diese Kartensprache wird in der Legende erklärt.

Planquadrate
Die Gitternetzlinien in einem Stadtplan nennen sich Planquadrate. Sie erleichtern die Orientierung auf dem Stadtplan. Beispielsweise lässt sich hiermit die Lage eines Gebäudes schnell bestimmen. Eine Beschreibung, wie die Lage mit Planquadraten bestimmt werden kann findet sich auf der Methodenseite (S.25).

M10 Geocaching – moderne Schnitzeljagd

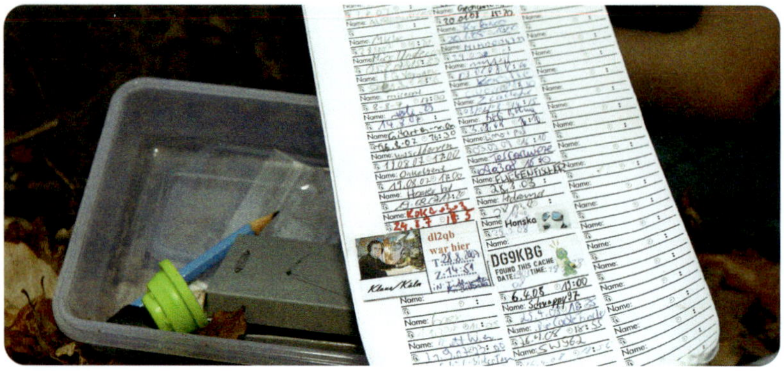

Bei einem Geocache wird in einem Logbuch festgehalten, wann man das jeweilige Versteck gefunden hat und welchen Tauschgegenstand man dort lässt.

Jeder kennt die Schnitzeljagd, bei der man von Hinweis zu Hinweis läuft und dabei eine Stadt oder eine Region besser kennenlernt. Meistens wartet am Ende eine Belohnung auf die Suchenden. Das Geocaching ist ähnlich wie eine Schnitzeljagd aufgebaut. Hier werden von den Organisatoren sogenannte Caches angelegt. Cache kommt aus dem Englischen und bedeutet geheimes Versteck. Das heißt, es werden Gegenstände oder Hinweise an Orten versteckt, die nicht leicht aufzufinden sind. Diese Verstecke werden aber mithilfe von Koordinaten, vergleichbar mit den Planquadraten im Stadtplan, genau abgespeichert. Mithilfe des GPS Empfängers deines Smartphones und einer passenden Karten-App, kannst du diese Koordinaten empfangen und weißt so, wo sich die Verstecke befinden. Allerdings sind die Hinweise oder Gegenstände meistens so gut versteckt, dass du an dem Ort selbst auch nochmal suchen musst. Die Aufgabe besteht wie bei der Schnitzeljagd auch darin, von Hinweis zu Hinweis zu gehen und den Geocache zu beenden. Es können einfache Hinweise sein, die man am Versteck findet, oder aber auch komplizierte Rätsel, die es zu lösen gilt. Eine Besonderheit ist auch, dass man bei jeder Station wieder einen anderen Gegenstand hineinlegen muss, wenn einer herausgenommen wird. Du kannst auch selbst einen Geocache erstellen, dafür benötigst du nur eine der kostenlosen Apps für das Smartphone.

Erklärfilm: Wie funktioniert das GPS?

70091-05

AUFGABEN

1. Beschreibe, welche Dinge auf dem Luftbild und welche Dinge auf der Karte besser zu erkennen sind (**M7, M9**).
2. a) Erläutere, wie Karten aus Luftbildern entstehen (**M7-M9**).
   b) Begründe, weshalb Karten als Vereinfachung der Realität gelten (**M9, #Vereinfachung**).
3. Eine Freundin von dir will mit ihrer Familie Trier besuchen, sie kennen sich aber noch nicht so gut aus. Arbeite mit einem Stadtplan und einer digitalen Karte (**M9**, **Methode: Sich mit Stadtplänen und digitalen Karten orientieren**).
   a) Beschreibe die Lage der wichtigsten Sehenswürdigkeiten mithilfe der Planquadrate.
   b) Erkläre ihr, wie sie mehr über die Stadtgeschichte herausfinden kann.
   c) Erstelle eine Wegbeschreibung für sie vom Hauptbahnhof bis zum Rathaus in der Innenstadt.
4. Beschreibe, wie das Geocaching funktioniert (**M10**).

F zu Aufgabe 4
Finde mithilfe einer Internetrecherche heraus, ob und welche Geocaches es in deiner Nähe gibt.

Sich mithilfe von Stadtplänen und digitalen Karten orientieren

Worum geht es?

Ein Stadtplan oder eine digitale Karte hilft dir, deinen Wohnort zu erkunden und zu entdecken. So erfährst du auch etwas über die Geschichte eines Ortes. Hier lernst du, wie man solche Karten nutzen kann, damit man diese Informationen erhält.

Gehe dabei so vor:

1. Schritt: Orientiere dich

Orientiere dich zuerst auf einem Stadtplan. Nutze hierfür die Legende und versuche die wichtigsten Zeichen zu verstehen.

2. Schritt: Finde das Stadtzentrum und wichtige Gebäude

Finde heraus, wo sich das Stadtzentrum befindet. Das Rathaus, die Hauptkirche und ein zentraler Marktplatz geben dir meist einen Hinweis darauf, wo sich dieses befindet. Lokalisiere dann weitere öffentliche Einrichtungen und Sehenswürdigkeiten mithilfe der Planquadrate.

H zu Schritt 2
Die Lage innerhalb der Planquadrate wird immer zuerst mit dem Buchstaben und dann der Ziffer angegeben, Beispiel: Das Stadtbad liegt in C4.

3. Schritt: Untersuche das Stadtzentrum

a) Finde heraus, ob bestimmte Straßen einen Rückschluss auf alte Befestigungen bieten. Oft haben Straßen, die um den Stadtkern herum verlaufen, noch den gleichen Verlauf wie die ehemalige Stadtmauer.
b) Bestimme außerdem die (ehemalige) Funktion weiterer Straßen und Gebäude. Beispiel: Bäckergasse → Hier wohnten vermutlich früher viele Bäcker.

4. Schritt: Plane eine Route mit einem digitalen Kartenprogramm

a) Lege Start- und Zielort deiner Route fest. Wähle als Startort beispielsweise deine Schule und als Zielort das Rathaus.
b) Wähle ein Verkehrsmittel. Du kannst zwischen zu Fuß, Fahrrad, Auto, oder öffentlichen Verkehrsmitteln wählen. Wenn du beispielsweise Fußweg gewählt hast, gibt dir der Kartendienst an, wie weit du laufen musst und wie lange du dafür benötigst.
c) Dir werden verschiedene Routenverläufe vorgeschlagen. Hier musst du nun entscheiden, welchen Weg du wählen willst.

H zu Schritt 4
Dir wird meist der Weg angezeigt, für den du am kürzesten brauchst. Wenn du jemand anderem den Weg beschreiben willst, solltest du allerdings den Weg verwenden, der am einfachsten zu erklären ist.

Wie orientierten sich früher die Seefahrer?

Heute wissen wir viel über unsere Erde. Durch Satelliten im Weltall haben wir sehr genaue Aufnahmen und du kannst jeden Winkel der Erde beobachten. Wie aber haben die Menschen sich schon vorher auf der Erde zurechtgefunden?

M11 Die Weltumsegelung des Ferdinand Magellan (1519-1522)

Ferdinand Magellan war ein portugiesischer Seefahrer im Auftrag der spanischen Krone. Er lebte von 1480 bis 1521.

Ferdinand Magellan umsegelte mit seinem Schiff Victoria von Spanien aus als erster Mensch die Erde komplett von Osten nach Westen.

M12 Der Globus - ein Modell der Erde

Modell
Ein Modell ist ein verkleinertes Abbild der Wirklichkeit.

Schon in der Antike konnten Gelehrte durch Beobachtungen beweisen, dass die Erde eine Kugel ist. Auch im Mittelalter gingen die meisten Theologen und Naturphilosophen von einer Kugelgestalt aus. Der Nürnberger Martin Behaim baute im Jahr 1493, nach der Entdeckung Amerikas durch Kolumbus, ein erstes Modell unserer Erde als Kugel - der Globus entstand. Erst Magellan konnte durch seine Weltumsegelung aber tatsächlich nachweisen, dass die Erde eine Kugelgestalt hat.

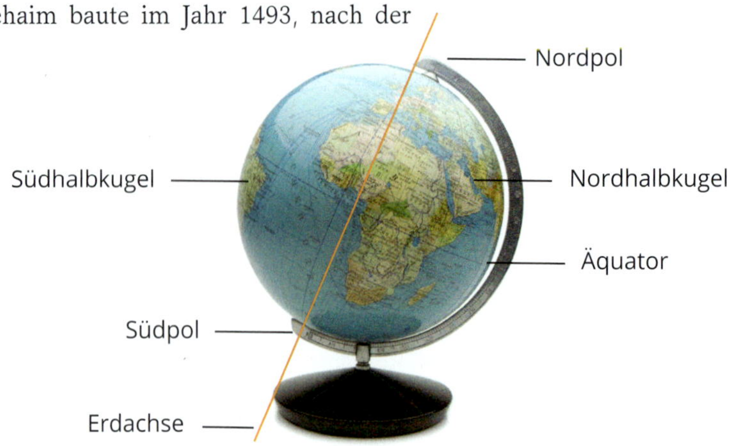

M13 Kontinente und Weltmeere

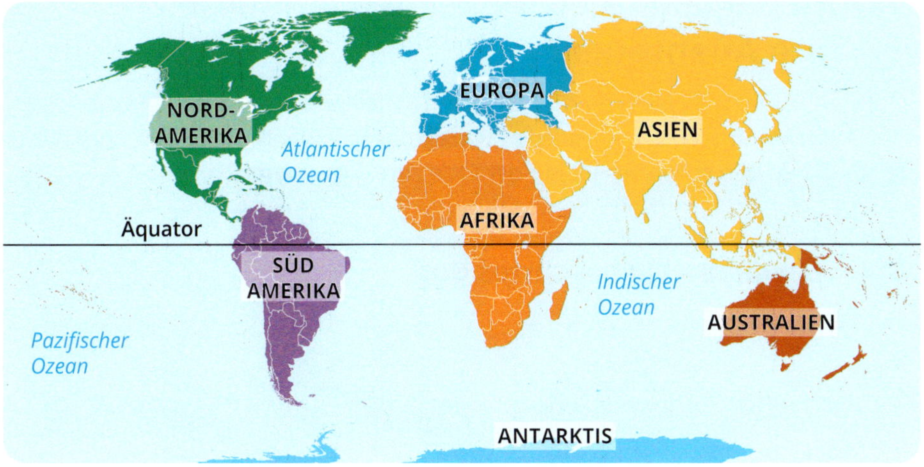

KONTINENTE UND WELTMEERE

Unsere Erde besteht aus mehreren großen zusammenhängenden Landmassen, die wir als Kontinente bezeichnen. Sie sind umgeben von den Weltmeeren.

Die Erde hat sieben Kontinente und drei große Weltmeere. Neben den großen Weltmeeren gibt es außerdem noch kleinere Meere, wie beispielsweise das Mittelmeer. Ein Großteil der Erde ist von Meeren bedeckt, daher wird sie auch der „blaue Planet" genannt.

AUFGABEN

1. a) Beschreibe die Route Magellans anhand der Karte **M11**. Nutze hierfür die Himmelsrichtungen und wichtige Wegpunkte.
   b) Erkläre, weshalb die Weltumsegelung durch Magellan so bedeutsam war (**M11**, **M12**).
2. Klärt die wichtigsten Begriffe zum Globus gemeinsam im Plenum (**M12**).
3. a) Arbeitet zu zweit mit Globus und Weltkarte. Zeigt euch gegenseitig die Lage des Nord- und Südpols, der Nord- und Südhalbkugel, des Äquators und der Erdachse (**M12**, **M13**).
   b) Nennt die Kontinente und Ozeane auf der Weltkarte. Zeigt deren Lage auf dem Globus (**M13**).
   c) Beschreibt die Lagebeziehung der Kontinente und Ozeane zueinander mithilfe der Himmelsrichtungen (**M13**).
4. Erstelle eine genaue Beschreibung der Schiffsroute Magellans, indem du dein Wissen zum Globus und zu den Kontinenten miteinbeziehst (**M11-M13**).

F zu Aufgabe 3a
Zeige und beschreibe die Route von Europa bis Australien über den Seeweg mithilfe des Globus (M12, M13).

H zu Aufgabe 3c
Geht beispielsweise so vor: Der indische Ozean liegt südlich von Asien.

H zu Aufgabe 4a
Verwende für die Beschreibung folgende Begriffe: Südhalbkugel – Europa – Asien – Äquator – Atlantischer Ozean – Afrika – Nordhalbkugel – Pazifischer Ozean

Mit dem Segelschiff nach Amerika – warum begeben sich Menschen auf dieses riskante Abenteuer?

Heute wissen wir viel über unsere Erde. Durch Satelliten im Weltall haben wir sehr genaue Aufnahmen und du kannst jeden Winkel der Erde beobachten. Wie aber haben die Menschen sich schon vorher auf der Erde zurechtgefunden?

M14 Gewürze - ein begehrtes Gut

Gewürze wie Zimt, Ingwer, Vanille und Pfeffer können wir heute in fast jedem Supermarkt kaufen. Im 15. Jahrhundert waren sie für Europäer Luxuswaren.

M15 Motive der Entdeckungsfahrten

Das Ziel mutiger europäischer Seefahrer dieser Zeit waren Länder im fernen Osten wie Indien und China. Aus diesen Ländern kamen Gewürze wie Zimt und Pfeffer. Diese gehörten zu den begehrtesten und teuersten Waren. Andere Luxusgüter aus diesen Ländern waren beispielsweise Seide und Parfum. Doch warum suchten die europäischen Seefahrer dieser Zeit fieberhaft nach einem Weg über das Meer? Ein Grund war, dass der Landweg von Europa nach Indien durch Gebiete der Osmanen und Araber führte. Diese verlangten von europäischen Kaufleuten hohe Abgaben und Zölle.

Der Gelehrte Paolo dal Pozzo Toscanelli schrieb 1474 einen Brief zu den Motiven für Entdeckungsfahrten:

„Dieses Land [China und Japan] ist Wert, von den Europäern aufgesucht zu werden, nicht allein, weil ungeheure Schätze von Gold, Silber und Edelsteinen aller Art und von Gewürz, das nie zu uns gebracht wird, von dort gewonnen werden können, sondern auch wegen der gelehrten Männer, Philosophen und erfahrenen Astrologen und um zu erfahren, mit welchem Geschick und Geist dieses so mächtige und große Land regiert wird und auch Kriege geführt werden."

Toscanelli, Paolo dal Pozzo: Brief an Kanonikus FerdinandMartinez in Lissabon, 1474.Zitiert nach: Guggenbühl, Gottfried / Huber, Hans C. (Hrsg.): Quellen zur Geschichte der neuen Zeit (Quellen zur allgemeinen Geschichte, Bd. 3), 2. bearbeitete Auflage, Zürich, 1956.

M16 Die Entdeckung Amerikas

Christopher Kolumbus, ein ausgebildeter Kapitän, suchte einen schnellen Weg nach Indien, indem er in Richtung Westen segelte. Im Jahr 1492 startete er mit drei Schiffen und 90 Mann Besatzung. Nach 36 Tagen erreichten die Schiffe endlich Land. Kolumbus war davon überzeugt, dass er Indien erreicht hatte, weshalb er die dortigen Bewohner Indianer nannte. Tatsächlich handelte es sich jedoch um die Insel Guanahani, eine Insel vor Amerika. Damit hatte Kolumbus, ohne es zu wissen, Amerika entdeckt, denn die Europäer hatten zuvor nicht von dem Kontinent gewusst.

M17 Kolumbus' Schiff, die „Santa Maria"

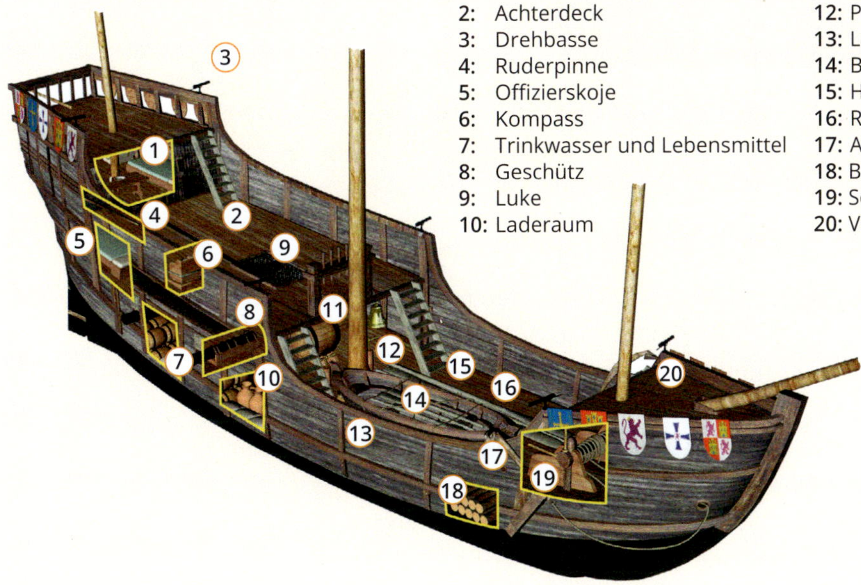

1: Kolumbus' Kammer
2: Achterdeck
3: Drehbasse
4: Ruderpinne
5: Offizierskoje
6: Kompass
7: Trinkwasser und Lebensmittel
8: Geschütz
9: Luke
10: Laderaum
11: Trinkwasserfass
12: Pumpen
13: Löschbords
14: Beiboot
15: Hauptdeck
16: Riemen und Rundhölzer für die Segel
17: Anker
18: Brennholzvorräte
19: Schiffswinde
20: Vorderaufbau

Aufbau der „Santa Maria", Rekonstruktionszeichnung von 2005. Das typische Entdeckerschiff hatte drei oder sogar vier Masten mit folgendem Aufbau: ein kleines und ein großes rechteckiges Segel an den vorderen Masten und hinten ein oder zwei dreieckige Segel. So ließ sich das Schiff leichter steuern. Ein typisches Schiff zu dieser Zeit hatte ca. 50 Mann Besatzung. An Verpflegung hatte man haltbar gemachtes Pökelfleisch, Schiffszwieback, Wasser, Wein, Zwiebeln und Knoblauch an Bord.

M18 Schwierigkeiten bei Entdeckungsreisen

Ferdinand Magellan gelang es als erster Mensch die Erde einmal komplett zu umsegeln. Dies war keine einfache Reise. Der Kapitän brach 1519 mit fünf spanischen Schiffen und 237 Mann Besatzung ins offene Meer Richtung Westen auf. Weil die Fahrt sehr lange dauerte, starben viele Seeleute an Hunger, Durst oder Krankheiten. Magellan selbst starb in einem Kampf mit Bewohnern auf einer philippinischen Insel. In Indonesien konnten die Schiffe zwar große Mengen an Gewürzen laden, aber nach fast drei Jahren erreichten lediglich 18 Mann auf einem einzigen Schiff Spanien.

M19 Greta Thunberg auf See

25 Knoten entsprechen 46 Kilometern pro Stunde

Greta Thunberg beantwortet vor Beginn ihrer Segelreise nach Amerika die Fragen von Journalisten.

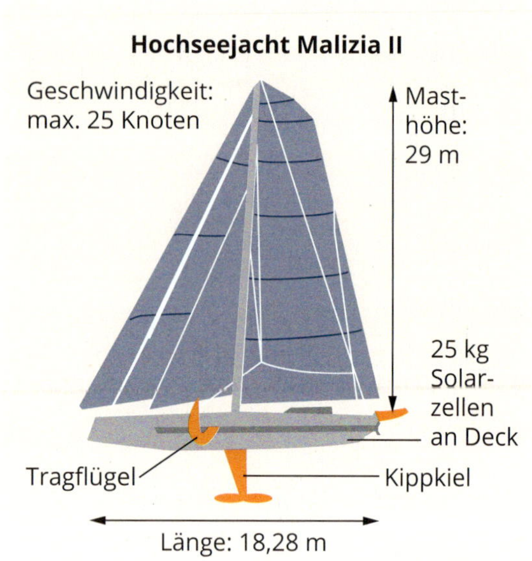

Das Segelschiff „Malizia II"

M20 Segeln für das Klima?

Natürliche Ressourcen
Naturgüter oder Rohstoffe, die der Mensch nutzt, z. B. Luft, Wasser, Boden, Kohle und Sonnenenergie.

Am 14. August 2019 stach Greta Thunberg in der Stadt Plymouth in England in See. Die fünfköpfige Besatzung trennten etwa 3000 Seemeilen (umgerechnet circa 5500 km) und 14 Tage von ihrem Ziel, dem Weltklimagipfel in New York. Trotz schlechter Wettervoraussetzungen nahm die 16-jährige Schwedin ihre erste, zugleich abenteuerliche Segelreise auf sich. Sie wollte nach Amerika kommen, ohne durch ihre Reise zusätzlich das Kima zu belasten. Während Flugzeuge und Kreuzfahrtschiffe durch ihre Abgase dem Klima schaden, nutzt das Segelschiff natürliche Ressourcen. So erzeugt das Schiff Strom durch Solarenergie und nutzt den Wind als Fortbewegungsmittel.

M21 Ein Blick unter Deck

Die enge Schlafkoje befindet sich im Inneren des Schiffes. Es lässt sich ein Vorhang schließen. In Fächern unterhalb der Matratze können persönliche Gegenstände verstaut werden. Ein Eimer dient als Toilette.

M22 Die Situation an Bord der Malizia II

„Ich werde mich wahrscheinlich etwas seekrank fühlen und es wird sicher nicht komfortabel. Aber damit kann ich leben" – Greta war sich vor Antritt ihrer Reise bewusst, was sie erwartet, denn man könne „[...] nicht wirklich viel verlangen, wenn man kostenlos über den Atlantik segeln darf". Aber wie sieht der Alltag auf dem Schiff aus? Es gibt weder ein Badezimmer noch eine Küche. Duschen sucht man vergebens, denn fließendes Wasser ist auf dem Schiff nicht vorhanden. Wenn man Hunger hat, isst man entweder etwas Verpacktes, wie einen Müsliriegel oder ein gefriergetrocknetes Fertiggericht, welches man nur noch mit heißem Wasser übergießen muss. Bei hohem Wellengang kann man sich hier schnell auch mal verbrennen. Trotz einer Länge von 18 m bietet das Segelschiff nur wenig Platz für seine Besatzung. So befinden sich im Inneren kleine Schlafkojen, in denen man aber nicht unbedingt auch Ruhe und Schlaf findet. Denn wie der erfahrene deutsche Segler und Kapitän Boris Herrmann berichtet, herrscht bei hohen Geschwindigkeiten schnell ein beängstigender Lärm im Inneren des Schiffes, der klingt, „[...] als würde etwas bersten oder der Ozean mit einem Knüppel gegen die dünne Außenhaut hämmern".

Zitat 1 aus: Wiget, Yannick / Caracciolo, Dino: Auf dieser Jacht segelt Greta Thunberg über den Atlantik, www.tagesanzeiger.ch, 14.08.2019
Zitat 2 aus: ZDF heute: Boot gestartet: Thunberg auf dem Weg nach New York, www.zdf.de, 14.08.2019
Zitat 3 aus: Tagesspiegel: Das erwartet die Klimaaktivistin auf dem Weg nach New York, www.tagesspiegel.de, 14.08.2019

AUFGABEN

1. a) Stelle Vermutungen an, warum Gewürze damals so wertvoll waren (**M14**).
b) Diskutiert in der Klasse, wodurch der Wert einer Sache entsteht.

2. a) Arbeite die Motive für Entdeckungsfahrten aus **M15** heraus.
b) Stelle dar, wie es zur Entdeckung des amerikanischen Kontinents kam. (**M16**).

3. a) Arbeitet zu zweit zusammen. Vergleicht die Motive der Entdecker mit denen von Greta Thunberg (**M19**, **M20**).
b) Vergleicht ein typisches Schiff der Entdecker mit dem Segelschiff von Greta Thunberg. Legt dazu eine Tabelle an (**M17**, **M19**, **M20**, **M21**).

4. Stelle dir vor, du segelst über den Atlantik und verfasst einen Brief an deine Familie, in welchem du von deiner Reise berichtest. Wähle aus:
a) Du bist ein Seefahrer unter Kolumbus oder Magellan (**M17**, **M18**).
b) Du gehörst zur Crew der Malizia II (**M19-M22**).

5. Emre meint: „Da gibt es viele Gemeinsamkeiten zwischen früher und heute: Sowohl die Entdeckerfahrten früher, aber auch Gretas Segeltrip hatten das Ziel, etwas zu verändern!". Beurteile seine Aussage.

F zu Aufgabe 3a
Wie schätzt du die Glaubwürdigkeit der Motive ein, die Toscanelli anspricht? Welche Motive spielten vermutlich noch eine Rolle?

H zu Aufgabe 3b
Folgende **Kategorien** könnt ihr vergleichen:
- Segel
- Material
- Verpflegung
- Besatzung
- Ladung
- Technik

Arbeiten mit dem Atlas

Worum geht es?

Der Atlas ist ein Buch, das dir einen Überblick über Deutschland, Europa und die Welt gibt. Jede einzelne Karte enthält außerdem viele Informationen zu einer Region, über die du etwas mehr wissen willst. Wie aber schaffst du es, diese Informationen auch herauszulesen und zu verstehen?

Gradnetzfeld
Du kennst bereits die Planquadrate eines Stadtplans, die dir helfen bestimmte Orte oder Gebäude schneller aufzufinden. Atlaskarten besitzen ebenfalls so ein Hilfsgitter. Da es sich an den Breiten- und Längenkreisen der Erde orientiert, nennt man dieses Hilfsgitter das Gradnetzfeld.

Wie ist der Atlas aufgebaut?

1. Das Kartenverzeichnis
Hier bekommst du einen Überblick über die Karten aller Regionen der Erde. Die Zahlen neben den roten Rechtecken zeigen dir an, wo du die Karten dieser Regionen im Atlas findest.

3. Der Kartenteil
Der Atlas zeigt erst Karten der gesamten Erde und dann von Deutschland. Von hier aus geht es zum Kontinent Europa und dann zu weiter entfernten Kontinenten.

2. Das Inhaltsverzeichnis
Es zeigt dir genau, wo du eine bestimmte Karte findest. Die Karten sind nach Regionen und Themen sortiert. So gibt es zu Deutschland beispielsweise Karten zu unterschiedlichen Themen: Verkehr, Umwelt, Landwirtschaft, und so weiter.

4. Das Register
Wenn du nachsehen willst, wo du einen bestimmten Ort im Atlas finden kannst, brauchst du das Register. Zu jedem Ort auf den Atlaskarten findest du eine Angabe auf welchen Seiten er zu finden ist und wo er sich im Gradnetzfeld befindet.

Methode: Wie finde ich einen Ort mit dem Register

70091-06

Karten lesen und verstehen

Worum geht es?

Alle Karten sind grundsätzlich gleich aufgebaut: Sie haben eine Überschrift, eine Legende, in der die Zeichen erklärt werden und normalerweise auch einen Maßstab und einen Nordpfeil. Wie du Karten lesen und verstehen kannst, erfährst du hier.

1. Schritt: Bestimme das Thema der Karte und den Kartentyp

Die Überschrift der Karte zeigt dir, welchen Themenbereich diese Karte darstellen will. So weißt du zuerst einmal, zu welchem Thema du in dieser Karte Informationen erhalten wirst.

Es ist auch wichtig zu wissen, um was für einen Kartentyp es sich handelt. Die wichtigsten Kartentypen sind:

Physische Karten
geben einen Überblick über ein größeres Gebiet (Städte, Verkehrswege, Gebirge, Flüsse und Grenzen). In einer physischen Karte werden Bereiche mit niedriger Höhe (0-100 Meter) immer als grüne und höherliegende Bereiche als braune Flächen dargestellt.

Thematische Karten
sie zeigen Informationen zu einem bestimmten Thema, zum Beispiel Landwirtschaft oder Verkehr in Deutschland. Auch ein Stadtplan ist eine besondere Form der thematischen Karte.

Topographische Karten
werden für ein kleineres Gebiet, zum Beispiel für Wanderungen oder Ausflüge, verwendet (Wanderkarten). Sie zeigen mehr Einzelheiten der jeweiligen Region.

3. Schritt: Lies und verstehe die Angaben in der Legende

Egal, um welchen Kartentyp es sich handelt: die Legende einer Karte ist der Schlüssel, um sie zu verstehen. Da jede Karte etwas anderes darstellt, bedeuten die Symbole, Linien und Flächen auch jeweils etwas anderes. Die Legende erklärt dir genau, was sie bedeuten und nennt meist auch den Maßstab.

4. Schritt: Arbeite die wichtigsten Informationen aus der Karte heraus

Suche in der Karte nach den jeweiligen Symbolen / Flächen / Linien, die du aus der Legende herausgelesen hast. Beschreibe, wie und wo diese Elemente in der Karte verteilt sind. Sammle geordnet, was dir besonders auffällt.

**Zusatzkapitel:
Der Maßstab – ein Maß der Verkleinerung**

70091-07

Wie ist Deutschland politisch gegliedert?

Die Bundesländer Deutschlands sind unterschiedlich groß und unterscheiden sich auch sonst stark voneinander. Hier erfährst du, wo sie liegen und was sie besonders macht.

M23 In welchem Bundesland sind diese Orte?

1

Die Seebrücke der Stadt Sellin. Auf der Insel Rügen gibt es mehrere dieser Seebrücken.

2

Der Brocken ist ein beliebtes Ausflugsziel für Wanderer im Harz.

3

Frankfurt am Main ist das Banken- und Finanzzentrum Deutschlands.

4

Oberstdorf ist einer der Austragungsorte der weltbekannten Vierschanzentournee.

BUNDESSTAAT

Deutschland ist ein Bundesstaat. In der Hauptstadt Berlin werden für ganz Deutschland Gesetze beschlossen. Allerdings können die einzelnen Bundesländer in vielen Bereichen auch mitbestimmen und manche Gesetze selbst beschließen.

Jedes der 16 Bundesländer hat eine eigene Regierung und eine eigene Verfassung. In der Landeshauptstadt von Rheinland-Pfalz, Mainz, werden Gesetze beschlossen, die nur für dein Bundesland gelten. Die Stadt Berlin ist gleich in zweierlei Hinsicht besonders: Sie ist die Hauptstadt Deutschlands und ein Stadtstaat. In Deutschland gibt es drei Stadtstaaten: Berlin, Hamburg und Bremen.

M24 Bundesländer Deutschlands und Nachbarländer

AUFGABEN

1. a) Finde mithilfe der Karte **M24** und einer Atlaskarte heraus, in welchem Bundesland die vier beschriebenen Orte jeweils liegen (**M23**).
   b) Erstelle eine Tabelle mit folgenden Angaben: Bundesland, Landeshauptstadt, weitere Besonderheiten. Vervollständige sie mithilfe von **M24** und deinem Atlas.
2. a) Deutschland ist ein Bundesstaat. Erkläre, was man darunter versteht (**#Bundesstaat**).
   b) Erläutere, weshalb die Stadt Berlin in Deutschland einzigartig ist (**#Bundesstaat**).
3. Arbeitet zu zweit. Nutzt die Karte **M24** und den Atlas.
   a) Nennt alle Bundesländer, die Anteil an den Alpen haben, an der Küste liegen, im Westen und Osten an unsere Nachbarländer grenzen, und keine Staatsgrenze zu einem Nachbarland haben.
   b) Benennt alle Nachbarländer Deutschlands im Uhrzeigersinn. Beginnt im Norden.

F zu Aufgabe 3
Deckt die Karte ab und fragt euch gegenseitig ab. Geht dabei beispielsweise so vor: Die Landeshauptstadt welchen Bundeslandes ist Erfurt?

Wie gut kennst du Rheinland-Pfalz?

In deinem Schulort kennst du dich schon ein bisschen aus. Du warst vielleicht auch schon in einer der größeren Städte wie Mainz oder Koblenz. Weißt du aber, wo Rheinland-Pfalz genau liegt und welche Gebirge und Flüsse es hier gibt?

M25 Lina und Emre zeichnen eine Faustskizze

Lina und Emre sollen eine sogenannte Faustskizze ihres Heimatbundeslands Rheinland-Pfalz zeichnen, wissen aber nicht, wie das überhaupt funktionieren soll. Lina überlegt: „Wo soll ich denn da überhaupt anfangen zu zeichnen?" Emre ist sich auch unsicher: „Stimmt, gar nicht so einfach. Und wieviel Platz brauche ich überhaupt auf meinem Blatt?" Die beiden beschließen, bei der nächsten Gelegenheit ihren Klassenlehrer zu fragen.

M26 Eine Faustskizze von Rheinland-Pfalz

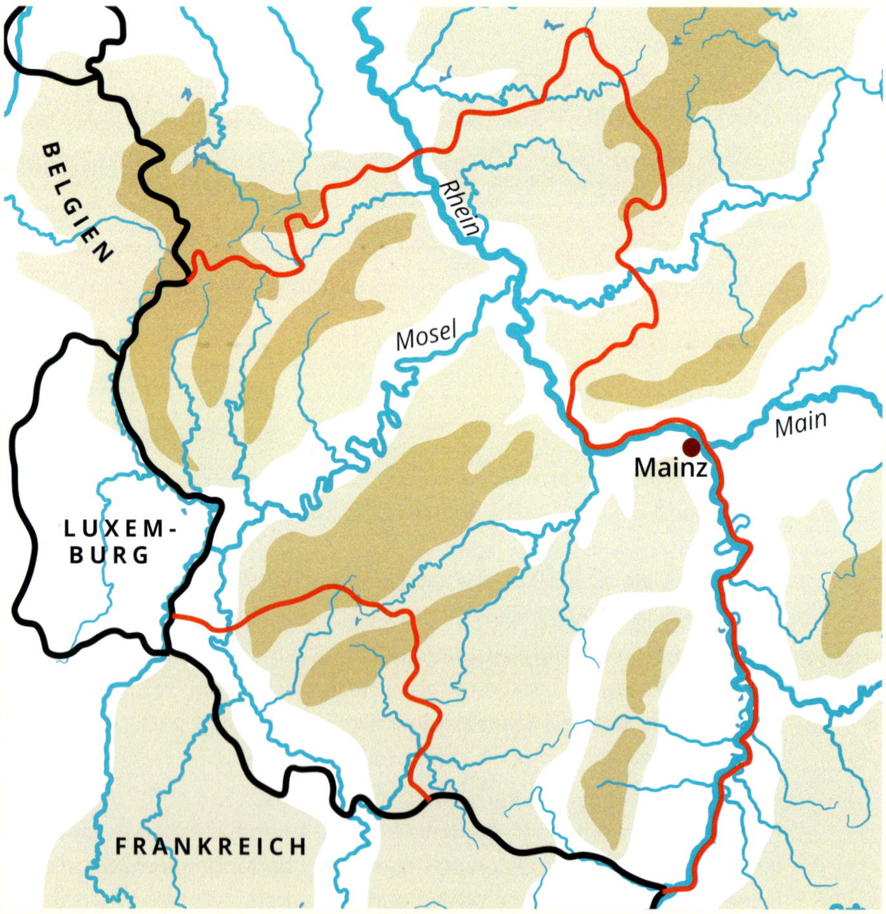

Eine Faustskizze soll nur einen groben Überblick über ein Gebiet geben. Solch eine Skizze zu zeichnen, trainiert vor allem deine Orientierungsfähigkeit.

Eine Kartenskizze zeichnen

Worum geht es?

Im Gegensatz zur Faustskizze geht es bei einer Kartenskizze darum, ein Gebiet genauer zu erfassen. Diese Skizze aus freier Hand zu zeichnen, wäre zu schwierig, daher benötigst du hierfür Transparentpapier.

Beispiel einer Kartenskizze von Rheinland-Pfalz

70091-08

Gehe dabei so vor:

1. Schritt: Vorlage auswählen

Suche dir eine geeignete Vorlage, beispielsweise eine Deutschlandkarte im Atlas. Lege Transparentpapier an und befestige es mit Büroklammern.

2. Schritt: Umrisse zeichnen

Zeichne nun zuerst mithilfe des Transparentpapiers die Umrisse von Rheinland-Pfalz ein. Du musst dabei nicht ganz exakt vorgehen, solltest aber die wichtigsten „Kurven" erfassen.

3. Schritt: Flüsse, Gewässer, Gebirge und Tiefland einzeichnen

Zeichne nun die wichtigsten Flüsse ein. Du solltest den groben Verlauf darstellen. Im Anschluss kannst du die Gebirge in braun und die Tieflandbereiche in grün einzeichnen.

4. Schritt: Städte einzeichnen und Objekte beschriften

Jetzt setzt du kleinere Kreise für die wichtigsten Städte. Erst am Ende beschriftest du alle Objekte.

AUFGABEN

1. Arbeitet in Kleingruppen und tragt einen kleinen Wettbewerb um die beste Faustskizze von Rheinland-Pfalz aus (**M25**, **M26**).
   a) Zeichnet die Umrisse von Rheinland-Pfalz, die wichtigsten Städte, Flüsse und Gebirge nach und arbeitet mit sauber erkennbaren Symbolen und Farben.
   b) Wertet danach gemeinsam im Plenum die Faustskizzen der einzelnen Teams aus.

2. a) Zeichne eine Kartenskizze von Rheinland-Pfalz mithilfe der Methodenkarte (**Methode: Eine Kartenskizze zeichnen**).
   b) Vergleiche die Kartenskizze mit der deiner Partnerin oder deines Partners. Auf welche Dinge wurde geachtet, auf welche nicht?

H zu Aufgabe 1a
Beachtet hierzu folgende Dinge:
1. Nicht jedes Detail der Karte ist wichtig. Überlegt euch gemeinsam im Team eine Strategie, wie ihr vorgehen wollt.
2. Die jeweiligen Teams dürfen nur für ungefähr 60 Sekunden eine Karte von Rheinland-Pfalz ansehen und müssen dann das Wichtigste auf ihrer Skizze festhalten.

2.2 Orientierung in der Zeit

Wie können wir Geschichte ordnen?

Wie lange gibt es die Erde und uns Menschen überhaupt schon? Diese Frage hast du dir vielleicht schon mal gestellt. Das Alter der Erde übersteigt unsere Vorstellungskraft, wenn man überlegt, dass wir selbst nur um die 100 Jahre alt werden können.

M1 Die Erdgeschichte an einem Tag

M2 Epochen der Geschichte

1	2	3	4	5	6	7	8
vor ca. 12 Mio. Jahren	3500 v.Chr.	2600 v.Chr.	753 v.Chr.	1300 n.Chr.	1450 n.Chr.	1829 n.Chr.	ab 2000 n.Chr.

1 Die ersten Menschenaffen 2 Ötzi 3 Cheops-Pyramide in Ägypten 4 Gründungsmythos der Stadt Rom; ein genaues „Gründungsdatum" gibt es tatsächlich nicht. 5 Zwei mittelalterliche Ritter im Turnierkampf 6 Guttenberg revolutioniert den Buchdruck 7 frühe Dampflokomotive „Rocket" 8 digitales Zeitalter / erstes I-Phone im Jahr 2007

M3 Geschichte ordnen

Wenn wir uns in der Geschichte zurechtfinden wollen, müssen wir das Vergangene zeitlich einordnen können. Deshalb teilen wir die Geschichte in Zeitabschnitte ein, die sogenannten Epochen. Wichtige Ereignisse markieren den Beginn einer neuen Epoche. Die Antike beginnt beispielsweise mit der Gründung der ersten antiken griechischen Siedlungen im Mittelmeerraum. Als festen Bezugspunkt, von dem aus die Jahre gezählt werden können, wurde der weltweit am meisten verbreitete gewählt: Christi Geburt. Wenn wir vom Jahr 2000 sprechen, meinen wir eigentlich das 2000ste Jahr nach der Geburt Christi (2000 n. Chr.). Bei Ereignissen vor Christi Geburt fügen wir „v. Chr." hinzu. Andere Religionen haben andere Ausgangspunkte gewählt: Die Zeitrechnung im Islam beginnt mit dem Jahr 622 unserer Zeitrechnung, im Judentum beginnt sie mit dem Jahr 3761 v. Chr., als nach ihrer Vorstellung die Welt erschaffen wurde.

AUFGABEN

1. Arbeitet zu zweit mit **M1**. Beschreibt den Verlauf der Erdgeschichte. Was fällt dabei auf?
2. a) Erkläre, wie wir die Geschichte mithilfe von Epochen einteilen (**M2, M3**).
   b) Nenne die wichtigsten Epochen der Geschichte und ein dazugehöriges Ereignis mithilfe der Zeitleiste (**M2**).
   c) Teilt euch in mehrere Teams auf. Recherchiert im Team jeweils zu einem der bedeutenden Ereignisse aus einer Epoche: Weshalb ist es so bedeutsam für die Epoche?
3. „Der Mensch ist nur ein unbedeutendes Ereignis in der Erdgeschichte." Beurteile diese Aussage mithilfe von **M1**-**M3**.

H zu Aufgabe 1
Betrachtet dazu beispielsweise genauer, wann das erste Leben auf der Erde entstand.

Woher wissen wir, was früher passierte?

Du hast sicher schon mal darüber nachgedacht, wie wir Menschen früher gelebt haben. Archäologen und Geschichtswissenschaftler versuchen mithilfe ganz unterschiedlicher Techniken, etwas über unsere Vergangenheit herauszufinden.

M4 Weshalb ist das Rathaus so bedeutsam?

Mitbestimmung in der Gemeinde
→Kap 3.2

Das historische Rathaus der Stadt Speyer wurde zwischen 1712 und 1726 errichtet. Bis heute tagt hier der Stadtrat und debattiert über viele wichtige Entscheidungen, die die Stadt und ihre Bürger betreffen.

M5 Wie erfahre ich etwas über die Geschichte meiner Stadt?

An unserem Wohnort erinnert mehr an die Vergangenheit, als sofort auffällt: Die Kirche, das Rathaus, ein Denkmal, alte Fachwerkhäuser oder Fabriken – das alles sind Überreste aus der Vergangenheit. Auch Straßennamen erinnern an besondere Personen, an etwas, was früher dort war (z. B. „Mühlenweg") oder an Ereignisse der Vergangenheit. Das macht deutlich: Geschichte ist überall. Auch wir selbst, unsere Familien und unsere Heimat sind Teil der Geschichte. Vergangenheit ist aber nicht automatisch Geschichte. Geschichte ist der Teil der Vergangenheit, an den wir uns erinnern oder erinnert werden.

M6 Welche Arten von Quellen gibt es?

Sachquellen	Bildquellen	Textquellen
– Knochen – Schmuckstücke – Münzen – Werkzeuge – große Bauwerke	– Höhlenmalereien – Gemälde – Fotos	– Inschriften in Ton und Stein – Zeitungen – Verträge – Gesetze – Tagebücher – Briefe

HISTORISCHE QUELLEN

Alles das, was die Vergangenheit an Spuren hinterlassen hat, nennen die Historiker „Quellen". Sie unterscheiden dabei zwischen Sach-, Bild- oder Textquellen.

Seit etwas mehr als 100 Jahren gibt es zudem Tonaufnahmen und Filme, die für uns wichtige Quellen über die jüngere Vergangenheit sind. Auch mündliche Überlieferungen sind Quellen, etwa alte Sagen oder auch Berichte von Eltern, Großeltern und anderen Zeitzeugen über Ereignisse, die sie erlebt haben.

M7 Lateinische Handschrift zur Geschichte der Münsterkirche in Bonn

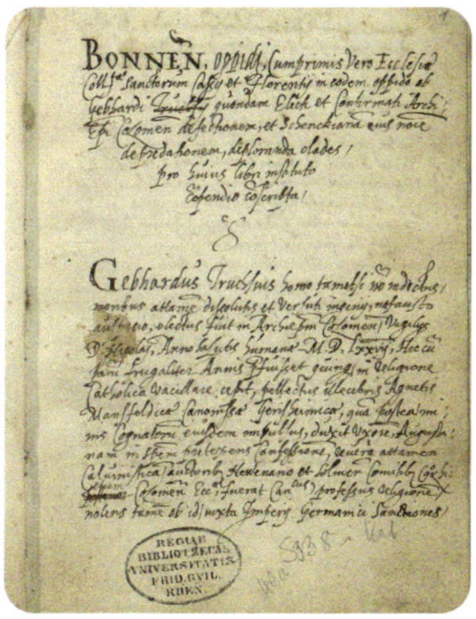

M8 Handumrisse auf einer Höhlenwand

links:
Die Handschrift ist 1588-1595 entstanden.

rechts:
Die Handumrisse wurden in El Castillo gefunden und sind ca. 40.000 Jahre alt.

AUFGABEN

1. Zähle Gründe auf, weshalb [illegible] Rathaus so bedeutend für eine Stadt ist (**M4**).
2. a) Erkläre den Satz „Geschichte ist überall." anhand von Beispielen aus **M5**.
   b) Recherchiere im Internet zu weiteren Sehenswürdigkeiten deiner Stadt und notiere deren Bedeutung (**M5**). Überprüfe dabei, aus welchen Quellen die Informationen stammen (**M6**).
3. a) Ordne **M4**, **M7** und **M8** den unterschiedlichen Quellenarten in **M6** zu.
   b) Erstelle eine Zeitleiste zur Geschichte deines Schulorts (**Methode: Eine Zeitleiste erstellen**).

H zu Aufgabe 1
Wer trifft im Rathaus Entscheidungen und was wird dort entschieden? Wo befindet sich das Rathaus?

Der Vergangenheit auf der Spur – die Arbeit eines Archäologen

Die frühen Menschen haben noch nichts aufgeschrieben. Trotzdem kannst du ganz viel über sie erfahren, da sie andere Spuren hinterlassen haben. Wie schaffen es Archäologen, das herauszufinden?

M9 Menschen hinterlassen Spuren

Archäologen bei einer Ausgrabung in der Kölner Altstadt 2011

Ob früher oder heute. Die Menschen hinterlassen viele Spuren, denn sie haben Waffen und Werkzeuge hergestellt, sich Unterkünfte gebaut und viele andere Dinge genutzt oder nutzbar gemacht. Viele dieser Reste, die die Menschen hinterlassen haben, finden wir heute tief im Boden verborgen, wenn der Boden aufgerissen wird, um ein Haus zu bauen oder einen U-Bahn Schacht auszuheben. Gräbt man also an den richtigen Stellen, kann man viele verschiedene Dinge aus ganz unterschiedlichen Zeiten finden. Das ist die Aufgabe von Archäologen, die die Spuren der Vergangenheit sichern und dokumentieren. Archäologen müssen bei ihrer Arbeit sehr sorgfältig vorgehen. Sie vermessen das Grabungsgelände, tragen die Erde vorsichtig ab und sieben sie nach Fundstücken, beispielsweise kleinen Scherben. Die größeren Funde werden anschließend mit Pinsel oder Zahnarzthaken freigelegt.
Mit Fotografien werden die Funde in einem Grabungstagebuch dokumentiert. Schließlich werden sie in einem Labor untersucht, stark beschädigte Stücke können auch für ein Museum nachgebildet werden.

Fossilien
sind versteinerte Knochen von Menschen und Tieren.

Archäologen
sind Wissenschaftler, die durch Ausgrabungen die Vergangenheit erforschen

M10 Wo finden sich die Überreste der Vergangenheit?

Die Überreste der Vergangenheit liegen in verschiedenen Schichten übereinander im Boden. Diese Schichten müssen sorgfältig freigelegt und der richtigen Zeit zugeordnet werden.

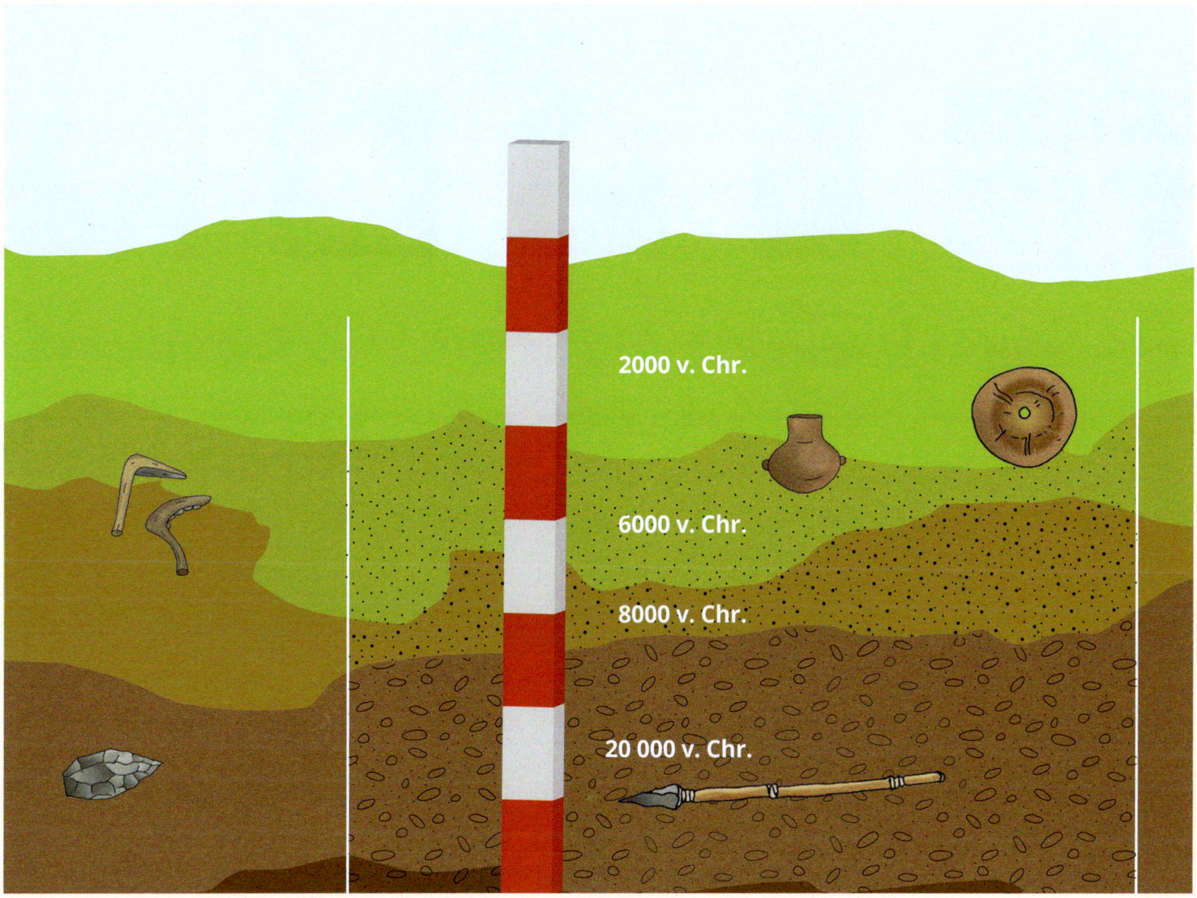

Das Modell zeigt einen beispielhaften Schnitt durch den Boden in Mitteleuropa. Nicht alle diese Dinge lassen sich an einem Ort genauso bei uns finden.

AUFGABEN

1. a) Beschreibe die grundlegenden Aufgaben eines Archäologen (**M9**).
b) Erkläre, inwiefern der Beruf eines Archäologen dem eines Kriminalkommissars ähnelt (**M9**).

2. a) Erstelle eine Tabelle und ordne die Funde dem jeweiligen Zeitraum zu: Faustkeil, Speer, Sichel, Tonkeramik, altes hölzernes Rad (**M10**).
b) Überlege, wozu die einzelnen Gegenstände genutzt wurden.
c) Begründe, warum Archäologen die ältesten Überreste im Boden unten und die jüngsten weiter oben finden (**M10**).

H zu Aufgabe 2a
Orientiere dich für die Tabelle an den Zeiträumen der einzelnen Bodenschichten.
Ein Zeitraum ist beispielsweise 20.000 v. Chr. – 8.000 v. Chr.

F zu Aufgabe 2b
Recherchiere im Internet zu den Epochen der Altsteinzeit, Jungsteinzeit und Metallzeit und ordne sie den Zeiträumen im Modell zu.

Eine Zeitleiste erstellen

Worum geht es?

Eine Zeitleiste – auch Zeitstrahl genannt – zeigt, was in einem bestimmten Zeitraum stattgefunden hat oder in welcher Reihenfolge Ereignisse aufeinander folgten. Sie hilft uns, geschichtliche Ereignisse und Abläufe besser in einen zeitlichen Zusammenhang einzuordnen.

Bauernhochzeit meine Ur-Oma, geboren 1913, vorne rechts

1927

Oma Christa arbeitet als Babysitter

1956

Mein Vater wird geboren

1969

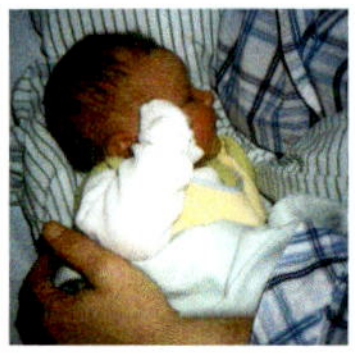

Mein Geburtsjahr

2009

Das bin ich mit meiner älteren Schwester Hannah

2020

Gehe dabei so vor:

1. Schritt: Recherchieren

a) Überlege zuerst, zu welchem Thema und zu welchem Zweck du eine Zeitleiste erstellen möchtest. Du kannst dich dabei am Beispiel oben orientieren.
b) Sammle Daten, die auf der Zeitleiste eingetragen werden sollen.

2. Schritt: Planen

a) Entscheide, an welchem Zeitpunkt die Leiste beginnen und an welchem sie enden soll.
b) Lege fest, welche Zeiträume und Daten eingetragen werden sollen und teile die Skala in Zeitabschnitte ein.
c) Ordne die Daten chronologisch, d. h. in der richtigen zeitlichen Reihenfolge.

3. Schritt: Gestalten

a) Trage die Daten auf der Skala ein.
b) Klebe Bilder an die passende Stelle unter oder über die Zeitleiste.
c) Schreibe die genaue Jahreszahl dazu.
d) Formuliere passende Unterschriften zu deinen Bildern.

H zu 1b
Der Zeitstrahl wird anschaulicher, wenn du passende Bilder und Fotos zu diesen Ereignissen heraussuchst oder selbst Bilder und Symbole gestaltest.

H zu 2b
Soll die Zeitleiste ganz genau sein und viele Daten enthalten, musst du mehr Platz einplanen. Es kann auch sinnvoll sein, dein Heft/Blatt quer zu nehmen.

H zu 3a
Für eine bessere Orientierung kannst du auch noch andere Ereignisse eintragen, die für die dargestellte Zeit besonders wichtig waren.

WIE KANNST DU DICH IN RAUM UND ZEIT ORIENTIEREN?

HILFSMITTEL ZUR ORIENTIERUNG

Kapitel 2.1
M1-M13

Die Fähigkeit, sich in seiner Umgebung orientieren zu können, ist sehr wichtig für unseren Alltag. Mithilfe der Himmelsrichtungen können wir uns an jedem Ort der Erde grundlegend orientieren.
Um sich aber mithilfe dieser zurechtzufinden, brauchen wir verschiedene Hilfsmittel. Karten, die aus Luftbildern entstehen, erleichtern uns die Suche eines bestimmten Ortes. Sie heben die wichtigsten Dinge wie Straßen, wichtige Gebäude, Flüsse, usw. hervor. Daher können wir mit Stadtplänen beispielsweise sehr einfach jemandem den Weg zu einem bestimmten Ort in einer Stadt beschreiben.
Der Globus ist eine verkleinerte Darstellung unserer Erde und hilft uns, die Gestalt der Erde zu verstehen.
Früher hat man seine eigene Position anhand der Himmelsrichtungen mit einem Kompass oder mithilfe der Natur bestimmt. Heute gibt es Smartphones, die GPS-Empfänger besitzen. Hiermit lässt sich unsere Position genau bestimmen und wir können uns einfach zum Ziel leiten lassen. Allerdings sind die neuen Technologien auch nicht fehlerfrei und können unseren Orientierungssinn nicht ersetzen.

ORIENTIERUNG IN DEUTSCHLAND

Kapitel 2.1
M23, M24

Zur Bundesrepublik Deutschland gibt es eine Vielzahl von Karten, je nachdem was man über das Land herausfinden will. Die politische Karte Deutschlands beispielsweise zeigt dir, wo die sechzehn Bundesländer und deren Hauptstädte in Deutschland liegen.

ORIENTIERUNG IN DER ZEIT

Kapitel 2.2
M1-M10

Geschichte ist überall in unserem Alltag zu finden. Den Teil der Vergangenheit, an den wir Menschen uns erinnern oder den wir durch Forschung kennen, bezeichnen wir als Geschichte.
Um überhaupt die Vergangenheit für uns in Erfahrung zu bringen, gilt es, verschiedene Quellen zu untersuchen, die uns mehr über eine bestimmte Epoche sagen. Um etwas über die Zeit herauszufinden, bevor der Mensch auf der Erde lebte, haben Wissenschaftler vor allem Gestein und Knochenreste untersucht. Um über unsere Geschichte etwas herauszufinden, kann man unterschiedlichste Quellen heranziehen: Werkzeuge, Bauwerke, Fotos, Höhlenmalereien und vieles mehr. Zeitleisten zeigen uns auf anschauliche Weise, welche Ereignisse in einer bestimmten Epoche oder einem bestimmten Zeitraum am wichtigsten waren.
Archäologen versuchen durch Ausgrabungen herauszufinden, wie Menschen in der Vergangenheit gelebt haben.

KOMPETENZCHECK

Lina und Emre finden weitere Hinweise zum Schatz auf dem Dachboden. Da du jetzt schon einiges mehr als zu Beginn des Kapitels weißt, kannst du bestimmt helfen, den Ort zu finden, an dem der Schatz vergraben ist.

M1 Auszug aus einem Tagebuch

10. Oktober 1918

Heute ist der zweite Tag einer schrecklichen Grippewelle in unserer Stadt. Es heißt, dass die sogenannte „spanische Grippe" schon viele Todesopfer in den europäischen Ländern gefordert hat.
Als wäre der Krieg nicht schon genug, herrscht jetzt noch mehr Chaos auf den Straßen, Menschen versuchen in entlegenere Orte zu fliehen.
Um meinen wertvollsten Besitz zu schützen, habe ich ihn an einen sicheren Ort gebracht. Der Schatz ist in einem nahegelegenen Wald in der Nähe eines Aussichtspunkts an einem See vergraben.
Der See im Wald liegt in nordöstlicher Richtung meines Wohnorts am Weidenweg in Bonn.
Vom Aussichtspunkt geht es in südlicher Richtung weiter. Die genaue Entfernung des Schatzes vom Aussichtspunkt entspricht der Anzahl der Monate seit Beginn des Weltkrieges.

M2 Zeitstrahl

1914	1918	1919	1939
28. Juli: Beginn des ersten Weltkrieges	11. November: Ende des ersten Weltkrieges	Die spanische Grippewelle sucht Europa heim.	Beginn des zweiten Weltkrieges

interaktive Übung zum Kapitel

82000-70

M3 Kartenskizze des Gebietes

© *OpenStreetMap contributors*

Aufgaben

1. Finde die Stadt Bonn im Atlas und gib mithilfe des Gradnetzes möglichst genau an, wo sie liegt.
2. a) Bestimme, um welche Art von Quellen es sich bei **M1** und **M3** handelt.
   b) Bestimme die Lage des Sees mithilfe der Karte **M3** und der Angabe der Himmelsrichtung in **M1**.
   c) Finde Weiteres zum Standort des Schatzes mithilfe von **M1** und dem Zeitstrahl **M2** heraus.
3. a) Die Legende der Karte, die Lina und Emre zur Suche verwenden, ist unvollständig und die Karte lässt sich daher nur schwer lesen. Ergänze die Legende mit den wichtigsten Zeichen aus der Karte.
   b) Erstelle eine genaue Wegbeschreibung vom Wohnort der Person aus dem Tagebucheintrag bis zum Ort, an dem der Schatz begraben liegt (**M3**).
4. Du willst zu dem See gehen, um den Schatz zu finden. Welche Hilfsmittel wirst du mitnehmen? Begründe deine Antwort.
5. Finde heraus, welche Fußball-Clubs in der ersten Bundesliga spielen. Ordne die Clubs den zugehörigen Bundesländern zu. Nutze den Atlas.

H Verwende das Register, um die Stadt schneller zu finden.

Tabelle zur Selbsteinschätzung

70091-09

Was heißt Mitbestimmung für dich?

Zu viel Müll auf dem Pausenhof

Verkehrschaos an der Schule wegen fehlender Straßenschilder

Schüler fordern mehr Klassenausflüge

Jugend setzt sich für Skatepark ein

Was weißt du schon?

1. Die Schlagzeilen sprechen verschiedene Themen an, die euch auch betreffen könnten. Bei welchen dieser Themen würdet ihr gerne mitentscheiden? Tauscht euch im Plenum aus.

2. a) Tauscht euch zu zweit aus. Benennt weitere Themen aus eurer Schule oder eurem Schulort, bei denen ihr gerne mitreden wollt.
b) Notiert Positives und Negatives in einer Tabelle: Was gefällt euch an eurer Schule und eurem Schulort, was gefällt euch nicht?
c) Diskutiert gemeinsam in der Klasse, was ihr gerne verändern wollt.

3

#Mitbestimmung früher und heute

Sollen alle ein gleiches Mitspracherecht haben oder gibt es Personen, die für andere Entscheidungen treffen können? Schon die Griechen der Antike haben sich dazu Gedanken gemacht und eine Form von Mitbestimmung entwickelt, bei der ein Großteil der Menschen mitreden konnte. Funktioniert Mitbestimmung bei uns heute immer noch genauso wie im antiken Griechenland?
Und welche Möglichkeiten hast du überhaupt, dich in deiner Klasse, Schule und Gemeinde einzubringen? Welche Personen in Schule und Gemeinde sind vor allem an Entscheidungen beteiligt? Nur wenn du das weißt, kannst du dich einbringen und vor Ort etwas verändern.

Was lernst du in diesem Kapitel?

... den Ablauf einer Klassensprecherwahl zu beschreiben.
... mit Konflikten in deiner Klasse und Schule umzugehen und darin zu vermitteln.
... welche Möglichkeiten du hast, deine Ideen und Interessen in der Schule einzubringen.
... die Aufgaben, Einrichtungen und Angebote einer Gemeinde darzustellen und zu erkennen, wo sie dich betrifft.
... die wirtschaftlichen Möglichkeiten und die Versorgungslage deiner Gemeinde zu untersuchen.
... Möglichkeiten zur Mitgestaltung in deiner Gemeinde zu beschreiben und zu bewerten.
... wie das Zusammenleben der verschiedenen Bevölkerungsgruppen im antiken Athen organisiert war.
... wie die antike griechische Demokratie funktionierte.
... Mitbestimmung im antiken Griechenland mit heutigen Formen von Mitbestimmung zu vergleichen.

Eine Ausstellung für den Demokratietag zum Thema „Demokratie und ich – wo kann ich mitbestimmen?" gestalten

Worum geht es?

Um herauszufinden, wie ihr das Leben in eurer Schule und eurer Gemeinde mitbestimmen könnt, müsst ihr wissen, welche Personen und Versammlungen für Entscheidungen und Regeln in Schule und Gemeinde zuständig sind. Damit ihr die Möglichkeiten der Mitbestimmung immer präsent habt, könnt ihr Plakate für eine Ausstellung, zum Beispiel für den Demokratietag, gestalten.

Geht dabei so vor:

Start

1

Arbeitet euch in das Thema Demokratie und Mitbestimmung in Schule und Gemeinde ein. Wichtig sind hierbei vor allem die Begriffskästen #Regeln und Gesetze, #Wahlrechtsgrundsätze, #Konflikt und #Kompromiss, #Schülervertretung und #Jugendparlamente sowie die Materialien Kap. 3.1, M7, M10 und Kap 3.2, M13, M16.

2

Recherchiert online, was der Demokratietag ist und weshalb er in Rheinland-Pfalz wichtig ist. Nutzt für eure Recherche den nebenstehenden QR-Code.

Informationen zum Demokratietag Rheinland-Pfalz

70091-10

3

Bildet Gruppen von 3-4 Schülerinnen und Schülern. Jede Gruppe beschäftigt sich mit einem anderen Themenfeld im Bereich Mitbestimmung. Stellt sicher, dass jedes der Themen 1 und 2 mehrmals vertreten ist. Thema 3 kann zusätzlich von einer weiteren Gruppe bearbeitet werden.

- Thema 1: Welche Möglichkeiten der Mitbestimmung haben wir in unserer Schule? Welche Ansprechpartner gibt es? (→ Kapitel 3.1)
- Thema 2: Welche Möglichkeiten der Mitbestimmung haben wir in unserer Gemeinde? Welche Ansprechpartner gibt es? (→ Kapitel 3.2)
- Thema 3: Wo hat die Demokratie ihre Wurzeln? (→ Kapitel 3.3, optionales Thema)

4

Überlege erst allein und tragt dann zusammen, was ihr an eurer Schule (→ Kapitel 3.1, M13) / in eurer Gemeinde (→ Kapitel 3.2, M3, M10) verändern wollt. Bestimmt jeweils zwei Themen, die euch besonders wichtig sind.

5

Sammelt Informationen dazu, wie ihr in eurer Schule (→ Kapitel 3.1, M13-M16) / in eurer Gemeinde (→ Kapitel 3.2, M11-M16) mitbestimmen könnt.

6

Findet heraus, wer für eure Anliegen in der Schule (→ Kapitel 3.1, M15, M16) bzw. der Gemeinde (→ Kapitel 3.2, M9, M10) zuständig ist. Befragt die zuständigen Personen oder findet in einer Internetrecherche heraus, welche Aufgaben die Personen haben.

7

Gestaltet in den Kleingruppen Ausstellungsplakate für den Demokratietag. Die Plakate sollten folgende Informationen enthalten:

- Möglichkeiten der Mitbestimmung in der Schule (Klassensprecher, SV-Team, Konferenzen) bzw. der Gemeinde (Wahlen, Bürgerbegehren, Kinder- und Jugendparlamente),
- Aufgaben und Kontaktmöglichkeiten mit den jeweiligen Ansprechpartnern in Schule (Schülersprecher, Vertrauenslehrer, ...) bzw. Gemeinde (Jugendparlament, Bürgermeister, ...).

8

Bereitet euch auf die Vorstellung eurer Plakate für den Demokratietag vor. Präsentiert hierfür eure Plakate in der Klasse und bewertet euch gegenseitig.

3.1 Wie kannst du in deiner Schule mitwirken?

Was für eine Klasse wollen wir sein?

In deiner neuen Klasse sind viele Schülerinnen und Schüler, die du noch gar nicht kennst. Sie kommen aus unterschiedlichen Orten und ihr müsst euch erst kennenlernen. Wie schafft ihr es eine gute Klassengemeinschaft zu bilden?

M1 Die neue Klasse 5b: eine ganz normale Klasse?

Lina ist immer noch aufgeregt, wenn sie in ihre Schule geht. Es ist der dritte Tag an der neuen Schule und sie macht sich immer noch so viele Gedanken. In der ersten Stunde haben sie ihre Klassenlehrerin Frau Leifert. Zu Beginn der Stunde ist es relativ laut, zwei Jungen laufen in der Klasse herum und werden von Frau Leifert ermahnt, sich ruhig hinzusetzen. Der Junge, Damian, fühlt sich ungerecht behandelt: „Ich mache doch gar nichts!" ruft er laut in die Klasse. Lina beobachtet auch, dass manche ihrer Mitschülerinnen ihre Arbeitsmaterialien noch nicht auf dem Tisch haben und sich noch unterhalten. Sie fragt sich, ob das alles normal ist für eine Klasse …

M2 Was ist mir an meiner Klasse wichtig?

Ich will meine Meinung immer offen sagen können.

Ich finde wichtig, dass wir uns alle gut verstehen.

Niemand sollte bei uns ausgelacht werden.

Wir helfen uns gegenseitig beim Lernen und in der Gruppenarbeit.

Kennenlernspiele für die Klasse

70091-11

M3 Zu welchen Themen brauchen wir Regeln?

Wie unterhalte ich mich im und außerhalb des Unterrichts?	Wie verhalte ich mich gegenüber meinen Mitschülern?	Wie halte ich Ordnung in meiner Klasse?	Wie gehe ich mit dem Eigentum anderer um?

KLASSENGEMEINSCHAFT

Wie ihr miteinander und mit euren Lehrern umgeht, zeigt sich in der Klassengemeinschaft.
Grundlage für eine gute Klassengemeinschaft ist, dass die Mitglieder sich kennen und verstehen. Jeder kann offen Probleme ansprechen und seine Meinung sagen. Gemeinsame Klassenregeln können dafür sorgen, dass alle Mitglieder sich daran halten.

REGELN UND GESETZE

Regeln sind Vorschriften, die von einer Gruppe gemeinsam festgelegt werden und für einen bestimmten Bereich gelten. Gesetze sind Regeln vom Staat, die das menschliche Zusammenleben organisieren.
Sie können etwas erlauben, anordnen oder verbieten. Die Abschnitte in einem Gesetz heißen Paragraphen oder Artikel oder Ziffer.

AUFGABEN

1. Arbeite aus dem Text heraus, welche Probleme in Linas neuer Klasse auftreten (**M1**).
2. a) Arbeitet zu zweit und ergänzt weitere Gedankenblasen (**M2**). Was ist euch noch an eurer Klasse wichtig? Begründet eure Wahl (**M2**).
   b) Tragt euch bekannte Klassenregeln an der Tafel zusammen.
   c) Ordnet eure Klassenregeln den vier Themenfeldern zu (**M3**).
   d) Diskutiert und einigt euch in der Klasse auf höchstens acht Regeln in der Ich-Form, die zukünftig eure Klassenregeln sein sollen.
   e) Erstellt ein Plakat mit euren Klassenregeln.

F Nenne Beispiele dafür, dass das Verhalten einzelner Schüler die ganze Klasse betreffen kann.

Wer soll Klassensprecher werden?

Zur Demokratie gehören das Wählen und Mitbestimmen dazu. Wenn ihr eine Wahl trefft, müsst ihr gute Gründe für eure Entscheidung haben. Worauf kommt es an, den für euch „richtigen" Klassensprecher zu wählen?

M4 Darf Herr Busse den Klassensprecher bestimmen?

Am ersten Tag nach den Sommerferien kommt Herr Busse, der Deutsch- und Klassenlehrer der 5b, in den Unterricht. Er begrüßt die Schülerinnen und Schüler, prüft, ob alle anwesend sind, erkundigt sich, wie es ihnen nach den Ferien geht, und stellt die Inhalte für den Deutschunterricht vor. Bevor er mit dem Unterricht beginnen kann, meldet sich Reza und erinnert daran, dass die Wahl zum Klassensprecher bzw. zur Klassensprecherin noch durchgeführt werden muss. Herr Busse stimmt zu, allerdings sei die Aufgabe des Klassensprechers oder der Klassensprecherin nicht so wichtig. Wichtig sei, dass man gut miteinander auskomme und daher sei es am günstigsten, wenn Tim sich bereit erklären würde, das Amt zu übernehmen. Dann könne man sich die Wahl auch sparen. Die Unterrichtszeit im kommenden Schuljahr sei äußerst knapp.

M5 Rechte von Schülern und Aufgaben des Klassensprechers

§ 32 Klassenversammlung

(1) Die Klassenversammlung hat die Aufgabe, in allen Fragen, die sich bei der Arbeit der Klasse ergeben, zu beraten und zu beschließen; sie fördert die Zusammenarbeit in der Klasse. Die Klassenleiterin oder der Klassenleiter unterrichtet die Klassenversammlung über Angelegenheiten, die für die Klasse von Bedeutung sind.

(2) Die Klassenversammlung besteht aus den Schülerinnen und Schülern der Klasse. Sie wählt aus ihrer Mitte die Klassensprecherin oder den Klassensprecher; diese oder dieser vertritt die Belange der Klasse gegenüber der Schule.

Schulgesetz für das Land Rheinland-Pfalz (SchulG) vom 30.03.2004, zuletzt geändert durch Gesetz vom 17.12.2020

2 Arbeit der Vertretung für Schülerinnen und Schüler in der Schule

2.2 Klassenversammlung

Die Klassenversammlung, die eine Besprechung über schulische und unterrichtliche Fragen wünscht, erhält hierzu auf Antrag eine Wochenstunde während der allgemeinen Unterrichtszeit als Stunde der Vertretung für Schülerinnen und Schüler (SV-Stunde); der Antrag ist bei der Klassenleiterin oder dem Klassenleiter zu stellen. Jede Klasse kann in der Regel einmal im Monat eine solche Unterrichtsstunde erhalten. Die Klassensprecherin oder der Klassensprecher bereitet die SV-Stunde vor und leitet sie.

Verwaltungsvorschrift des Ministeriums für Bildung, Wissenschaft, Jugend und Kultur vom 1. März 2007

M6 Wer ist dein Klassensprecherkandidat?

Phung ist eine sehr gute, aber auch stille Schülerin. Sie ist selten im Unterricht aktiv, schreibt aber ausschließlich Einsen und Zweien. Sie ist sehr freundlich zu allen und bekommt immer gute Noten. Sie lässt auch andere von ihren Hausaufgaben abschreiben. Phung ist zwar schüchtern, kommt aber mit allen gut aus. Ihre Schwester ist die Schülersprecherin.

Tim ist ein hervorragender Schüler in Sport und Englisch. Er hat immer die neueste Kleidung und tolle technische Geräte, gibt aber überhaupt nicht damit an. Tim ist sehr großzügig und lädt zu seinem Geburtstag die ganze Klasse zu sich nach Hause ein. Wenn es Konflikte in der Klasse gibt, dann versucht Tim sich immer neutral zu verhalten, so kommt er mit allen gut aus.

Philipp ist ein recht guter Schüler. Vor allem die Lehrer mögen Philipp, weil er sehr zuverlässig ist und gut mitarbeitet. Wenn jemand krank geworden ist, wird Philipp beauftragt, die Hausaufgaben zu übermitteln. Viele Schüler bewundern ihn, weil er ein erfolgreicher Fußballspieler ist. Die Schule geht bei Philipp aber trotzdem immer vor.

Lea ist eine mittelmäßige Schülerin, die aber in Diskussionen und bei der Projektarbeit sehr engagiert ist. Sie kleidet sich sehr lässig. In Konfliktfällen setzt sie sich sehr entschlossen für Schwächere ein. Einige Lehrer mögen Lea nicht sehr, weil sie häufig im Unterricht Musik hört oder Zeitung liest. Es wird auch behauptet, dass Lea raucht.

AUFGABEN

1. Entspricht das Vorgehen des Klassenlehrers Herrn Busse deinen Vorstellungen einer Klassensprecherwahl (**M4**)? Nimm kurz Stellung dazu.
2. a) Notiere die Aufgaben eines Klassensprechers in dein Heft (**M5**).
   b) Erörtert Situationen im Klassengespräch, in denen eine Klassensprecherin wichtig sein kann.
3. Prüfe mithilfe von **M5**, welche Regelungen von Herrn Busse nicht berücksichtigt werden (**M4**).
4. Arbeitet in Vierergruppen zusammen und erstellt ein Placemat.
   a) Notiere dir mithilfe von **M6** Eigenschaften eines guten Klassensprechers in deinem Feld des Placemats.
   b) Einigt euch auf die vier wichtigsten Stärken, die ein Klassensprecher haben sollte und notiert sie in der Mitte des Placemats.
   c) Gleicht die von euch notierten Stärken mit denen der Kandidaten in **M6** ab. Wo finden sich die größten Überschneidungen?
   d) Stellt eure Ergebnisse im Plenum vor.

F **zu Aufgabe 2a**
Ergänze deine Liste um weitere Aufgaben, die ein Klassensprecher übernehmen sollte.

F **zu Aufgabe 4**
So sieht ein Placemat aus:

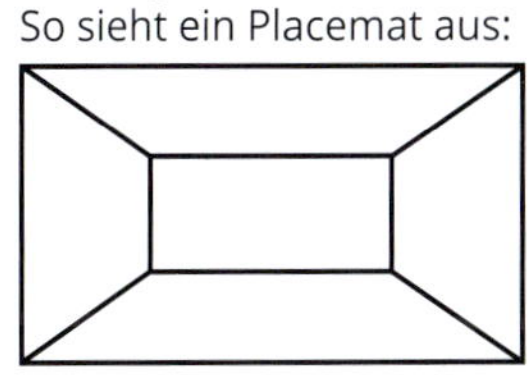

Placemat
→ Methodenglossar

Wie wird gewählt?

Wie habt ihr bisher den Klassensprecher gewählt? Habt ihr geheime Stimmzettel angefertigt oder mit Handzeichen abgestimmt? Für die Klassensprecherwahl und auch für Wahlen in unserem Land im Allgemeinen gibt es bestimmte Regeln, auf die man achten muss, damit eine Wahl fair und demokratisch abläuft.

M7 Regeln für eine demokratische Wahl

Wahlrechtsgrundsätze nach Art. 38, GG

- gleich
- frei
- unmittelbar
- geheim
- allgemein

Jeder, der das 18. Lebensjahr vollendet hat, darf wählen.

Niemand darf Druck auf die Wählerinnen und Wähler ausüben.

Jede Stimme hat das gleiche Gewicht.

In Deutschland wählt jeder direkt ohne Wahlmänner oder Wahlfrauen, auf die man seine Stimme überträgt.

Man muss niemandem erzählen, wen man gewählt hat.

Wählen ab 16
In manchen Bundesländern, z. B. in Nordrhein-Westfalen, darf man bei den Kommunalwahlen schon ab 16 Jahren teilnehmen.

WAHLRECHTSGRUNDSÄTZE

Damit eine Wahl von möglichst vielen anerkannt wird, gibt es in Deutschland fünf wichtige Grundregeln.
Mithilfe dieser fünf Grundregeln kann man prüfen, ob eine Wahl nach dem freien Willen der Gemeinschaft durchgeführt wurde. Wahlen sollen demnach gleich, frei, unmittelbar, geheim und allgemein sein.

M8 Wie wird der Klassensprecher gewählt?

1

Als erstes wird der Wahlleiter/die Wahlleiterin in der Klasse gewählt. Die Wahlleitung kann bei Bedarf vom Klassenleiter/von der Klassenleiterin übernommen werden. Der Wahlleiter/die Wahlleiterin stellt die Zahl der Wahlberechtigten fest und erläutert das Wahlverfahren.

→

2

Dann werden Kandidaten für das Amt des Klassensprechers vorgeschlagen und an der Tafel o. Ä. gesammelt. Vorgeschlagen werden kann jede Schülerin und jeder Schüler der Klasse. Es ist möglich, sich selbst vorzuschlagen.

←

3

Nun wird jede und jeder der vorgeschlagenen Kandidaten und Kandidatinnen gefragt, ob er oder sie sich überhaupt zur Wahl stellt. Diejenigen, die nicht kandidieren möchten, werden gestrichen. Abwesende Schülerinnen und Schüler müssen im Vorfeld eine schriftliche Einverständniserklärung abgegeben haben, wenn sie kandidieren möchten.

→

4

Es werden zwei Klassensprecher gewählt. Pro zu besetzendes Amt hat jede Schülerin und jeder Schüler eine Stimme. Die Wahl findet auf Stimmzetteln geheim statt. Bei Unleserlichkeit, dem Nennen von mehr als zwei Personen oder bei Doppelnennung wird der Stimmzettel ungültig. Allerdings ist es möglich, sich einer oder beider Stimmen zu enthalten. Hierbei schreibt man einfach nur einen oder keinen Namen auf den Zettel. Eine offene Wahl muss beantragt werden.

←

5

Die Stimmen werden öffentlich ausgezählt und es wird überprüft, ob die Zahl der abgegebenen Stimmen mit der Zahl der Anwesenden übereinstimmt. Die beiden Kandidaten, die die meisten Stimmen auf sich vereinen können, haben die Wahl gewonnen. Bei Stimmengleichheit ist eine Stichwahl erforderlich. Bei gleicher Stimmenzahl in der Stichwahl entscheidet das Los. Das vom Wahlleiter festgestellte Endergebnis wird unverzüglich bekannt gegeben. Die Gewählten erklären, ob sie die Wahl annehmen.

AUFGABEN

1. a) Arbeitet zu zweit. Erklärt euch die Bilder in **M7** gegenseitig und nutzt hierzu die Unterüberschriften.
b) Ordnet die Wahlrechtsgrundsätze links den entsprechenden Beschreibungen und Bildern zu.

2. Wie läuft eine Klassensprecherwahl nach den Wahlrechtsgrundsätzen ab?
a) Erstelle eine Checkliste für eine demokratische und faire Klassensprecherwahl (**M7**, **M8**).
b) Führt in eurer Klasse eine Klassensprecherwahl mit den Kandidaten aus **M6** durch.

F zu Aufgabe 2b
Diskutiert, ob sich das Ergebnis der Klassensprecherwahl verändern würde, wenn sie öffentlich mit Handzeichen erfolgt, anstatt geheim mit Wahlzetteln.

Wie gehen wir mit Konflikten um?

Hast du dich schon einmal in der Schule heftig gestritten? Das ist für die Beteiligten oft belastend. Am besten verabredet ihr vorher, wie ihr in solchen Situationen vorgehen wollt.

M9 Ein Konflikt aus dem Schulalltag

Leon und Ben haben mit den anderen Jungen zusammen Fußball gespielt, sie waren in unterschiedlichen Mannschaften. Ben hat Leon gefoult. Leon brüllt: „Pass doch auf, du Penner! Das hast du voll mit Absicht gemacht!" Ben antwortet: „Woher willst du das denn wissen, du Opfer?" Es beginnt eine Rangelei auf dem Pausenhof.

KONFLIKT

Konflikte sind Streitereien, die auftreten, wenn unterschiedliche Bedürfnisse, Interessen oder Meinungen aufeinandertreffen.
Häufig rufen Konflikte negative Gefühle hervor, wie Angst und Wut. Das belastet die Beteiligten. Menschen gehen sehr unterschiedlich mit Konflikten um.

M10 Mögliche Schritte der Streitschlichtung

Streitschlichten im Erklärfilm

70091-12

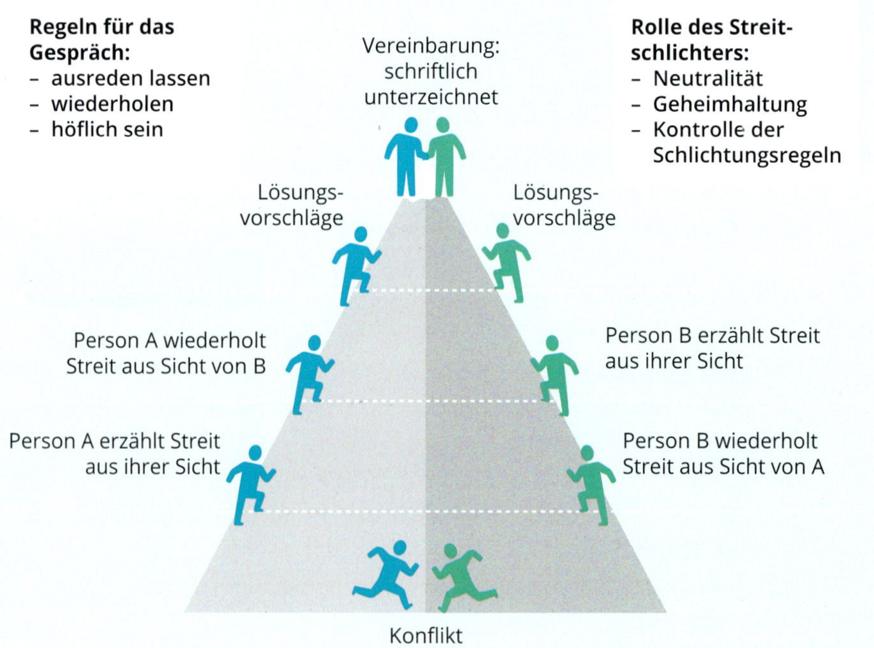

M11 Ein Fall für die Streitschlichterin

Die Klassensprecher der 5b wurden von der SV auf das Thema „Streitschlichter" angesprochen. Jonas, Linas großer Bruder, ist in der 8. Klasse und seit einem Jahr ein sogenannter Konfliktlotse, wie man die Streitschlichter auch nennt. Er hat ihr schon erzählt, wie gut Streitschlichten funktioniert, wenn man ein paar Dinge beachtet: „Meistens schicken die Lehrer die zwei Streitenden in der Pause zu dir. Du hast dann eine eigene Sprechstunde. Das Gespräch kann dann aber schon auch mal länger dauern und du kommst manchmal zu spät zum Unterricht. Wichtig ist, dass beide Streitenden das Gefühl bekommen müssen, dass sie von dir gehört wurden und friedlich auseinandergehen. Die Lösung muss dann auch immer schriftlich festgehalten werden." Lina will jetzt auch an einer Ausbildung zur Konfliktlotsin teilnehmen.

KOMPROMISS

Kompromisse sind Lösungen in einem Konflikt, bei denen beide Seiten auf einen Teil ihrer Forderungen verzichten.
In Verhandlungen gehen die Beteiligten aufeinander zu. Sie verlassen die eigene Position und einigen sich auf eine gemeinsame Lösung.

AUFGABEN

1. Was denken und fühlen die Schüler in **M9**?
   a) Notiere mögliche Gedanken und Gefühle der Beteiligten.
   b) Welche Wünsche und Bedürfnisse könnten die Beteiligten haben? Trage mit einem Partner zusammen.
   c) Untersucht gemeinsam, ob es für diese Art von Konflikten schon Regeln in deiner Klasse oder an deiner Schule gibt.
2. Wie kann der Konflikt in **M9** mithilfe von Streitschlichtung gelöst werden (**M10**, **M11**)? Bildet Kleingruppen und entwerft einen Leitfaden für ein klärendes Gespräch.
   a) Beschreibt, wie ein Streitschlichter auf die unterschiedlichen Bedürfnisse von Leon und Ben eingehen kann. Bedenkt dabei, dass es wichtig ist, Gemeinsamkeiten zu finden und so das Verständnis der anderen Seiten zu fördern.
   b) Notiert in Stichworten mögliche Schritte zur Konfliktlösung (**M10**, **M11**).

H **zu Aufgabe 1b**
Mögliche Bedürfnisse können sein: Anerkennung, Vertrauen, Ehrlichkeit, Spaß, Freundschaft, Aufmerksamkeit, Zugehörigkeit

F Sucht eigene Beispiele für Konflikte, die für eine Streitschlichtung in Frage kommen.

Können alle Interessen berücksichtigt werden?

Hast du schon einmal etwas gewollt, aber die Mehrheit der anderen war dagegen? Es ist wichtig, möglichst alle bei der Lösungssuche zu berücksichtigen, damit eine Gemeinschaft gut funktioniert.

M12 Fallbeispiel: Abstimmung über das Sportspiel

In der 5b sind 23 Schülerinnen und Schüler, insgesamt 14 Jungen und 9 Mädchen. Die Sportlehrerin Frau Kahn lässt vier Mal im Jahr die Schülerinnen und Schüler selbst bestimmen, welches Spiel in der letzten Stunde vor den Ferien gespielt wird. Bei der Abstimmung gibt es diese Mal folgendes Ergebnis:

Sportart	Mädchen (9)	Jungen (14)	GESAMT
Fußball	2	9	**11**
Völkerball	6	2	**8**
Parcours	1	3	**4**

Zum dritten Mal hintereinander wird Fußball gespielt, weil die Mehrheit sich so entschieden hat. Viele Mädchen aber sind unzufrieden: „So werden unsere Interessen ja überhaupt nie beachtet." Auch die Kinder, die gerne Parcours gemacht hätten, flüstern ärgerlich miteinander: „Immer gewinnen die Ballspiele". Frau Kahn hört die leisen Proteste und überlegt, wie sie mit dem Ergebnis umgehen soll. Sie hängt eine Wandzeitung aus und ruft den Klassenrat ein. Mehrere Schülerinnen und Schüler sind froh, weil sie auch häufig das Gefühl haben, durch eine Mehrheit überstimmt zu werden.

Positionslinie
→ Methodenglossar

AUFGABEN

1. Wie gerecht findest du die Entscheidung beim Konflikt um das Sportspiel (**M12**)?
   a) Positioniert euch spontan auf einer Positionslinie.
   b) Tauscht euch zu zweit und dann in der Klasse aus: Begründe, warum du die Situation als „gerecht" oder „ungerecht" einschätzt.
   c) Tragt zusammen, welche Minderheiten es bei diesem Konflikt um Spiele in der Sportstunde gibt.
2. a) Notiere an der Wandzeitung, was du an der Abstimmung (**M12**) gut findest, was du kritisierst oder dir wünschst.
   b) Suche gemeinsam mit einem Partner nach Kompromissmöglichkeiten (**M12**, **#Kompromiss**).
   c) Führt den Klassenrat durch. Begründet dort auch eure Entscheidung, was in den freien Sportstunden zukünftig unternommen werden soll (**Methode: Klassenrat**).

Einen Klassenrat durchführen

Worum geht es?

Im Klassenrat habt ihr die Möglichkeit, alle Themen, die eure Klasse betreffen, zu besprechen. Der Klassenrat wird in der Regel einmal pro Woche durchgeführt. Alle Mitglieder der Klasse können Wünsche, Lob oder Kritik auf Karten notieren und an einer Wandzeitung befestigen. Jeder Eintrag ist mit Namen zu unterschreiben. Im Klassenrat werden diese dann besprochen und es wird nach Lösungen gesucht.
Achtet darauf, dass ihr im Vorfeld Regeln für einen guten Austausch aufstellt, diese einübt und auf die Einhaltung achtet.

Geht dabei so vor:

1. Schritt: Vorbereitung

Zunächst müsst ihr die Aufgaben verteilen. Ihr benötigt
- einen **Klassenratsleiter** oder **Moderator**: Er oder sie eröffnet und schließt die Sitzung,
- einen **Assistenten**: er oder sie bestimmt die Reihenfolge der Redner,
- einen **Protokollanten**: er oder sie liest das vergangene Protokoll vor und notiert die neuen Ergebnisse,
- einen **Regelwächter**: er oder sie schreitet ein, wenn z. B. Schüler unfreundlich miteinander umgehen,
- einen **Zeitwächter**: Er oder sie passt auf, dass im Rahmen der Zeit möglichst alle Themen der Wandzeitung besprochen werden.

2. Schritt: Durchführung

1. Die Klassenratsleitung begrüßt die Teilnehmenden und eröffnet die Sitzung.
2. Das Protokoll der letzten Sitzung wird vorgelesen. Hier könnt ihr prüfen, ob eure Beschlüsse von der Vorwoche umgesetzt wurden.
3. Es werden nun von der Klassenratsleitung oder der Assistenz Beiträge aus der Spalte „Ich lobe“ benannt und das Wort erteilt. Ihr könnt hier auch noch spontan Personen loben.
4. Anschließend werden die Beiträge der Spalten „Ich kritisiere“ und „Ich wünsche“ nacheinander bearbeitet, jeweils mit einer Besprechung und Lösungsfindung:
   a) Diejenigen, die die Karte geschrieben haben, sollen ihre Kritik oder ihren Wunsch für alle verständlich vortragen.
   b) Dann sind alle gefordert, Lösungen zu finden. Beachtet, dass möglichst nicht abgestimmt werden soll. Oft schafft das Aushandeln mehr Zufriedenheit.
5. Alle Beschlüsse werden vom Protokollanten notiert. Im Anschluss liest er oder sie die Beschlüsse vor.
6. Am Ende könnt ihr gemeinsam besprechen, wie erfolgreich eure Klassenratssitzung war.

Wie können wir das Schulleben mitgestalten?

Wo und wie kannst du deine Ideen zum Schulleben einbringen? Damit ihr das Schulleben mitbestimmen könnt, müsst ihr wissen, was die Schülervertretung (SV) ist und über welche Fragen sie mit den Lehrern und Eltern der Schule abstimmen darf.

M13 Ein Problem auf dem Schulhof

Zwei Schüler im Pausenhof

Die Klasse 5b ist sehr unzufrieden mit den großen Pausen und fühlt sich ungerecht behandelt. Obwohl viele aus der 5b gerne Tischtennis-Rundlauf spielen, kommen sie häufig nicht dazu, weil ganze Gruppen von älteren Schülern die Tischtennisplatten als Sitzbank nutzen. Manchmal mischen sich diese Schüler einfach in ihr Spiel ein, spielen ungefragt mit und verdrängen dann sogar die Kleineren. Auf dem Pausenhof gibt es nur wenige Sitzgelegenheiten oder Tischtennisplatten. Die meisten Spielgeräte und Schaukeln sind veraltet. Viele aus der 5b möchten deshalb gar nicht mehr in die Pause und würden lieber im Klassenraum bleiben. Lina und Emre haben auch schon über das Problem gesprochen, wissen aber nicht, an wen sie sich damit am besten wenden.

M14 Wer oder was ist die Schülervertretung?

Schülervollversammlung
Die Schülervollversammlung kann zusätzlich von den Mitgliedern der KSV einberufen werden. Sie kann beispielsweise auch die Wahl der Schülersprecherin / des Schülersprechers stellvertretend für die KSV übernehmen. Da jede Schule eine schuleigene Satzung zur SV beschließt, wird das aber unterschiedlich gehandhabt.

Alle Klassensprecherinnen und Klassensprecher einer Schule bilden die Klassensprecherversammlung (KSV). Diese Versammlung wählt die Schülersprecherin oder den Schülersprecher und einen Stellvertreter. Außerdem gibt es noch das SV-Team. Es besteht in der Regel aus 3-5 Personen, die für die Fragen, Wünsche und Probleme der Schülerinnen und Schüler ein offenes Ohr haben und an die Lehrkräfte weitergeben können. Die Schülersprecher und das SV-Team müssen über wichtige schulische Angelegenheiten informiert werden oder auch ihre Zustimmung bei bestimmten Vorhaben geben. Deshalb sitzen neben den Schülersprechern sogenannte „Delegierte" des SV-Teams in den einzelnen Konferenzen der Schulgemeinschaft. Sie können mitreden, wenn Grundsätze für die Benutzung der Schulanlagen beschlossen werden. Bei einigen Dingen wird auch die Zustimmung der Schülervertretung benötigt: Wenn die Stundentafel geändert wird, wenn der Umfang und die Verteilung von Hausaufgaben geändert werden sollen, bei der Aufstellung von Grundsätzen für die Durchführung von Schulfahrten sowie bei der Organisation des Unterrichts und der Pausen.

Autorentext nach: Schulgesetz für das Land Rheinland-Pfalz (SchulG) vom 30.03.2004, zuletzt geändert durch Gesetz vom 17.12.2020

M15 Ein Interview mit einem Schülersprecher

Jasper W. ist Schülersprecher an seiner Schule in Krefeld. In einem kurzen Interview erklärt er seine Einfluss- und Handlungsmöglichkeiten.

Warum wolltest du Schülersprecher werden?

Ich möchte die Schule gerechter für die Schülerinnen und Schüler machen. Ich habe oft das Gefühl, dass die Schule nur als Ort des Lernens begriffen wird und dabei ist sie viel mehr als das! Schule ist für die Schülerinnen und Schüler da und ihre Interessen möchte ich als Schülersprecher vertreten.

Wie viel Einfluss hast du als Schülersprecher?

Als Schülersprecher hat man sehr viel Einfluss! Zum einen zählt meine Stimme bei den Schulkonferenzen, wo wichtige Angelegenheiten der Schule beraten und entschieden werden. Zum anderen kann ich zusammen mit der SV allerlei Projekte auf die Beine stellen.

Wo hast du konkret die Schule mitgestaltet?

Unser Schulhof sieht jetzt ganz anders aus als früher! Als SV haben wir uns dafür eingesetzt, dass die kalten Bänke auf dem Schulhof Holzplatten bekommen und wir wünschten uns auch neue Tischtennisplatten und Mülleimer für den Schulhof. Wir wollten, dass die Schule ansprechender aussieht und sich die Schülerinnen und Schüler in der Pause wohler fühlen. Diese Idee kam bei der Schulleitung und auch den gewählten Vertretern der Eltern- und Lehrerschaft gut an. Bei der anschließenden Umsetzung haben dann alle mitgeholfen. So konnten wir gemeinsam etwas in der Schule bewegen.

Jasper informiert beim Tag der offenen Tür der Schule über die Schülervertretung.

Interview: Mehmet Akyazi mit Schülersprecher Jasper W., 09.10.2019

Mitbestimmen in der Schule im Schaubild

70091-13

SV-Team

Das SV-Team übernimmt neben den Schülersprechern den Hauptteil der SV-Arbeit (z. B. Vorbereitung der KSV). Jede Schule kann in der schuleigenen Satzung selbst bestimmen, ob das „Team" „SV-Team" oder „SV-Vorstand" genannt wird. Ebenso kann in der Satzung festgelegt werden, ob das SV-Team automatisch aus den Stufensprechern und den Schülersprechern gebildet wird oder nochmals separat von der KSV gewählt wird.

SCHÜLERVERTRETUNG

Der Schülersprecher vertritt zusammen mit dem SV-Team die Interessen und Anliegen aller Schülerinnen und Schüler.

In der Versammlung der Klassensprecher werden die Schülersprecher sowie das SV-Team gewählt. Sowohl in der Versammlung der Klassensprecher, als auch im SV-Team werden Themen, die alle Schülerinnen und Schüler betreffen, diskutiert und gemeinsam Beschlüsse gefasst.

Gesamtkonferenz
Die Gesamtkonferenz ist das wichtigste Entscheidungsgremium jeder Schule in Rheinland-Pfalz. Alle Lehrkräfte sowie Elternvertreter und Delegierte des SV-Teams können an der Konferenz teilnehmen und sind berechtigt über wichtige Angelegenheiten mit abzustimmen. Der Schulleiter leitet die Gesamtkonferenz. Die Gesamtkonferenz berät sich z. B. zu folgenden Themen: Organisation schulischer Veranstaltungen, Maßnahmen zur Förderung von Schülern, Festlegung der Hausordnung, uvm.

M16 Wie können die Pausen attraktiver werden?

Die Schulleitung hat in Aussicht gestellt, dass über den Förderverein 3000 € für eine bessere Pausengestaltung zur Verfügung stehen werden. Die Elternvertretung, die Lehrer und auch das SV-Team haben unterschiedliche Vorstellungen wie dieses Geld verwendet werden soll. Leider kann man mit dem Geld nur einen Teil der Wünsche erfüllen. Die Vorschläge sollen in der Gesamtkonferenz dann diskutiert und beschlossen werden. Im SV-Team kommt es zu Diskussionen, welchen Vorschlag sie den Lehrern und Eltern in der Gesamtkonferenz machen sollen.

Ein großes Klettergerät wäre toll!
(Lars, Klasse 7)

Ich finde es gut, wenn wir viele neue Bänke für draußen und gemütliche Sitzecken für die Aula anschaffen.
(Sarah, Klasse 8)

Ganz klar: Wir brauchen mehr Tischtennisplatten und stellen echte Tore auf den Bolzplatz.
(Emre, Klasse 5)

Wir sollten für das Geld Computerplätze in der Aula einrichten, an denen Schüler arbeiten und chatten können!
(Marlene, Klasse 10)

AUFGABEN

1. Wie kann das Problem auf dem Schulhof gelöst werden?
   a) Beschreibe, welche Interessen im Beispiel aufeinanderstoßen (**M13**).
   b) Erkläre mithilfe von **M14** und **M15**, wie die Schülerinnen und Schüler der Klasse 5b vorgehen können, damit ihr Problem Aufmerksamkeit bekommt.
   c) Entwerft in Kleingruppen Vorschläge und Kompromisse zur Lösung des Problems. Berücksichtigt dabei die Interessen aller Beteiligten.
   d) Diskutiert in der Klasse, welche Vorschläge und Kompromisse ihr für gut und umsetzbar haltet.
2. Untersucht zu zweit die vier Vorschläge zur attraktiven Pausengestaltung.
   a) Notiert Vor- und Nachteile der einzelnen Vorschläge in einer Tabelle (**M16**).
   b) Untersucht, ob Kompromisse möglich sind.
   c) Begründet im Klassengespräch eure Entscheidung, welchen Vorschlag für die Schulpausen das SV-Team machen sollte.
3. Führt ein Interview mit der Schülersprecherin oder dem Schülersprecher eurer Schule durch.

H zu Aufgabe 3
Für das Interview könnt ihr euch an den Interviewfragen aus **M15** orientieren oder auch neue Fragen entwickeln.

Wie sah die Schule früher aus?

Vor 100 Jahren, da sah die Schule noch ganz anders aus. Die Schulen haben sich im Laufe der Zeit stark verändert. Was können wir aus der Vergangenheit für unsere Schule heute lernen?

M17 Der prügelnde Lehrer

Illustration aus dem Jahr 1843. Die Prügelstrafe gehörte lange Zeit zur Tagesordnung an deutschen Schulen. Erst ab den 1970er Jahren wurde sie allmählich abgeschafft.

M18 Eine Schulklasse im Jahr 1950

Eine Knabenklasse einer Frankfurter Schule um das Jahr 1950. An vielen öffentlichen Schulen hat man noch Jungen und Mädchen getrennt unterrichtet. In Gemeinden mit weniger Einwohnern war das nicht möglich.

Zusatzkapitel: Was können wir von Schulen in anderen Ländern lernen?

70091-14

M19 Erich Kästner, Ansprache zu Schulbeginn

In einer fiktiven Rede gibt der Jugendbuchautor Erich Kästner Ratschläge für eine neue Schulklasse:

Katheder
Lehrertisch, Rednerpult

Kanzel
Pult in der Kirche, von dem aus der Pfarrer predigt

„Liebe Kinder, da sitzt ihr nun, alphabetisch oder nach der Größe sortiert, zum ersten Mal auf diesen harten Bänken [...] Eure Stunde X hat geschlagen. Die Familie gibt euch zögernd her und überlässt euch dem Staate. Das Leben nach der Uhr beginnt, und es wird erst mit dem Leben selber aufhören. [...] Lasst euch die Kindheit nicht austreiben! Schaut, die meisten Menschen legen ihre Kindheit ab wie einen alten Hut. [...] Haltet das Katheder weder für einen Thron, noch für eine Kanzel! [...]. Er [der Lehrer] weiß nicht alles, und er kann nicht alles wissen. Wenn er trotzdem allwissend tut, so seht es ihm nach, aber glaubt es ihm nicht! Gibt er hingegen zu, dass er nicht alles weiß, dann liebt ihn! Denn dann verdient er eure Liebe. [...] Und noch eines: Der Lehrer ist kein Zauberkünstler, sondern ein Gärtner. Er kann und wird euch hegen und pflegen. Wachsen müsst ihr selber!"

Erich Kästner: Ansprache zum Schulbeginn. Gesammelte Schriften für Erwachsene. Bd. 7. München/ Zürich, 1969, S.180–184.

M20 Schule statt Arbeit

Ein kleines Mädchen namens "Cosette" fegt die Straße. Zeichnung zum Roman les Miserables (Die Elenden) aus dem Jahr 1862

Die Schulpflicht für Kinder war früher nicht selbstverständlich. Viele Eltern wollten nämlich nicht, dass ihre eigenen Kinder zur Schule gehen. Die Kinder sollten stattdessen in Fabriken, auf Feldern oder sogar in Bergwerken arbeiten. Insbesondere für jüngere Kinder war diese Situation sehr bedrückend, doch viele Familien waren auf das Geld angewiesen. Neue staatliche Regelungen versuchten diese Situation nach und nach zu ändern. 1919 wurde die allgemeine Schulpflicht in Deutschland eingeführt. So war es den Eltern verboten, Kinder während ihrer Schulzeit arbeiten zu lassen.

F Befragt eure Eltern und / oder Großeltern zu deren Erfahrungen während ihrer Schulzeit. Decken sich ihre Erzählungen mit dem was ihr hier gelernt habt?

AUFGABEN

1. Beschreibe das Bild **M17**: Wie fühlen sich wohl die Schülerinnen und Schüler in diesem Moment?

2. a) Vergleicht gemeinsam das Bild einer Schulklasse im Jahr 1950 mit eurem Klassenfoto: Was fällt euch auf (**M18**)?
b) Erläutert, welche Vorstellung von Schule durch die Bilder vermittelt wird (**M17, M18**).

3. a) Stelle dar, was für eine Vorstellung von Schule der Jugendbuchautor Erich Kästner damals hatte (**M19**).
b) Vergleiche diese Vorstellung mit deinen Ergebnissen aus Aufgabe 2b.

4 Die Schulpflicht in Deutschland – ist sie noch zeitgemäß?
a) Erkläre mithilfe von **M20**, warum die Schulpflicht in Deutschland eingeführt wurde.
b) Sammle heutige Vor- und Nachteile der Schulpflicht.

WIE KANN ICH DAS SCHULLEBEN MITGESTALTEN?

KLASSENSPRECHER/IN

Kapitel 3.1, M4-M8

Im Schulgesetz wird die Wahl eines Klassensprechers / einer Klassensprecherin verlangt. Der Klassensprecher vertritt die Interessen der gesamten Klasse vor den Lehrern und im Schülerrat vor der Schule. Um diese Aufgabe auch geeignet ausführen zu können, muss sich die gewählte Person in besonderer Weise eignen. Ein Klassensprecher sollte ausgleichend auftreten, seine Meinung gut vertreten können und sich für Mitschüler einsetzen.
Auch bei einer Klassensprecherwahl gelten festgelegte Grundsätze, die bei allen demokratischen Wahlen angewendet werden. Allgemein bedeutet, dass jeder, der das Wahlrecht besitzt, auch wählen kann. Unmittelbar bedeutet, dass ein Kandidat direkt gewählt wird und nicht über einen Vertreter. Geheim bedeutet, dass nicht mehr nachvollziehbar sein darf, wer wie gewählt hat. Gleich bedeutet, dass jeder Wähler die gleiche Stimmenanzahl hat bzw. jede Stimme gleich viel zählt. Frei bedeutet, dass jeder, der das Wahlrecht hat, wählen oder sich wählen lassen darf.

KONFLIKTE LÖSEN

Kapitel 3.1, M9-M12

Konflikte, die in deiner Klasse auftreten, könnt ihr gemeinsam im Klassenrat lösen. Für den Klassenrat sollten immer eine oder zwei Stunden in der Woche eingeplant werden, sodass Probleme so schnell wie möglich besprochen werden können. Um einen Klassenrat erfolgreich durchführen zu können, müsst ihr gemeinsam Regeln aufstellen, wie ihr Anliegen, Wünsche und Probleme besprechen könnt.
In deiner Schule gibt es außerdem sogenannte Konfliktlotsen, die dafür ausgebildet wurden, Streitigkeiten zu schlichten. Das sind meistens Schülerinnen und Schüler einer höheren Jahrgangsstufe. Auch Vertrauenslehrer an der Schule vermitteln oft bei Streitigkeiten.

SCHULE MITGESTALTEN

Kapitel 3.1, M13-M16

Die Schüler haben das Recht die Schule mitzugestalten. Die Versammlung der Klassensprecherinnen und Klassensprecher vertritt die Interessen aller Schülerinnen und Schüler. Aus dieser Versammlung wird die Schülersprecherin oder der Schülersprecher und ein Stellvertreter gewählt. Meist wird von der Versammlung auch noch das SV-Team gewählt. Die Schülersprecher und das SV-Team vertreten die Schülerinnen und Schüler in der Gesamtkonferenz und der Klassenkonferenz. Die gesamte Versammlung der Klassensprecherinnen und Klassensprecher (mit Schülersprechern und SV-Team) hat wichtige Mitspracherechte bei schulischen Angelegenheiten (Schulfahrten, Organisation des Unterrichts sowie der Pause, uvm.).

3.2 Wie kannst du in deiner Gemeinde mitbestimmen?

Was macht meinen Wohnort lebenswert?

„Hier lässt es sich gut leben!“. So werben viele Städte und Gemeinden für sich auf ihrer Internetseite. Aber wovon hängt es eigentlich ab, ob man an einem Ort gut leben kann?

M1 Wie sieht ein guter Wohnort aus?

Idealtypische Darstellung eines Wohnorts

Welche Funktionen muss ein Wohnort erfüllen, um lebenswert zu sein?

- **Arbeiten**
- **Bildung**
- **Erholung**
- **Versorgung** Lebensmittel, Wasser und Energie
- **Fortbewegung** (Auto, Fahrrad, Bus, ...)
- **In Gemeinschaft leben**
- **Wohnen**

Deinen Wohnort erkunden

Worum geht es?

Jede Gemeinde muss bestimmte Funktionen erfüllen, damit man dort gut leben kann. Darüber hinaus müssen sich die Bewohner wohl fühlen können. Sie wollen ihre Freizeit in Vereinen, im Schwimmbad oder im Kino verbringen können. Mithilfe dieser Methode kannst du herausfinden, welche Einrichtungen es an deinem Wohnort gibt.

Gehe dabei so vor:

1. Schritt: Verschafft euch einen Überblick über euren Wohnort

Verwendet einen Stadtplan eures Wohnorts, um euch einen ersten Überblick zu verschaffen. Bestimmt auf dem Stadtplan welche Gebäude dort welche Funktionen übernehmen. Gibt es beispielsweise Schulen, ein Rathaus, ein Theater? Wie verlaufen die Verkehrswege? Gibt es einen Bahnhof? Gibt es Grünflächen und Gewässer (Flüsse, Seen)? Wo befinden sich Sportvereine oder Schwimmbäder?

2. Schritt: Erkundet euren Wohnort

Um eure direkte Umgebung besser kennenzulernen, ist es von Vorteil, wenn ihr eine kleine Erkundung in eurem Wohnort macht. Ihr könnt auch die direkte Umgebung eurer Schule erkunden.
Ihr braucht für die Erkundung eine Karte eurer Umgebung sowie Buntstifte, Bleistift und einen Block. Macht euch während eurer Erkundung Notizen zu den wichtigsten Einrichtungen: Wo befinden sie sich? Wie heißen sie? Markiert euch diese Dinge in eurer Karte.

3. Schritt: Eine Skizze eurer Umgebung erstellen

Erstellt im Anschluss an eure Erkundung eine Kartenskizze auf Basis eurer Aufzeichnungen. Stellt darauf die unterschiedlichen Verkehrswege, Gebäude, Einrichtungen und Grünflächen in unterschiedlichen Farben dar.

H zu Schritt 1
Wie ihr euch mit einem Stadtplan oder einer digitalen Karte orientiert, könnt ihr auch nochmal bei der Methodenkarte aus Kapitel 2 nachlesen (**Methode: Sich mit Stadtplänen und digitalen Karten orientieren**).

AUFGABEN

1. a) Überlege dir, was dein Wohnort alles haben muss, damit du gerne dort lebst.
b) Erkläre, welche der Einrichtungen in der Skizze welche Funktion übernimmt (**M1**).
c) Begründe, welche der Funktionen wir unbedingt täglich benötigen und welche im Notfall eher unwichtiger sind (**M1**).

2. a) Erkunde deinen Wohnort und erstelle auf Grundlage deiner Ergebnisse eine Kartenskizze (**Methode: Deinen Wohnort erkunden**).
b) Präsentiere die Besonderheiten deines Wohnorts deiner Klasse. Nutze für die Präsentation deine Kartenskizze.

H zu Aufgabe 1c
Gehe dabei auch auf deine Grundbedürfnisse ein (Essen, Schlafen, ...).

Gemeindepolitik – betrifft mich das?

Jeder von uns lebt in einer Gemeinde, auch Kommune genannt. Egal, ob es um die Müllabfuhr oder den Verkehr vor der Schule geht: Ihre Zuständigkeiten und Entscheidungen betreffen uns tagtäglich. Wo kommst du mit Gemeindepolitik in Berührung?

M2 Wie betrifft Gemeindepolitik die Familie?

Linas Familie, die Familie Ahrens, lebt in einer Kleinstadt in Rheinland-Pfalz. An einem normalen Morgen sprechen sie über Dinge, die etwas mit ihrer Gemeinde zu tun haben.

6:30 Uhr, Selma: „Lina, Jonas aufstehen!! Der Schulbus wartet nicht auf euch …!“

7:00 Uhr, Matthias: „Tschüss zusammen, ich muss los – bei den vielen Baustellen komme ich sonst wieder zu spät!“

7:10 Uhr, Selma: „Ich muss auch los, damit ich meinen neuen Personalausweis noch vor dem großen Ansturm im Rathaus bekomme!“

7:15 Uhr, Lina: „Seht mal, in der Zeitung steht, dass das Wiesenbad weiter geschlossen bleiben soll!“

7:20 Uhr, Jonas: „Hier liegt ein Zettel, auf dem steht, dass wir die Mülltonnen noch vor der Schule herausstellen sollen. Ich bin nicht dran!“

7:40 Uhr, Lina: „Hoffentlich ist heute mal weniger Verkehr vor unserem Schulzentrum!“

M3 Aufgaben einer Gemeinde

a

b

c

d

M4 Pflicht oder freiwillige Aufgabe?

Auftragsangelegenheiten
Die Gemeinde übernimmt Aufgaben, die ihr von einer höheren Ebene (Land, Bund oder EU) aufgetragen wurden. Die höhere Ebene bestimmt darüber, ob und wie diese Aufgaben zu erledigen sind, die Gemeinde führt sie nur aus.

AUFGABEN

1. Was hat Gemeindepolitik mit mir zu tun?
   a) Stelle Vermutungen darüber an, wo die Mitglieder der Familie Ahrens mit Gemeindepolitik in Berührung kommen (**M2**).
   b) Berichtet in der Klasse, wo ihr mit Gemeindepolitik in Berührung kommt.
2. Ordne die Bilder einem Aufgabenbereich der Gemeinde zu (**M3**, **M4**).
3. a) Erstelle eine Tabelle zu den Aufgaben der Gemeinden in **M3**,**M4**.
   b) Ergänze die Tabelle mit weiteren Beispielen.
   c) Markiere alle Aufgaben, die dein Leben besonders betreffen.
4. Wie zufrieden seid ihr mit eurer Gemeinde? Tauscht euch zu zweit darüber aus, wo ihr Verbesserungsbedarf in eurer Gemeinde seht.
5. Was sollte es in deiner persönlichen Traumgemeinde geben? Entwirf eine Skizze.
6. Verfasse einen „Post" auf der Homepage eurer Gemeinde, warum Gemeindepolitik auch Kinder und Jugendliche betrifft. Begründe deine Meinung.

H zu Aufgabe 3a
Unterscheide nach „Freiwillige Aufgaben", „Pflichtaufgaben ohne Weisung" und „Pflichtaufgaben nach Weisung".

H zu Aufgabe 4a
Überlegt hierzu beispielsweise Folgendes:
- Gibt es starken Verkehrslärm oder viele baufällige Gebäude in deiner Gegend?
- Gibt es genügend Freizeitangebote für Jugendliche?
- Gibt es genügend Grünanlagen und Plätze, auf denen man sich treffen kann?

Knapp bei Kasse – wofür soll die Gemeinde Geld ausgeben?

Bei vielen Gemeinden sind die Kassen leer. Andere haben genug Geld, um attraktive Orte zu gestalten. Woher bekommt eine Gemeinde eigentlich ihr Geld und wofür gibt sie es aus?

M5 Arme Gemeinde, reiche Gemeinde

Notorisch pleite:
Ludwigshafen am Rhein

Gerolstein: Bücherei erweitert ihr Medienangebot und neuer Citybus kommt

Unter den 3 Gemeinden mit den höchsten Schulden in Deutschland:
Pirmasens und Kaiserslautern

In Rheinland-Pfalz und auch in anderen Bundesländern gibt es „arme" und „reiche" Gemeinden. Viele Gemeinden sind hoch verschuldet. Diese Gemeinden können immer weniger ihre freiwilligen Aufgaben erfüllen. Dann werden z.B. Jugendzentren und Theater geschlossen oder die Schulen und Straßen sind in schlechtem Zustand.

M6 Woher bekommt die Gemeinde Geld?

Alles was in der Gemeinde gestaltet, gebaut und unterhalten werden soll, kostet Geld. Bezahlt werden müssen die Beschäftigten im Rathaus, in den Kindergärten, bei der Feuerwehr, in der Bibliothek usw. Dazu kommen die Zahlungen für Arbeitslose (Hartz IV-Anteil für Wohnen, Heizung, Bildung), die Kosten für die Gebäude, Fahrzeuge, Computer und vieles mehr.
Einen Großteil der Einnahmen erhält die Gemeinde durch Steuern. Steuern sind allgemeine Abgaben der Bürger und Unternehmen, die nicht an einen speziellen Zweck gebunden sind. Manche dieser Steuern erhebt die Gemeinde selbst, wie zum Beispiel die Gewerbesteuer für Unternehmen, die Grundsteuer für Hausbesitzer oder die Hundesteuer für Hundehalter. Von anderen Steuern, die das Land oder der Bund erheben, bekommt die Gemeinde einen Anteil. Außerdem bekommt die Gemeinde Zuschüsse von Bund und Land für konkrete Projekte. Wenn du ins Schwimmbad gehst und dort Eintritt bezahlst, zählt das auch zu den Einnahmen einer Gemeinde. Genauso wie die Gebühren für die Abwasserentsorgung und die Müllabfuhr.
Wenn die Gemeinde nicht genügend Geld hat, um alle Ausgaben zu finanzieren, kann sie auch einen Kredit aufnehmen, das heißt, dass sie sich zusätzlich Geld von einer Bank leiht.
Wenn zum Beispiel ein Unternehmen schließt oder den Ort verlässt, dann kommt weniger Gewerbesteuer in die Gemeindekasse. Wenn es dann in einer Gemeinde viele Arbeitslose gibt, muss auch viel Arbeitslosenunterstützung zum Wohnen gezahlt werden.

Hartz IV
umgangssprachlich für das Arbeitslosengeld II. Von dieser Grundsicherung sollen sich die Menschen Miete, Kleidung, Essen und das Nötigste zum Leben kaufen können.
Die Kosten übernimmt in Teilen der Bund, in Teilen die Kommunen.

M7 Übersichtlich soll es sein – der Haushalt der Gemeinde

Vereinfacht könnte der Haushaltsplan einer Gemeinde so aussehen:

Einnahmen	€	Ausgaben	€
Steuern (Grund-, Gewerbe-, Vergnügungs-, Hundesteuer)		Rat, Ausschüsse, Verwaltung, Bürgerberatung etc.	
Anteil an der Einkommen- und Umsatzsteuer		Jugend, Soziales, Gesundheit	
Verwaltungs- und Benutzergebühren		Grundstücke, Gebäude, Abfallwirtschaft, Schulden	
Sonstige Einnahmen (z. B. Verkaufserlöse aus Ferienkalendern)		Ordnung, Recht, Umwelt	
Finanzhilfen von den Ländern und vom Bund		Kultur, Bildung, Sport	
		Stadtplanung, Wohnen	
Insgesamt	**?**	**Insgesamt**	**?**

M8 Die Ausgaben und Einnahmen der Stadt Baselberg

a) Beispiele für Ausgaben

Aufklärung Grippeimpfung 150.000 €

Einrichtung einer Drogenberatung 300.000 €

Neuer Abenteuerspielplatz 40.000 €

Erschließung Gewerbegebiet 1.700.000 €

Umbau Bahnhofsvorplatz 3.000.000 €

Personalkosten Ordnungsamt 1.900.000 €

Maßnahmen zur Luftreinhaltung 280.000 €

Erhalt einer Stadtteilbibliothek 50.000 €

Renovierung Erlebnisbad 150.000 €

Neubau Schulmensa 300.000 €

Erhalt des Puppentheaters 150.000 €

Förderung des Jugendzentrums 20.000 €

b) Beispiele für Einnahmen

Einkommensteueranteil 1.800.000 €

Steuern der Gewerbebetriebe 2.500.000

Kindergartenbeiträge 800.000 €

Gebühren für Müllentsorgung 800.000 €

Zuschüsse des Landes für Schulkantinen 250.000 €

Verkauf von Info-Broschüren des Tourismus-Büros 50.000 €

Eintrittsgelder Hallenbad 250.000 €

Steuern für Grundstücke 900.000 €

AUFGABEN

1. Benenne das Problem zahlreicher Gemeinden in Rheinland-Pfalz (**M5**).
2. Arbeite aus **M6** Beispiele für Einnahmen einer Gemeinde heraus.
3. Lege eine Tabelle an und ordne die Ausgaben und Einnahmen aus **M8** in den Haushaltsplan **M7** ein.
4. In der Gemeinde Baselberg brechen aufgrund einer Wirtschaftskrise die Einnahmen aus der Gewerbe- und der Einkommensteuer um 2 Mio. € ein. Die Gemeinde muss jetzt sparen (**M8**).
   a) Bildet Gruppen und versetzt euch in die Rolle von Gemeinderatsmitgliedern. Überlegt, welche Vorhaben ihr streichen oder kürzen wollt.
   b) Präsentiert und diskutiert eure Pläne in der Klasse.

F **zu Aufgabe 1**
Erläutere, wie sich die finanzielle Situation einer Gemeinde auf den Alltag der Bürgerinnen und Bürger auswirken kann.

H **zu Aufgabe 4a**
Berücksichtigt dabei die Aufgaben, die ihr unbedingt erfüllen müsst (**M2**).

F **zu Aufgabe 4**
Gibt es auch Möglichkeiten, die Einnahmen zu erhöhen? Welche Auswirkungen haben eure Maßnahmen auf den Alltag der Bürgerinnen und Bürger?

Wer entscheidet in der Gemeinde?

Im Zusammenhang mit deiner Gemeinde sind dir sicherlich schon die Begriffe Bürgermeister, Gemeinderat oder Stadtverwaltung begegnet. Sie alle sind Teil einer Gemeinde und tragen dazu bei, dass das Leben möglichst reibungslos abläuft. Doch wie funktioniert das alles?

M9 Wer macht was in der Gemeinde?

Wo werden Entscheidungen getroffen?

Wenn in den Gemeinden Entscheidungen getroffen werden, geschieht dies im **Gemeinderat**. Dieser wird alle fünf Jahre in geheimer Wahl gewählt. Ein Gemeinderat trifft sich in regelmäßigen Sitzungen und bestimmt mit, ob zum Beispiel eine neue Umgehungsstraße gebaut wird oder neue Wohngebiete erschlossen werden. Ein Gemeinderat entscheidet auch über den Haushaltsplan. Das heißt, hier wird festgelegt, für welche Aufgaben im kommenden Jahr wieviel Geld zur Verfügung stehen wird (= Etatrecht). Er berät und beschließt Vorlagen der Verwaltung und Anträge der Fraktionen. Darüber hinaus kontrolliert der Gemeinderat auch die Verwaltung.

Wer ist der „Chef" der Gemeinde?

Eine Gemeinde wird von einem **Bürgermeister oder einer Bürgermeisterin** geleitet. Er oder sie wird für 5 Jahre gewählt. Eine wichtige Aufgabe des Bürgermeisters ist es, den Gemeinderat oder den Stadtrat zu leiten und er ist auch Chef der Verwaltung und Vorsitzender der Ausschüsse. Der Bürgermeister berät und entscheidet mit, ob zum Beispiel ein neues Jugendzentrum gebaut oder Geld für eine Sportanlage ausgegeben wird. Er führt das Rathauspersonal, repräsentiert die Gemeinde nach außen und vertritt ihre Interessen auf Landesebene.

Wo werden Entscheidungen vorbereitet?

Nicht alle Angelegenheiten, die eine Gemeinde betreffen, können im Gemeinderat ausführlich beraten und diskutiert werden, da dies zu viel Zeit in Anspruch nehmen würde. Außerdem braucht man hin und wieder auch den Rat von Experten, die sich in einer Angelegenheit richtig gut auskennen. Diese Experten treffen sich zur Vorarbeit in den **Ausschüssen**. Die Ausschüsse setzen sich zusammen aus den Vertretern des Gemeinderats und sachkundigen Bürgern.

Wer setzt die getroffenen Entscheidungen um?

Bürgermeister und Gemeinderatsmitglieder sind gewählte Vertreter der Einwohnerinnen und Einwohner einer Gemeinde. In der **Verwaltung** arbeiten jedoch Angestellte der Stadt. Chef ist der Bürgermeister. Da sich die Verwaltungsangestellten hauptberuflich mit den Angelegenheiten einer Gemeinde befassen, sind sie Spezialisten. Deswegen kommen die meisten Vorschläge auch von ihnen und werden vom Bürgermeister in die Gemeinderatssitzungen eingebracht. Die Aufgaben einer Verwaltung bestehen also im laufenden Verwaltungsgeschäft, der Durchführung von staatlichen Auftragsangelegenheiten, dem Erfassen von Beschlussvorlagen und deren Umsetzung.

M10 Mit welchen Themen beschäftigt sich die Gemeinde?

Das Interview wurde mit Ulrike Mohrs, Bürgermeisterin der Stadt Koblenz, kurz nach ihrem Amtsantritt geführt.

Übermorgen, am Montag dem 03. Dezember ist Ihr erster offizieller Arbeitstag. Wie sehen Ihr Programm und Ihre Pläne für die ersten Tage im Amt aus?

Es gibt bereits einen gut gefüllten Terminkalender. Da tagt z.B. direkt am Montag der Ältestenrat, der Stadtvorstand und der Haupt- und Finanzausschuss. Daneben möchte ich sehr zeitnah mit allen Amtsleitungen und im nächsten Schritt mit meinen neuen Mitarbeiterinnen und Mitarbeitern ins Gespräch kommen.

Sowohl Ihre Arbeit, als auch Ihr persönlicher Alltag werden von nun an anders aussehen. Wie haben Sie sich speziell auf die Rolle der Bürgermeisterin vorbereitet?

Ich habe bereits viele Gespräche mit unserem Oberbürgermeister David Langner geführt. Darüber hinaus habe ich bereits einige öffentliche Termine wahrgenommen [...]. Einen regen Kontakt hatte ich natürlich bereits mit den Mitarbeitern meines Büros in der Stadtverwaltung.

Die Förderung und Unterstützung von Jugendlichen ist für Sie ein wichtiges Thema. Welche Verbesserungen möchten Sie für die junge Generation in Koblenz erreichen? Welche anderen Themen und Ziele liegen Ihnen ganz besonders am Herzen?

Ich strebe eine bessere Vernetzung der Beteiligten an, die mit und für Jugendliche arbeiten. Dazu bietet sich eine Jugendberufsagentur unter einem Dach an. Mir ist darüber hinaus natürlich auch das Wohl aller Generationen wichtig. Hier werde ich einen Fokus auf das Thema Mehrgenerationenmodelle legen.

Stadt Koblenz: Interview zum Amtsantritt von Bürgermeisterin Ulrike Mohrs: Rübenacherin hat ihr Amt jetzt offiziell angetreten. Das Interview führte Heiko Breitbarth. In: www.unser-ruebenach.de, abgerufen am 02.02.2021

Ulrike Mohrs informiert die Medien über eine Behelfspflegeeinrichtung für Corona-Erkrankte im März 2020.

Schaubild
Wie wird in der Gemeinde entschieden?

70091-15

AUFGABEN

1. Wer macht was in der Gemeinde?
   a) Benenne, wer alles in einer Gemeinde etwas entscheiden kann (**M9**).
   b) Stelle grafisch in einem Schaubild dar, wie eine Gemeinde funktioniert (**M9**).
2. Arbeite mit dem Interview der Bürgermeisterin in **M10**.
   a) Arbeite heraus, welche Tätigkeiten Frau Mohrs bereits bei ihrem Amtsantritt zu erledigen hat.
   b) Nenne Themen, für die sie sich einsetzt.
3. Diskutiert in der Klasse, ob sich eine Mitarbeit in der Gemeinde lohnt.

F zu Aufgabe 2
Führt ein Interview mit dem Bürgermeister oder einem Mitglied des Rates in eurer Gemeinde. Orientiert euch dafür an den Interviewfragen in **M10**.

Wie kann ich mich in der Gemeinde einbringen?

Die Gemeinde ist angewiesen auf die Mitarbeit ihrer Bürgerinnen und Bürger. Schließlich geht es auch um ihre Interessen. Weißt du, wie du dich einbringen kannst?

M11 Verkehrs-Chaos am Schulzentrum

Jeden Morgen spielen sich chaotische Szenen vor dem Schulzentrum ab: Unerlaubtes Halten, lange Autokolonnen und auch Beinahe-Unfälle mit Radfahrern gehören bereits zum morgendlichen Ritual auf der Theodor-Heuss-Straße. Viele Eltern haben wegen des hohen Verkehrsaufkommens Sorge um die Sicherheit ihrer Kinder und lassen sie deshalb nur ungern zu Fuß oder mit dem Fahrrad zur Schule kommen. Dadurch hat der Autoverkehr vor dem Schulzentrum noch weiter zugenommen. Alle Beteiligten sind das morgendliche Verkehrschaos leid, doch niemand ändert was an dieser Situation.

Oft stehen Autos in zwei Reihen oder auf den Gehwegen vor den Eingangsbereichen des Schulzentrums, um Kinder zu bringen oder abzuholen. Es wird manchmal so eng, dass Fußgänger und Fahrradfahrer ausweichen müssen.

Es ist sehr schlimm! Meine Kinder müssen sich täglich zu Fuß durch die Autokolonnen bewegen. Das geht nicht mehr. Es sind schon zwei Kinder verletzt worden. Ich mache mir Sorgen ...

M12 Wie kann man sich einbringen?

- wählen gehen
- Zeitung lesen
- einen Brief an den Bürgermeister oder die Gemeindevertretung schreiben
- an einer Demonstration teilnehmen
- sich für einen Bürgerentscheid einsetzen
- Leserbrief an die Zeitung schreiben
- sich ins Jugendparlament der Gemeinde wählen lassen
- Unterschriften sammeln
- eine Petition an den Gemeinderat schicken
- ein Flugblatt verfassen
- an einer Bürgerinitiative mitwirken
- einen Infostand organisieren
- Bürgersprechstunden nutzen
- einer Partei beitreten
- ein Ehrenamt übernehmen

M13 Kinder und Jugendliche mischen mit: Das Jugendparlament Worms

Ein Gremium, das es in einigen, aber nicht in allen Gemeinden gibt, ist das Jugendparlament, oft auch Kinderparlament oder Jugendrat genannt.

Das Jugendparlament in Worms hat das Ziel die Interessen der Jugendlichen in Worms zu vertreten. Es setzt sich aus 15 Vertreterinnen und Vertretern der Wormser Jugendlichen zusammen, die frei gewählt wurden. Die Vertreterinnen und Vertreter werden alle zwei Jahre neu gewählt.

Das Jugendparlament kann zu Themen, die die Jugendlichen in Worms betreffen, beim Stadtrat der Stadt Worms mitreden. Hierfür kann das Jugendparlament Empfehlungen machen und Anträge stellen, die der Stadtrat und die Stadtverwaltung dann innerhalb von drei Monaten prüfen müssen.

Hierzu kann eine Vertreterin oder ein Vertreter des Jugendparlaments an öffentlichen Sitzungen des Stadtrats teilnehmen und hat ein Recht zur Mitsprache bei beispielsweise folgenden Themen: Ampelregelungen, Straßenverkehr, Schulbusse sowie Grünflächen-, Spielplatz-, und Schulhofgestaltung.

Alle Jugendlichen und jungen Erwachsenen aus Worms, die zwischen 14 und 21 Jahre alt sind, können in das Jugendparlament gewählt werden. Wenn man als Jugendlicher in Worms also etwas verändern will, sich in die Politik einmischen will, Veranstaltungen planen oder auch Ansprechpartner für andere Jugendliche sein will, sollte man im Jugendparlament mitwirken.

Nach: Satzung zur Einrichtung eines Jugendparlaments in der Stadt Worms vom 15.08.2005, www.kijub-worms.de, abgerufen am 02.02.2021

Jugendparlament, das jedes zweite Jahr im dänischen Parlament stattfindet. Ziel dieses Jugendparlaments ist es nicht, aktiv Anträge einzubringen wie im Kinderparlament Hilden, sondern die Arbeitsweise der Politiker, die dort normalerweise sitzen, besser zu verstehen.

KINDER- UND JUGENDPARLAMENTE

Die Gemeinden sind dazu verpflichtet, Kinder und Jugendliche in Entscheidungsverfahren, die sie betreffen, miteinzubeziehen. Dies geschieht in vielen Gemeinden durch das Jugendparlament.
Als Mitglieder des Jugendparlaments könnt ihr eure Interessen gegenüber der Gemeinde vertreten. Die Mitglieder des Parlaments informieren die Öffentlichkeit und die Vertreter der Politik über eure Wünsche und Bedürfnisse. So helfen sie, die Situation in eurer Schule oder die Freizeitmöglichkeiten in eurem Ort zu verbessern.

AUFGABEN

1. a) Fasse das Problem am Schulzentrum in eigenen Worten zusammen (**M11**).
   b) Sammelt erste Ideen für mögliche Lösungen des Problems im Plenum.
2. Wie kannst du dich in deiner Gemeinde einbringen?
   a) Besprecht im Plenum, welche der Möglichkeiten sich einzubringen für euch in Frage kommen, und welche noch nicht (**M12**).
   b) Entscheide dich für die vier wichtigsten Beteiligungsmöglichkeiten, um bei dem Problem am Schulzentrum und vergleichbaren Problemen etwas verändern zu können.
3. Wie könnt ihr zur Lösung des Problems am Schulzentrum im Jugendparlament beitragen? Arbeitet in Kleingruppen zusammen.
   a) Beschreibt, wie das Jugendparlament arbeitet und wer dort miteinbezogen wird (**M13**).
   b) Gestaltet einen Aktionsplan in einer Sitzung im Jugendparlament. Macht dort konkrete Vorschläge zur Verbesserung der Situation am Schulzentrum (**M11-M13**).
4. Recherchiere, welche Mitbestimmungsmöglichkeiten Kindern und Jugendlichen in deiner Gemeinde eröffnet werden.

Wie kann man sich direkt an Entscheidungen beteiligen?

Vor wichtigen politischen Entscheidungen finden nicht selten lange Diskussionen statt. Ob die Interessen der Bürgerinnen und Bürger berücksichtigt werden, hängt auch davon ab, wie stark sie sich für etwas einbringen. Welche Möglichkeiten gibt es direkt an einer Entscheidung mitzuwirken?

M14 Situation in der Gemeinde

Unter der Fragestellung „Soll die Theodor-Heuss-Straße zu einer Fußgängerzone umgewandelt werden?", sammeln Lina und ihr Vater vor dem Schulzentrum Unterschriften für ein Bürgerbegehren. Sie möchten, dass das Verkehrschaos vor der Schule aufhört und wollen durch die Umwandlung erreichen, dass kein Auto mehr die Theodor-Heuss-Straße befahren darf.

M15 Welche Interessen haben die beteiligten Personen?

Ratsmitglied Herr Schewe: „Die Eltern müssen doch irgendwo parken, wenn sie ihr Kind zur Schule bringen wollen. Oft müssen sie auch selbst zur Arbeit und haben keine Zeit."

Mutter von Ben: „Wie soll ich denn mein Kind zur Schule bringen, wenn ich nirgendwo in der Nähe parken oder anhalten kann? Die nächste Haltemöglichkeit ist fast 10 Minuten von der Theodor-Heuss-Straße entfernt!"

Schulleiter Herr Ates: „Unsere Schülerinnen und Schüler brauchen mehr Selbständigkeit. Dafür wäre es gut, wenn sie weniger von Elterntaxis direkt vor die Schule gebracht werden würden."

Ratsmitglied Frau Truong: „Es ist doch besser für die Umwelt, wenn riesige Autokolonnen vor dem Schulzentrum vermieden werden. Dafür darf man auch ruhig einen längeren Weg zur Schule in Kauf nehmen!"

Bürgermeisterin Frau Gaar: „Ich kann zwar den Protest verstehen, doch im Gemeinderat sind wir mehrheitlich gegen eine Umwandlung. Die Straße wird nicht nur von Eltern genutzt. Falls das Bürgerbegehren erfolgreich ist, entscheiden dann aber natürlich die Bürgerinnen und Bürger über den Fall."

M16 Was ist ein Bürgerbegehren?

Ein Bürgerbegehren ist ein Mittel, um die Entscheidung über Gemeindefragen an die Bürgerinnen und Bürger zu übertragen. Ein Bürgerbegehren ist nur dann erfolgreich, wenn eine bestimmte Prozentzahl an wahlberechtigten Bürgerinnen und Bürgern diesen Antrag unterschreibt. Dann kommt es zu einem Bürgerentscheid, bei dem alle Bürgerinnen und Bürger über die Frage im Antrag entscheiden können. In diesem Fall entscheiden dann die Bürger, was passieren soll. Der Gemeinderat muss dann die Entscheidung des Bürgerentscheids akzeptieren. Bis dahin gibt es viele Hürden zu überwinden:

Unterschriften für die eigene Idee sammeln: Menschen auf dem Markt, in Supermärkten können angesprochen werden, um das Anliegen zu erklären.

→ 10 Prozent der Einwohner müssen das Bürgerbegehren unterschreiben. Die Anzahl der benötigten Unterschriften muss anhand der Einwohnerzahl der Gemeinde ausgerechnet werden.

↓ Die gesammelten Unterschriften werden dem Gemeinderat übergeben.

↓ Stimmt der Gemeinderat zu, wird die Fußgängerzone umgesetzt.

→ Stimmt der Gemeinderat nicht zu, kommt es nicht zur Umsetzung. Jetzt wird zum Bürgerentscheid aufgerufen. Dafür wird eine Unterschrift von 25 Prozent der Einwohner benötigt.

→ Stimmen 25 Prozent der Stimmberechtigten zu, wird die Fußgängerzone umgesetzt.

AUFGABEN

1. Beschreibe die Situation in der Gemeinde. Warum sammeln Lina und ihr Vater Unterschriften (**M14**)?
2. Fasse die Interessen der Beteiligten in Stichpunkten zusammen und ordne sie in einer Tabelle ein: Wer ist für die Umwandlung der Theodor-Heuss-Straße in eine Fußgängerzone und wer ist dagegen (**M15**)?
3. Wie können Entscheidungen durch ein Bürgerbegehren erfolgen?
   a) Beschreibe mit eigenen Worten, was ein Bürgerbegehren ist (**M16**).
   b) Erkläre, was passieren würde, wenn Lina und ihr Vater genug Unterschriften gesammelt hätten (**M16**).
   c) Würdest du am Bürgerbegehren für eine autofreie Theodor-Heuss-Straße teilnehmen? Begründe deine Antwort.
4. Recherchiere, ob es in deinem Wohnort schon einmal ein Bürgerbegehren gegeben hat und stelle das Ergebnis deiner Klasse vor.

H zu Aufgabe 3c
Folgende Formulierungen helfen dir dabei:
- Ich würde am Bürgerbegehren teilnehmen, weil ...
- Diese Ansicht vertrete ich, weil ...
- Ich möchte bewirken, dass ...

WIE KANN ICH IN MEINER GEMEINDE MITBESTIMMEN?

AUFGABEN EINER GEMEINDE

Kapitel 3.2, M2-M3

Eine Gemeinde hat viele Aufgaben, die das tägliche Leben betreffen. Diese lassen sich in Pflichtaufgaben (z. B. Wasserversorgung, Müllentsorgung, Straßenbau usw.), Auftragsangelegenheiten (z. B. Bau von Schulen, Brandschutz, Pass- und Meldewesen usw.) und freiwillige Aufgaben (z. B. Bau von Spielplätzen, Freibädern, Büchereien etc.) unterteilen.

FINANZEN UND HAUSHALTSPLANUNG

Kapitel 3.2, M5-M8

Gemeinden haben unterschiedliche Einnahmequellen: Steuern, Abgaben und Gebühren. Gleichzeitig haben Gemeinden feste Ausgaben für ihre Pflichtaufgaben plus die Ausgaben für die freiwilligen Aufgaben. Eine der wichtigsten Aufgaben des Gemeinderates ist es, den Gemeindehaushalt zu beschließen. Das sind alle Einnahmen und Ausgaben für das folgende Kalenderjahr. Neue Projekte, z. B. zur Zukunftsgestaltung der Gemeinde, sind immer von der finanziellen Situation der Gemeinde abhängig. Viele Gemeinden sind hochverschuldet. Das heißt, dass sie für ihre Aufgaben in der Vergangenheit deutlich mehr Geld ausgegeben haben, als ihnen zur Verfügung stand.

ORGANISATION EINER GEMEINDE

Kapitel 3.2, M9, M10

Die Verwaltung der Gemeinde wird vom Bürgermeister geleitet. Bürgermeister und Verwaltung führen die Beschlüsse der Gemeindevertretung aus. Wenn in den Gemeinden in Deutschland Entscheidungen getroffen werden, müssen daran auch die Bürgerinnen und Bürger beteiligt werden. Daher gibt es auch hier Parlamente, die Gemeinderat genannt werden (in Städten Stadtrat). Dieser wird von den Einwohnern der jeweiligen Gemeinde gewählt. Die Gemeinderatsmitglieder kommen zu regelmäßigen Sitzungen zusammen, beschließen den Haushaltsplan und bestimmen mit, welche freiwilligen Aufgaben die Gemeinde übernimmt.

MITBESTIMMUNG IN DER GEMEINDE

Kapitel 3.2, M11-M16

Eine Gemeinde ist für viele verschiedene Bereiche des Alltags zuständig. Alle Bürgerinnen und Bürger einer Gemeinde können sich hierbei einbringen und ihre Wünsche oder Probleme zum Ausdruck bringen. Dabei gibt es sehr viele verschiedene Möglichkeiten in der Gemeinde mitzubestimmen. Eine Möglichkeit für Kinder und Jugendliche sich einzubringen, ist das Kinder- und Jugendparlament. Dieses existiert bereits in vielen Gemeinden. Die Gemeinde bezieht eure Interessen und Bedürfnisse hierüber mit ein. So könnt ihr dazu beitragen, die Schule oder Freizeitmöglichkeiten im Ort zu verbessern.

3.3 Wie sah Mitbestimmung im antiken Griechenland aus?

Was verbindet die alten Griechen?

Heutige Begriffe wie „Politik“ oder auch „Polizei“ haben ihren Ursprung im antiken Griechenland. Sie leiten sich vom griechischen Begriff Polis, Mehrzahl Poleis, ab. Diese Poleis verbanden und trennten die alten Griechen zugleich.

M1 Wo lebten die Griechen um 500 v. Chr.?

Die Poleis waren unabhängige Staaten, also Stadtstaaten. Sie waren im ganzen südöstlichen Mittelmeerraum verteilt.

M2 Wie sah eine damalige Polis aus?

Zu einer Polis gehörte meist auch eine Akropolis. Dabei handelte es sich um eine Burg oberhalb einer Siedlung, die zur Abwehr äußerer Eindringlinge diente. Die wohl bekannteste Akropolis kann man noch immer im heutigen Athen sehen. Im städtischen Siedlungskern der Poleis spielte sich das öffentliche Leben ab. Mittelpunkt einer Polis war die Agora. Auf diesem zentralen Platz wurde gehandelt, gemeinsam gefeiert und Politik gemacht, d. h. besprochen und entschieden, was alle Bürger der Polis betraf. Die Bürger einer Polis bildeten eine Gemeinschaft in Frieden und Krieg - sie verteidigten und versorgten sich selbst. Die meisten Polis-Bewohner lebten von der Landwirtschaft und bebauten den Grundbesitz im Umkreis der Stadt.

M3 Viele Stadtstaaten - eine Kultur

Das antike Griechenland war kein einheitlicher Staat, sondern bestand aus mehreren Poleis. Das waren Orte, die meistens weniger als 100 km² umfassten und nur wenige Tausend Einwohner hatten. Größere Poleis wie Athen oder Sparta bildeten hierbei Ausnahmen. Oft sprachen die alten Griechen dieselbe Sprache und glaubten an dieselben Götter. Trotzdem verstanden sich die Griechen vor allem als Angehörige ihrer Polis und betrachteten Griechen aus einer anderen Polis als Fremde. Jede Polis hatte eigene Münzen und Regeln des Zusammenlebens. Nicht selten kam es sogar zu Kriegen zwischen den Poleis, ein

Zusatzkapitel:
- Olympische Spiele früher und heute
- Die Götter der Griechen

70091-16

Beispiel dafür ist der langandauernde Konflikt zwischen Athen und Sparta (Peloponnesischer Krieg). Manchmal konnten die Konflikte aber auch mit friedlichen Mitteln ausgetragen werden, denn alle vier Jahre fanden die Olympischen Spiele statt, an denen alle Poleis teilnehmen konnten.

Fast jeder Stadtstaat hatte eigene Münzen. Münzen aus der Polis Athen erkannte man an der Eule und der Göttin Athene, der Schutzgöttin der Stadt.
(Münze aus Athen, um 500 v. Chr., und 1-Euro-Münze aus Griechenland, 2002)

POLIS

Die alten Griechen nannten die Orte, an denen sie lebten, Polis. Eine Polis war immer ähnlich aufgebaut und bestand aus einem Zusammenschluss mehrerer Dörfer. Das antike Griechenland bestand aus mehreren dieser Poleis.
Obwohl viele Griechen dieselbe Sprache sprachen und an dieselben Götter glaubten, fühlten sie sich zunächst ihrer Polis verbunden. Die bekanntesten Poleis waren Sparta und Athen.

H zu Aufgabe 1b
Sieh dir hierzu an, wo überall Gebirge zu finden sind und wo nicht.

H zu Aufgabe 3
Gemeinsam war allen Griechen beispielsweise, dass sie Wettkämpfe gemeinsam an den gleichen Orten austrugen (siehe auch Karte **M1**).

AUFGABEN

1. a) Beschreibe die Lage der Städte (**M1**).
   b) Stelle Vermutungen an, warum die Griechen genau an diesen Stellen siedelten (**M1**).
2. Stell dir vor, du machst eine Zeitreise in das antike Athen und berichtest deinen Freunden darüber. Verfasse einen Bericht, in welchem du den Aufbau und das Zusammenleben in einer Polis beschreibst (**M2**).
3. Arbeitet zu zweit die Gemeinsamkeiten und Unterschiede der antiken Griechen heraus (**M1-M3**).

Alltag in Athen – ein gerechtes Zusammenleben?

Athen war die größte Polis im antiken Griechenland und hatte – ähnlich wie viele Großstädte heute – eine sehr breite und gemischte Bevölkerung. Wie organisierte man hier das Zusammenleben?

M4 Wie war die Bevölkerung der Polis Athen eingeteilt?

40 000 Bürger

30 000 Mitbewohner (Metöken)

130 000 Frauen und Kinder

100 000 Sklaven und Sklavinnen

M5 Wie sah der Alltag für die Athener aus?

„Ich bin ein wichtiger und wohlhabender Beamter, der ein hohes Ansehen in Athen genießt. Ich besitze das völlige Bürgerrecht und nehme regelmäßig an Versammlungen teil, wo wichtige politische Entscheidungen getroffen werden."

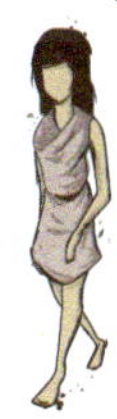

„Ich verbringe die meiste Zeit zu Hause. Bei größeren Handelsgeschäften und auch vor Gericht vertritt mich mein Mann Ilias. Dafür habe ich in meinen eigenen vier Wänden viel zu sagen und verteile Aufgaben an unsere Sklaven."

„Ich bin Bürger der Polis Megara und habe mich aus beruflichen Gründen für eine längere Zeit in Athen niedergelassen. Ich werde aber wie ein Fremder behandelt und genieße keine politischen Rechte, da ich als Bürger einer anderen Polis gelte."

„Ich muss im Haus arbeiten und gelte als das Eigentum von Ilias. Mein Herr ist ein wichtiger Beamter in Athen, doch meistens habe ich nur mit seiner Frau zu tun, die mir ständig neue Aufgaben gibt. Zwar bin ich völlig rechtlos, dafür habe ich aber ein Dach über dem Kopf!"

„Jeden Tag muss ich unterirdisch graben. Pausen oder Erholung gibt es nicht und wenn wir uns wehren, dann werden wir von unserem Herren geschlagen. Es ist ein furchtbares Leben!"

BEVÖLKERUNGSGRUPPEN IN ATHEN

Die Gesellschaft in Athen war sehr ungleich aufgebaut. Nur freie Männer waren vollwertige Bürger und durften Entscheidungen treffen.
Alle anderen gesellschaftlichen Gruppen, darunter Metöken (Fremde), Frauen und Kinder sowie Sklaven waren davon ausgeschlossen. Sie durften nicht an politischen Versammlungen teilnehmen und auch keine Häuser und Land besitzen.

M6 Darstellung von Metöken

Abwiegen von Waren, Vasenmalerei, um 540 v. Chr. Auf den Märkten waren viele Metöken tätig.

Mindmap
→ Methodenglossar

AUFGABEN

1. Beschreibe die Bevölkerungsverteilung in der Polis Athen: Was fällt bei der Einteilung auf (**M4**)?
2. a) Ordne die Aussagen in **M5** einer Bevölkerungsgruppe in Athen zu: Männlicher Bürger / Frau / Haussklave / Bergwerkssklave / Metöke. Überprüfe deine Zuordnung mithilfe von **M4** und dem Begriffskasten.
   b) Erstelle eine Mindmap zur Bevölkerung Athens und fasse stichpunktartig die Rechte der jeweiligen Gruppe zusammen (**M5**).
3. Beschreibe das Bild und erläutere, was es über die Situation der Metöken preisgibt (**M6**, **Methode: Ein geschichtliches Bild lesen**).
4. Diskutiert in der Klasse über das Zusammenleben in Athen: Inwieweit war das Zusammenleben der Athener gerecht (**M4-M6**)?

Ein geschichtliches Bild lesen

Worum geht es?

In einem Bild steckt oft mehr als man im ersten Moment denkt. Deshalb ist es oft sehr wichtig, bei der Betrachtung des Bildes kleinschrittig vorzugehen. Die Beschreibung eines Bildes kann dabei helfen, ein komplexes Bild besser zu verstehen und einzuordnen.

Gehe dabei so vor:

1. Schritt: Beschreibe den Bildinhalt

Beschreibe, was im Bild dargestellt ist. Das können Personen, Tiere oder Gegenstände im Bild sein. Als nächstes solltest du die Situation im Bild beschreiben. Versuche bei der Beschreibung wichtige und unwichtige Informationen zu trennen.

2. Schritt: Untersuche die Bedeutung des Bildes

Wird auf ein Problem hingewiesen? Wird auf etwas Bestimmtes angespielt? Versuche die Bedeutung des Bildes herauszustellen. Achte dabei auch auf die Beziehung der einzelnen Bildelemente zueinander (zum Beispiel der Personen im Bild zueinander).

3. Schritt: Stelle das Ziel des Bildes heraus

Oft wurden Bilder mit einem bestimmten Ziel gemacht. Überlege dir, was sich der Macher des Bildes womöglich gedacht hat und versuche dabei auch deine Ergebnisse aus den ersten beiden Schritten miteinzubeziehen.

4. Schritt: Gehe auf die Wirkung des Bildes ein

Beschreibe die Wirkung des Bildes auf dich. Würdest du dem Ziel des Machers zustimmen oder stehst du dem Bild eher kritisch gegenüber?

Beschreibung eines Bildes im Beispiel

70091-17

Wie funktionierte die erste Demokratie?

Die Idee, dass in einer Demokratie das Volk entscheidet, ist nicht neu. Sie entstand bereits im 5. Jahrhundert vor Christus im antiken Athen. Die Idee der Athener: Das Volk herrscht über sich selbst. Doch wie funktionierte eine Demokratie, die vor so langer Zeit entstand?

M7 Volksversammlung auf dem Pnyx-Hügel

Die Bürger trafen sich in Volksversammlungen, um über politische Fragen zu entscheiden. Zwischen 5.000 und 7.000 Athener kamen auf dem Pnyx-Hügel zusammen (Rekonstruktionszeichnung).

M8 Wie lief eine Volksversammlung ab?

Rat
In einem Rat kommen Personen zusammen, die gemeinsam etwas beraten und organisieren.

Ein Athener Bürger hätte Folgendes über seine Arbeit im Rat berichten können:

„Heute bereiten wir im Rat die Volksversammlung vor. Als Rat sind wir für die Organisation und auch den Ablauf der Volksversammlung zuständig. Solche Versammlungen müssen nämlich mindestens vierzigmal im Jahr stattfinden. Vier Tage vor Beginn lassen wir die Volksversammlung auf dem Markt ankündigen, damit auch jeder Bürger weiß, dass sie bald stattfindet. Eigentlich könnten bis zu 30.000 Bürger erscheinen, doch wahrscheinlich werden es am Ende nur 6.000 sein. Viele unserer Mitbürger müssen arbeiten und haben oft keine Zeit. In der Volksversammlung kann jeder Bürger mitreden und hat bei Abstimmungen eine Stimme. Oft finden sehr viele spannende Diskussionen statt, nicht selten wird auch gestritten. Die Versammlungen sind äußerst wichtig: dort verabschieden wir Gesetze, die dann von Beamten umgesetzt werden. Außerdem wird die Arbeit der Beamten selbst geprüft. Oft losen wir solche Ämter nach dem Zufallsprinzip aus. Dadurch hat jeder Mal die Chance, ein wichtiges Amt zu bekleiden. Ich wurde ebenfalls in den Rat gelost. Eigentlich sind die Menschen nicht immer für ihr Amt geeignet, zum Beispiel losen wir auch das Amt des Richters aus. Allerdings kann ich mir eine gerechtere Vorgehensweise derzeit nicht vorstellen."

M9 Was machte die attische Demokratie aus?

Nach dem Bericht eines antiken Historikers soll der Politiker Perikles folgende Rede gehalten haben:

„Der Staat, den wir haben, richtet sich nicht nach den Gesetzen anderer, viel eher sind wir selbst für manchen ein Vorbild, als dass wir andere nachahmten. Mit Namen heißt sie, weil die Entscheidungen im Staat nicht auf wenige, sondern auf die Mehrheit ausgerichtet ist, Demokratie. Es haben aber nach den Gesetzen [...] alle das gleiche Recht. [...] Frei leben wir als Bürger im Staat und frei vom gegenseitigen Misstrauen des Alltags [...]."

Thukydides, Der Peloponnesische Krieg , übers. u. hrsg. v. Helmuth Vretska und Werner Rinner, Stuttgart: Reclam-Verlag 2000, S. 138

Perikles
Ein einflussreicher Staatsmann, der von etwa 490 bis 429 v. Chr. in Athen lebte. Perikles war ein guter Redner und eifriger Verteidiger der Demokratie. Sein Einfluss in der Politik brachte ihm aber auch viel Kritik ein.

DEMOKRATIE

Demokratie ist eine Herrschaftsform, in der die Macht vom Volk ausgeht. Sie hat ihren Ursprung im antiken Athen.
Dort kamen die Bürger in Volksversammlungen zusammen. Gemeinsam verabschiedeten sie Gesetze, losten politische Ämter aus und prüften die Arbeit der Beamten. An den Versammlungen durften aber nur männliche Bürger teilnehmen, die bereits über 20 Jahre alt waren. Heutige Demokratien hingegen sehen ganz anders aus.

AUFGABEN

1. a) Beschreibe den Ablauf einer Volksversammlung in Athen (**M7**, **M8**).
b) Erläutere anhand des Berichtes, welche Aufgaben die Volksversammlung in Athen hatte (**M8**).

2. Emre meldet sich in der Klasse und meint: „Wir sollten doch am besten dann unseren Klassensprecher auslosen. Das wäre am gerechtesten!" Stimmst du ihm zu? Begründe deine Meinung (**M8**).

3. „Mit Namen heißt sie, weil die Entscheidungen im Staat nicht auf wenige, sondern auf die Mehrheit ausgerichtet ist, Demokratie."
a) Nenne die Kennzeichen der Demokratie, die in der Rede von Perikles deutlich werden (**M9**).
b) Bewerte Perikles Aussage, indem du dein Wissen aus **M8** sowie **M4-M6** zu den Bevölkerungsgruppen miteinbeziehst.

4. Du bist Youtuber und willst in einem Video die Demokratie in Athen erklären. Erstelle einen Sprechertext für das Lernvideo (**M7-M9**, **Methode: Einen Sprechertext für ein Lernvideo erstellen**).

H zu Aufgabe 1b
Beschreibe hierbei auch, wie Abstimmungen stattfinden und wie gewählt wird.

Demokratie in Athen – (k)ein Vorbild für heute?

Heutige Demokratien haben vieles von den alten Griechen übernommen. Ihr Verständnis von Volksherrschaft war in vielerlei Hinsicht vorbildlich für die modernen Staaten. Trotzdem sehen heutige Demokratien ganz anders aus.

M10 Eine Diskussion über den Wandertag

Die Klasse von Lina und Emre diskutiert darüber, wohin der Wandertag gehen soll. Lina ist der Auffassung, dass die Klasse darüber abstimmen soll. Jeder sollte seine Vorlieben mitteilen können und in einer Abstimmung die Mehrheit gewinnen. Emre möchte, dass die Klassensprecher das entscheiden. Schließlich wurden sie als Vertreter der Klasse gewählt und sollen sich um Dinge, die die Klasse betreffen, kümmern.

M11 Mitbestimmung früher und heute im Vergleich

a) Mitbestimmung im antiken Athen

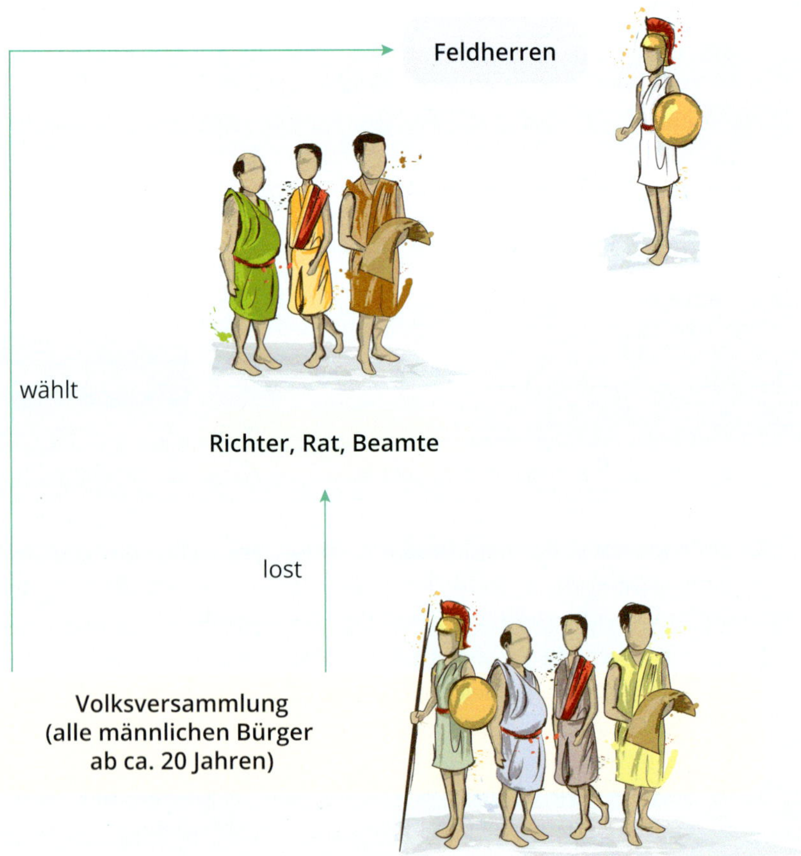

Im antiken Athen wurden politische Entscheidungen direkt von den Bürgern in der Volksversammlung getroffen. Die damalige Demokratie wird deshalb auch als direkte Demokratie bezeichnet.

b) Mitbestimmung in Deutschland heute

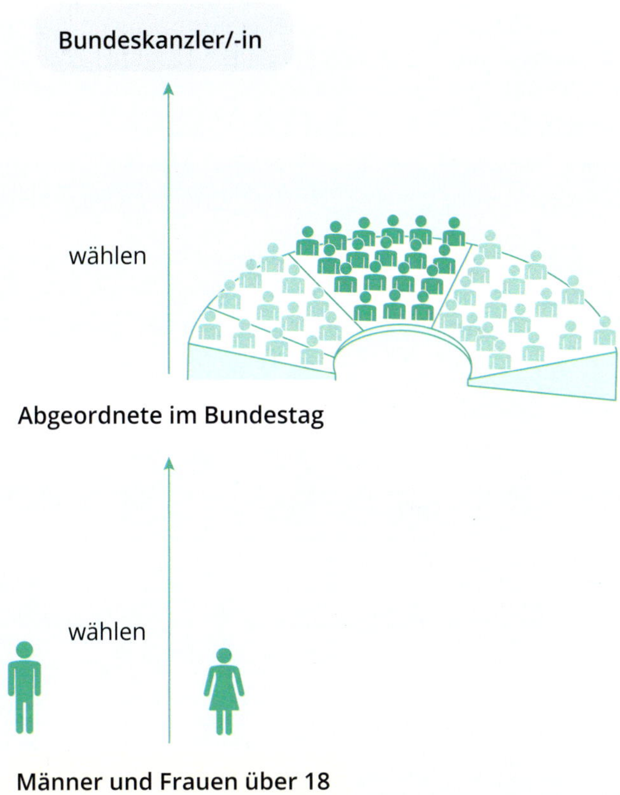

In der heutigen Bundesrepublik Deutschland dürfen alle volljährigen Bürgerinnen und Bürger den Bundestag wählen. Dort vertreten dann die gewählten Abgeordneten ihre Interessen stellvertretend für sie. Diese Form der Demokratie wird auch als indirekte Demokratie bezeichnet.

AUFGABEN

1. a) Stelle die Vor- und Nachteile der Vorgehensweisen von Lina und Emre gegenüber (**M10**).
   b) Begründe, wessen Vorschlag du besser zur Entscheidungsfindung geeignet hältst.
2. a) Lege eine Tabelle an und beschreibe stichwortartig in der einen Spalte die antike Demokratie, in der anderen Spalte die Demokratie in Deutschland.
   b) Erläutere die Unterschiede zwischen den beiden Demokratien (**M11**).
3. Erkläre, bei welchen Verfahren im Beispiel **M10** die direkte bzw. die indirekte Demokratie angewandt werden (**M11**).
4. Ist die Demokratie im antiken Athen ein Vorbild für heute? Diskutiert dazu in der Klasse.

H zu Aufgabe 1a
Stelle hierzu die Vorgehensweisen der beiden erst einmal in einer Tabelle gegenüber und arbeite dann in zwei weiteren Spalten die Vor- und Nachteile heraus.

H zu Aufgabe 1b
Sieh dir hierzu vor allem an, wer mitbestimmen darf und wie diese Mitbestimmung im Vergleich aussieht.

H zu Aufgabe 2a
Unterscheide beim Vergleich der Demokratien zwischen Teilnehmern, Vorgehensweisen und Art der Entscheidungsfindung und lege hierfür jeweils eine neue Spalte an.

Einen Sprechertext für ein Lernvideo erstellen

Worum geht es?

Ein Lernvideo kann helfen, schwierige Themen besser zu verstehen. Bei dieser Methode soll ein eigener Sprechertext für solch ein Lernvideo erstellt werden.

Gehe dabei so vor:

1. Schritt: Bereite das Thema vor

Kläre das Thema deines Lernvideos. Sammle Informationen und mache dir Notizen zu den wichtigsten Inhalten, die du in dem Video näher erläutern willst. Sieh dir zur Vorbereitung auch ein bis zwei Lernvideos an, die es bereits zu dem Thema gibt.

2. Schritt: Verfasse eine Einleitung

In der Einleitung solltest du zunächst die Zuhörerinnen und Zuhörer begrüßen und kurz dein Thema vorstellen. Überlege dir auch eine gute Hinführung zum Thema.

3. Schritt: Gestalte den Hauptteil

Hier werden die Inhalte des Themas näher erläutert. Natürlich solltest du hierbei auch auf die Richtigkeit deiner Informationen achten.

4. Schritt: Fasse den Inhalt zusammen

Fasse die wichtigsten Informationen kurz und knapp zusammen.

5. Schritt: ...und danach?

Natürlich kann der fertige Sprechertext genutzt werden, um ein echtes Lernvideo aufzunehmen und auf einem Videoportal wie YouTube hochzuladen. Hierzu musst du dich aber vorher mit deinem Lehrer oder deinen Eltern absprechen. Wenn auf dem Lernvideo nur Schaubilder und Ähnliches, aber nicht das Gesicht des Sprechers gezeigt wird, ist es einfacher etwas zu veröffentlichen.

Tipps für ein gutes Lernvideo

1. Nutze eine einfache und verständliche Sprache.
2. Versuche deine Präsentation so spannend wie möglich aufzubauen.
3. Sei kreativ und unterhaltsam.
4. Versuche die Inhalte mit Beispielen zu verdeutlichen.

Beispiel für ein Lernvideo zum Thema Demokratie

70091-18

DAS ANTIKE GRIECHENLAND

EIN LAND, VIELE POLEIS

Kapitel 3.3, M1-M3

Die fruchtbaren Gebiete in Griechenland sind durch Berge und Buchten voneinander getrennt, außerdem gibt es viele Inseln. Daher gründeten die alten Griechen kleine, selbständige Poleis. Obwohl vielerorts die Griechen dieselbe Sprache sprachen und auch an dieselben Götter glaubten, sahen sie sich gegenseitig als Fremde an und verstanden sich als Bürgerinnen und Bürger ihrer jeweiligen Polis. Mit Schiffen wanderten Griechen auch an andere Küsten des Mittelmeers aus und gründeten dort Kolonien.

MITBESTIMMUNG IM ANTIKEN ATHEN

Kapitel 3.3, M4-M9

In Griechenland wollten auch die einfachen Bürger mitbestimmen. In Athen führten sie Volksversammlungen ein und begründeten damit die Demokratie. Frauen waren allerdings von dieser „Herrschaft des Volkes“ ausgeschlossen. Auch in anderen Bereichen hatten die Frauen weniger Rechte, so durften nur die männlichen Bürger Häuser und Land besitzen. Zu den Aufgaben der Frauen gehörte es, den Haushalt zu führen und sich um die Familie zu kümmern. Einige wohlhabende Athener ließen auch Sklaven für sich arbeiten. Diese Sklaven waren völlig rechtlos und mussten härteste Arbeit in der Landwirtschaft oder im Bergwerk verrichten, einige waren gebildet und konnten im Haus eingesetzt werden. Kam ein Fremder in die Polis, wurde er in die Gruppe der Metöken aufgenommen, die ebenfalls weniger Rechte als (männliche) Athener Bürger hatten.

MITBESTIMMUNG FRÜHER UND HEUTE

Kapitel 3.3, M10, M11

Die Demokratie des antiken Athen unterscheidet sich nicht nur deswegen zu heute, weil dort viele Bevölkerungsgruppen nicht mitbestimmen konnten. So konnte die Volksversammlung in Athen viele Dinge selbst entscheiden (direkte Demokratie). In der Schule, Gemeinde und auch in der Bundesrepublik Deutschland wählen wir heute dagegen Vertreter, die für uns wichtige Dinge des Alltags entscheiden (indirekte Demokratie). Auch das Losverfahren wird in unserer heutigen Demokratie nur noch in wenigen Bereichen angewandt. So werden beispielsweise bestimmte Richter aus der Bevölkerung in einem Losverfahren bestimmt. Diese sogenannten Laienrichter treffen dann mit den Berufsrichtern gemeinsam Entscheidungen in einem Gerichtsprozess.

KOMPETENZCHECK

Nachdem du das Kapitel zur „Mitbestimmung früher und heute“ bearbeitet hast, kannst du hier das Gelernte anwenden, dein Wissen prüfen und dir ein Urteil bilden.

M1 Die Qual der Wahl

In der 5a stehen Wahlen zum Klassensprecher an. Frau Tönnies, die Lehrerin der 5a, gibt vor der Wahl bekannt, dass nur die Stimmen der Schülerinnen und Schüler gezählt werden, die im Fach Politik mindestens die Zeugnisnote „befriedigend" hätten.
Die Stimmen mit der Note „sehr gut“ zählen doppelt. Sie schlägt vor, dass die Wahl der Einfachheit halber durch Handzeichen entschieden werden soll. Mögliche Kandidatinnen und Kandidaten werden an der Tafel notiert. Die Wunschkandidaten von Frau Tönnies werden mit einem kleinen Sternchen markiert.
Die Lehrerin zählt dann die per Handzeichen abgegebenen Stimmen. Diejenige oder derjenige, die /der die meisten Stimmen hat, gewinnt die Wahl. Der mit den zweithöchsten Stimmen wird zum Stellvertreter ernannt.

Wahlrechtsgrundsätze	verletzt Ja / Nein	Begründung

Bitte ins Heft!

interaktive Übung zum Kapitel

82000-71

Aufgaben

1. Notiere und begründe in einer Tabelle, welche der fünf Wahlrechtsgrundsätze in diesem Fall beachtet und welche nicht beachtet wurden.
2. Erläutere, wie die Wahl eines Klassensprechers oder einer Klassensprecherin korrekt abläuft und was besonders zu beachten ist.

M2 Kein Spielen am Spielplatz mehr?

Jelena und Jerome sitzen enttäuscht bei Jelena zuhause am Küchentisch: Ihr Spielplatz, auf dem sie regelmäßig ihre Nachmittage verbringen, ist gesperrt. Auf einer Informationstafel heißt es, dass an einigen Spielgeräten Teile kaputt sind und dass Spielen dort zu gefährlich sei. Unterschrieben wurde die Information mit „Der Bürgermeister".
Jelena und Jerome würden gerne wissen, wann die Spielgeräte repariert und der Spielplatz wieder geöffnet wird. Als sich zwei Monate später immer noch nichts getan hat, beschließen die beiden, selbst aktiv zu werden.

Aufgaben

Du bist Sprecher/in des Kinder- und Jugendparlaments. Jelena und Jerome kommen in deine Sprechstunde und holen Rat.

1. Schlage Jelena und Jerome andere Möglichkeiten als den Spielplatz für ihre Freizeitgestaltung in der Gemeinde vor.
2. Erkläre den beiden, wo und bei wem in der Gemeinde sie sich über die Dauer und den Grund der Schließung am besten informieren können. Begründe.
3. Stelle Vermutungen auf, warum sich bei dem Spielplatz so lange nichts tut.
4. Erörtere, welche Mitbestimmungsmöglichkeiten Jelena und Jerome in dieser Situation haben und welche am aussichtsreichsten sind.

M3 Demokratie im antiken Athen

Ein Historiker urteilt 2005 über die attische Demokratie so:

Die Athener Demokratie war das Werk ehrgeiziger Aristokraten und nicht das Ergebnis eines irgendwie gearteten demokratischen Gedankens. Offiziell priesen die Redner zwar die Gleichheit aller Bürger in der Volksversammlung und vor dem Gesetz, tatsächlich war es jedoch bis in die Zeit des Peloponnesischen Krieges nur eine kleine Schicht adliger Politiker, die in der Volksversammlung das große Wort führten, die Posten der Strategen besetzten und die innere und auswärtige Politik bestimmten. Auf Widerstand der breiten Volksschichten trafen sie selten.

Schulz, Raimund: Die Antike und das Meer, Darmstadt 2005, S. 94 (gekürzt)

Aristokrat
Menschen, die aufgrund ihrer Abstammung oder ihrer Besitztümer besondere Rechte und Privilegien haben. Oft übten Aristokraten in der Geschichte die Herrschaft über ein Volk aus.

preisen
bedeutet so viel wie loben

Stratege
Anführer des Militärs, auch Heerführer genannt

Aufgaben

1. Vergleiche die Demokratie im antiken Athen mit der demokratischen Mitbestimmung in deiner Schule und Gemeinde: Welche Gemeinsamkeiten und Unterschiede gibt es?
2. Nimm Stellung zum Urteil des Historikers über die attische Demokratie.

Tabelle zur Selbsteinschätzung

70091-19

Unser Essen – schon immer so gewesen?

Steinzeit – Müsli:
Essen wie zu Urzeiten
... mit Nüssen und Beeren, ohne Zucker und Getreide!

500 g Müsli: 5,99 €

Eine Tafel Bio Schokolade: 1,99 €

Rinder-Hackfleisch
aus herkömmlicher Tierhaltung
Ursprung: Deutschland

500 g Hackfleisch: 2,99 €

2,5 kg Netz Kartoffeln: 1,99 €

ÄPFEL
AUS ITALIEN
gewachst

1kg Äpfel: 2,99 €

750 g Brot: 2,99 €

Was weißt du schon?

1. a) Du hast 10 € für einen Einkauf von deinen Eltern zur Verfügung bekommen, findest aber zu viele Dinge, die du gerne kaufen würdest. Entscheide dich: Was kommt in deinen Einkaufskorb?
b) Vergleicht zu zweit eure Ergebnisse.

2. Tauscht euch anschließend im Plenum aus:
a) Seit wann denkt ihr, gibt es diese Lebensmittel? Wie werden sie angebaut?
b) Wie unterscheidet sich eure Ernährung zu den Menschen in der Steinzeit? Welche Dinge besaßen die Menschen damals noch nicht?

4

#Leben und Versorgen – wieviel Natur braucht der Mensch?

Der Mensch hat in seiner Entwicklung schon eine lange Reise hinter sich. Von den ersten Anfängen der Menschheit in Afrika bis zu der heutigen modernen Gesellschaft hat sich vieles verändert. Dabei hat sich der Mensch immer angepasst und sich auf die eine oder andere Art und Weise versorgt und ernährt.
Wie und mit welchen Nahrungsmitteln konnten sich die Menschen in der Steinzeit versorgen? Welche Lebensumstände hatten sie dabei zu bewältigen und welche Erfindungen halfen ihnen? Wie wird unsere Nahrungsmittelversorgung heute gewährleistet und welche Auswirkungen hat das auf die Natur? Wie wird sie sich in Zukunft verändern? Nach der Bearbeitung dieses Kapitels wirst du einige Antworten auf diese und weitere Fragen haben.

Was lernst du in diesem Kapitel?

... die Entwicklung der ersten Menschen auf der Erde zu beschreiben.
... die Erfindungen der Alt- und Jungsteinzeit zu erläutern und beispielhaft selbst zu nutzen.
... die Versorgung mit Nahrungsmitteln in der Steinzeit darzustellen.
... heutige Voraussetzungen für die Produktion von Nahrungsmitteln in Rheinland-Pfalz zu beschreiben.
... den Wandel zur modernen Landwirtschaft zu erläutern.
... die Spezialisierung und Intensivierung in der Landwirtschaft anhand eines Beispiels kritisch zu beurteilen.
... die ökologische Landwirtschaft als mögliche nachhaltige Alternative zu erörtern.
... unsere heutigen Lebensweisen und den jeweiligen Umgang mit der Natur mit der Steinzeit zu vergleichen.

Informationsflyer zum Thema „Versorgung mit Nahrungsmitteln – früher und heute" erstellen

Worum geht es?

In diesem Kapitel erfahrt ihr viel über die Lebensweise und die Versorgung mit Nahrungsmitteln in der Steinzeit und heute. Im Laufe der Jahrtausende hat sich durch Erfindungen und andere Gewohnheiten in diesem Bereich vieles verändert. Werdet Experten zu einem der Themengebiete (Versorgung in der Steinzeit und Versorgung und Landwirtschaft heute) und informiert eure Mitschülerinnen und Mitschüler mithilfe eines Flyers.

Geht dabei so vor:

Start

1

Teilt eure Klasse: Die eine Hälfte erarbeitet sich das Thema (I) „Leben und Versorgen in der Steinzeit" (→ Kapitel 4.1), die andere Hälfte das Thema (II) „Unsere Landwirtschaft heute" (→ Kapitel 4.2).
In Kleingruppen gestaltet ihr jeweils Flyer, mithilfe der sich die jeweils andere Hälfte der Klasse anschließend in das Thema einarbeiten kann.

2

Setzt euch in Gruppen aus je 3-4 Schülerinnen und Schülern zusammen. Erarbeitet euch die folgenden Themen anhand der unten aufgeführten Aufgaben und tauscht euch über die Zusammenhänge aus. Mindestens je zwei Kleingruppen sollten je Thema (I) und (II) und die dazugehörigen Aufgaben bearbeiten.

(I) Leben und Versorgen in der Steinzeit	(II) Unsere Landwirtschaft heute
a) Erarbeitet euch die grundlegenden Inhalte des Kapitels mithilfe der Aufgaben auf den jeweiligen Seiten (→ Kap. 4.1, M1-M24)	a) Erarbeitet euch die grundlegenden Inhalte des Kapitels mithilfe der Aufgaben auf den jeweiligen Seiten (→ Kap. 4.2, M1-M14)
b) Vergleicht, wie sich das Leben und die Versorgung der Menschen von der Alt- zur Jungsteinzeit verändert hat. Nutzt für euren Vergleich die folgenden Aspekte und erstellt eine Tabelle: Lebensweise und Bekleidung, Gerätschaften/Techniken, Art der Nahrungsversorgung (→ Kap. 4.1, M7-M16).	b) Erläutert, welche neuen Erfindungen und Entwicklungen dazu beitragen, dass wir heute immer reichlich Nahrungsmittel im Supermarkt haben (→ Kap 4.2, M4-M10).
c) Stellt ein typisches Altsteinzeit- und ein typisches Jungsteinzeitmenü zusammen und vergleicht sie (→ Kap. 4.1, M8, M11).	c) Vergleicht die ökologische Landwirtschaft mit der konventionellen in einer Tabelle (→ Kap. 4.2, M8-M13)
	d) Stellt ein typisches Menü einer Familie in Deutschland zusammen. Orientiert euch an eurer eigenen Familie.

3

Lest euch die Methode „Einen Flyer gestalten“ im QR-Code durch. Erstellt einen Probe-Flyer auf einem weißen Blatt Papier. Besprecht die Gliederung und die Skizze mit eurer Lehrkraft.

Methode: Einen Flyer gestalten

70091-20

4

Präsentiert eure Ergebnisse in einem Galeriegang (Galeriegang → siehe Methodenglossar, S. 317). Alle Mitschülerinnen und Mitschüler erschließen sich dasjenige Thema, das sie sich jeweils nicht selbst erarbeitet haben, mithilfe der Flyer der anderen Kleingruppen. (Am besten kopiert ihr die Flyer für alle, damit alle in Ruhe lesen können.)

5

Bildet im Anschluss neue Kleingruppen je 3-4 Schülerinnen und Schülern. In der Gruppe sollten jeweils Experten aus dem Themenbereich (I) und (II) sein.

Ziel

6

Geht in der Gruppe der folgenden Frage nach: „Wie hat sich das Leben und die Versorgung der Menschen von früher zu heute verändert?“. Nutzt hierzu eure Informationsflyer als Grundlage und besprecht folgende Themenbereiche:

Thema 1:
Art der Nahrungsversorgung / Anbau
Thema 2:
Geräte / Erfindungen / Entwicklungen
Thema 3:
typische Ernährung früher und heute

4.1 Leben und Versorgen in der Steinzeit

Wie entwickelten sich unsere Vorfahren?

Es gibt immer mehr Menschen auf der Welt, aber wo kommen wir her? Diese Frage haben sich schon viele Wissenschaftlerinnen und Wissenschaftler gestellt. Und vielleicht hast du ja auch schon einmal darüber nachgedacht, wo und wann sich unsere ersten Vorfahren auf der Erde entwickelt haben.

M1 Die ersten Menschen

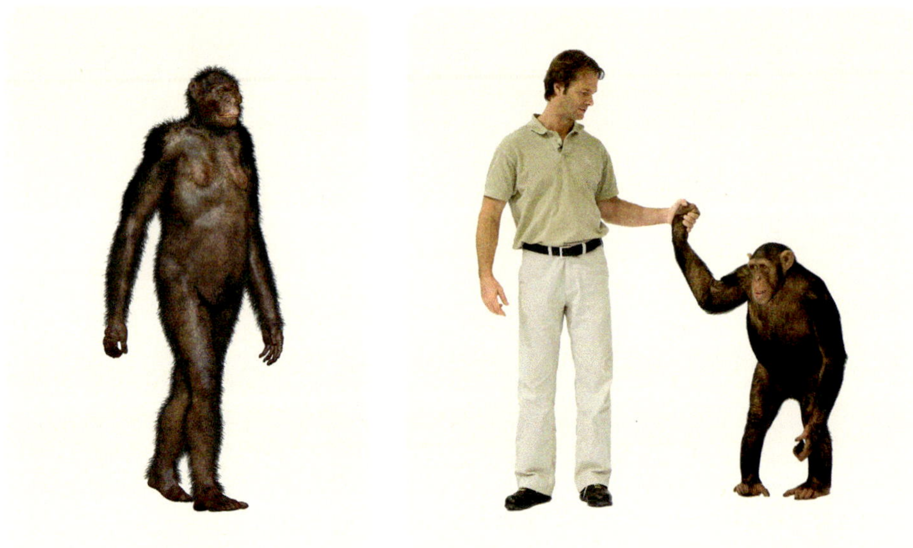

links: Rekonstruktionszeichnung von Lucy. Lucy lebte vor 3,18 Millionen Jahren im heutigen Ost- und Südafrika in einem warmen, regenreichen Klima. Lucy aß vor allem Pflanzen. rechts: Zum Vergleich: Der Wissenschaftler Oliver Sandrock mit der Schimpansin Sina

M2 Alles begann in Afrika?

1974 fanden die Forscher in Afrika eine Sensation, die sie Lucy nannten. Sie ist 3,18 Millionen Jahre alt und eines der am besten erhaltenen Überreste eines menschenartigen Wesens, das schon aufrecht ging und einfache Werkzeuge benutzte.

In den 90er Jahren fanden sie hier ein weiteres gut erhaltenes Skelett, welches 4,4 Millionen Jahre alt ist und nannten es Ardi. Aufgrund dieser Funde geht man davon aus, dass der Ursprung der Menschheit in Afrika liegt. Von diesen frühen Menschen, die ca. 1,40 m groß waren, bis zu uns heute war es aber ein sehr langer Weg. Im Jahr 2015 stießen Wissenschaftler im Allgäu auf die versteinerten Fossilien einer bislang unbekannten Primatenart. Diese neue Spezies hat vor 11,6 Millionen Jahren gelebt. Und wie eine Analyse der Überreste seines Skeletts zeigt, könnte sich der neu entdeckte mögliche Vorfahr des Menschen bereits vor fast zwölf Millionen Jahren auf zwei Beinen fortbewegt haben. Daran zeigt sich, dass neue Funde auch zu einer neuen Betrachtungsweise der Vergangenheit führen können.

M3 Die gefundenen Überreste von Lucys Skelett

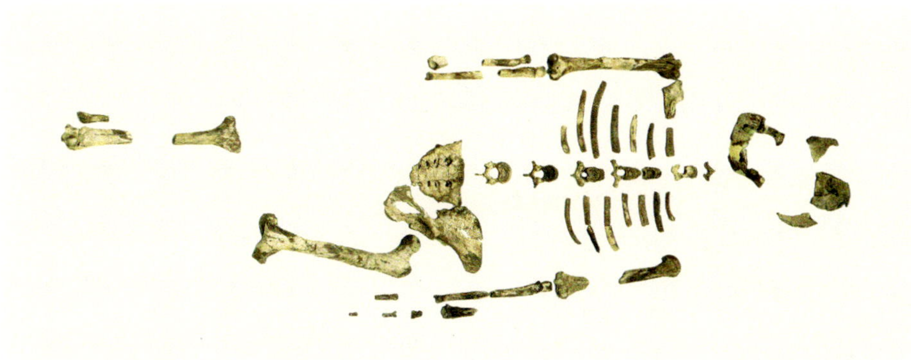

Die Überreste machen 40 Prozent des gesamten Skeletts aus. Untersuchungen der Zähne und der Knochen ergaben, dass Lucy etwa 20 Jahre alt und zwischen 107 und 122 Zentimeter groß war.

M4 Vergleich zwischen Affe und Mensch

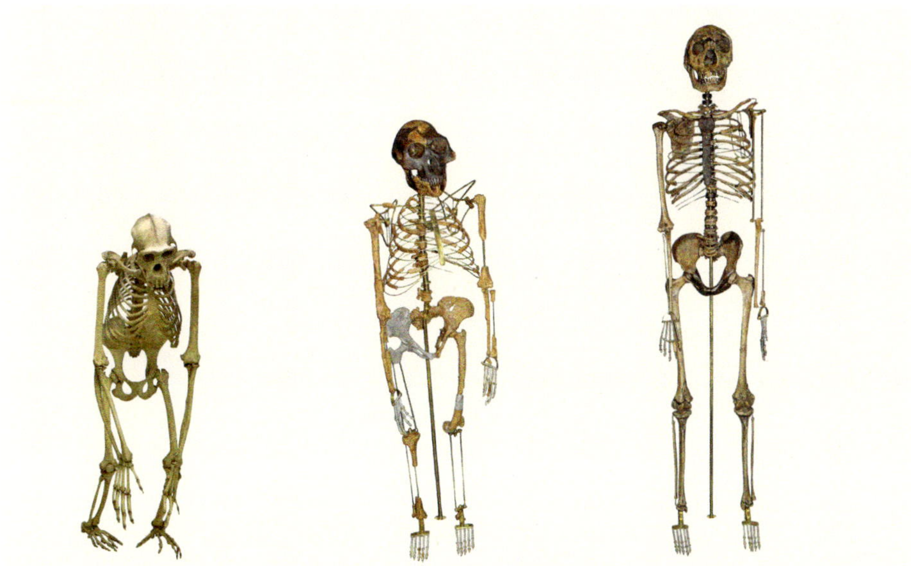

Rekonstruktionszeichnungen der Skelette von einem Schimpansen, Lucy und einem modernen Menschen

AUFGABEN

1. Charakterisiere das Aussehen Lucys (**M1**).
2. Alles begann in Afrika. Erkläre diese Aussage mithilfe von **M2** und **M3**.
3. Beschreibe, wie die Forscherinnen und Forscher zu ihrem Wissen über die Vorfahren des Menschen kommen (**M2**-**M4**).
4. Arbeitet zu zweit. Begründet, ob Lucy eher als Affe oder als Mensch gesehen werden kann (**M1**, **M4**).

H zu Aufgabe 4:
Vergleicht hierzu das allgemeine Aussehen, den Gang sowie die Nahrung.

Wie hat sich der Mensch ausgebreitet?

M5 Der Mensch breitet sich aus

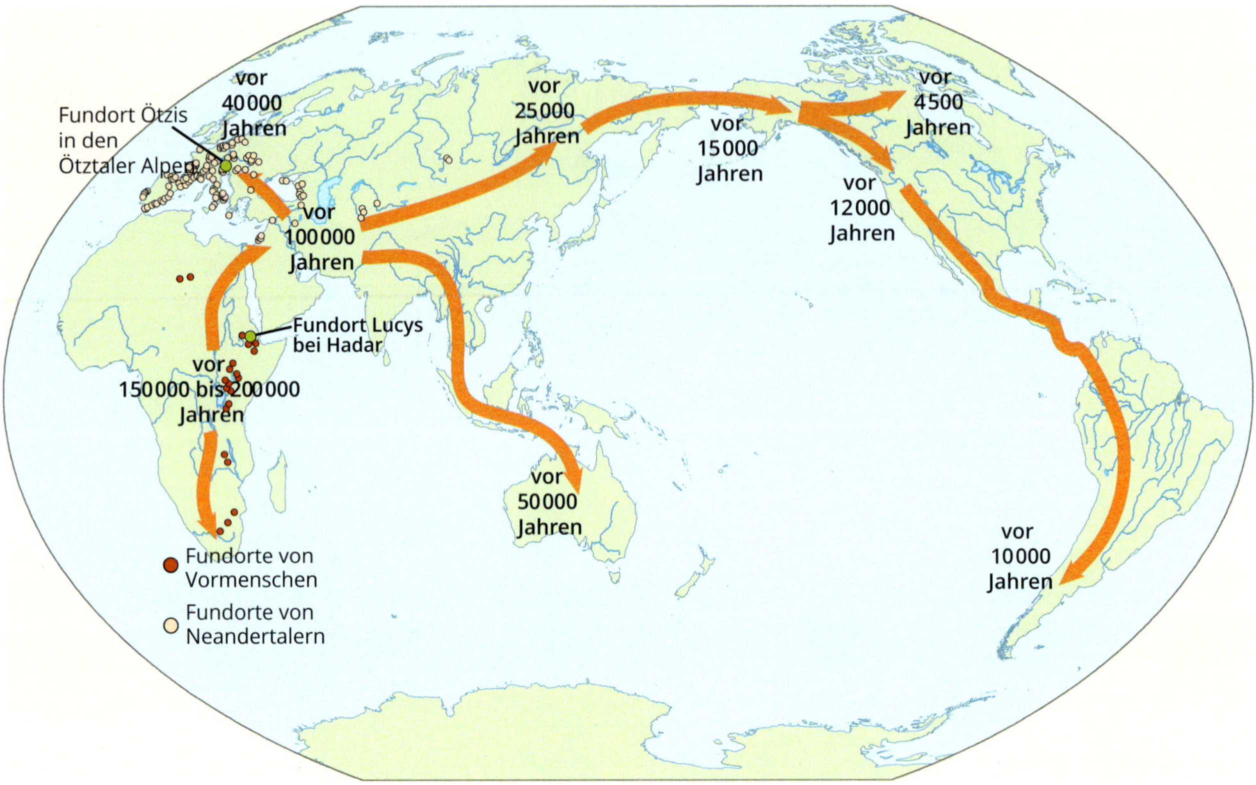

Die Karte zeigt die Ausbreitung des Jetztmenschen über die Erde. Der Jetztmensch traf bei seiner Ausbreitung auf einen älteren Verwandten: den Neandertaler. Die Neandertaler starben aus, die Jetztmenschen setzten sich durch.

DIE ENTWICKLUNG DES MENSCHEN

Der Mensch, wie es ihn heute gibt, entwickelte sich aus einer Reihe von Vorfahren, die schon vor Millionen von Jahren auf der Erde lebten. Diese Vorfahren besaßen alle schon einen aufrechten Gang.

Indirekte Vorfahren des heutigen Menschen, sogenannte Vormenschen, entwickelten sich schon vor ca. 4-5 Millionen Jahren. Neuere Forschungen gehen sogar schon von ersten Vormenschen vor ca. 11-12 Millionen Jahren aus. Aus ihnen entwickelten sich die Frühmenschen vor ca. 2,4 Millionen Jahren, die schon bis zu 1,60 m groß waren. Sie hatten auch ein deutlich größeres Gehirn und benutzten schon Werkzeuge aus Stein. Erst vor ungefähr 150.000 Jahren tauchte unser erster direkter Vorfahr auf, der Jetztmensch. Er war schon 1,70 m groß und verdrängten den Neandertaler wahrscheinlich aus dem heutigen Europa.

M6 Wer waren die Neandertaler?

1856 wurden im Neandertal in der Nähe von Düsseldorf bei Steinbrucharbeiten Knochen in einer Höhle gefunden. Waren das Überreste eines Bären? Ein Wissenschaftler wurde stutzig: Das waren Knochen eines Mannes! Sie unterschieden sich aber von den Knochen der heute lebenden Menschen. Heute wissen wir, dass der Mann aus dem Neandertal vor über 40 000 Jahren gelebt hat. Seine Knochen wurden weltberühmt, denn es waren Überreste eines frühen Menschen – und gaben einer ganzen Menschenart einen Namen: Neandertaler.

Im Vergleich zu uns war der Neandertaler kleiner und kräftiger, wobei er sich hauptsächlich von Fleisch ernährte, da pflanzliche Nahrung in der Eiszeit knapp war. Vor 30.000 Jahren starb der Neandertaler aus. Der Grund dafür ist nicht bekannt. Im Neandertal-Museum findet man alles Wissenswerte zum Neandertaler.

Neandertaler-Familie vor ihrem Zelt. Rekonstruktion (Nachbildung) für das Rheinische Landesmuseum in Bonn

AUFGABEN

1. Beschreibe wie sich der Mensch über die Erde ausgebreitet hat (**M5**).
2. a) Erkläre, was wir über den Neandertaler und seine Lebensweise wissen (**M6**).
   b) Stelle Vermutungen an, warum der Neandertaler vom Jetztmenschen verdrängt wurde.
3. Begann wirklich alles in Afrika? Diskutiert in der Klasse, inwieweit der Fund im Allgäu dazu führen kann, dass wir die Geschichte des Menschen neu sehen (**M3**, **M6**).

H **zu Aufgabe 1:** Nutze hierfür eine Weltkarte, zum Beispiel in deinem Atlas.

F Recherchiere, welche weiteren Informationen es im Neanderthal-Museum zum Neandertaler gibt und präsentiere die Ergebnisse der Klasse.

Wie überlebten die Menschen in der Altsteinzeit?

Du kannst dir sicher vorstellen, dass die frühen Menschen anders gelebt haben als wir heute. Aber wie haben sie gewohnt, welche Kleidung haben sie getragen und was haben sie gegessen?

M7 Neandertaler und Jetztmenschen begegnen sich

Zeichnung von James Field, 2008 (Ausschnitt) Eine Zeit lang lebten in der Altsteinzeit verschiedene Menschenformen nebeneinander.

M8 Das Leben der damaligen Menschen – ähnlich wie heute?

Die Menschen lebten in der Altsteinzeit in Gruppen von 25-50 Menschen zusammen. Ihre Nahrung bestand aus dem, was sie in der Natur vorfanden. Sie jagten Wildtiere wie z. B. Wildpferde, Mammuts, Bären, Rentiere und Hirsche. Außerdem sammelten sie alles, was sie in der Natur vorfanden, wie z. B. Beeren, Früchte, Nüsse, Pilze, Wurzeln, Insekten und Eier. Die frühen Menschen konnten sich inzwischen auch sprachlich verständigen, was sehr wichtig war, denn sie mussten jeden Tag neue Nahrung und Wasser finden und sich so der Natur anpassen. So richteten sie ihr Leben nach der Jagd und den Jahreszeiten. Sie zogen als Gruppe von Ort zu Ort den Wildtieren hinterher und hatten somit keinen festen Wohnsitz, sondern lebten als Nomaden. Einzig Felsvorsprünge, Höhlen und einfache Hütten aus Ästen und Zweigen boten Schutz vor den Kräften der Natur. Da das Klima zu dieser Zeit noch kühler war als heute, mussten sich die Menschen vor der Kälte schützen, indem sie ihr Lager in Höhlen aufschlugen, sich einfache Hütten bauten und Kleidung aus Fell und Leder herstellten. Außerdem hatten die Menschen gelernt, selbst Feuer mithilfe von Feuersteinen zu entzünden. Das war ein sehr großer Fortschritt, denn das Feuer schützte vor Kälte und vor wilden Tieren und half außerdem, Nahrung durch Erhitzen zuzubereiten.

M9 Welche Erfindungen halfen den Menschen?

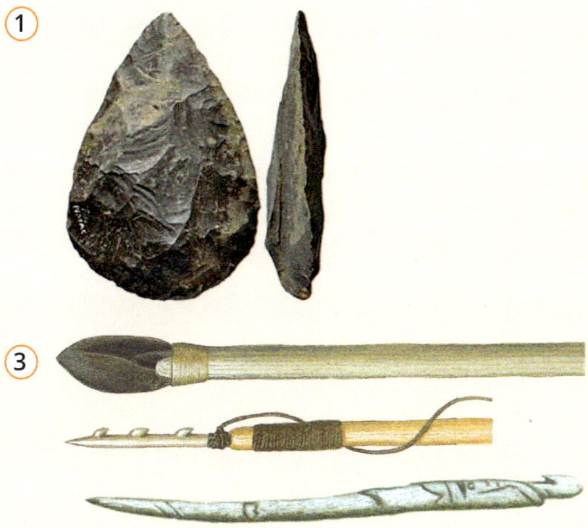

1: Der Faustkeil war das wichtigste Werkzeug für verschiedenste Zwecke. Die Jagdbeute ließ sich damit beispielsweise sehr gut zerlegen. **2:** Zelte aus Tierhäuten mit einer Feuerstelle dienten als Behausungen und schützten vor Wind und Wetter. **3:** Für die Jagd setzten die Menschen Speere, Harpunen und Speerschleudern ein.

Websiten und Videos zum Thema „Herstellung von Werkzeugen aus der Steinzeit"

70091-71

ALTSTEINZEIT

Die Altsteinzeit ist ein Zeitabschnitt, der vor ca. 2,5 Millionen Jahren begann und vor ca. 10.000 Jahren endete. In diesem Zeitraum gab es verschiedene Eiszeiten auf der Erde. Der Mensch musste sich an diese rauen Gegebenheiten anpassen.
Besonders gut gelang es dem Neandertaler, sich an die veränderten Lebensumstände anzupassen. Er war ein guter Jäger und konnte schon Waffen und Werkzeuge herstellen. Aber auch der Jetztmensch hatte sich den Gegebenheiten angepasst.

AUFGABEN

1. Beschreibe das Bild zur Begegnung von Jetztmensch und Neandertaler. Welche Unterschiede und Gemeinsamkeiten zwischen den abgebildeten Personen kannst du feststellen (**M7**)?
2. a) Arbeitet zu zweit und erstellt eine Übersichtstabelle zu den Menschen in der Altsteinzeit. Teilt euch hierfür die Kategorien Kleidung, Ernährung, Werkzeuge und Waffen, Wohnen und Aufgaben untereinander auf und erstellt jeweils eine Spalte für jede Kategorie (**M7-M9**).
   b) Begründet, warum es für die Menschen so wichtig war, selbst Feuer entzünden zu können (**M8**).
3. Verfasse eine Erzählung eines Neandertal-Jungen/Mädchens, in der du seinen / ihren Tag in seinem Leben beschreibst (**M7-M9**).

F zu Aufgabe 2a
Stelle mithilfe des obigen QR-Codes selbst ein Werkzeug oder eine Waffe aus der Altsteinzeit her. Welche Materialien und (modernen) Werkzeuge / Hilfsmittel brauchst du dazu? Wie gehst du vor, was ist besonders schwierig?

H zu Aufgabe 3
Beziehe dabei die Informationen aus der Tabelle aus Aufgabe 2a) mit ein.

F zu Aufgabe 3
Vergleiche den Tag des Neandertal-Jungen/Mädchens mit einem Tag in deinem Leben.

Wie veränderte sich das Leben der Menschen in der Jungsteinzeit?

Du lebst heute völlig anders als die Menschen in der Altsteinzeit. Irgendwann muss sich das Leben der frühen Menschen also grundlegend geändert haben. Woran lag das und wann kam es zu dieser Veränderung?

M10 Wie lebten die Menschen in der Jungsteinzeit?

M11 Die Menschen werden sesshaft

Lange Zeit waren die Menschen als Nomaden den Wildtieren hinterher gezogen. Als aber vor ca. 12.000 Jahren die letzte Eiszeit zu Ende ging, wurde es wärmer und die Gletscher zogen sich zurück. Gerade im Vorderen Orient (siehe M12) kam es zu ergiebigen Regenfällen und es wuchs dort wildes Getreide, wie Gerste und Weizen. Darauf stellten sich die Menschen ein und errichteten ihre Lagerplätze ab ca. 9000 v. Chr. im Fruchtbaren Halbmond. Dabei fanden die Menschen heraus, dass sie durch die Aussaat der Getreidekörner neues Getreide anbauen und Vorräte anlegen konnten. Dadurch lohnte es sich auch, Dörfer mit festen Häusern zu bauen und sesshaft zu werden. Sie fanden außerdem durch Versuche heraus, welche Pflanzen sich gut anbauen ließen und zähmten erste Wildtiere, um Fleisch und Milch zu erhalten. Dadurch waren sie nicht mehr nur auf die Jagd angewiesen. Der Ackerbau sicherte die Ernährung und die Bevölkerungszahl stieg schnell an, so dass sich ganze Gruppen auf die Suche nach neuem fruchtbarem Land machten. Erst um 5500 v. Chr. erreichte der Ackerbau und die Viehzucht Mitteleuropa. Lange lebten also Jäger und erste Bauern nebeneinander, bis sich die neue Lebensform durchsetzte.

Fruchtbarer Halbmond
Der fruchtbare Halbmond ist ein vom Klima begünstigtes Gebiet, das sich in Westasien vom Mittelmeer bis zum Persischen Golf erstreckt.

M12 Wie breitete sich der Ackerbau aus?

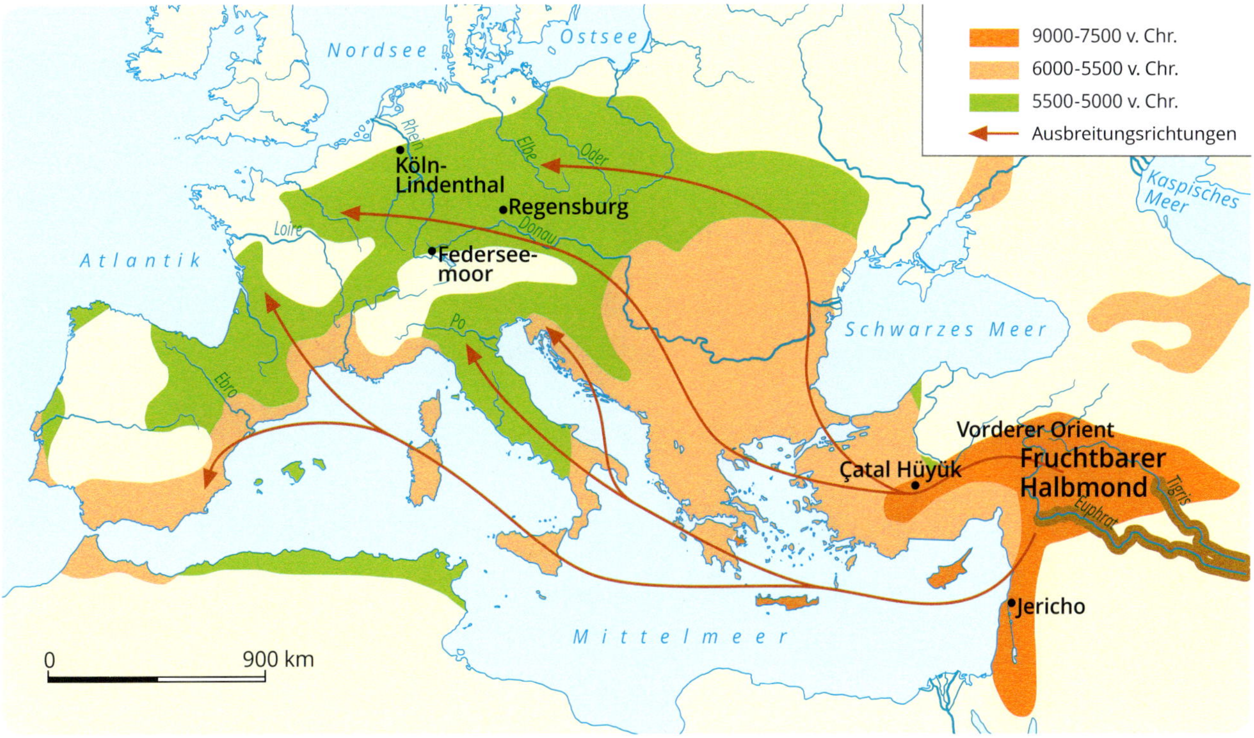

Die Karte zeigt die Ausbreitung der bäuerlichen Lebensweise, ausgehend vom fruchtbaren Halbmond (Gebiet 9000-7500 v.Chr.).

NEOLITHISCHE REVOLUTION

Die grundlegende Veränderung der Lebensform der Menschen zum Bauern und Handwerker der Jungsteinzeit fand vor ca. 7500 Jahren statt. Da die Veränderungen so groß waren, spricht man hier von einer Revolution. Die Menschen hatten nun mehr Sicherheit, da der Feldanbau und die Tierhaltung es ermöglichten, Vorratshaltung zu betreiben. Sie rodeten außerdem viele Wälder, legten Ackerland und Wege an und bauten feste Häuser. Diese Eingriffe veränderten die Natur nicht nur, sie schadeten ihr auch.

AUFGABEN

1. Beschreibe das Bild **M10** und vergleiche es mit **M7**.
2. Erläutere, warum die Menschen erst sesshaft werden konnten, als das Klima sich veränderte (**M11**).
3. a) Beschreibe, wie sich die bäuerliche Lebensweise ausbreitete (**M12**).
   b) Begründe, weshalb sich diese Lebensweise ausbreitete (**M11**, **M12**).
4. Stell dir vor, du bist ein Jäger und Sammler, der zufällig eine bäuerliche Siedlung entdeckt hat. Erzähle nach deiner Rückkehr von den Gemeinsamkeiten und Unterschieden der Lebensweisen (**M7-M12**).

H zu Aufgabe 3b
Welche Vorteile hatten die Menschen, wenn sie sesshaft blieben?

Alltag in der Jungsteinzeit – Fortschritt oder Rückschritt?

Durch die Sesshaftigkeit ergaben sich völlig neue Möglichkeiten für die Menschen. Du kannst dir vorstellen, dass noch viel erfunden und entwickelt wurde. War das Leben aber insgesamt besser für die Menschen?

M13 Nachbau eines jungsteinzeitlichen Holzpflugs

Zwei Archäologen bestellen hier ein Feld wie vor etwa 7000 Jahren. Der Pflug musste von ein bis zwei Personen gezogen und von einer weiteren Person gesteuert werden.

M14 Wie veränderte sich das Leben durch die Sesshaftigkeit?

Zusatzkapitel:
Vom Tauschhandel zum Schein – Formen und Funktionen von Geld
70091-22

Durch die Sesshaftigkeit veränderte sich das Leben grundlegend. Die Menschen mussten sich nun neuen Aufgaben stellen: sich um die Tiere kümmern, Wälder roden, Felder anlegen und das Getreide ernten, Kleidung herstellen, Brot backen sowie Gefäße herstellen. Dabei brachten neue Techniken und Werkzeuge viele Vorteile, bedurften aber auch besonderer Kenntnisse und einer Ausbildung. So entstanden die ersten Berufe, wie z. B. Weber, Bauer oder Handwerker. Zwar stellten die Menschen die meisten Dinge, die sie benötigten, selbst her, aber durch die neuen Berufe konnten sie sich die Arbeit auch aufteilen. Ganze Dörfer spezialisierten sich z. B. auf den Anbau von Flachs oder die Herstellung von Kleidung und tauschten diese Waren dann mit anderen Dörfern.

ARBEITSTEILUNG

Als Arbeitsteilung bezeichnet man die Aufteilung von Aufgaben in einzelne Teilgebiete. In der Jungsteinzeit war es durch die vielen neuen Aufgaben erstmals notwendig, sich auf verschiedene Berufe zu spezialisieren und die Aufgaben aufzuteilen.
Bis heute ist die Arbeitsteilung eine wichtige Grundlage, damit ganze Wirtschaftszweige reibungslos funktionieren können.

Spezialisierung
Erwerb besonderer Kenntnisse in bestimmten Bereichen (z. B. Herstellung von Gefäßen)

M15 Welche Erfindungen halfen den Menschen?

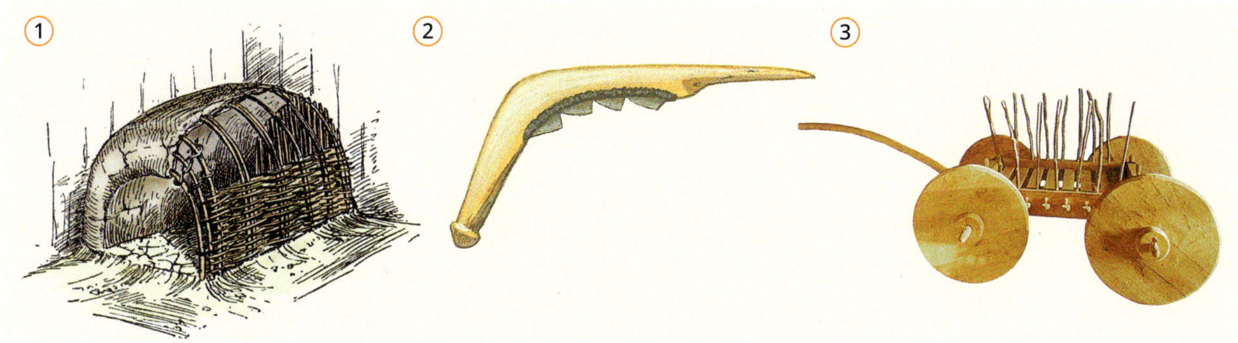

1: Backofen, etwa 4500 Jahre alt, Rekonstruktionszeichnung nach einem echten Fund. Zuerst wurde das Korn zu Mehl zerrieben. Danach vermengte man es mit Wasser, Sauerteig und Salz zu einem Teig, der auf einen Backteller gelegt wurde. **2:** Sichel der Jungsteinzeit, Zeichnung. Mit Sicheln schnitten die Menschen das Getreide auf dem Feld. Scharfkantige Feuersteine wurden mit Kleber aus Birkenrinde im Stiel befestigt. **3:** Wagen mit Scheibenrädern aus Holz, Nachbau nach Moorfunden, Durchmesser der Räder: 90 cm

M16 Leichteres Leben durch Sesshaftigkeit?

Nach Missernten, bei ansteckenden Tierkrankheiten, bei Feuer und ausgelaugten Böden fragten sich die Menschen in der Übergangszeit vielleicht, ob sie nicht doch lieber so leben sollten wie die Jäger und Sammler. Die Arbeit auf dem Feld war sehr hart und die Menschen starben oft recht früh. Umgekehrt war es aber genauso: Die Vorteile von festen Häusern, Tieren, die nicht wegliefen, und einer sicheren Versorgung im Winter ließen die Jäger und Sammler möglicherweise mit Missgunst auf die Bauern schauen. Auseinandersetzungen um Weide- und Jagdgebiete waren die Folge. Doch irgendwann gaben die Jäger und Sammler ihr altes Leben auf. Es zeigte sich, dass trotz aller Schwierigkeiten die Landwirtschaft die Menschen besser ernähren konnte als die Jagd.

AUFGABEN

1. Beschreibe das Bild **M13**. Wie wird die Arbeit auf dem Feld in der Jungsteinzeit hier dargestellt?
2. a) Arbeitet zu zweit. Erklärt, welche Folgen die Sesshaftigkeit für die Menschen der Jungsteinzeit hatte (**M14**).
   b) Wählt jeweils eine der neuen Erfindungen aus und beschreibt euch gegenseitig, wofür sie verwendet wurden (**M15**).
   c) Begründet, weshalb die Arbeitsteilung für die Menschen eine besondere Bedeutung hat (**#Arbeitsteilung**).
3. a) Stelle in einer Tabelle die Vorteile und Gefahren des Sesshaftwerdens zusammen (**M16**).
   b) Begründe, ob du lieber in der Jungsteinzeit oder in der Altsteinzeit leben würdest. Führe mindestens drei Argumente auf.

H zu Aufgabe 2c
Überlegt, welche Vorteile es für euch hat, in der Gruppe zusammenzuarbeiten. Übertrage das auf die Menschen der Jungsteinzeit.

Der neue Werkstoff Metall – besser als Stein?

Lange Zeit war Stein der wichtigste Werkstoff für Waffen und Werkzeuge, aber wie du sicher schon bemerkt hast, kann man Steine nur schlecht weiterverarbeiten. Mit Metall, das vor ca. 6000 Jahren entdeckt wurde, ging das viel besser.

M17 Funde aus der Metallzeit

1: Himmelsscheibe von Nebra. Die Scheibe aus Bronze mit Himmelszeichen aus Gold ist die älteste bekannte Himmelsdarstellung der Welt. Sie wurde um 1600 v. Chr. zusammen mit Schwertern, Beilen und Schmuck bei Nebra im heutigen Sachsen-Anhalt vergraben. **2:** Bronzeschwert, welches ebenfalls bei Nebra gefunden wurde. Schwerter sind die ersten Waffen, die nicht zugleich als Jagd oder Allzweckgerät dienten. Bronzeschwerter sind für den Kampf wenig geeignet. Daher vermuten Archäologen, dass sie vor allem Zeichen der Macht waren.

M18 Mit Metall geht vieles besser

Im Vorderen Orient entdeckten die Menschen um ca. 3000 v. Chr., dass Kupfererz sich durch Hitze verformen und sogar schmelzen ließ. So begannen sie in Bergwerken Kupfererz zu fördern und zu Waffen, Schmuck und Geräten zu verarbeiten. Das war viel weniger mühsam und zeitaufwändig als Steinwerkzeuge zu erneuern und zu ersetzen. Händler brachten dieses Wissen auch nach Europa, sodass auch dort Kupfererz in Bergwerken abgebaut wurde. Am Anfang der neuen Metallzeit, die bis heute andauert, gewannen die Menschen Kupfer, das sich sehr gut zur Herstellung von Schmuckwaren eignete. Doch Kupfer ist sehr weich und dadurch für die Herstellung von Waffen nur sehr eingeschränkt zu verwenden. Erst durch die Beimischung von Zinn entstand Bronze, ein sehr viel härteres Metall. Diese neue Bronzezeit dauerte von 2400-1000 v. Chr. Die Archäologen haben inzwischen viele bronzezeitliche Bergwerke entdeckt und untersucht. Bald darauf lernten die Menschen auch Eisenerze zu gewinnen und zu verarbeiten. Durch die neue Schmiedekunst konnten nun Werkzeuge und Waffen hergestellt werden, die härter und widerstandsfähiger waren. Damit begann um 1000 v. Chr. die Eisenzeit.

M19 Handel und Handwerk in einer neuen Zeit

Die Gewinnung der Metalle und deren weitere Verarbeitung zu Waffen und Werkzeugen erforderte spezielle Kenntnisse und Fertigkeiten der Menschen. Diese Arbeiten konnten von den Bauern nicht mehr nebenher erledigt werden. Dadurch entwickelten sich neue Handwerke und Berufe, wie der des Bergmanns, des Schmieds und des Bronzegießers. Da es im Norden und Westen Europas wenig Kupfer gab, kam den Händlern und dem Fernhandel eine immer größere Bedeutung zu. Sie tauschten Rohstoffe und Waren aller Art und so wurden die Arbeitsteilung und der Handel bis heute immer wichtiger.

Zusatzkapitel: Der Kriminalfall Ötzi

70091-79

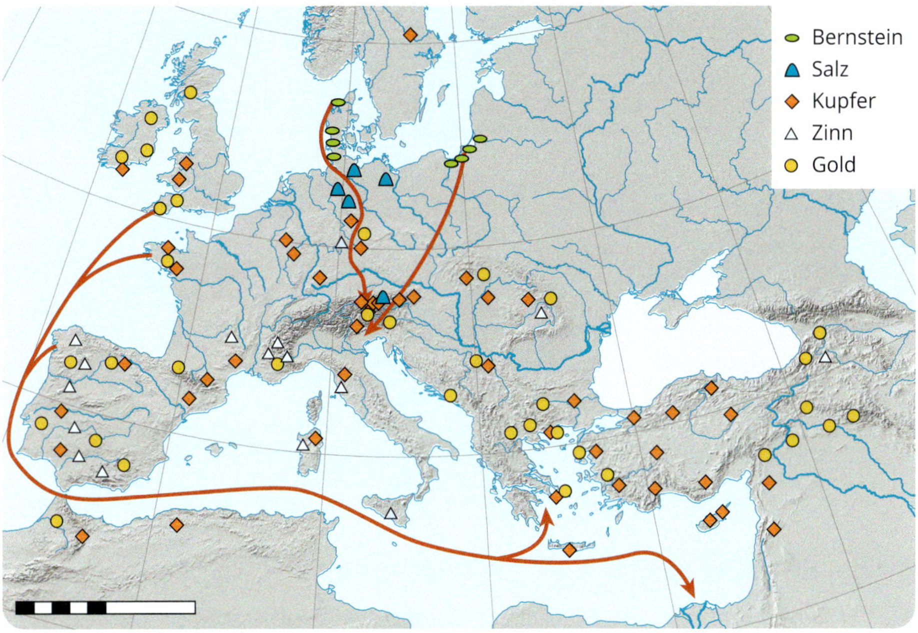

Rohstoffe und Handelswege in der Bronzezeit (2200 – 800 v. Chr.)
Die Handelswege waren keine Straßen, wie wir sie heute kennen, sondern Wege, die an Tälern und Flüssen und sogar über das Mittelmeer verliefen.

AUFGABEN

1. Beschreibe die Funde auch mithilfe des Textes. Was können wir dadurch über die Menschen und die damalige Zeit erfahren (**M17**).
2. a) Fasse zusammen, welche Entwicklungen sich in den Metallzeiten vollzogen haben (**M18**)
   b) Vergleiche die Rohstoffe Stein und Metall miteinander (**M17**-**M18**).
3. a) Erkläre, weshalb es neue Berufe und einen regen Fernhandel in der Bronzezeit gab (**M19**).
   b) Beschreibe die Handelswege und Verteilung der Rohstoffe in der Bronzezeit (**M19**).
4. Diskutiert in der Klasse, womit Menschen heute zeigen, dass sie viel Geld oder eine besondere Stellung haben.

Die Yanomami – (Über-)Leben im tropischen Regenwald

Erinnerst du dich noch an das Leben der Steinzeitmenschen? Noch heute gibt es ähnlich lebende Völker wie beispielsweise das Waldvolk der Yanomami, die unter extremen Bedingungen abgeschottet in den Regenwäldern Südamerikas leben. Aber wie (über-)lebt man an einem solchen Ort?

M20 Naturvölker wie vor Jahrtausenden?

Forscher entdecken bisher **unbekannte Volksgruppe** im Amazonas Regenwald

Naturvölker werden durch die Zivilisation bedroht

Leben wie in der Steinzeit – was wir von Naturvölkern lernen können

M21 Das größte Waldvolk Südamerikas

Die Yanomami (übersetzt: Menschen) zählen zu den zahlenmäßig größten Waldvölkern Südamerikas (etwa 20.000 bis 27.000). Ihre Dörfer, bestehend aus großen Gemeinschaftshäusern, verteilen sich auf ein Gebiet mit der doppelten Größe unseres Bundeslandes Rheinland-Pfalz. Ihr Lebensraum, der tropische Regenwald, besitzt ganzjährig extreme Bedingungen: Es herrschen sehr hohe Temperaturen von um die 30 °C, eine sehr hohe Luftfeuchtigkeit sowie fast tägliche, starke Regenfälle. Nur ein ganz spezielles und praktisches Wissen über den Umgang mit der Natur, welches sie über Generationen weitertragen, ermöglicht ihnen die Selbstversorgung in diesem extremen Lebensraum.

Ein Shabono, ein kreisförmiges Gemeinschaftshaus, inmitten des tropischen Regenwaldes

Die Yanomami nutzen täglich etwa 500 Pflanzenarten.

M22 Wie sieht der Alltag der Yanomami aus?

Bis zu 300 Mitglieder leben in den Gemeinschaftsdörfern. Jede Familie hat eine eigene Feuerstelle und einen Schlafplatz mit Hängematten. In der Mitte des Platzes finden gemeinsame Aktivitäten wie Spiele, Feste oder religiöse Zeremonien statt. Das Volk entnimmt der Natur immer nur das, was sie wirklich gerade brauchen. Pflanzen dienen der Herstellung vieler Produkte wie Farben, Schmuck, Parfüm, Medizin oder Giften. Aus faserigen Hölzern werden Hängematten oder Körbe geflochten. Fertigkeiten wie Weben oder Töpfern kennen die meisten Gemeinschaften nicht. Die Yanomami leben als Jäger und Sammler und teilen sich die täglich anfallenden Arbeiten untereinander auf. So sind die Frauen zuständig für das Sammeln von Nüssen, Beeren, essbaren Insekten und Honig. Gleichzeitig bewirtschaften sie noch die selbstangelegten Felder, in denen sie z. B. Maniok oder Kochbananen anpflanzen. Die Männer jagen hingegen größere wilde Tiere, die sie mit Fallen, Blasrohren, Speeren oder Pfeil und Bogen erlegen. Oft tränken sie ihre einfachen Waffen mit Gift des Pfeilgiftfrosches. Sollte ein Jagderfolg einmal ausbleiben, muss die Familie aber nicht hungern, denn in der Gemeinschaft wird alles geteilt. Als gemeinsame Familienaktivität geht man fischen. Auch hier machen sich die Menschen ein aus einer Kletterpflanze gewonnenes Gift zu nutze. Kippt man dieses in das Wasser, betäubt es die Fische, die man anschließend einfach nur noch einsammeln muss.

Die Yanomami üben früh den Umgang mit Pfeil und Bogen.

Mehr zu Naturvölkern im Regenwald

70091-23

M23 Der Lebensraum der Yanomami in Flammen?

Warum zünden die Yanomami ihren Lebensraum an?

M24 Vom Wanderfeldbau zur Landwechselwirtschaft

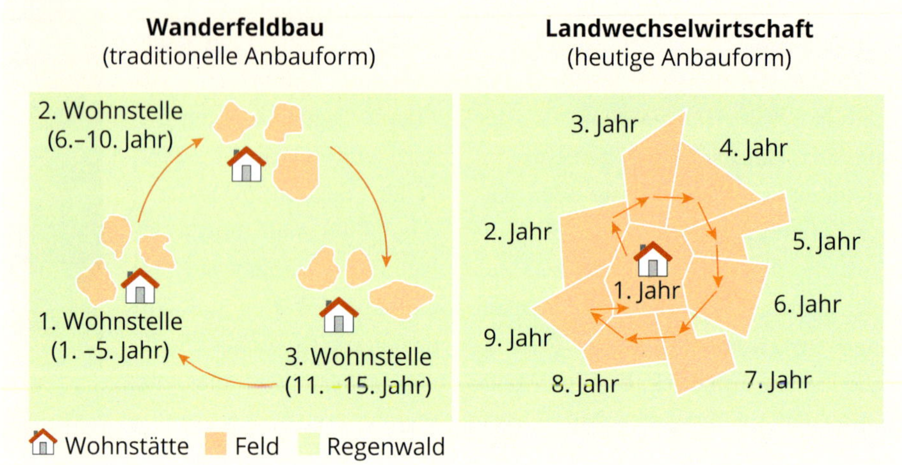

BRANDRODUNG

Der Boden im Regenwald ist an sich unfruchtbar. Um ihn für die Landwirtschaft nutzbar zu machen, wird ein Teil der Waldfläche abgebrannt. Die dadurch entstandene Asche stellt dem Boden Nährstoffe zur Verfügung. Dadurch wird ein Anbau möglich.
In der Trockenheit werden hierfür in einem kleinen Gebiet größere Bäume angeritzt und Sträucher und kleinere Bäume entfernt, damit diese absterben und austrocknen. Das vertrocknete Gehölz wird anschließend angezündet. Die Asche als natürlicher Dünger sorgt dafür, dass der Boden für zwei bis etwa fünf Jahre gut bewirtschaftet werden kann.

AUFGABEN

1. a) Formuliert auf Basis der Schlagzeilen Leitfragen zum Thema Naturvölker (**M20**).
b) Verortet das Siedlungsgebiet der Yanomami (**M20**).

2. Arbeitet in Dreiergruppen zusammen, um mehr über die Yanomami zu erfahren (**M21**, **M22**).
a) Beschreibt die Lebensweise der Yanomami.
b) Erläutert, wie die Yanomami mit den Herausforderungen im tropischen Regenwald umgehen.

3. a) Erkläre, weshalb die Yanomami ihren Lebensraum anzünden (**M23**, **M24 #Brandrodung**).
b) Arbeitet zu zweit. Erklärt euch gegenseitig jeweils den Wanderfeldbau und die Landwechselwirtschaft (**M24**).

4. Nimm Stellung zur Aussage „Die Yanomami leben im Einklang mit der Natur." (**M21-M24**).

F **zu Aufgabe 1**
Benenne mithilfe des Atlas weitere Gebiete, in denen sich tropischer Regenwald findet.

H **zu Aufgabe 2a**
Teilt euch hierzu die Kategorien Umwelt und Wohnen, Bekleidung, und Ernährung untereinander auf.

F Vergleiche das Leben der Yanomami mit dem der Steinzeitmenschen anhand der Kategorien Wohnen, Bekleidung und Versorgung / Ernährung.

WIE LEBTEN UND VERSORGTEN SICH DIE MENSCHEN IN DER STEINZEIT?

DIE ENTWICKLUNG DES MENSCHEN

Kapitel 4.1, M1-M6

Die ältesten Überreste von Vormenschen sind sechs bis sieben Millionen Jahre alt. Diese untersuchen Archäologen auf der Grundlage von Fossilien, die uns Stück für Stück verstehen lassen, wie sich der Mensch über die Erde ausgebreitet hat. Die Jetztmenschen entwickelten sich in Afrika vor ca. 150.000 Jahren. Sie waren schon 1,70 m groß und seit ca. 40.000 Jahren zeigen Fossilienfunde, dass sie auch schon in Europa ansässig waren und dort wahrscheinlich den Neandertaler vor ca. 20.000 Jahren verdrängten.

LEBEN UND VERSORGEN IN DER STEINZEIT

Kapitel 4.1, M7-M16

In der Altsteinzeit zogen die Menschen als Nomaden den Wildtieren hinterher. Außerdem sammelten sie Beeren, Früchte, Nüsse, Pilze, Wurzeln, Insekten und Eier. Als aber vor ca. 12.000 Jahren die letzte Eiszeit zu Ende ging wurde es wärmer. Gerade im Vorderen Orient kam es zu ergiebigen Regenfällen und es wuchs dort wildes Getreide, wie Gerste und Weizen. Darauf stellten sich die Menschen ein und errichteten ihre Lagerplätze ab ca. 9000 v. Chr. im Fruchtbaren Halbmond, ein Gebiet im heutigen Irak in der Nähe von Euphrat und Tigris. Diese grundlegende Veränderung der Lebensweise vor ca. 7500 Jahren bezeichnet man als Neolithische Revolution. Diese Eingriffe veränderten die Natur aber nicht nur, sie schadeten ihr auch. Einst fruchtbare Böden wurden durch den einseitigen Anbau von Getreide schnell ausgelaugt und das weidende Vieh benötigte immer größere Flächen.

DIE METALLZEIT

Kapitel 4.1, M17-M19

Die Gewinnung der Metalle ab ca. 3000 v. Chr. und deren weitere Verarbeitung zu Waffen und Werkzeugen erforderte spezielle Kenntnisse und Fertigkeiten der Menschen. Dadurch entwickelten sich neue Handwerke und Berufe, wie der des Bergmanns, des Schmieds und des Bronzegießers. Da es im Norden und Westen Europas wenig Kupfer gab, kam den Händlern und dem Fernhandel eine immer größere Bedeutung zu.

4.2 Unsere Landwirtschaft heute

Landwirtschaft in Rheinland-Pfalz – wo bauen wir was an?

Ob Pizza, Brot, Kuchen oder Pommes: Die Landwirtschaft in Deutschland und anderen Ländern bildet die Grundlage unserer Ernährung. Wo wird bei uns was angebaut und wovon hängt es ab, was man auf einer bestimmten Fläche anbauen kann?

M1 Wo kommt unser Essen her?

Lina ist mit ihrem Bruder Jonas einkaufen im Supermarkt. Sie haben einiges auf dem Einkaufszettel stehen. Lina fragt sich: „Wo kommen denn eigentlich unsere ganzen Lebensmittel her?" Jonas kann sich das schon vorstellen: „Die kommen aus ganz Deutschland, aber auch der ganzen Welt. Wo genau die herkommen, das weiß ich auch nicht. Aber wir können es auf der Verpackung nachlesen."

M2 Auf Boden und Klima kommt es an

Standortfaktoren in der Landwirtschaft
Alle Faktoren, die ein Landwirt in die Überlegung miteinbezieht, wo er etwas anbauen soll, nennt man Standortfaktoren.

Die klimatischen Bedingungen begünstigen eine erfolgreiche Landwirtschaft in Deutschland. Dabei gibt es sehr unterschiedliche Bedingungen für die Landwirtschaft. Das liegt einerseits am Klima und anderseits an den Böden. Die Pflanzen brauchen Wärme und Wasser, wobei in Gebieten mit besonders guten Böden Ackerbau betrieben wird und in Gebieten mit vielen Niederschlägen eher Viehhaltung vorherrscht.
Die verschiedenen Nutzpflanzen stellen jeweils also ganz unterschiedliche Anforderungen. Getreide braucht gute Böden. Obst, Gemüse und Wein brauchen eher viel Sonne. Dort, wo es viel regnet, lohnen sich dagegen Milchviehhaltung und Mastbetriebe.

M3 Wo wird was angebaut in Rheinland-Pfalz?

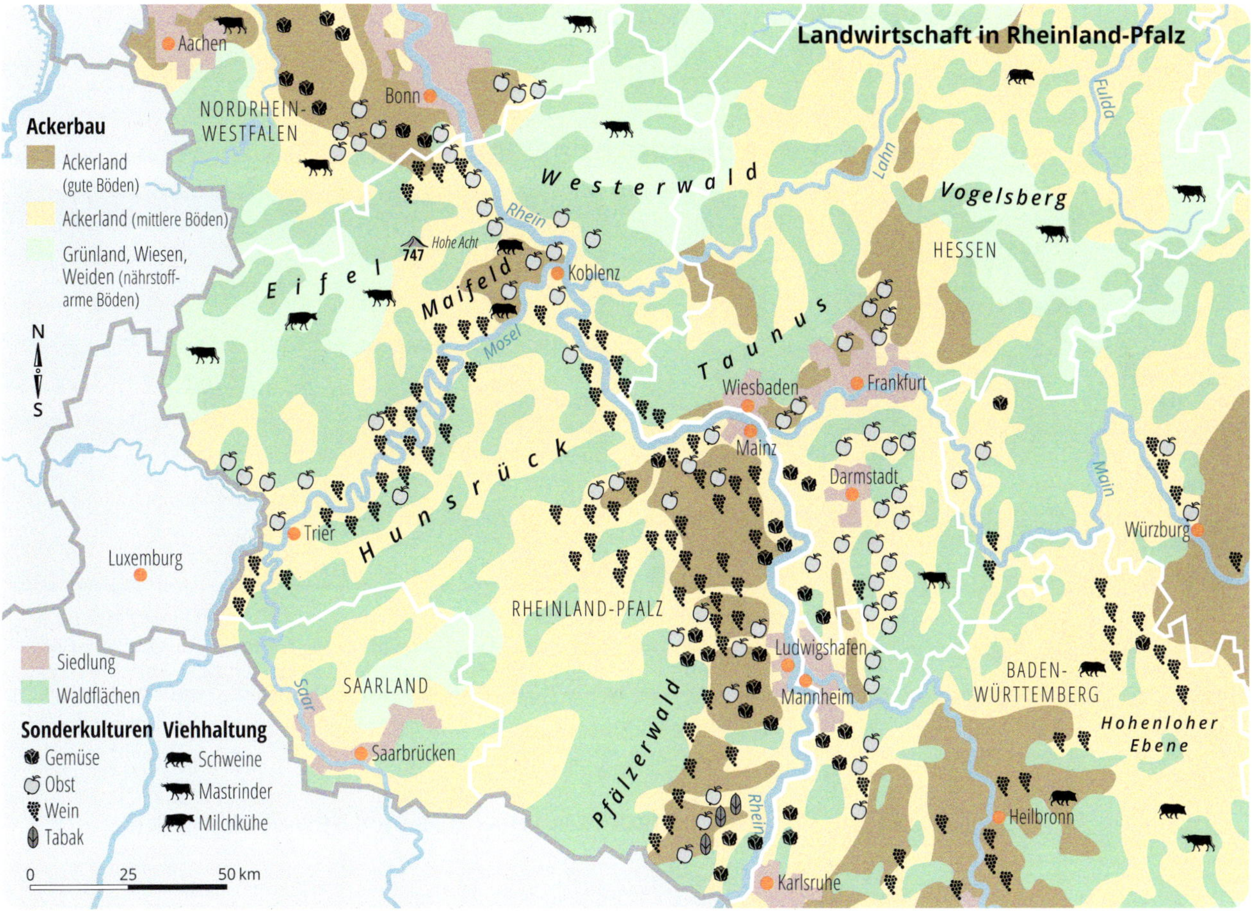

Klima und Bodenqualität bestimmen, was in Rheinland-Pfalz angebaut werden kann. An den Flüssen Rhein und Mosel herrscht Wärme für den Anbau von Wein, sowie Obst und Gemüse vor. Eine besonders gute Bodenqualität hat das Gebiet von Mainz bis Karlsruhe. In den Höhenlagen der Eifel und des Westerwalds gibt es überwiegend Viehhaltung aufgrund der schlechteren Böden und des kühleren Klimas.

AUFGABEN

1. Arbeite mit der Karte zur Landwirtschaft und begründe, wo die Lebensmittel herkommen könnten, die Lina und ihr Bruder einkaufen (**M1**, **M3**).
2. a) Nenne jeweils drei Gebiete, in denen
   - Schweinehaltung und Rinderhaltung vorherrscht,
   - Obst, Gemüse oder Wein angebaut werden (**M3**).

   b) Erkläre, wovon es abhängt, was in einem bestimmten Gebiet angebaut werden kann und was nicht (**M2**, **M3**).
3. Bauer Michel aus der Eifel würde gerne auf seinen Flächen auf Weinbau umstellen. Würdest du ihm dazu raten oder davon abraten? Begründe deine Antwort.

H zu Aufgabe 3
Finde hierzu zuerst die Eifel auf der Karte und finde heraus, für welche landwirtschaftliche Nutzung das Gebiet geeignet ist.

Was macht die moderne Landwirtschaft aus?

Vor 40 Jahren noch hat die ganze Großfamilie in der Landwirtschaft mitgeholfen. Heute ist das nur noch selten der Fall. Wie sieht die Landwirtschaft von heute aus?

M4 Getreideernte früher und heute

Das Bild links stammt aus den 1930er Jahren und zeigt eine Großfamilie an einer Dreschmaschine. Früher waren für das Dreschen von Getreide mehrere Arbeitsschritte nötig: die Beschickung der Dreschmaschine mit Garben, das Absacken des Getreides und das Abnehmen und Aufladen des Strohs. Das Bild rechts zeigt einen Mähdrescher aus der heutigen Zeit, der alles in einem Arbeitsprozess erledigt.

M5 Veränderungen am Hof Roos seit den 60er Jahren

	1960	2019
Anzahl der Beschäftigten pro Hof	10 (Großfamilie bestehend aus Großvater, Großmutter, Söhne, Töchter, ...)	2 (Vater und Sohn)
Nutzung der Felder	Grünland/Weideflächen für das Vieh, Weizen, Kartoffeln, Gerste, Rüben	Weizen, etwas Gerste
Absatzprodukte	Milch, Kartoffeln, Eier, Fleisch	Weizen zur Weiterverarbeitung oder als Futtermittel
Zuerwerb		Stromverkauf durch Windkraft

Zusatzkapitel:
Wie sah die Landwirtschaft im Mittelalter aus?

70091-24

SPEZIALISIERUNG

Unter Spezialisierung versteht man in der modernen Landwirtschaft die Ausrichtung auf ein bestimmtes Fachgebiet oder eine bestimmte Weise des Anbaus.

Durch die Spezialisierung auf den Getreideanbau und die Verwendung moderner Technik kann heutzutage beispielsweise die Ernte viel schneller durchgeführt und eine größere Menge eines Produkts verkauft werden.

M6 Der moderne Bauernhof – nicht nur Landwirtschaft

Da die Bauern heutzutage aufgrund der großen Konkurrenz und der niedrigen Preise im Supermarkt nur noch deutlich weniger für ihre Produkte wie Milch oder Getreide bekommen, setzt ein großer Teil der Bäuerinnen und Bauern in Rheinland-Pfalz nicht mehr nur auf Pflanzenanbau und Tierhaltung zur Futter- und Nahrungsmittelerzeugung, sondern erwirtschaftet ein zusätzliches Einkommen durch andere Aktivitäten. Dazu zählen Ferienhöfe, Direktvermarktung an Hofläden, Pferdepensionen, Weihnachtsbaumkulturen und Windkraftanlagen.

Viele Landwirte verdienen sich als Gastgeber etwas dazu. Das Angebot reicht vom klassischen Urlaub auf dem Bauernhof über Bauernhofcafés und Restaurants, Partyservice und Event-Gastronomie bis zur Veranstaltung von Kindergeburtstagen.

M7 Wie sieht der Ackerbau der Zukunft aus?

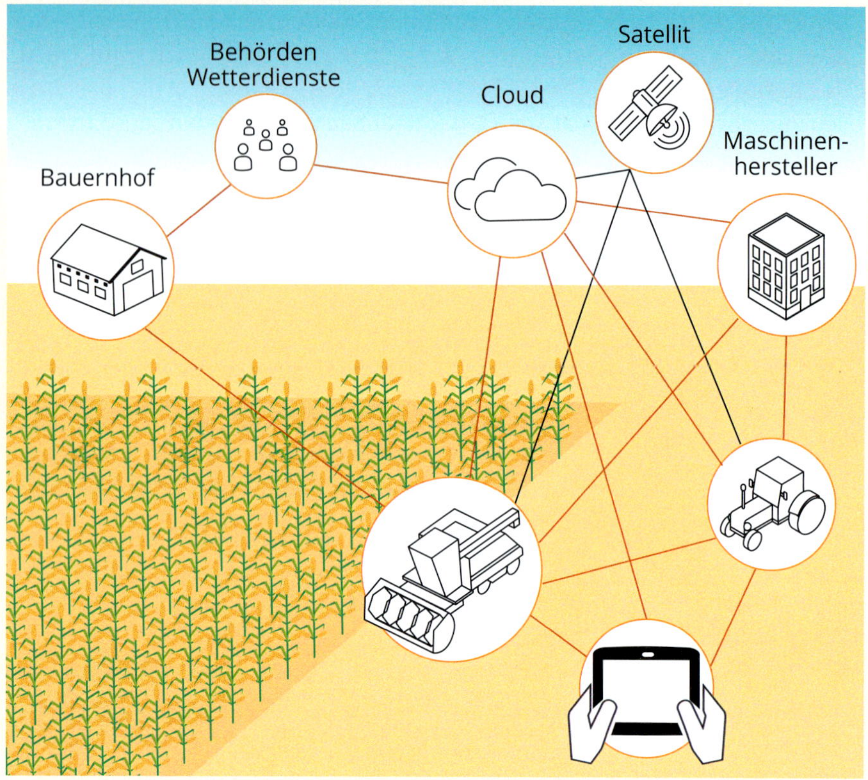

H **zu Aufgabe 1**
Wie viele Arbeitsschritte und Arbeitskräfte waren damals und sind heute für die Getreideernte nötig?

F **zu Aufgabe 2a**
Erkläre, welche Auswirkungen es hat, wenn es deutlich weniger Beschäftigte pro Hof gibt.

AUFGABEN

1. Vergleiche die Getreideernte früher und heute mithilfe der Bilder und Informationen in **M4**.

2. Arbeitet zu zweit und erklärt, wie sich die moderne Landwirtschaft von der Landwirtschaft vor 60 Jahren unterscheidet.
   a) Arbeitet aus der Tabelle **M5** heraus, wie sich der Hof Roos verändert hat.
   b) Erklärt im Zusammenhang mit dem Getreideanbau, was der Begriff Spezialisierung in der modernen Landwirtschaft bedeutet (**M5**, **#Spezialisierung**.)
   c) Listet Möglichkeiten auf, wie ein Landwirt heutzutage etwas dazu verdient, damit er erfolgreich wirtschaften kann (**M6**).

3. „Der erfolgreiche Bauer von heute ist vor allem ein guter Geschäftsmann“. Erkläre diese Aussage anhand von Beispielen aus **M6**.

4. Beschreibe mithilfe der Grafik, wie der Ackerbau der Zukunft aussehen könnte (**M7**).

Fleisch aus dem Supermarkt – Hauptsache billig?

Wie wäre es jetzt mit einem leckeren Schnitzel? In Deutschland und auf der ganzen Welt ist Fleisch sehr beliebt und gefragt. Woher kommt unser ganzes Schweinefleisch?

M8 Lina und Jonas finden Fleisch im Angebot

Lina und Jonas sind an der Fleischtheke angekommen und finden eine sehr große Auswahl vor. Lina: „Schau mal, hier gibt es günstige Schweinesteaks, nur 3,00 € für 500 Gramm." Jonas: „Ja, ich frage mich nur immer, wo das ganze günstige Fleisch herkommt..."

In Supermärkten findet man eine große Auswahl an Fleischprodukten vor.

M9 Wie wird Schweinefleisch produziert?

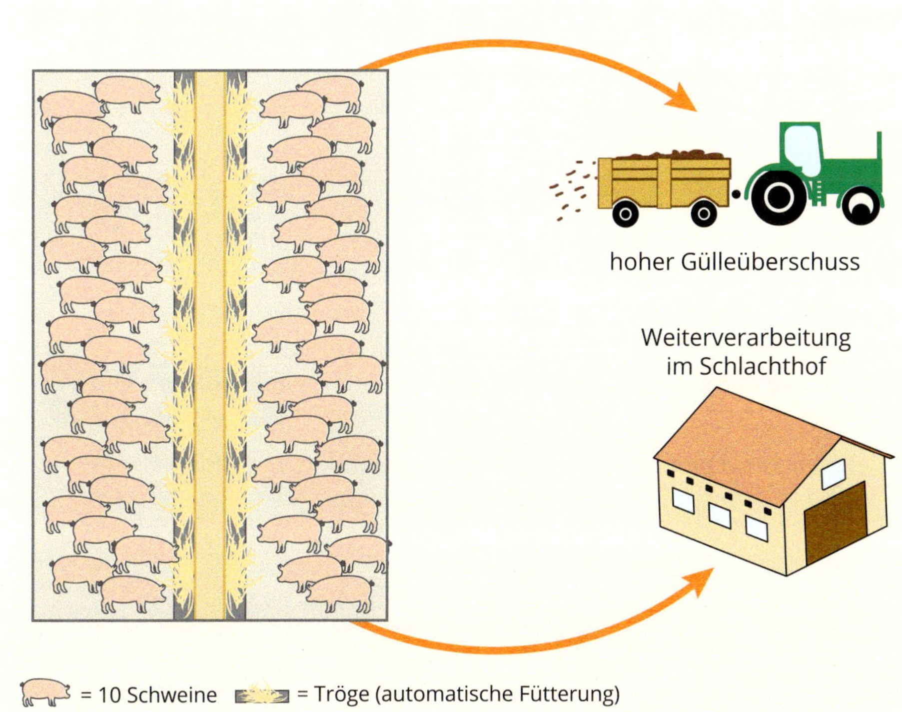

Für die Haltung von Nutztieren sind Platz, Futter, Licht, Temperatur, Luftaustausch und Stallboden festgelegt. In der Massentierhaltung werden diese Dinge immer genau an der untersten Grenze ausgelegt.

Massentierhaltung
Eine Form der Tierhaltung, in der eine hohe Anzahl vorwiegend einer Tierart gehalten wird. Beispiele hierfür sind die industrielle Schweinemast oder Legebatterien. Die Betriebe ähneln Industriebetrieben, die vor allem auf die kostengünstige Produktion von Fleisch ausgerichtet sind.

M10 Schweinefleisch für jedermann – aber zu welchem Preis?

Im Durchschnitt verspeist jeder Deutsche im Jahr ungefähr 60 Kilogramm Schnitzel, Bratwurst und Aufschnitt jeglicher Art. Die Bauern verdienen an 1 kg Fleisch heute im Vergleich deutlich weniger als noch vor 40 Jahren. Daher darf die Haltung der Tiere nicht allzu viel kosten. Die Bauern haben sich oft auf eine Tierart spezialisiert und halten eine sehr große Anzahl an Tieren. So können sie Kosten einsparen und ihren Gewinn steigern. Du als Kunde freust dich am Ende über den günstigen Preis. Und nicht nur du, sondern auch jeder andere in der Bevölkerung kann sich so Fleisch leisten. In der Schweinemast steht die kostengünstige Produktion allerdings vor dem Wohl des Tieres. Oft kommt es zu Erkrankungen der Tiere durch Keime, da sie auf zu engem Raum gehalten werden. Außerdem werden die Massen an Ausscheidungen der Tiere als Gülle für die Äcker verwendet. Da in manchen Gegenden zu viel dieser Gülle auf den Äckern ausgebracht wird, kann auch unser Grundwasser dadurch verunreinigt werden.

Fütterung in der intensiven Schweinemast

INTENSIVIERUNG

Alle Maßnahmen in der Landwirtschaft, die gewährleisten, dass mehr und schneller Nahrungsmittel wie Getreide oder Fleisch produziert werden können.
Im Ackerbau spricht man von Intensivierung, wenn viele Maschinen und künstliche Düngemittel für das schnelle Wachstum der Pflanzen eingesetzt werden. In der Schweinemast wird eine hohe Fleischproduktion unter anderem durch die Haltung vieler Tiere zur gleichen Zeit erzielt.

AUFGABEN

1. Führt eine Umfrage in eurer Klasse durch: Wie oft pro Woche wird bei euch Fleisch gegessen? Wo wird das Fleisch gekauft (**M8**)?
2. a) Arbeitet zu zweit und beschreibt die Kennzeichen der Massentierhaltung mithilfe der Grafik (**M9**).
   b) Erklärt den Begriff Intensivierung im Zusammenhang mit der Schweinemast (**#Intensivierung, M9**, **M10**).
   c) Stellt die Vorteile der Massentierhaltung den Nachteilen in einer Tabelle gegenüber (**M9**, **M10**).
3. Überlegt euch gemeinsam in der Klasse Maßnahmen, wie die Nachteile durch die Massentierhaltung geringer gehalten werden können.

H zu Aufgabe 3
Stellt Überlegungen zu folgenden Punkten an:
- Wie kann man dafür sorgen, dass die Erkrankungen der Tiere zurückgehen?
- Wie kann das Problem der Verunreinigung des Grundwassers gelöst werden?

Ökologische Landwirtschaft – was macht sie anders?

Im Supermarkt begegnen dir heute mehr und mehr Bioprodukte. Was unterscheidet sie von herkömmlichen Produkten?

M11 Lina und Jonas vergleichen Preise

Im Supermarkt sind Lina und Jonas an der Obst- und Gemüsetheke angelangt. Hier vergleichen sie herkömmliche Erdbeeren mit Bio-Erdbeeren.

Lina: „Schau mal, Jonas, Bio-Erdbeeren vom Bauernhof! Die kosten 3,99 € für 500 Gramm – die nehmen wir, oder?"

Jonas: „Puh, also hier gibt's welche 500 Gramm für 2,99 €! Die sind aber nicht Bio... Das ist immer so bei den Bio-Produkten, dass die teurer sind. Ich habe mich schon öfters gefragt warum genau das eigentlich so ist."

M12 Die Grundsätze der ökologischen Landwirtschaft

Mehr und mehr Bauernhöfe stellen ihre Produktion im Sinne der ökologischen Landwirtschaft um.

Dazu müssen sie bestimmte Regeln einhalten und z.B. auf künstlichen Dünger und Pflanzenschutzmittel verzichten. Das Futter und der Mist werden als Dünger wieder verwendet. Dadurch entsteht ein eigener ökologischer Kreislauf und eine nachhaltige Produktion von Fleisch und Gemüse, weil die Böden weniger belastet und die Tiere artgerecht gehalten werden können.

Die Erträge sind dadurch zwar geringer, aber die Produkte können und müssen auch zu höheren Preisen verkauft werden, da mehr Arbeitskräfte und Arbeitszeit benötigt werden. Viele dieser Bio-Produkte aus ökologischer Landwirtschaft werden im eigenen Hofladen oder auf dem Wochenmarkt angeboten.

Artgerechte Tierhaltung von Rindern

Erklärfilm zur ökologischen Landwirtschaft

70091-25

Im Supermarkt zeigen verschiedene Biosiegel an, ob ein Produkt aus ökologischer Landwirtschaft kommt. Hier gibt es aber viele Unterschiede.

M13 Wie funktioniert der ökologische Kreislauf?

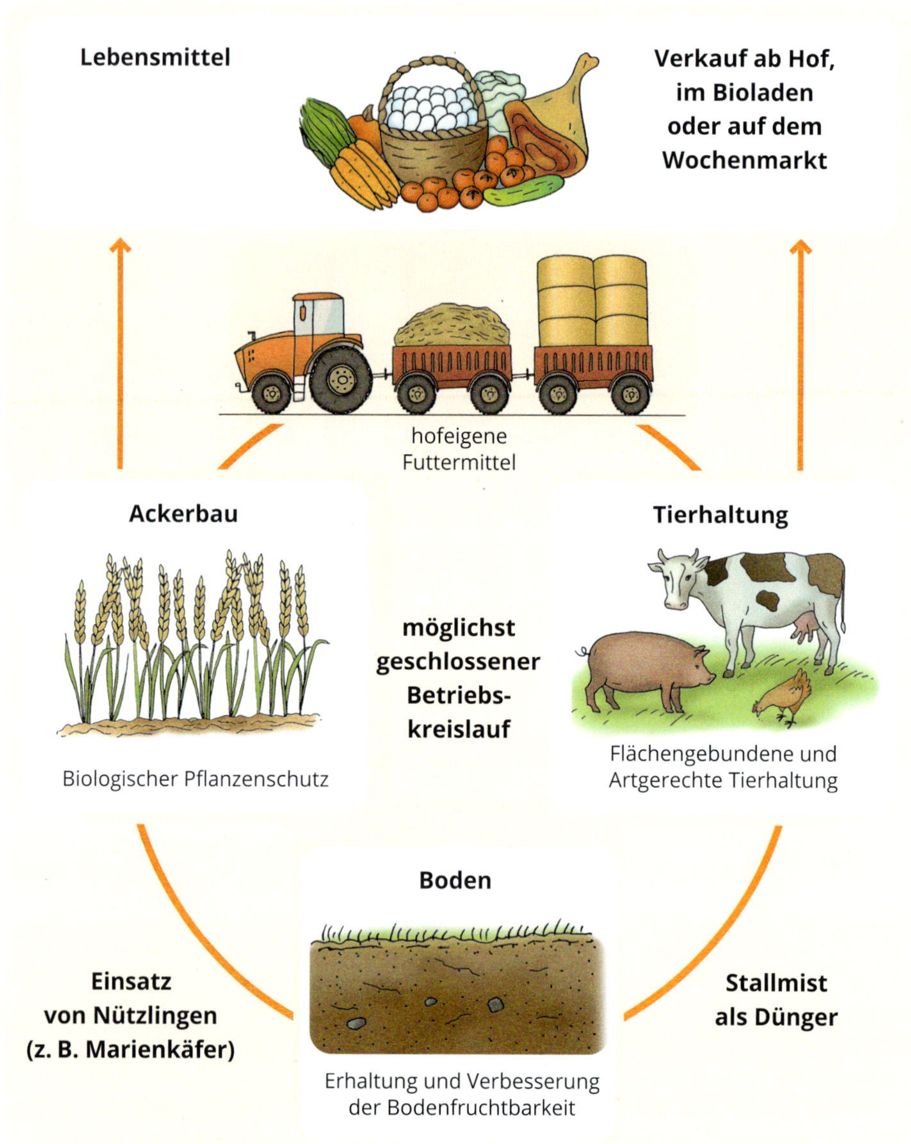

Nachhaltige Landwirtschaft
Die ökologische Landwirtschaft wird auch als nachhaltige Landwirtschaft bezeichnet. Wenn Boden und Wasservorkommen geschont und für zukünftige Generationen bewahrt werden, spricht man von einer nachhaltigen Nutzung des Landes. Nachhaltige Landwirtschaft kann aber noch mehr sein, als nur die ökologische Bewirtschaftung. Es geht beispielsweise auch darum, die Arbeitskräfte, die auf den Feldern arbeiten, fair zu bezahlen.

Nachhaltigkeit
→ Kap. 5.1

ÖKOLOGISCHE LANDWIRTSCHAFT

Nahrungsmittel werden in der ökologischen Landwirtschaft nach festgelegten Prinzipien produziert. Diese gewährleisten unter anderem, dass die Umwelt geschont wird und die Tiere artgerecht gehalten werden.
Das Prinzip der ökologischen Landwirtschaft basiert auf einem Kreislaufsystem: Der Natur wird das zurückgegeben, was ihr an anderer Stelle genommen wurde. Durch geringere Erträge und einen höheren Arbeitsaufwand als in der konventionellen Landwirtschaft sind ökologisch produzierte Produkte allerdings teurer.

M14 Wie entwickelt sich die ökologische Landwirtschaft in Deutschland?

Anteil der Anbaufläche im ökologischen Landbau an der gesamten landwirtschaftlichen Nutzfläche in Deutschland in den Jahren 1996 bis 2020 (Stand: Februar 2021)

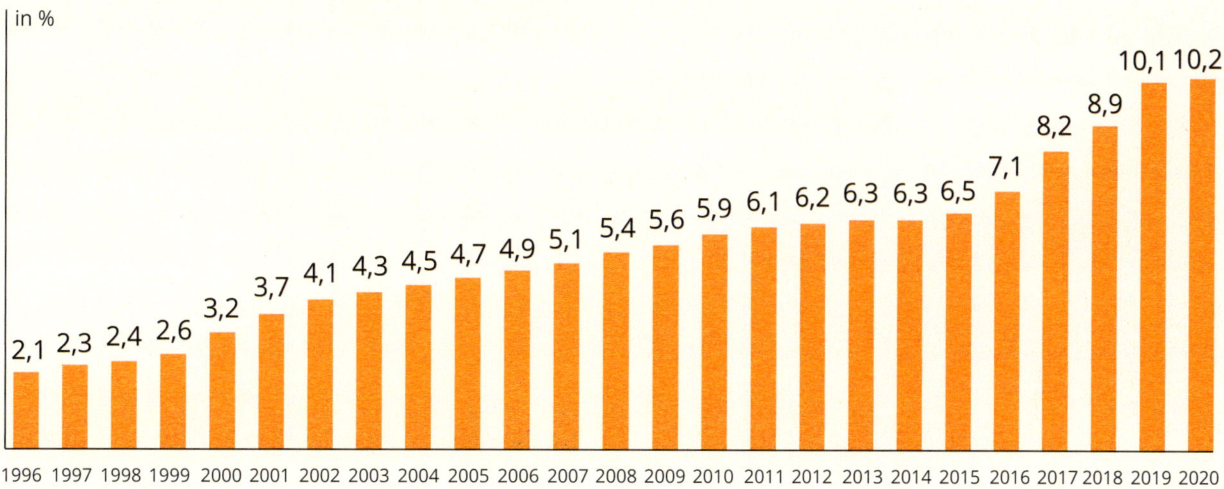

Quelle: Statistisches Bundesamt, © BLE

Die ökologische Landwirtschaft wird damit zwar immer wichtiger, aber ihr Anteil an der gesamten landwirtschaftlichen Fläche liegt immer noch nur bei ca. 10 Prozent.

AUFGABEN

1. Wie Lina und Jonas festgestellt haben, sind Bio-Produkte oft teurer als herkömmliche. Stellt in der Klasse Vermutungen an, weshalb das so ist (**M11**).
2. a) Erkläre die Regeln der ökologischen Landwirtschaft und das Prinzip des ökologischen Kreislaufs (**M12**, **M13**).
   b) Erläutere, warum Bio-Lebensmittel teurer sind als Lebensmittel aus herkömmlicher Landwirtschaft (**M12**).
   c) Stelle die Vor- und Nachteile der ökologischen Landwirtschaft in einer Tabelle gegenüber (**M12**, **M13**, **#Ökologische Landwirtschaft**).
3. Werte das Diagramm zum Anteil der Anbaufläche im ökologischen Anbau in Deutschland aus (**M14**, **Statistiken, Diagramme und Schaubilder analysieren → Methodenglossar**).
4. Führt in der Klasse eine Exkursion zu einem nahegelegenen Bauernhof durch (**Methode: Wir erkunden einen Bauernhof**).

H zu Aufgabe 2a
Gehe bei der Erklärung des ökologischen Kreislaufs vom Boden als Grundlage aus. Was trägt alles dazu bei, dass der Boden fruchtbar bleibt?

H zu Aufgabe 3
Teile dir zur einfacheren Auswertung das Diagramm in drei Zeitabschnitte von ca. 10 Jahren ein.

Wir erkunden einen Bauernhof

Worum geht es?

Milch, Kartoffeln, Schnitzel und viele andere leckere Speisen landen jeden Tag auf unseren Tischen. Wo diese Lebensmittel alle herkommen, könnt ihr besonders gut auf einem Bauernhof erkunden. Wie man so eine Erkundung vorbereitet, durchführt und auswertet, erfahrt ihr hier.

Fragebogen für eine Bauernhofexkursion

70091-26

Geht dabei so vor:

1. Schritt: Organisation

Wählt gemeinsam mit eurer Lehrkraft einen geeigneten Bauernhof aus und findet heraus, wann ihr dort eine Erkundung durchführen könnt und wie ihr dorthin gelangt. Sprecht die Ergebnisse mit eurem Lehrer ab und informiert eure Eltern darüber.

2. Schritt: Vorbereitung

Bildet in eurer Klasse Arbeitsgruppen mit 3-5 Schülerinnen und Schülern und formuliert Fragen, die euch bei der Erkundung des Hofs helfen können, wie z. B. welche Tiere gehalten werden und welche Lebensmittel produziert werden. Erstellt daraus in jeder Arbeitsgruppe einen eigenen Fragebogen und kopiert ihn für jede Schülerin und jeden Schüler. Überlegt, was ihr alles mitnehmen müsst, wie z. B. eine Kamera, Kugelschreiber, Schreibblock oder Gummistiefel.

Projekt „Ackerschule“

70091-72

3. Schritt: Durchführung

Besucht den von euch ausgewählten Bauernhof. Befragt die Bäuerin und den Bauern mithilfe eures Fragebogens und erkundigt euch, ob ihr Fotos für eure Präsentation machen dürft. Fotografiert alles, was ihr für die Präsentation eurer Ergebnisse später benötigt. Befolgt dabei die Anweisungen der Bäuerin und des Bauern sowie eurer Lehrerinnen und Lehrer, da auf einem Bauernhof auch viele Gefahrenstellen lauern.

Hofsuche in eurer Nähe

70091-27

4. Schritt: Auswertung und Vorstellung der Ergebnisse

Wertet in jeder Arbeitsgruppe eure Ergebnisse aus und sichtet die angefertigten Bilder. Überlegt, wie ihr eure Ergebnisse der Klasse präsentieren möchtet, z. B. in Form eines Plakates, einer Wandzeitung oder einer PowerPoint Präsentation.

Erlebnisbauernhöfe in Rheinland-Pfalz

70091-28

UNSERE LANDWIRTSCHAFT HEUTE

DER WEG ZUR MODERNEN LANDWIRTSCHAFT

Kapitel 4.2, M4-M7

Die Landwirtschaft in Deutschland hat sich in den letzten 60 bis 70 Jahren sehr stark verändert. Die Industrialisierung brachte in der Landwirtschaft entscheidende Fortschritte, wie der Einsatz spezieller Maschinen und die Entwicklung des Kunstdüngers, sodass die Landwirte heute mit modernen Maschinen, Pflanzenschutzmitteln sowie mit der Spezialisierung auf leistungsfähige Nutzpflanzen und Nutztiere viel und günstig produzieren können. In Deutschland werden außerdem viele Flächen sehr intensiv genutzt. Zwar ist die Anzahl der landwirtschaftlichen Betriebe in den letzten 100 Jahren deutlich gesunken, die Größe der Nutzfläche aber erheblich gestiegen. Auch in der Tierzucht wird oft eine intensive Haltung betrieben. In Zukunft wird der vernetzte Landwirt mit Tablet, Smartphone und Co. noch viel genauer bestimmen können, wieviel Futter zu welcher Zeit er einsetzen muss oder wann genau er sein Getreide ernten sollte.

INDUSTRIELLE LANDWIRTSCHAFT UND MASSENTIERHALTUNG

Kapitel 4.2, M8-M10

Eine stark spezialisierte und intensivierte Form der Tierhaltung ist die sogenannte Massentierhaltung. Durch moderne Technik und die Spezialisierung auf eine Tierart kann durch diese Art der Tierhaltung sehr viel Fleisch sehr günstig produziert werden. Allerdings hat sie einen Preis: die Tiere erkranken aufgrund der nicht artgerechten Haltung oft. Außerdem werden die Unmengen an Gülle durch die Ausscheidungen der Tiere auf die Felder gebracht und belasten so unser Grundwasser.

ÖKOLOGISCHE LANDWIRTSCHAFT

Kapitel 4.2, M11-M14

Mehr und mehr Bauernhöfe stellen ihre Tierhaltung und Produktion von Getreide im Sinne der ökologischen Landwirtschaft um. Dazu müssen sie bestimmte Regeln einhalten und auf künstlichen Dünger und chemische Pflanzenschutzmittel verzichten. Das Futter wird für die Tiere selbst angebaut und der Mist als Dünger wiederverwendet. Dadurch entsteht ein eigener ökologischer Kreislauf und eine nachhaltige Produktion von Fleisch und Gemüse, weil die Böden weniger belastet und die Tiere artgerecht gehalten werden können. Die Erträge sind dadurch zwar geringer, aber die Produkte können und müssen auch zu höheren Preisen verkauft werden, da auch mehr Arbeitskräfte und Zeit benötigt werden. In Deutschland steigt der Anteil der ökologisch wirtschaftenden Betriebe stetig. Das hängt auch damit zusammen, dass die Menschen immer mehr Bio-Lebensmittel nachfragen. Allerdings ist der Anteil der ökologischen Landwirtschaft an der Gesamtfläche der landwirtschaftlichen Nutzflächen immer noch vergleichsweise klein.

Nachdem du das Kapitel „Leben und Versorgen – wieviel Natur braucht der Mensch?" bearbeitet hast, kannst du hier das Gelernte anwenden, dein Wissen prüfen und dir ein Urteil bilden.

M1 „Zeitmaschine" – der Tagesablauf der Menschen früher und heute

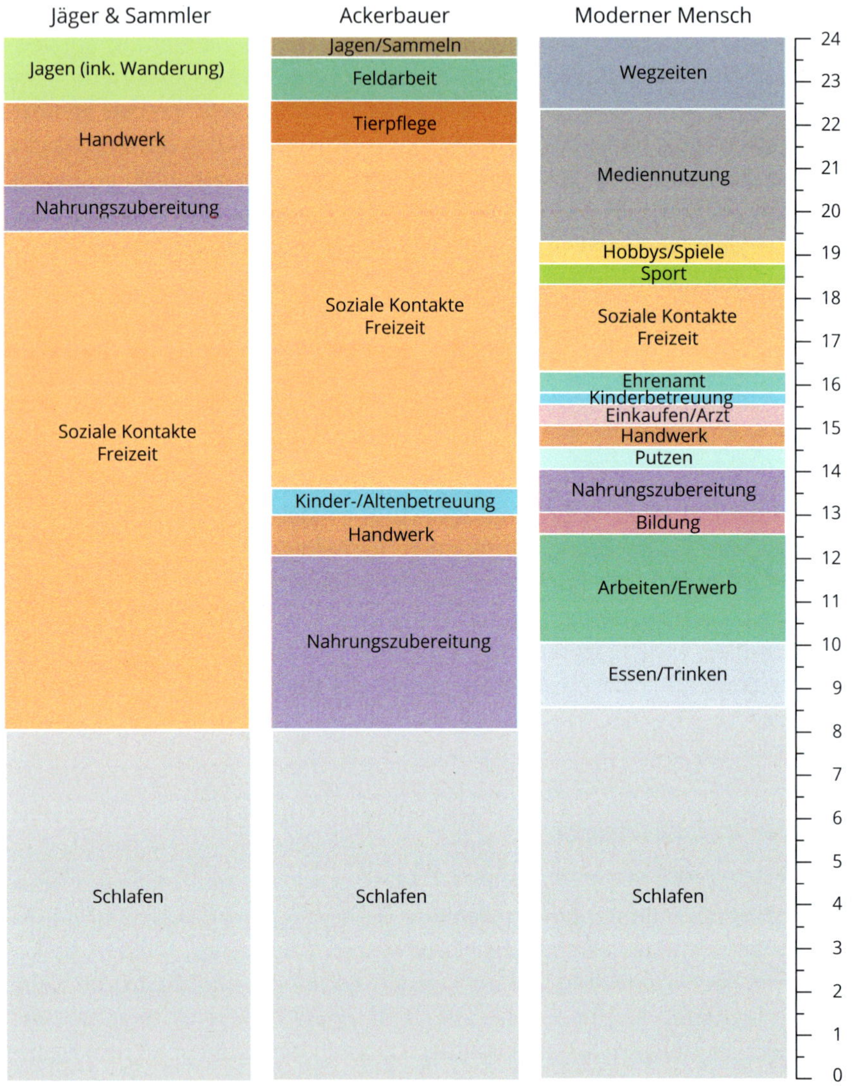

Illustration basierend auf der Ausstellung „Revolution jungSteinzeit" des Landesmuseums in Bonn, 2015.
Die rechte Säule zeigt, wie viel Zeit der durchschnittliche Deutsche an einem Tag im Jahr 2002 mit welchen Tätigkeiten verbrachte.
Die linke Säule zeigt dies für den Menschen in der Altsteinzeit, die mittlere Säule für den Menschen in der Jungsteinzeit.

interaktive Übung zum Kapitel

82000-72

Aufgaben

1. Vergleiche die Darstellung des Tagesablaufes der durchschnittlichen Deutschen aus dem Jahr 2002 (**M1**) mit deinem eigenen und erstelle eine entsprechende Säule.
2. a) Beurteile die Vor- und Nachteile der verschiedenen Lebensweisen zu unterschiedlichen Zeiten.
   b) Diskutiert in der Klasse, welche ihr für vorteilhafter haltet.

M2 Bauer Vomhof in Entscheidungsnot

„Unser Hof im Münsterland ist schon seit drei Generationen in Familienhand. Bald steht bei uns die Betriebsübergabe bevor: Das heißt, dass mein Vater, der den Betrieb 30 lange Jahre, zum Teil auch noch mit den Großeltern und einem Teil der Verwandtschaft geführt hat, den Betrieb an mich und meine Frau übergibt. Wir haben zum Großteil Ackerbau mit Kartoffeln, Weizen und Gerste und halten zusätzlich noch Mastrinder. Momentan vertreiben wir unsere Produkte über einen Großhändler, der sie an verschiedene Supermärkte verkauft. Allerdings denke ich, dass jetzt auch die Zeit ist umzustellen. Wir sind gerade schon dabei, einen neuen Stall für die Rinder zu bauen, sodass sie mehr Auslauf haben. Ich denke, der Biolandbau könnte eine Chance sein. Wir wollen aber natürlich genau analysieren, ob sich das für uns lohnt. Auch an eine Spezialisierung auf ein Produkt oder andere Möglichkeiten, um uns ein zweites Standbein aufzubauen, haben wir schon gedacht.
Viel Spielraum haben wir allerdings nicht, daher müssen wir uns hier klug aufstellen."

Feld mit Weizenanbau. Vielerorts in Deutschland wird eine Getreidesorte auf einer großen Fläche angebaut. Dies ist nur auf guten Böden möglich und beansprucht sie stark.

Aufgaben

1. Stelle anhand von **M2** dar, welche Merkmale der Wandel in der Landwirtschaft hat. Beziehe dabei auch die Begriffe Spezialisierung und Intensivierung mit ein.
2. Begründe anhand der Karte **M3**, Kapitel 4.2 ob die Art der Tierhaltung und des Ackerbaus, die Bauer Vomhof im Münsterland betreibt, an diesem Standort sinnvoll ist.
3. Hilf dem Bauern Vomhof bei der Umstellung seines Betriebes.
   a) Entscheide dich für eine Art der Landwirtschaft, auf die Bauer Vomhof umstellen soll: intensive Landwirtschaft oder ökologische Landwirtschaft? Begründe deine Entscheidung.
   b) Entwickle basierend darauf ein Konzept für den Bauern Vomhof, damit er zukünftig erfolgreich Landwirtschaft betreiben kann.

Tabelle zur Selbsteinschätzung

70091-29

Kohlekraftwerk in Deutschland

Plastikmüll an einem Meeresstrand

Rinder in verbranntem Wald

Ein Kind sammelt Müll.

Was weißt du schon?

1. a) Beschreibe die Bilder. Welche Probleme sind dort zu erkennen?
b) Sammelt im Plenum Schlagwörter zu den Problemen, die es auf unserer Erde gibt.

2. Arbeitet zu zweit zusammen und stellt Vermutungen an, wie diese Probleme miteinander zusammenhängen.

5

#Verantwortung für unsere Erde und unsere Mitmenschen

Über Klimawandel, Armut, Umweltschutz und die Verbesserung der Situation von Kindern weltweit kannst du jeden Tag Berichte in der Zeitung lesen oder Nachrichten im Fernsehen verfolgen. Dabei wird auch eines deutlich: Immer mehr Kinder und Jugendliche setzen sich aktiv für einen verantwortungsvollen Umgang mit unserer Umwelt ein und fordern ein Umdenken von Politik und Gesellschaft.
In diesem Kapitel findest du heraus, welche Probleme unserer Erde am drängendsten sind und wie du, aber auch andere Beteiligte dazu beitragen können, unsere Erde und ihre Bewohner nachhaltig zu schützen.

Was lernst du in diesem Kapitel?

... die Funktionsweise und Auswirkungen des vom Menschen verstärkten Treibhauseffekts auf Menschen, Tiere und Pflanzen zu beschreiben.
... die Gefahren für Menschen und Tiere durch Müll zu erklären.
... Formen der industriellen Produktion zu beschreiben und deren negative Auswirkungen zu beurteilen.
... die Lebenssituationen von Kindern zu unterschiedlichen Zeiten und in unterschiedlichen Regionen der Welt darzustellen und mit deiner Lebenssituation zu vergleichen.
... die Bedeutung von Mülltrennung und Maßnahmen zur Reduzierung von Müll zu beurteilen.
... Möglichkeiten des nachhaltigeren Umgangs mit Rohstoffen darzustellen.
... Ideen und Projekte, die sich für den Schutz von Kindern weltweit einsetzen, zu benennen und zu beschreiben und kritisch zu beurteilen.

Eine Zukunftswerkstatt durchführen

Worum geht es?

Auf unserer Erde gibt es einige Probleme, die nicht sofort lösbar sind. Durch gemeinsame Ideen und Ansätze können aber einige Dinge geändert werden. Eine Zukunftswerkstatt ist eine kreative Arbeitsweise, in der kleinere oder größere Gruppen eine Aufgabe oder Herausforderung gemeinsam angehen und nach Verbesserungen für eine konkrete Situation suchen.

Geht dabei so vor:

Start

1

Arbeitet euch in das Thema ein:
- Bearbeitet dazu alle die Auftaktseite, in der die wichtigsten Schlüsselprobleme unserer Erde benannt werden.
- Informiert euch außerdem, was der Begriff Nachhaltigkeit bedeutet und wie man nachhaltig handeln kann.

(→ Kapitel 5.1, M1-M4, #Nachhaltigkeit, #SDGs).

2

Besorgt wichtige Materialien für die Herstellung von Plakaten (z. B. Karton, Stifte, Bilder, ...).

3

Teilt eure Klasse in Kleingruppen ein. Jede Gruppe beschäftigt sich mit unterschiedlichen Schlüsselproblemen unserer Erde und erarbeitet Ansätze, wie diese Probleme gelöst werden können. Bearbeitet hierzu die Inhalte aus **einem** der folgenden Themenbereiche:

Themengebiet 1:
- Klimawandel - was geht uns das an? (→ Kapitel 5.2, M1-M4)
- Nachhaltiger Konsum: dein Beitrag zum Klimaschutz? (→ Kapitel 5.2, M5-M8)
- Welche Rechte haben Kinder? (→ Kapitel 5.3, M1-M3)
- Wieso leben Kinder in Armut? (→ Kapitel 5.3, M4-M8)
- Wieso flüchten Kinder aus ihrer Heimat? (→ Kapitel 5.3, M11, M12)
- Was kann für die Einhaltung der Kinderrechte getan werden? (→ Kapitel 5.3, M13-M17)

Themengebiet 2:
- Warum ist Müll ein Problem? (→ Kapitel 5.2, M9-M12)
- Wiederholen ist gestohlen? Nicht immer. (→ Kapitel 5.2, M13-M16)
- Welche Rechte haben Kinder? (→ Kapitel 5.3, M1-M3)
- Kinderarbeit - früher wie heute? (→ Kapitel 5.3, M8-M10)
- Was kann für die Einhaltung der Kinderrechte getan werden? (→ Kapitel 5.3, M13-M17)

Themengebiet 3:
- Wodurch zeichnet sich der Industriestandort Deutschland aus? (→ Kapitel 5.2, M17, M18)
- Unsere industrielle Produktion - welche Auswirkungen hat sie? (→ Kapitel 5.2, M19-M22)
- Warum sauberer produzieren und konsumieren? (→ Kapitel 5.2, M23-M25)
- Welche Rechte haben Kinder? (→ Kapitel 5.3, M1-M3)
- Kinderarbeit – früher wie heute? (→ Kapitel 5.3, M8-M10)
- Was kann für die Einhaltung der Kinderrechte getan werden? (→ Kapitel 5.3, M13-M17)

4

Haltet die wichtigsten Ergebnisse zu euren erarbeiteten Schlüsselproblemen und mögliche Lösungen dafür auf euren Plakaten fest. Bringt auch eigene Ideen bezüglich dieses Themas von einer wünschenswerten Zukunft ein: Dafür könnt ihr Texte schreiben, Bilder malen oder Collagen gestalten. Seid kreativ!

5

Präsentiert eure Ergebnisse in einem Galeriegang (Galeriegang → siehe Methodenglossar, S.317)

6

Bildet dann neue Gruppen, so dass in jeder Gruppe jeweils Experten aus den Themengebieten 1, 2 und 3 zu finden sind.
Diskutiert eure Ergebnisse und überlegt euch mithilfe der folgenden Fragen, wo zwischen euren Themen Zusammenhänge bestehen:

- Wo überschneiden sich die unterschiedlichen Schlüsselprobleme?
- Haben die Probleme, aber auch die Projekte und Initiativen ganz konkret auch Auswirkungen auf andere Bereiche?
- Weshalb ist es so wichtig, dass alle Ansätze zur Lösung der Probleme zusammenwirken müssen? Was hat das mit dem Begriff Nachhaltigkeit zu tun?

7

Entwerft im Anschluss gemeinsam einen Aktionsplan für eine nachhaltigere Gesellschaft. Orientiert euch dabei an der Methodenseite (Methode: Einen Aktionsplan für eine nachhaltigere Zukunft gestalten). Visualisiert euer Ergebnis und präsentiert es der Klasse.

8

Denkt gemeinsam über eure Arbeit nach und überlegt, was ihr bei der nächsten Arbeit in dieser Form besser machen könnt. Sprecht auch darüber, wie ihr euch während der Arbeit gefühlt habt.

5.1 Was bedeutet Nachhaltigkeit?

Es gibt keinen Plan(et) B und deshalb müssen alle Ansätze, egal ob zum Schutz der Umwelt oder für einen Beitrag zur Gerechtigkeit auf der Welt zusammenwirken. Das Stichwort hierzu ist: Nachhaltigkeit. Aber was heißt das eigentlich?

M1 Bio kaufen ist doch nachhaltig – oder?

Lina und Emre haben im Unterricht den Auftrag bekommen, sich mit dem Begriff Nachhaltigkeit auseinanderzusetzen. Lina: „Das sind ganz schöne viele Probleme, die wir auf der Welt haben – da müssen wir doch was tun können. Aber wo kann ich da anfangen? Sollen wir jetzt einfach mehr Bio-Produkte kaufen?" Emre: „Ich weiß nicht, ob das alleine reicht, dass wir was verändern können. Nachhaltig zu handeln heißt ja nicht nur die Natur zu schützen…"

Deutsches Bio-Siegel

Fairtrade-Siegel

ÖPNV
Öffentlicher Personennahverkehr; dazu gehören beispielsweise Bus und Bahn.

M2 Unser Konsumverhalten beeinflusst viel

ÖPNV oder Rad nutzen

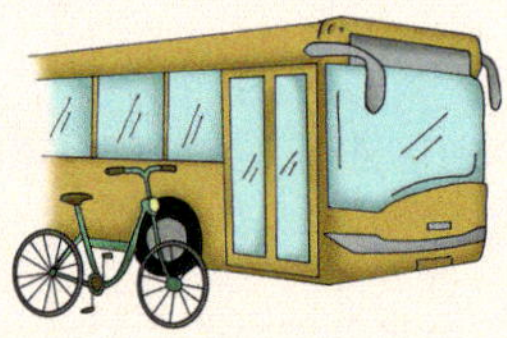

Einmalverpackungen meiden

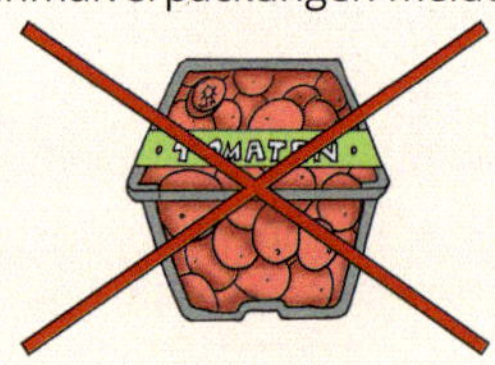

Fairtrade-Ware kaufen / keine Kinderarbeit unterstützen

In den Winterferien in ein warmes Land fliegen

Produkte von Wert kaufen

Beim Lieferservice bestellen

Ökologisch erzeugte Lebensmittel (Bio) kaufen

Handyladekabel in der Steckdose lassen

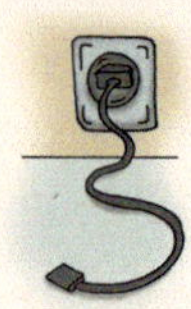

M3 Wer soll nachhaltig handeln? Eine Diskussion in der Familie Ahrens

NACHHALTIGKEIT

Nachhaltigkeit bedeutet, dass Menschen durch verantwortungsvolles Handeln an die nachfolgenden Generationen denken: Dazu gehört sowohl, dass man auf die Natur als Lebensgrundlage achtet (Ökologie), wirtschaftlich langfristig denkt (Ökonomie), als auch für eine sozial gerechte Verteilung von Gütern weltweit einsteht (Soziale Gerechtigkeit).
Als Verbraucher kannst du nachhaltig konsumieren, indem du Produkte kaufst, die möglichst umweltschonend hergestellt werden und weitestgehend auf Verpackungsmaterial verzichten oder Initiativen unterstützen, die sich für faire Arbeitsbedingungen auf der Welt einsetzen. Nachhaltiger Konsum eines jeden Einzelnen ist aber nur einer von vielen Aspekten der Nachhaltigkeit: Auch Unternehmen und die Politik müssen einen Beitrag leisten.

Ebene	Beispiel
Wirtschaftliche (ökonomische) Ebene	Verpackungsreduzierung eines Produkts
Umwelt (ökologische) Ebene	Naturschutzzonen einrichten
Soziale Ebene	Produkte regionaler Unternehmen kaufen, Verbot von Kinderarbeit

Erklärfilm zu Nachhaltigkeit
70091-30

LernOrte Nachhaltigkeit Rheinland-Pfalz
70091-73

M4 Die SDGs – eine weltweite Herausforderung

1 Keine Armut

2 Kein Hunger

3 Gesundheit und Wohlergehen

4 Hochwertige Bildung

5 Geschlechtergleichstellung

6 Sauberes Wasser und Sanitärversorgung

7 Bezahlbare und saubere Energie

8 Menschenwürdige Arbeit und Wirtschaftswachstum

9 Industrie, Innovation und Infrastruktur

10 Weniger Ungleichheiten

11 Nachhaltige Städte und Gemeinden

12 Verantwortungsvolle Konsum- und Produktionsmuster

13 Maßnahmen zum Klimaschutz

14 Leben unter Wasser

15 Leben am Land

16 Frieden, Gerechtigkeit und starke Institutionen

17 Partnerschaften zur Erreichung der Ziele

SDGs

Sustainable Development Goals, in Deutsch: „Ziele für nachhaltige Entwicklung" sind politische Zielsetzungen aller UN-Staaten für die weltweite Sicherung ökonomischer, sozialer und ökologischer Interessen.
Den SDGs liegen 17 Ziele mit 169 Unterzielen zugrunde.

Städte und Siedlungen sicher, widerstandsfähig und nachhaltig machen. Städte und Dörfer sollten so gebaut werden, dass alle Menschen, ob mit oder ohne Behinderung, diese nutzen können.

Eine belastbare Infrastruktur (z. B. gute Straßen und neue Stromleitungen) schaffen. Außerdem soll eine saubere Industrie gefördert werden und Innovationen vorangetrieben werden, die helfen die Umwelt zu schützen.

Für Männer und Frauen sollte Geschlechtergerechtigkeit herrschen. Das heißt, dass beide Geschlechter die gleichen Rechte haben sollten, z. B. das Wahlrecht oder das Recht auf gleichen Lohn bei gleicher Arbeit.

Eine gerechte und hochwertige Bildung für alle Kinder sicherstellen. Unabhängig davon, welche Sprache du sprichst, wie viel Geld deine Familie hat, wie man aussieht oder ob du eine Behinderung hast.

Ein gesundes Leben für alle Menschen gewährleisten, egal woher sie kommen. Eine grundlegende medizinische Versorgung für alle Menschen bereitstellen.

Den Hunger weltweit beenden sowie eine bessere Ernährung für alle Weltbürgerinnen und Weltbürger erreichen. Nachhaltige Landwirtschaft fördern, ohne Regenwälder zu roden oder Tiere zu gefährden.

Das Leben an Land (Flora und Fauna) schützen oder wiederherstellen. Die nachhaltige Nutzung von Feldern und Wäldern fördern, Wüstenbildung bekämpfen, Bodenverschlechterung stoppen und umkehren.

Zugang zu bezahlbarer, verlässlicher und sauberer Energie für alle Menschen sichern.

Für nachhaltigen Konsum und eine saubere Produktion sorgen. Bewusst das kaufen, was auch wirklich gebraucht wird. Sofort weitere Maßnahmen zur Bekämpfung des Klimawandels und seiner Auswirkungen ergreifen.

Eine friedliche Gesellschaft fördern, an der alle Menschen teilhaben. Gerechtigkeit durch eine unabhängige Justiz für alle Menschen garantieren.

Armut in jeder Form und überall auf der Welt beenden.

Ozeane, Meere und Meeresressourcen erhalten und nachhaltig nutzen.

Weltweite Partnerschaften und Freundschaften zwischen Staaten fördern.

Eine gute Wirtschaft im Land fördern. Das heißt unter anderem, viele Arbeitsplätze bei guten Bedingungen (z. B. keine Kinderarbeit, ausreichend Pausen ...) schaffen und gute Löhne zahlen.

Verfügbarkeit von sauberem Trinkwasser und Sanitäranlagen (Toiletten, Duschen, Abwassersystem ...) für alle Menschen gewährleisten.

Ungleichheit innerhalb von und zwischen Staaten verringern. Bestechungen sollten nicht notwendig und daher verboten sein.

AUFGABEN

1. a) Sammelt im Plenum erste Ideen dazu, was man gegen Probleme wie Umweltverschmutzung und Kinderarmut tun könnte (**M1**).
   b) Ein Ansatz, den Lina nennt ist nachhaltig zu leben. Was heißt für euch „nachhaltig leben"? Überlegt gemeinsam (**M1**).
2. a) Arbeitet zu zweit zusammen und erläutert den Begriff Nachhaltigkeit mit eigenen Worten. Überprüft eure Antwort mithilfe des Begriffskastens (**#Nachhaltigkeit)**.
   b) Begründet, welches Konsumverhalten als nachhaltig gelten kann und welches eher nicht (**M2**, **#Nachhaltigkeit**).
   c) Plane einen nachhaltigen Einkauf für den nächsten Monat und tauscht euch anschließend zu zweit darüber aus (**M2**, **#Nachhaltigkeit**).
   d) Erklärt anhand der Diskussion der Familie Ahrens, was außer eurem eigenen Konsum noch getan werden muss, damit wir nachhaltiger leben (**M3**).
3. Was sind die Ziele für nachhaltige Entwicklung (SDGs)? Gestaltet in Gruppen ein Plakat (**M4**).
   a) Entwerft für die Ziele 2-17 je ein Logo. Ein Beispiel seht ihr bei Ziel 1. Gestaltet euer Plakat so weiter, dass es als eine Art Werbung für die 17 Ziele einer nachhaltigen Entwicklung wahrgenommen wird.
   b) Ordnet den 17 Zielen auf eurem Plakat die passenden Beschreibungen zu.

5.2 Unsere Erde – unsere Verantwortung

Klimawandel – was geht uns das an?

In vielen deutschen Städten und in mehr als 120 Ländern weltweit wurde im Jahr 2019 für den Klimaschutz demonstriert. Die Bewegung Fridays-for-Future wurde von der Schülerin Greta Thunberg ausgelöst. Ein Großteil der Teilnehmenden waren Kinder und Jugendliche. Weißt du, warum sich die Jugendlichen so für den Klimaschutz einsetzen und was es mit dem Klimawandel auf sich hat?

M1 Welche Themen beschäftigen die Demonstrierenden?

M2 Die Erde wärmt sich auf

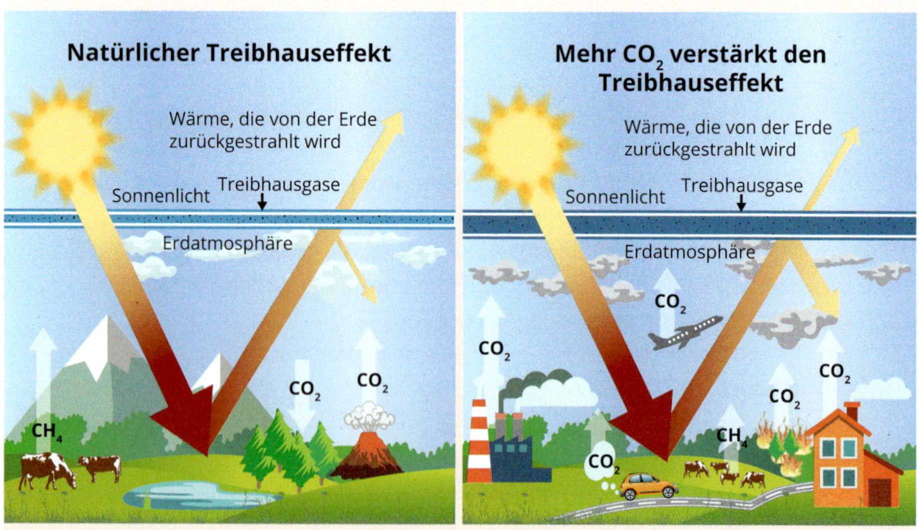

Treibhaus
lichtdurchlässiges Gewächshaus, in dem sich Wärme speichert

Der sogenannte natürliche Treibhauseffekt (linkes Bild) macht Leben auf der Erde erst möglich: Ohne ihn würden auf der Erde -20°C herrschen und kaum ein Lebewesen könnte überleben. Der durch den Menschen verstärkte Treibhauseffekt (rechtes Bild) ist im Gegensatz dazu die wesentliche Ursache für die menschengemachte Klimaerwärmung.

M3 Welche Treibhausgase verursachen den Klimawandel?

Der [..] Treibhauseffekt entsteht durch den Ausstoß bestimmter Gase. Zu [diesen] gehören insbesondere Kohlendioxid (CO_2) und Methan (CH4). Kohlendioxid ist für mehr als die Hälfte des vom Menschen verursachten Treibhauseffekts verantwortlich. Bis heute gelangten durch die Verbrennung von Kohle, Öl und Gas in Kraftwerken, Heizungen, Autos und Flugzeugen über 1.100 Milliarden Tonnen CO_2 zusätzlich in die Atmosphäre. Weitere Milliarden Tonnen werden durch Brandrodungen in Gebieten freigesetzt, die dann für Rinderzucht oder Sojaanbau [...] genutzt werden. [...] [B]eim Reisanbau, auf Mülldeponien, beim Kohlebergbau und bei der Fleischwirtschaft [wird Methan ausgestoßen]. Zudem ist Methan ein Nebenprodukt der Öl- und Gasförderung.

Greenpeace, Welche Treibhausgase verursachen die Erderwärmung?, www.greenpeace.de, abgerufen am 28.11.2019

Zusatzkapitel: Klimawandel auch bei uns?

70091-80

M4 Welche Folgen hat der Klimawandel für Mensch und Umwelt?

Der Klimawandel hat schon heute Auswirkungen auf unsere Umwelt: Starke Regenfälle und Überschwemmungen sowie langanhaltende Trockenperioden, in denen fast gar kein Regen fällt, werden immer häufiger. Schäden für die Landwirtschaft oder Probleme in der Trinkwasserversorgung sind die Folge. In sehr trockenen Regionen der Erde werden sich durch das komplette Ausbleiben von Regen neue Wüsten bilden, Menschen müssten von dort flüchten. Auch die Tiere und Pflanzen müssen sich immer mehr an lange Trockenheit, starke Regenfälle und höhere Temperaturen anpassen. Wenn das Klima immer wärmer wird, werden sich auch in bisher eher kühlere Regionen tropische Insekten wie die asiatische Tigermücke ausbreiten. Eine mögliche Folge ist, dass sich tropische Krankheiten hierdurch auch bei uns schneller ausbreiten könnten.

Flutkatastrophe 2021 im Ahrtal (Rheinland-Pfalz)
Die Flutkatastrophe, die mindestens 142 Menschen in Rheinland-Pfalz das Leben kostete (Stand: August 2021) und einige Dörfer so gut wie komplett zerstörte, wurde laut Wissenschaftlern durch den Klimawandel zumindest begünstigt. Durch die insgesamt höheren Temperaturen ist die Atmosphäre nämlich wärmer. Sie kann somit mehr Feuchtigkeit aufnehmen und es kann dadurch an einzelnen Tagen länger und stärker regnen als es bisher der Fall war.

AUFGABEN

1. Welche Probleme werden auf den Plakaten angesprochen (**M1**)? Erstellt im Plenum eine Mindmap.
2. Arbeitet zu zweit: Erforscht gemeinsam die Ursachen des Klimawandels und erweitert die Mindmap (**M2**, **M3**).
   a) Beschreibt euch mündlich die zwei Formen des Treibhauseffekts, die in den Grafiken dargestellt sind (**M2**).
   b) Erklärt, warum der Treibhauseffekt zum Problem wird und die Temperatur auf der Erde ansteigt (**M2**).
   c) Erläutert, welche Klimagase durch welche Aktivitäten entstehen (**M3**).
3. Arbeite die Folgen des Klimawandels für Mensch, Tier und Pflanzen aus dem Text heraus (**M4**).
4. Ergänzt die Mindmap gemeinsam im Plenum um die Folgen des Klimawandels (**M4**).

Mindmap
→ Methodenglossar

H zu Aufgabe 2a
Verwendet die Begriffe Sonnenlicht, Treibhausgase, Wärme, Erdboden, Temperatur.

F Recherchiere nach Informationen über eine bedrohte Tierart deiner Wahl. Erstelle einen kurzen Steckbrief (Tierart, Lebensraum, Bedrohung durch ...) und stelle ihn in der Klasse vor.

Nachhaltiger Konsum: dein Beitrag zum Klimaschutz?

Veränderungen fangen im Kleinen wie im Großen an. Als Verbraucherin und Verbraucher kannst du viel für eine nachhaltigere Wirtschaft tun. Unternehmen passen ihre Produkte an das Kaufverhalten der Konsumentinnen und Konsumenten an. Manches muss aber auch von der Politik über Gesetze bestimmt werden.

M5 Klimaschutz: Du hast es in der Hand ...

Checkliste

1. wenig tierische Produkte essen
2. Ökologische Lebensmittel auswählen
3. Regional und saisonal essen
4. Frische, unverarbeitete Lebensmittel bevorzugen
5. Lebensmittel stromsparend aufbewahren und weiterverarbeiten

M6 Tipps für eine klimafreundliche Ernährung

Rund 15 Prozent der CO_2-Pro-Kopf-Emissionen in Deutschland werden durch unsere Ernährung verursacht. Mit ein paar Tipps zum nachhaltigen Konsum kannst du deinen persönlichen CO_2-Fußabdruck einfach, günstig und dennoch genussvoll verkleinern. Obendrein freut sich die Umwelt, wenn du vor allem regional und saisonal einkaufst.

Wagener, Laura: Tipps für eine klimafreundliche Ernährung, www.co2online.de, 04.03.2016

Der CO_2-Fußabdruck ist eine Hilfestellung für jeden Einzelnen, um zu erkennen, wieviel CO_2 man durch seine Aktivitäten verbraucht.

NACHHALTIGER KONSUM

Nachhaltiger Konsum bedeutet, dass Verbraucherinnen und Verbraucher beim Kauf, bei der Nutzung und bei der Entsorgung von Produkten und Dienstleistungen auf die sozialen und umweltbezogenen Auswirkungen achten.

Konsum ist dann nahhaltig, wenn er „den Bedürfnissen der heutigen Generation entspricht, ohne die Möglichkeiten künftiger Generationen zu gefährden, ihre eigenen Bedürfnisse zu befriedigen" und ihren Lebensstil zu wählen.

Weltkommission für Umwelt und Entwicklung, 1987

M7 Nachhaltige Wirtschaft gestalten

Günstigere Bahntickets, starker Ausbau des Schienennetzes und des ÖPNV

Steuern auf spritfressende PKW, stärkere Förderung von Elektroautos

Verbot von Ölheizungen ab 2026

Kohleausstieg und schnellerer Ausbau erneuerbarer Energien

Weniger klimaschädliche Schadstoffe in der Tierhaltung

BESCHLOSSEN

©Bundesministerium für Umwelt, Naturschutz und nukleare Sicherheit: Infografik – Maßnahmen für mehr Klimaschutz, www.bmu.de, Abruf am 31.01.2020

M8 Wenn ich Politikerin wäre ...

AUFGABEN

1. a) Beschreibe die Bilder (**M5**).
   b) Nenne Möglichkeiten, wie du nachhaltiger konsumieren kannst.
   c) Erkläre den Begriff nachhaltiger Konsum (**#nachhaltiger Konsum**).
2. Formuliere zu jedem der Tipps zur klimafreundlichen Ernährung eine kurze Erklärung, weshalb diese Maßnahmen klimafreundlich sind (**M6**).
3. Stelle dir vor, du bist Politikerin oder Politiker und du dürftest drei Gesetzesvorschläge zum Klimaschutz abgeben (**M7, M8**).
   a) Benenne die Gesetze.
   b) Erläutere ihre Funktion oder ihren Inhalt.
   c) Diskutiert eure Vorschläge in der Klasse.

F Stelle Vermutungen an, warum du als Verbraucherin/Verbraucher nicht alle Maßnahmen für den Klimaschutz selbst umsetzen kannst (**M15, M16, M17**).

Warum ist Müll ein Problem?

Wer hat nicht schon mal sorglos ein Stück Müll nicht in der Tonne entsorgt...? Aber wusstest du, dass das Problem riesig ist? Im Pazifik gibt es einen Strudel aus Müll, der viermal größer als Deutschland ist. Menschen und Tiere sind dadurch in Gefahr.

Erklärfilm zu Plastik im Meer

70091-32

M9 Plastik in Nahrung, Wasser und Luft

Der WWF hat ausrechnen lassen, wie viel Plastik jeder Mensch weltweit durchschnittlich über Wasser, Nahrung und Atemluft aufnimmt.

WWF
steht für World Wide Fund For Nature und ist eine der größten Organisationen weltweit für Natur- und Umweltschutz.

M10 Mikroplastik: Risiko für die Gesundheit

Jährlich werden weltweit 400 Millionen Tonnen Plastik produziert, von denen etwa 10 % die Weltmeere und ihre Küsten verschmutzen [...]. Ein Großteil dieser Plastikteile zerfällt in Partikel kleiner als fünf Millimeter (Mikroplastik) und weiter in Nanopartikel. Diese Mikroplastikpartikel und die chemischen Verbindungen [...], die bei der Zersetzung entstehen, nimmt der Mensch vorwiegend über die Nahrung und Atemluft auf. Nach jetzigem Kenntnisstand entstehen dadurch sehr wahrscheinlich erhöhte gesundheitliche Risiken für Allergien, [Fettleibigkeit], Unfruchtbarkeit, Krebs- und Herz-Kreislauferkrankungen. Allerdings sind langfristige wissenschaftliche Studien notwendig, um die Effekte der Verschmutzung durch Plastik [...] nachzuweisen.

Zerkleinerter Plastikmüll am Strand

Schweisfurth, Hans: Plastikmüll – Risiko für Mensch und Umwelt, www.dguht.de, abgerufen am 11.12.2019

M11 Wie kommt der Plastikmüll ins Meer?

Das kann kein Meer mehr schlucken: Unsere Ozeane versinken im Müll. In jedem Quadratkilometer Meer schwimmen heute schon bis zu 46.000 Teile Plastikmüll. Jedes Jahr kommen sieben Millionen Tonnen dazu.

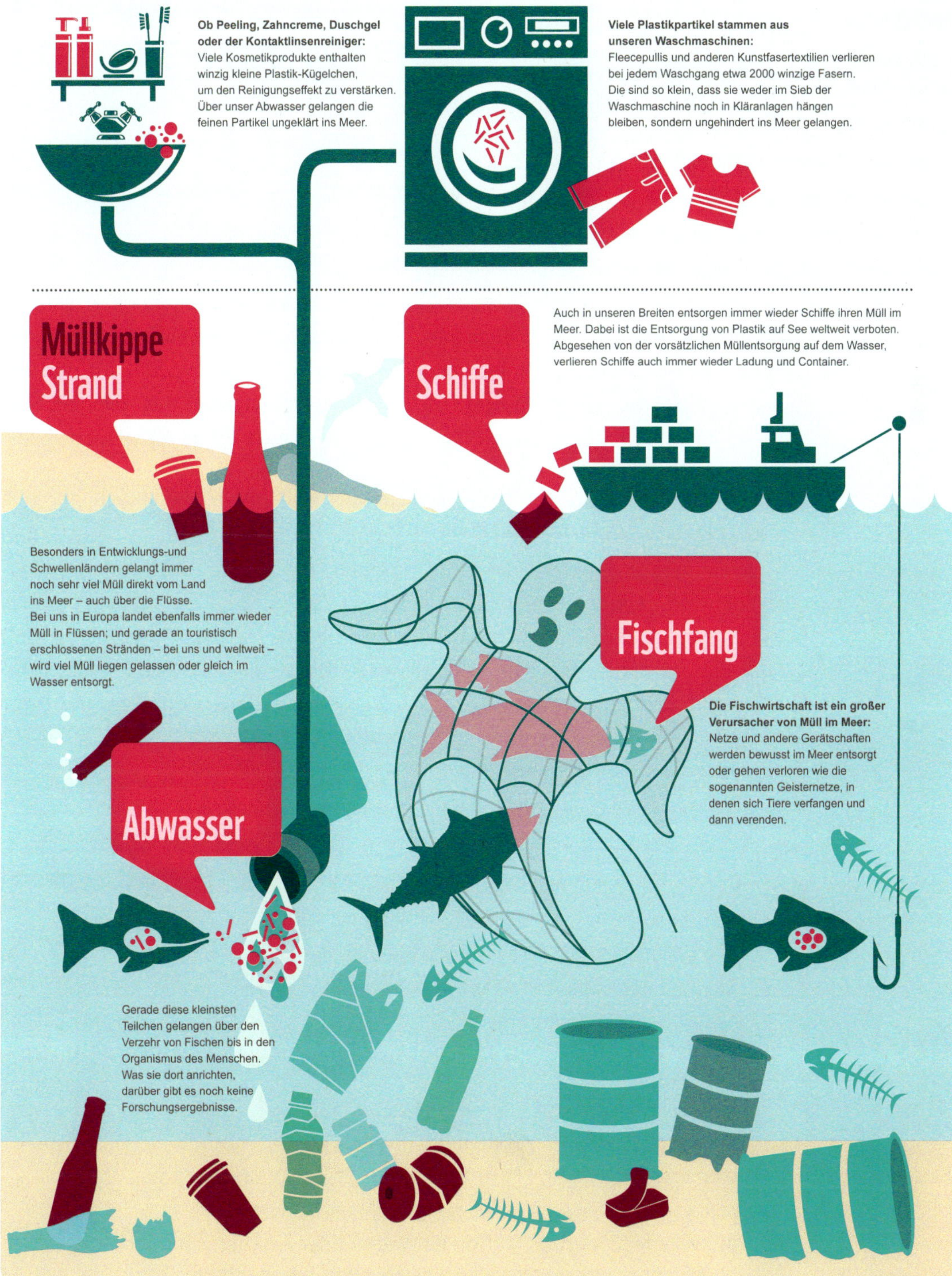

Drbohlav, Anita: Wie gelangt der Plastikmüll ins Meer?, www.wwf.de, 09.03.2018

Müll kann für Tiere zur Todesfalle werden.

M12 Müll: Gefahr für Tiere

Achtlos weggeworfener Abfall kann zur tödlichen Falle werden: „Es ist schrecklich, wie viele Tiere durch Müll in der Natur leiden müssen oder gar sterben", beklagt Elita Grafke. Betroffen von Funden wie erstickten Vögeln oder verletzten Rehen, hat es sich die Naturtrainerin […] zur Aufgabe gemacht, über die Gefahren durch Abfälle aufzuklären. So zeigt sie im Naturschutzhof in Nettetal-Sassenfeld die Ausstellung „Wilder Müll – eine lebensbedrohliche Gefahr für Tiere".

Lustig sieht es auf den ersten Blick aus, wie da ein Igel seinen Kopf in einen Pappbecher steckt, vielleicht um Essens- oder Getränkereste aufzulecken. Auf den zweiten Blick jedoch wird der Ernst der Lage klar: Das Tier kann seinen Kopf nicht mehr daraus zurückziehen, muss verhungern, erleidet einen qualvollen Tod. „Das ist so ein typisches Beispiel. Wer glaubt denn schon, dass so ein Einwegbecher aus Pappe oder Plastik gefährlich für Tiere sein kann", sagt Grafke. […]

Becher hier, Glas da – Flaschen und andere gläserne Behälter sind eine Gefahrenquelle sondergleichen: „Auch hier können Tiere reinkriechen und nicht wieder rauskommen, bei Sonneneinstrahlung kann Glas Brände auslösen, an Scherben können sich Tiere schneiden und verbluten", zählt Grafke auf. Wenn Tiere Plastikteile oder Zigarettenkippen essen, sterben sie qualvoll. Folien, die von vielen Vögeln in Nestern verbaut werden, lassen Regenwasser nicht durchsickern – Jungvögel ertrinken im Nest.

Beispiele kennt auch Förster Thomas Gieselmann, „etwa Tauben, die sich in Stricken verfangen oder Käfer und andere Insekten, die aus Pappbechern oder Getränkedosen nicht mehr rauskommen."

Grafke appelliert deshalb an die Vernunft: „Ich glaube nicht, dass Menschen, die Müll in der Natur wegwerfen, Tieren schaden wollen." Umso wichtiger sei es, „dass jeder seinen Müll ordentlich entsorgt". Damit nicht achtlos weggeworfener Abfall für Tiere zur tödlichen Falle wird.

Burghardt, Joachim: Wenn Abfälle zu Todesfallen werden, www.rp-online.de, 08.08.2016

AUFGABEN

1. Tauscht euch zu zweit aus: Was wisst ihr bereits über Plastikmüll im Meer und die Folgen (**M9**)? Tragt euer Wissen an der Tafel zusammen.
2. Bearbeitet die Materialien **M10-M12** in einem Lerntempoduett, und beantwortet dabei folgende Fragen:
   a) Warum ist Plastikmüll im Wasser ein Risiko für unsere Gesundheit (**M10**)?
   b) Wie kommt Plastik in unsere Meere (**M11**)?
   c) Warum ist Müll eine Gefahr für Tiere (**M12**)?
3. Gestaltet zu zweit ein Plakat zum Thema „Plastikmüll – ein Problem!"
4. Fahre zu einem Gewässer in deiner Gemeinde/Stadt.
   a) Halte fest, welchen Müll du im Wasser oder am Ufer gefunden hast.
   b) Erläutere, wie dieser Müll Menschen und Tieren schaden kann.

Wiederholen ist gestohlen? Nicht immer …

Wenn du etwas in den Müll wirfst, unterscheidest du zwischen Glas, Papier, Verpackungs-, Bio- und Restmüll. Ist der Deckel der Tonne einmal zu, ist der Müll zwar aus den Augen, aber noch lange nicht weg.

M13 Mülltonnen: Vier für Vieles, statt eine für Alle

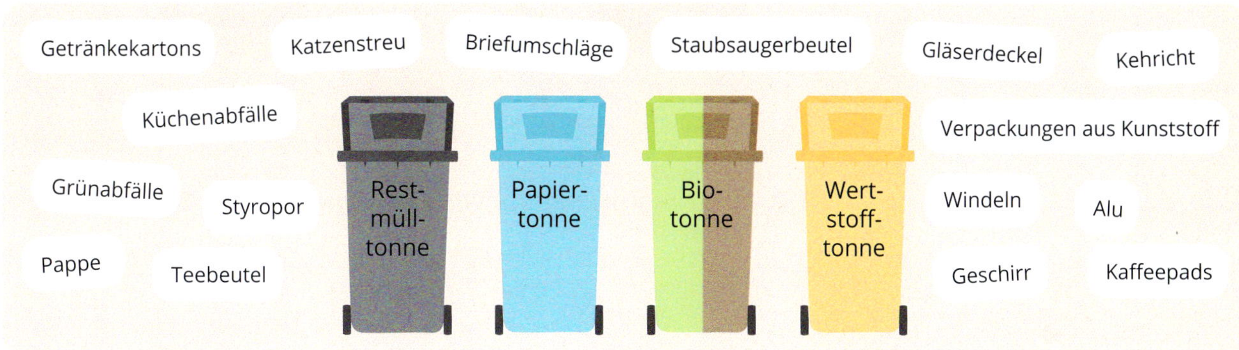

M14 Warum Müll trennen?

Tonnen in verschiedenen Farben helfen dir bei der Mülltrennung. Wir trennen Müll, um ihn besser recyceln zu können und um weniger Müll verbrennen zu müssen. Recycling bedeutet so viel wie Kreislauf, also das Wiederverwerten von Abfällen. Weil nicht alle Rohstoffe extra abgebaut werden müssen, wird die Umwelt geschont. Altes Glas wird eingeschmolzen und neu geformt. Aus Altpapier werden frische Papierbögen und Gartenabfälle werden zu nährstoffreicher Erde. Bei Plastikmüll ist es komplizierter. Es gibt viele verschiedene Arten von Plastik, die oft miteinander verbunden sind. Deine Pfandflaschen werden eingeschmolzen, aber der Inhalt aus der Wertstofftonne wird meistens verbrannt. Das ist besonders ungünstig, weil die meisten Plastiksorten aus Erdöl gewonnen werden, dessen Vorkommen in absehbarer Zeit aufgebraucht sind. Außerdem werden bei der Verbrennung große Mengen von klimaschädlichen Stoffen ausgestoßen.

Recycling-Kreislauf

70091-74

NATÜRLICHE RESSOURCEN

Natürliche Ressourcen sind vor allem Rohstoffe wie Erdöl, Gas, Gestein, Sand und Holz. Sie sind notwendig, um Dinge herzustellen, die unseren heutigen Lebensstandard ermöglichen.
Einige der Ressourcen können von der Erde nicht nachproduziert werden, sie werden fossile Ressourcen genannt. Dazu zählen z. B. Erdöl und Erdgas. Nachhaltige Ressourcen wie Holz oder Gras erneuern sich nach einer bestimmten Zeit und sind weniger belastend für die Umwelt.

M15 Wirtschaftszweig Recycling

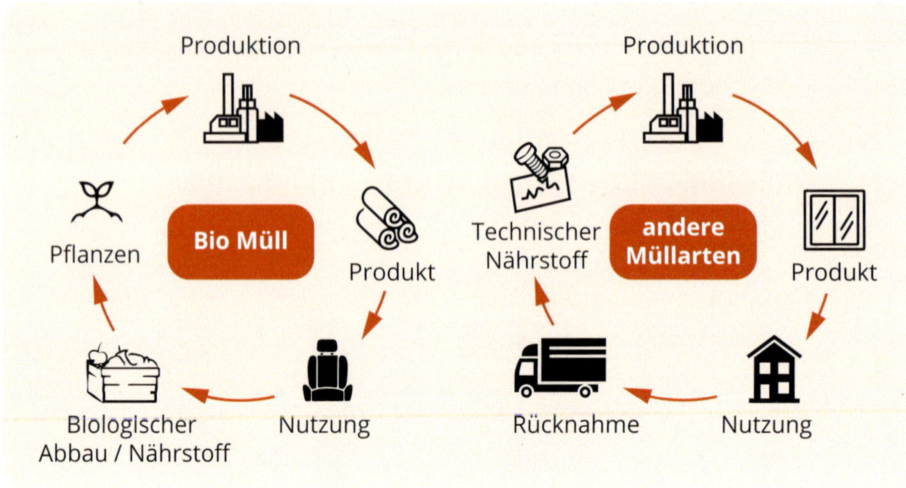

M16 Neue Materialien, alte Probleme

Viele kluge Köpfe forschen und entwickeln zum Thema Verpackungen aus nachwachsenden Rohstoffen. Hierzu werden vor allem Blätter und Holzreste verwendet. Doch auch hier wird für die Herstellung viel Energie und vor allem Wasser benötigt.

Manche Verpackungen bestehen zwar aus nachwachsenden Rohstoffen, diese sind dann aber mit Klebstoffen so miteinander verbunden, dass sie sich später nicht recyceln lassen. Am besten ist es Müll zu vermeiden. Wenn weniger Verpackungen hergestellt werden, spart das am meisten Energie und Ressourcen.

F zu Aufgabe 2
Stelle Vermutungen an, wieso es für die Abfallwirtschaft gut ist, wenn du deinen Müll trennst.

AUFGABEN

1. Ordne die Abfälle den richtigen Tonnen zu (**M13**).
2. Warum Müll trennen (**M14**)?
   a) Erkläre, warum es wichtig ist, Müll zu trennen.
   b) Erläutere, was mit dem Müll aus der Tonne passiert (**M14**, **M15**).
3. Nenne Gründe, warum Unternehmen Rohstoffe recyceln.
4. Beziehe Stellung zu folgender Aussage: „Der beste Müll ist der, der nicht entsteht“ (**M14-M16**).
5. Beschreibe, wie du im Alltag weniger Müll verursachen kannst.

Ein Produkt upcyclen: Up geht's – Upcycling im Klassenraum

Schluss mit Chaos – Organizer aus Stoffresten

Was du brauchst:

Material	Werkzeug
• Jeans- oder Stoffhosen • alte Jeans- und Stoffreste ggf. Materialien zum Verzieren (Knöpfe, kleinere Stoffreste) • Pappe, Karton o.ä. um Taschen daran anzubringen	• Nadel & Faden oder • Heißklebepistole, Textilschere

So geht's:

1. Taschen der Hosen vorsichtig abschneiden. Zusätzlich können aus dem restlichen Stoff der Hose ebenfalls Taschenformen herausgeschnitten werden.

2. Beispiele zur Aufbewahrung:
   - Bastelbedarf (Pinsel, Schere, Kleber)
   - Schreibwaren (Stifte, Lineal, Geodreieck)
   - Elektronik (Ladekabel, Adapter)
   - Kosmetik
   - Werkzeug

3. Für weitere Taschen die Hose entlang der Naht aufschneiden und die für das Vorhaben passende Tasche ausschneiden.

4. Klebe die Taschen mit einer Heißklebepistole auf eine feste Unterlage oder nähe die Taschen auf die Textilunterlage.
   Sicherheitshinweis: Bitte arbeite im Umgang mit der Heißklebepistole immer mit einem Erwachsenen zusammen.

5. Der Organizer kann mit anderen Stoffen oder Materialien (z. B. Knöpfe) verziert werden.

6. Der Bund der Hosen kann inklusive der Gürtelschlaufen als Aufhängung verwendet werden, indem eine Gardinenstange o.ä. hindurchgeschoben wird.

Alternative 1:
Indem 24 Taschen angebracht und nummeriert werden, entsteht ein Adventskalender.

Alternative 2:
Eine Hosentasche kann auch in einen Bilderrahmen eingespannt werden. Einfach das Glas herausnehmen, die Tasche einlegen, die Rückwand andrücken und überschüssigen Stoff abschneiden.

Wodurch zeichnet sich der Industriestandort Deutschland aus?

Deutschland ist nicht nur bekannt für seine guten Autos, es gibt auch noch viele andere Wirtschaftsräume, in denen verschiedene Betriebe und Unternehmen angesiedelt sind. Welche bedeutenden Wirtschaftsräume gibt es in Deutschland?

M17 Wirtschaftsräume in Deutschland

M18 Wie unterscheiden sich Berufe? Die Wirtschaftssektoren

1

2

Primärer (= erster) Sektor:
Wirtschaftsbereich, der sich mit der Gewinnung von Rohstoffen befasst (z. B. Landwirtschaft, Fischerei, Bergbau).

Sekundärer (= zweiter) Sektor:
Wirtschaftsbereich, in dem die Rohstoffe weiterverarbeitet werden (z. B. Industrie, Bauwesen, Handwerk).

Tertiärer (= dritter) Sektor:
Wirtschaftsbereich, der keine Sachgüter produziert, sondern Dienstleistungen bereitstellt (z. B. Banken, Ärzte, Friseure).

Quartärer (= vierter) Sektor:
Wirtschaftsbereich, der die Tätigkeiten zusammenfasst, die mit der Erstellung, Verarbeitung und Verteilung von Informationen zu tun haben (z. B. Medien, IT).

3

4

Wirtschaftsraum
Ein Wirtschaftsraum ist durch die Zusammenarbeit von Betrieben und Unternehmen in einer Region gekennzeichnet. Oft sind diese Unternehmen in der gleichen Wirtschaftsbranche tätig. Wirtschaftsräume in Deutschland haben keine eindeutigen Grenzen wie Städte oder Landkreise.

Wirtschaftsbranchen fassen die Unternehmen zusammen, die ähnliche Produkte oder Dienstleistungen anbieten (z. B. Automobil- oder Tourismusbranche)

AUFGABEN

1. Welche Wirtschaftsräume gibt es in Deutschland?
   a) Definiere den Begriff Wirtschaftsraum (**Randspalte zu M18**).
   b) Vergleiche in einer Tabelle den Wirtschaftsraum Rhein-Main mit einem Wirtschaftsraum deiner Wahl (**M17**). Notiere für die jeweiligen Wirtschaftsräume, welche Industrien und Branchen es dort gibt und in welchem Bundesland diese liegen.
2. Erkläre anhand eines Beispiels, weshalb sich bestimmte Unternehmen einer Branche in einem Wirtschaftsraum ansiedeln (**M17, Randspalte zu M18**).
3. Erkläre den Unterschied zwischen den Wirtschaftssektoren anhand von Beispielunternehmen und Berufen (**M18**).

H zu Aufgabe 1b
Im Wirtschaftsraum Rhein-Main ist die Chemiebranche beispielsweise stark vertreten.

Unsere industrielle Produktion – welche Auswirkungen hat sie?

Deutsche, europäische und amerikanische Unternehmen produzieren viele der wichtigsten Geräte und Fortbewegungsmittel unseres Alltags: vom Auto bis zum Smartphone. Erst hierdurch können wir schnell von A nach B kommen oder einfach miteinander kommunizieren. Doch welche Folgen hat das für Mensch und Umwelt?

M19 Arbeit und Produktion im Wandel

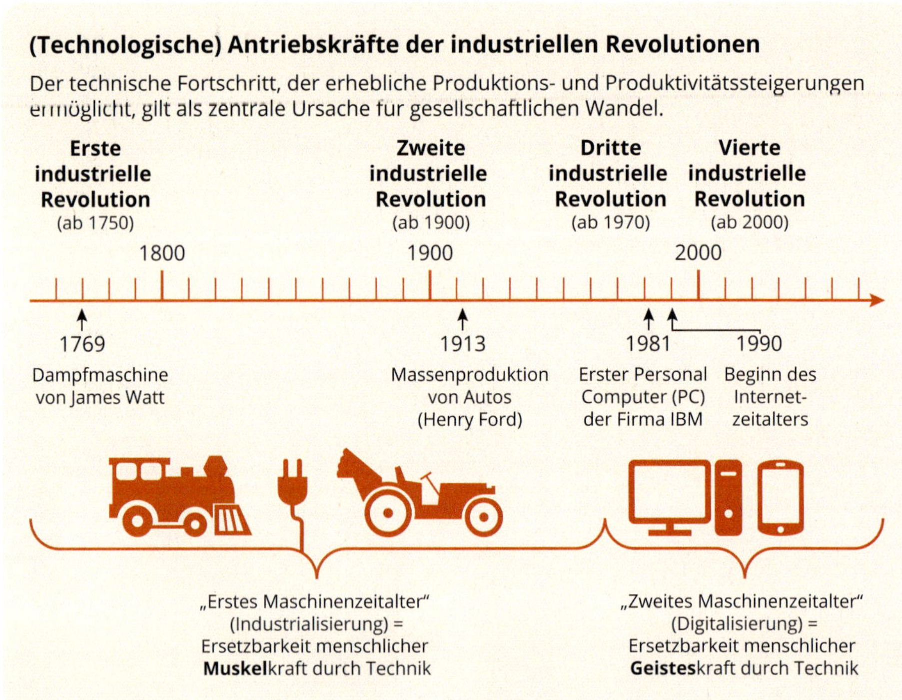

M20 Schlagzeilen zu Industrie und Umwelt

Die Klimaerwärmung – was muss sich in der Industrie ändern, um sie aufzuhalten?

Das Smartphone – unser Lieblingsgerät hat nur eine Nutzungsdauer von 2,5 Jahren

Abwasser des Fukushima Kraftwerks wird in den Pazifik abgelassen – die Folgen für den Ozean sind unklar

Öl-Pipeline im Norden Russlands hat ein Leck: Das Öl treibt bereits hunderte Kilometer den Kolwa-Fluss entlang.

Indien: Durch die Industrie und Privathaushalte verunreinigtes Wasser schadet vor allem Kindern

M21 Der hohe Preis für Elektroautos und Smartphones

Serge Nikumuzinga stapft durch das hohe Gras hinter seinem Dorf Mukoma. [...] Der junge Mann biegt das Grünzeug zur Seite und legt einen ungesicherten Schacht frei. Aus den bröckelnden Wänden ragen ein paar dickere Steine – ein wackeliger Halt für Hände und Füße beim Einstieg. [...] Mini-Minen wie diese gibt es überall im Süden der Demokratischen Republik Kongo. [...] Im Kongo lagert rund die Hälfte der weltweiten Reserven des wertvollen Rohstoffs. Die Nachfrage nach Kobalt ist natürlich riesig, erklärt Shiraz Virji, der Gründer des größten kongolesischen Bergbau-Unternehmens Chemaf. Das unscheinbar silbrig-graue Metall ist unverzichtbar für die Herstellung von wieder aufladbaren Batterien und damit für Handys, Laptops oder Tablets. [...]

Francois quetscht sich zwischen zwei dicken Holzbalken hindurch in ein dunkles Loch im Boden. Vorsichtig hangelt er sich in den schmalen Schacht – gerade breit genug, um sich hindurchzuzwängen. „Langsam", sagen seine Kumpel, bevor sie ihm in die Tiefe folgen. [...] „Wir wollen diese Arbeit nicht machen, aber wir machen sie, weil es keine anderen Jobs gibt." François bearbeitet das Gestein mit Hammer und Meißel – oft auf dem Rücken liegend in [großer] Enge unter der Erde. Die selbst gegrabenen Schächte sind zehn, 20, manchmal bis zu 50 Meter tief. Tödliche Unfälle sind Alltag, sagt Arcel. „Einige meiner Kumpel sind in diesen Löchern gestorben. Aus den Wänden fallen manchmal Steine auf einen runter. Man braucht Glück, um da wieder lebendig rauszukommen."

Staude, Linda: Der hohe Preis für Elektroautos und Smartphones, www.deutschlandfunk.de, 25.07.2019

Kinderarbeit in Afrika zur Rohstoffgewinnung für Smartphones

M22 Folgen des Kobaltabbaus für die Umwelt

Nicht nur die Arbeitsbedingungen für die Schürfer sind ein Problem, sondern auch die Folgen für die Umwelt. Die Erze bilden in Verbindung mit Wasser und Sauerstoff Schwefelsäure. Diese kann nahegelegene Flüsse, Seen und das Grundwasser verunreinigen. Außerdem zerstört das Anlegen riesiger Abbaugebiete den Lebensraum vieler Pflanzen und Tiere.

AUFGABEN

1. Nenne die vier industriellen Revolutionen und die bahnbrechenden Erfindungen, die dazu führten (**M19**).
2. Beschreibe die in **M20** genannten Umweltprobleme, die durch unsere Industrie entstehen. Ergänze weitere dir bekannte Umweltprobleme, die durch verschiedene Industrien entstehen können.
3. a) Arbeitet zu zweit aus **M21** und **M22** die Ursachen und Folgen des Kobaltabbaus heraus.
   b) Haltet die Vor- und Nachteile für die Minenarbeiterinnen und -arbeiter im Kongo fest.

Warum sauberer produzieren und konsumieren?

Für alles, was wir produzieren, werden viel Energie und Rohstoffe benötigt. Den schönen Produkten sieht man im Laden gar nicht an, dass sie in ihrer Herstellung eigentlich ganz schön „schmutzig" sind. Sie benötigen viel Energie und Rohstoffe zur Herstellung.

M23 Produktherstellung: Es qualmt am laufenden Band

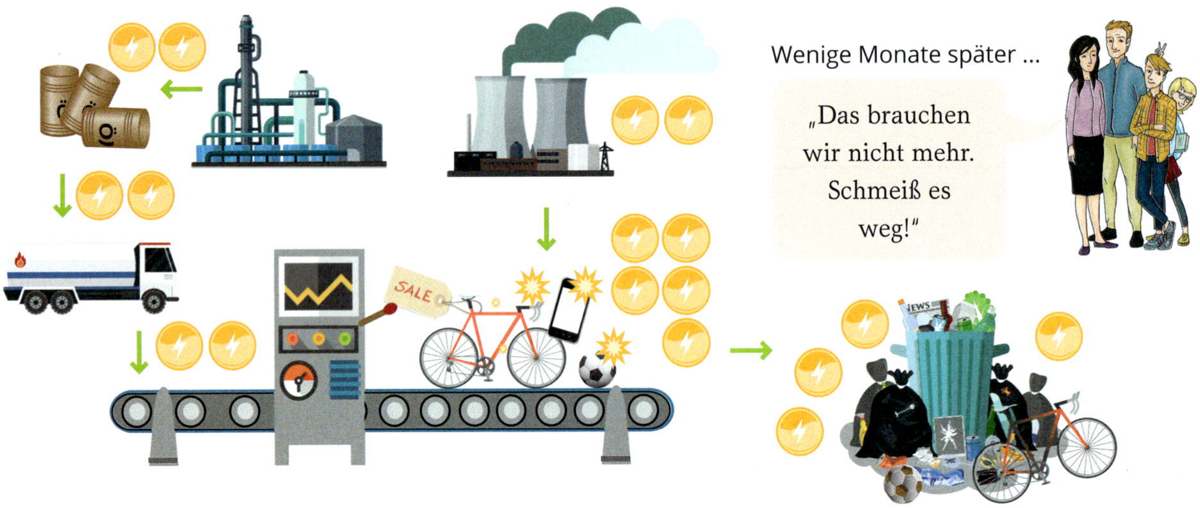

M24 Produktherstellung: Nachhaltigkeit wie am Fließband

GRAUE ENERGIE

Als Graue Energie wird die gesamte Energiemenge bezeichnet, die von der Rohstoffgewinnung über Herstellung, Transport, Lagerung und Verkauf bis hin zur Entsorgung eines Produktes benötigt wird.
Die benötigte Energiemenge steigt mit der Komplexität und Größe eines Produktes. Das bedeutet, dass besonders High-Tech-Geräte wie Smartphones, Laptops oder Fernseher sehr viel Graue Energie benötigen und dementsprechend viele Jahre genutzt werden sollten.

M25 Nachhaltige Energiegewinnung? Ja, aber ...

Eine Möglichkeit elektrische Energie zu erzeugen ist das Verbrennen von Biomasse. Neben der Verwendung von Bio-Abfällen werden auch extra Felder mit Mais bestellt, der ausschließlich für die Verwendung als Biomasse gedacht ist, nicht aber als Nahrungs- oder Futtermittel. Das sehen Kritiker als großes Problem an. Auch die anderen Formen der nachhaltigen Energiegewinnung wie Windkraft, Wasserkraft, Photovoltaik und Geothermie haben nicht nur Vorteile, daher lautet einer der Grundsätze „die beste Energie ist die, die nicht gebraucht wird".

Eine Biogasanlage in Westfalen

Photovoltaik
meint das Sammeln von Sonnenenergie mithilfe von Sonnenkollektoren, die z. B. auf einem Hausdach angebracht sind; Diese Sonnenkollektoren können die Energie der Sonne nutzen und sie zu elektrischem Strom umwandeln, den wir dann z. B. für Haushaltsgeräte wie Fön, Toaster oder Spülmaschine verwenden können.

AUFGABEN

1. a) Ordne die folgenden Begriffe den jeweiligen Abbildungen zu (**M23**, **M24**). Manche Begriffe gelten für beide Abbildungen: Kohle-, Gas-, Atomkraftwerk • Windenergie, Photovoltaik, Wasserkraft • Produktion • Weiterverarbeitung der Rohstoffe • Transport • Mülldeponie • Rohstoffgewinnung • Rohstoffaufbereitung • Recycling
b) Beschreibe die Abläufe in den jeweiligen Abbildungen.
c) Vergleiche die Abläufe miteinander.
d) Erkläre die Unterschiede in den Abläufen.
e) Erläutere, warum in **M23** mehr Blitze als in **M24** verteilt sind.

2. a) Nenne Gründe, warum die Produktion von elektrischer Energie aus Biomasse nicht nur Vorteile hat (**M25**).
b) Stelle Vermutungen an, welche Nachteile die anderen im Text genannten Formen der Energiegewinnung haben könnten.
c) Diskutiert in der Klasse, was es mit dem Grundsatz in **M25** auf sich haben könnte.

H zu Aufgabe 1a
Der Begriff Rohstoffgewinnung passt beispielsweise bei **M23** zur Ölraffinerie (rechts neben den Ölfässern) und bei der zweiten Abbildung (**M24**) zum Baum links oben.

H zu Aufgabe 1b
Nutze den Punkt „Rohstoffgewinnung" auch als Ausgangspunkt deiner Beschreibung der Abläufe. Für **M23** beginnt deine Beschreibung also so: Rohstoffgewinnung aus fossilen Quellen (z. B. Erdöl, Sand, Erze, ...)
Für **M24** beginnt sie so: Rohstoffgewinnung aus nachwachsenden Rohstoffen (z. B. Holz)

5.2 Unsere Mitmenschen – unsere Verantwortung

Welche Rechte haben Kinder?

Fußball spielen, sich mit Freunden treffen, genug zu Essen und Trinken haben – Dinge, die für uns eigentlich selbstverständlich sind. Doch nicht alle Kinder auf der Welt können unbeschwert Kind sein. Für Kinder wurden deshalb besondere Rechte festgelegt.

M1 Kind sein?

In einer Schule in Bujumbura (Burundi) trinken Kinder an einem Wasserfass.

Kindersoldat im Südsudan

An der griechisch-mazedonischen Grenze werden zwei Kinder zwischen drängenden Menschen und Grenzsoldaten von ihren Angehörigen getrennt.

M2 Was sind Kinderrechte?

Kinder und Jugendliche haben einen Anspruch auf besonderen Schutz. Denn anders als Erwachsene können sie nicht allein für sich sorgen. Deshalb gibt es für sie eigene Gesetze und Regeln. Diese haben zum Ziel, dass alle Menschen unter 18 Jahren glücklich groß werden können. Sie sollen geschützt und gefördert werden. Diese Rechte sind in der Kinderrechtskonvention der Vereinten Nationen festgelegt. Die Konvention gilt in fast allen Ländern der Welt, auch in Deutschland.

Bundesministerium für Familie, Senioren, Frauen und Jugend, www.kinder-ministerium.de, 9.2.2016

M3 Auszug aus der Kinderrechtskonvention

Art. 16
Du hast das Recht auf eine Privatsphäre. Niemand darf ungefragt Deine Briefe lesen, Dein Zimmer durchsuchen oder ähnliches tun.

Art. 19
Du hast das Recht auf Schutz, damit Du weder körperlich noch seelisch misshandelt, […] oder vernachlässigt wirst.

Art. 24
Du hast das Recht auf die bestmögliche Gesundheit, medizinische Behandlung, sauberes Trinkwasser, gesundes Essen, eine saubere und sichere Umgebung, Schutz vor schädlichen Bräuchen und das Recht zu lernen, wie man gesund lebt.

Art. 28
Du hast das Recht auf eine gute Schulbildung. Die Grundbildung soll nichts kosten. Du sollst dabei unterstützt werden, den besten Schul- und Ausbildungsabschluss zu machen, den Du schaffen kannst.

Art. 30
Jedes Kind hat das Recht, eine eigene Kultur, Sprache und Religion zu leben, egal, ob das alle Menschen in seinem Land so tun oder nicht. Minderheiten […] benötigen dafür besonderen Schutz.

Art. 31
Du hast das Recht auf Freizeit, zu spielen, Dich zu erholen und Dich künstlerisch zu betätigen.

Art. 32
Der Staat muss Altersgrenzen für die Arbeit von Kindern erlassen. Er muss Dich vor Arbeit schützen, die schlecht für Deine Gesundheit oder Deine Schulbildung ist.

Art. 38
Du hast das Recht auf Schutz im Krieg. Ein zusätzlicher Vertrag bestimmt, dass kein Kind zu aktiver Teilnahme an bewaffneten Konflikten herangezogen werden darf.

Fragebogen: Kindheit früher

70091-75

Schuller, Peter/Müller, Katrin/bpb: Kinderrechte, http://www.bpb.de, 4. Auflage 2018

AUFGABEN

1. Beschreibe die Bilder (**M1**).
2. Erkläre mit eigenen Worten, was ein Recht ist (**M2**).
3. Ordne die Bilder aus **M1** den Kinderrechten aus **M3** zu. Beschreibe, welches Recht jeweils verletzt wird.
4. Wähle drei Rechte aus **M3**, die du für besonders wichtig erachtest. Begründe deine Wahl.
5. Viele Kinder kennen die Kinderrechtskonvention nicht. Gestaltet ein Plakat, auf dem ihr die von euch ausgewählten Kinderrechte grafisch darstellt. Präsentiert die Plakate in einem Galeriespaziergang (**M3**).
6. Führe eine Umfrage mit deinen Eltern und/oder Großeltern durch: Inwiefern unterscheidet sich deren Kindheit von deiner? Waren für sie damals alle Kinderrechte selbstverständlich? Nutze hierzu den Fragebogen im QR-Code.

H zu Aufgabe 5
Begründe deine Auswahl mit Dingen, die Kinder unbedingt zum Leben brauchen.

Wieso leben Kinder in Armut?

In vielen Ländern der Welt leben Kinder in Armut – auch in Deutschland sind einige Kinder arm. Weshalb ist das so und welche Unterschiede gibt es zwischen den Kindern weltweit?

M4 Wieso müssen Kinder hungern?

Mihag Gedi Farah ist sieben Monate alt und wiegt mit 3.400 Gramm so viel wie ein Neugeborenes. Die Augen des Jungen starren übergroß aus dem knochigen Gesicht, jede Rippe zeichnet sich ab [...]. So sieht sie aus, die Hungersnot am Horn von Afrika. Hilfsorganisationen befürchten, dass in der Region 800.000 Kinder wie Mihag sterben könnten. So schnell wie möglich versuchen sie, Nahrung in die gefährlichen und bislang abgeschnittenen Dürreregionen Somalias zu bringen. Wer weiß, wie viele hungernde Kinder noch dort sind, weit entfernt von den Ärzten und Helfern und ihren Nährlösungen im Flüchtlingslager Dadaab in Kenia. Mihags Überlebenschance schätzt die Krankenschwester Sirat Amine auf 50:50. Ein Kind seines Alters müsste drei Mal so viel wiegen. [...] [Seine Mutter Asiah] Dagane machte sich mit ihm und vier Geschwistern nach Kenia auf, als daheim in Kismayo alle ihre Schafe eingegangen waren, wie sie mit Hilfe eines Dolmetschers berichtet. Wie zehntausende andere Somalier auf der Flucht vor dem Hungertod marschierte die Familie zu Fuß durch den Staub, wenn sie nicht manchmal von einem Wagen ein Stück mitgenommen wurde. Nun wacht Dagane auf der Station über ihren Sohn, inmitten all der anderen Mütter mit ihren Babys an Infusionsschläuchen. [...] In der Mitte des Raums hängt eine Korbwaage – dass viele der Kleinkinder lebensbedrohlich unterernährt sind, sieht man auch so.

Walter, Stephanie: Das Gesicht der Hungersnot am Horn von Afrika, www.ein-herz-fuer-kinder.de, abgerufen am 18.05.2020

Genügend Essen haben ist nicht selbstverständlich. Essensausgabe in einem Krankenhaus der Hilfsorganisation Ärzte ohne Grenzen in der Zentralafrikanischen Republik.

Erklärfilm zur Kinderarmut

70091-33

M5 Welthungerkarte

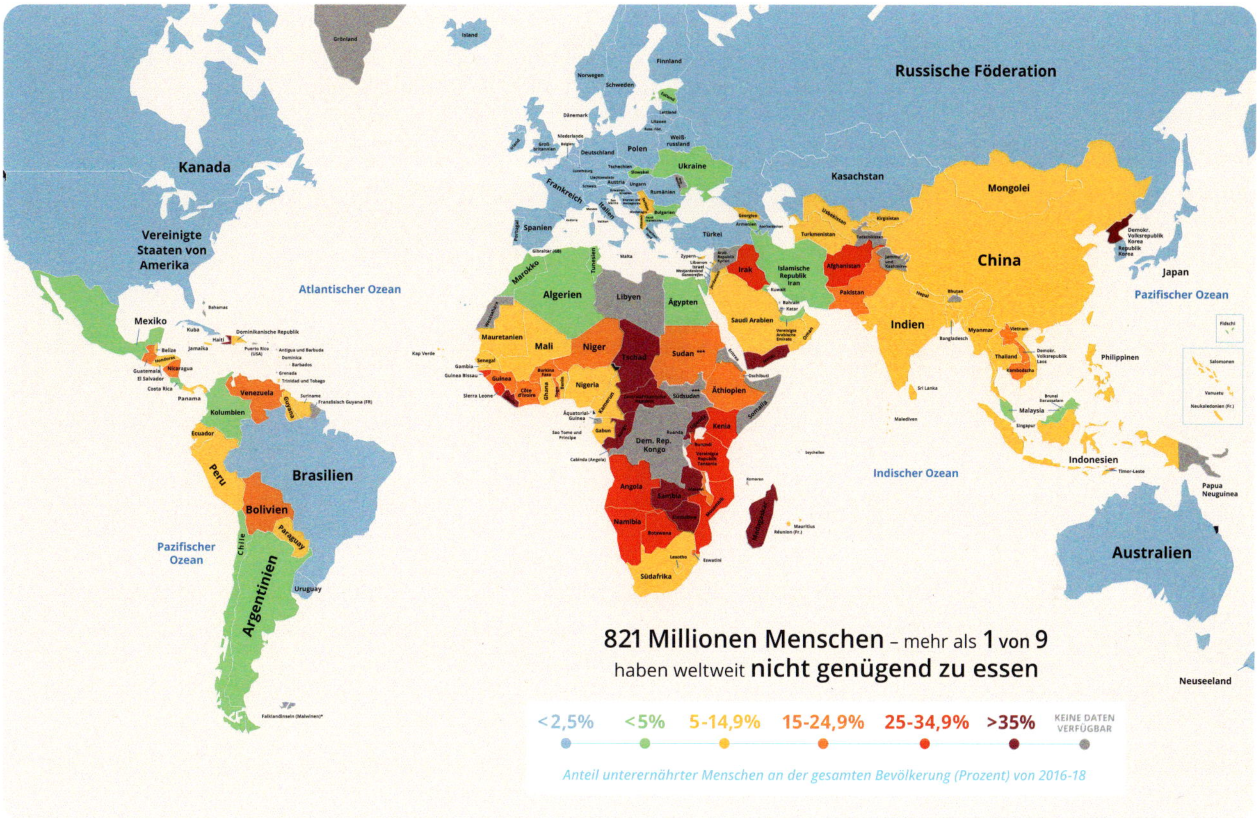

©UN World Food Programme: Welthungerkarte 2019, www.wfp.org, 14.08.2019

M6 Wieso gibt es arme Kinder in einem reichen Land?

Vanessa ist sieben Jahre alt. Sie wohnt in Köln im Stadtteil Buchheim. […] Fast ein Viertel der Einwohner hier im Stadtviertel sind auf Hartz IV angewiesen […]. Vanessa gehört dazu. Ihre Mutter ist arbeitslos, solange Vanessa lebt. Sie hatte ihre Stelle als Putzfrau in einem Krankenhaus schon verloren, bevor ihre Tochter auf die Welt kam. […] Zwei Berufe fallen [Vanessa] ein, die Erwachsene so machen könnten: Lehrerin ist einer davon, so wie ihre Klassenlehrerin in der Grundschule um die Ecke. […] „Wenn ich erwachsen bin, will ich auch Lehrerin werden", sagt sie. Die Schule hat Vanessa Dinge gezeigt, die sie vorher nicht kannte. Sich zu Musik bewegen bewegen, mittwochs in der Tanz-AG., Klettern gehen in der Boulderhalle […]. „Mit Transferleistungen aufzuwachsen heißt: Man hat Einschränkungen, die auch mit Kleinigkeiten zu tun haben, findet [der Sozialarbeiter Herr Peters, der die Familie im Auftrag des Jugendamtes betreut]. „Das fängt an bei der neuen Hose oder bei den neuen Schuhen, die gerade nicht gekauft werden können. […] Das geht weiter, wenn man am Wochenende nicht mal eben ein Eis essen gehen kann. […]."

Bös, Nadine: Vanessas grenzenlose Welt, www.faz.net, 31.05.2016, Abruf am 03.12.2019

Hartz IV-Gesetz/ Transferleistungsgesetz
In diesem Gesetz ist festgelegt, wie viel Geld Menschen vom Staat bekommen, die arbeitslos sind oder sehr wenig verdienen.

Jugendamt
Es unterstützt Eltern und Erziehungsberechtigte bei der Erziehung, Betreuung und Förderung von Kindern und Jugendlichen. Es schützt die Kinder und Jugendlichen, wenn deren Wohl gefährdet ist.

M7 Kinderarmut in Deutschland – das Wichtigste in 4 Punkten

1. Mehr als jedes fünfte Kind wächst in Deutschland in Armut auf. Das sind 2,8 Mio. Kinder und Jugendliche unter 18 Jahren.

2. Die Kinder- und Jugendarmut verharrt seit Jahren auf diesem hohen Niveau. Trotz langer guter wirtschaftlicher Entwicklung sind die Zahlen kaum zurückgegangen. Kinderarmut ist seit Jahren ein ungelöstes strukturelles Problem in Deutschland.

3. Die Corona-Krise wird die Situation für arme Kinder und ihre Familien weiter verschärfen. Es ist mit einem deutlichen Anstieg der Armutszahlen zu rechnen.

4. Aufwachsen in Armut begrenzt, beschämt und bestimmt das Leben von Kindern und Jugendlichen – heute und mit Blick auf ihre Zukunft. Das hat auch für die Gesellschaft erhebliche negative Folgen.

© Bertelsmann Stiftung: Factsheet Kinderarmut in Deutschland, www.bertelsmann-stiftung.de, Juli 2020

ABSOLUTE UND RELATIVE ARMUT

Von absoluter Armut spricht man, wenn Menschen das Nötigste zum Überleben fehlt.
Sie haben zum Beispiel weder Essen noch sauberes Trinkwasser, keine eigene Wohnung oder können sich bei Krankheit Arzt oder Medizin nicht leisten.
Relativ arm ist jemand, wenn er oder sie im Vergleich zu dem, was andere haben, nur sehr wenig besitzt.
Die Menschen haben weniger Geld zur Verfügung als die meisten anderen in ihrem Land. Weil aber für alle dieselben Preise (z. B. für Essen) gelten, kann sich der arme Mensch nicht so leicht gesundes Essen oder neue Kleidung kaufen und ist deswegen auch öfter krank.

AUFGABEN

Partnerpuzzle
→ Methodenglossar

1. Führt ein Partnerpuzzle zur Frage „Wieso leben Kinder in Armut?“ durch.
   a) Erarbeitet jeweils eines der Themen:
      – Wieso müssen Kinder hungern (**M4**, **M5**)?
      – Wieso gibt es arme Kinder in einem reichen Land (**M6**, **M7**)?
   b) Tauscht euch nun als Experten zu den jeweiligen Themen aus.
   c) Klärt gemeinsam die Begriffe absolute und relative Armut und erläutert, weshalb diese Unterscheidung wichtig ist, wenn man von Kinderarmut in unterschiedlichen Ländern spricht (**#Armut**, **M4-M7**).
   d) Stellt gemeinsam die Ursachen und Auswirkungen von Kinderarmut auf der Welt auf einem Plakat dar (**M4-M7**).

H zu Aufgabe 1d
Wie hängen beispielsweise Hunger und Armut zusammen? Was hat fehlende Bildung mit diesen beiden Dingen zu tun?

Kinderarbeit – früher wie heute?

Heute dürfen Kinder in Deutschland unter 16 Jahren mit wenigen Ausnahmen nicht arbeiten. Noch im 18. Jahrhundert galt ein Kind nur etwa bis zum siebten Lebensjahr als besonders hilfebedürftig – früh mussten sie schon arbeiten. Aber auch heute gibt es noch Kinderarbeit.

M8 Kinderarbeit damals

a) Wo bleibt der Kinderschutz?

Nur langsam verbreitete sich der Gedanke, dass die Kindheit eine längere Phase ist, in der sich Kinder besonders geschützt entwickeln sollen. Allerdings fand dies im Verlauf der Industrialisierung kaum Beachtung. Die Beschäftigung von Kindern brachte Unternehmern große Vorteile: Sie waren billiger und geschickter als Erwachsene. In Deutschland ging Preußen 1839 mit einem Fabrikgesetz zum Schutz von Kindern voran. So durften Kinder erst nach dem 9. Lebensjahr in Fabriken arbeiten und bis zum 12. Lebensjahr sollte die tägliche Arbeitszeit maximal zehn Stunden betragen. Unternehmer und Betroffene verstießen gegen die Bestimmungen. Die einen, um Gewinne zu machen, die anderen, um ihr Überleben zu sichern.

b) Wie sah Kinderarbeit früher aus?

Hermann Johann Friedrich von Schulze-Gaevernitz (1824-1888) sagt über Kinder an der Maschine:

Neben den Männern arbeiten besonders Frauen und Kinder in den Fabriken. Die Maschinen haben den Menschen die Arbeit so leicht gemacht, dass zu ihrer Bedienung die Kräfte von Frauen und Kindern fast überall hinreichen. Immer mehr hat man die Kinder in die Faktoreien gesteckt, wo sie an jedem Tage in der Zeit ihrer jugendlichen Entwicklung zehn Stunden lang zwischen lärmenden Maschinen sitzen, selbst Maschinenarbeit ohne Nachdenken verrichtend. Die Luft in den Räumen ist oft zum Ersticken. Während der Körper hier entnervt und geschwächt wird, erhält der Geist keine Bildung. Von elterlicher Erziehung ist nicht die Rede, nur die eiserne, auf die Minute berechnete Disziplin, nur das strenge Wort des Faktors regiert hier. Während sonst die Arbeit im Hause oder in der Landwirtschaft die Kinder vielseitig bildet und zum Nachdenken anregt, bewirkt die Faktorarbeit gerade das Gegenteil. Einige wenige Handgriffe lernt das Kind bald maschinenmäßig auszuüben; den zerrissenen Faden anzuknüpfen, der Stecknadel den Kopf aufzusetzen, ist jahraus, jahrein sein ununterbrochenes Geschäft. Solche Arbeit gibt weder dem Körper noch dem Geiste die nötige Kraftübung.

Zitiert nach: Köllmann, Wolfgang: Die industrielle Revolution. Quellen zur Sozialgeschichte Großbritanniens und Deutschlands im 19. Jahrhundert, Stuttgart 61972, S. 48 (gekürzt)

M9 Kinderarbeit heute

a) Margarita aus Peru

Thema Kinderarbeit: Time to Talk (Zeit zu sprechen)

70091-76

Samstag früh, die Sonne ist gerade aufgegangen [...], und Margarita macht sich auf den Weg zur Arbeit. [...] Mit schnellen Schritten läuft die Neunjährige zu ihrer Arbeitsstätte, in der sie jeden Tag schuftet: einer von rund 50 Ziegeleien im weitläufigen Tal außerhalb der Stadt Cajamarca. Nach dem Schulunterricht ist sie hier, und am Wochenende – von morgens bis nachmittags. [...] Aber jammern will hier niemand, immerhin verdienen die Sieben- bis Vierzehnjährigen an einem halben Tag fünf Soles (umgerechnet 1,60 Euro). Wenn sie [...] den ganzen Tag kräftig anpacken, sind es bis zu 15 Soles. Geld, das die Familien dringend brauchen, um über die Runden zu kommen. Margaritas Mutter beispielsweise hat nie eine Schule besucht, sie kann weder lesen noch schreiben und kaum rechnen, deswegen bekommt sie nur schlecht bezahlte Arbeit. [...] [I]hr geringes Einkommen allein reicht nicht für die Familie [...]. Sie weiß, wie wichtig Bildung ist, um der Armut zu entkommen, deshalb schickt sie Margarita zur Schule, auch wenn die Kosten für Bücher und Schuluniform hoch sind und das Mädchen nicht zuletzt deshalb tagtäglich arbeiten gehen muss.

Herrmanny, Chistian: Wo Ziegelsteine die Zukunft verbauen, www.kindernothilfe.de, KindernothilfeAction!Kidz-Kampagne 2014/2015

b) Botum aus Kambodscha

Dokumentarfilm zur Situation in Bangladesch (Südasien)

70091-77

T-Shirts für 3 Euro, Hosen für 14 Euro ... eine riesige Auswahl im Kleiderschrank, jeden Tag neue hippe Klamotten! Kann das gut gehen? Wir denken oft nicht nach, wenn wir Kleidung zu sehr günstigen Preisen kaufen. Meistens kommt diese Kleidung aus asiatischen Ländern wie Kambodscha oder Bangladesch. Näherinnen wie Botum müssen hierfür hart arbeiten.

Mit 14 Jahren begann die heute 24-jährige Botum, Geld zu verdienen, um ihre Familie zu unterstützen. Das sind nun 10 Jahre, in denen sie 6 Tage die Woche in der Fabrik näht. Jeden Morgen fährt sie 1,5 Stunden in einem Laster nach Phnom Penh und weitere 1,5 Stunden nach dem langen und beschwerlichen Tag zurück. Sie ist immer müde und fühlt sich schlapp, aber sie muss dennoch an ihren freien Tagen ihrer Familie auf dem Feld helfen. Sie hofft, dass die Textilunternehmen den Mindestlohn erhöhen, so dass sie nicht länger gezwungen ist, Überstunden zu machen, um genug Geld für sich und ihre Familie zu verdienen. Wenn sie die Wahl hätte, wäre sie lieber Verkäuferin statt Näherin.

Clodius, Kirsten: Christliche Initiative Romero, Arbeitshilfe „Eingefädelt", Das Rollen-Reihen-Spiel, Dezember 2015

M10 Wo Kinder heute arbeiten müssen

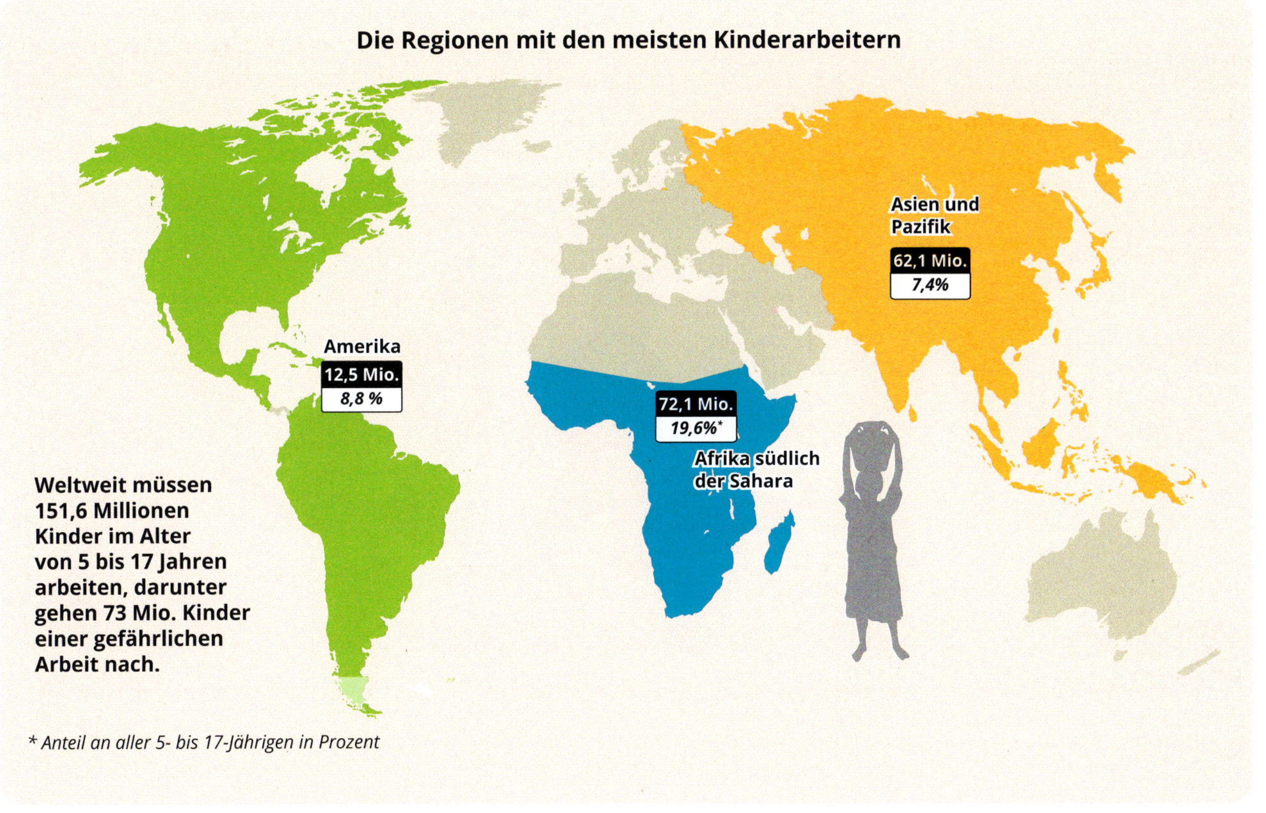

Globus Grafik 5958; Quelle: International Labour Office (ILO)

AUFGABEN

1. Beschreibe die in **M8a** dargestellte Situation und verfasse ein Gespräch zwischen den beiden Kindern im Bild.
2. Arbeitet zu dritt.
   a) Lest einen der Texte **M8b**, **M9a** und **M9b** und beschreibt jeweils den Tagesablauf eines der Kinder (in der Fabrik früher sowie von Margarita aus Peru und Botum aus Kambodscha heute).
   b) Vergleicht gemeinsam die Tagesabläufe mit euren eigenen Tagesabläufen.
3. „Die Kinderarbeit heute schont die Geldbeutel der Europäer". Beurteile diese Aussage anhand von **M9** und **M10**.
4. Inwiefern hat sich die Lage der Kinderarbeiter im Vergleich zur Industrialisierung verändert? Gestalte hierzu mithilfe der Materialien **M8**-**M10** eine Informationsbroschüre, in der du die Situation der Kinderarbeit zur Zeit der Industrialisierung der heutigen gegenüberstellst und mögliche Lösungsoptionen entwickelst (**M8**-**M10**).

F Bearbeitet alternativ den Text **M5b** im Plenum und seht euch anschließend Dokumentarfilme zum Thema Kinderarbeit heute an (siehe QR-Codes auf S.158). Entwickelt vorab Fragen zum Thema und macht euch Notizen.

H **zu Aufgabe 4**
- Aus welchen Gründen mussten Kinder damals und weshalb müssen Kinder heute arbeiten?
- Wie sahen die Arbeitszeiten und Tätigkeiten der Kinder früher aus und wie sehen sie heute aus?
- Welche Rechte werden Kindern durch Kinderarbeit vorenthalten und warum ist es schwierig diese zu schützen?
- Welche Möglichkeiten gibt es heute zur Lösung des Problems?

Wieso flüchten Kinder aus ihrer Heimat?

Kannst du dir vorstellen, dein Zuhause oder deine Familie verlassen zu müssen? Viele Kinder und Jugendliche sind dazu gezwungen, um sicher und menschenwürdig leben zu können. Wie ergeht es den Kindern auf der Flucht und wie leben sie in Deutschland?

Animiertes Video zu Alis Geschichte

70091-34

M11 Ali erzählt von seiner Flucht

Eine Familie auf der Flucht

Ich komme aus Afghanistan. Ich war eigentlich glücklich, als ich dort mit meiner ganzen Familie gelebt habe. Ich weiß noch wie es war als ich klein war, da waren Berge und es war staubig. Da waren nicht so schöne Häuser wie in Europa. Viele Menschen lebten in Zelten. Es gab Krieg, überall wurde gekämpft und es wurde immer schlimmer. [...]

Meine Oma hat dann gesagt, wir sollen alle nach Europa gehen, wo es sicherer ist. Als wir zum Flughafen kamen, haben sie erst meine Oma durchgelassen und dann mich. Aber die anderen aus meiner Familie nicht, weil sie keine Pässe hatten. Sie mussten wieder zurückgehen. Wir dachten, sie nehmen ein anderes Flugzeug, aber als wir in Europa ankamen, waren sie nicht da. Wir dachten, dass irgendwas passiert ist. Wir wussten nicht, ob sie noch lebten oder nicht. [...]

Ich bin in die Schule gegangen und hab neue Sachen gelernt. Aber es war total frustrierend, weil ich die Sprache nicht konnte. Ich konnte nur „Ja" sagen. Manchmal hab ich mich geschämt, wenn ich ein Wort nicht kannte. Ich habe nur in der Ecke rumgesessen und den anderen beim Spielen zugesehen. Manchmal wollte einer mit mir spielen und dann hab ich mit ihm gespielt. Ich hab neue Freunde gefunden und Fußball mit ihnen gespielt. [...]

Aber wenn ich an meine Familie dachte, wollte ich, dass sie bei mir ist. Nach viereinhalb Jahren bekamen wir einen Anruf. Mein Cousin hatte meinen Vater beim Gebet in der Moschee gesehen. Er gab ihm das Telefon und ich hab mit meinem Vater und mit meiner Mutter gesprochen. Da war ich sehr erleichtert. Mein größter Wunsch wäre, dass meine Eltern hierher in dieses Land kommen. Ich glaube, dass sie irgendwann kommen. Ich rege mich auf, weil ich mir wünsche, dass sie jetzt gleich kommen. Ich kann's einfach nicht abwarten.

SWR: Filmskript zur Sendung „Zuflucht gesucht", Ali aus Afghanistan, www.planet-schule.de, 2013

Zusatzkapitel:
- Wieso kämpfen Kinder im Krieg?
- Wieso kann man Kinder verkaufen?

70091-78

M12 Warum fliehen Menschen aus ihrer Heimat?

Die meisten Menschen fliehen aktuell, weil in ihrer Heimat **Krieg und Gewalt** herrschen. Das Leben im eigenen Land ist zu gefährlich.

Wenn **Terrorgruppen** im eigenen Land Angst verbreiten, fliehen die betroffenen Menschen oftmals vor dieser unberechenbaren Gewalt. […]

Es gibt auch Länder in Europa, aus denen Menschen fliehen, weil sie **diskriminiert** werden.

Wieder andere Menschen müssen ihr Zuhause verlassen, weil das **Klima** in ihrer Heimat ein Leben dort sehr schwer macht. Flüsse trocknen aus oder Gebiete werden überschwemmt, die nicht nur wichtig für Menschen, sondern auch für Tiere und die Bewässerung von Feldern sind.

Andere Menschen fliehen, weil es in ihrer **Heimat nicht genug zu Essen und zu trinken** gibt. Oft sind das Länder, in denen vor einiger Zeit erst ein Krieg oder Konflikt stattgefunden hat.

Flüchtlinge an der syrisch-türkischen Grenze

Terror
Terror bedeutet, dass Menschen oder Menschengruppen anderen Angst durch Gewalt und Drohungen machen, um ihre eigenen Ziele mit Gewalt durchzusetzen.

Diskriminierung
Dies bedeutet, dass Menschen ungleich oder ungerecht behandelt werden, z. B. aufgrund ihres Geschlechts, ihrer Hautfarbe, ihrer Herkunft, ihrer Religion oder ihres Alters.

AUFGABEN

1. Bearbeitet den Bericht von Ali (**M11**) mithilfe einer Placemat. Schreibt folgende vier Fragen in die Felder:
   - Wie hat sich Ali in seinem Heimatland und während der Flucht gefühlt?
   - Wie hat sich Ali bei seiner Ankunft in Europa gefühlt?
   - Was war für Ali in Europa neu? Was machte ihn traurig?
   - Wie unterscheidet sich Alis Leben in Europa von seinem Leben in Afghanistan?
2. Stelle Vermutungen darüber an, ob Ali mit seinem neuen Leben in Deutschland zufrieden ist (**M11**).
3. Beschreibe, aus welchen Gründen Menschen aus ihrer Heimat fliehen müssen. Welcher dieser Gründe trifft auf Alis Familie zu (**M11**, **M12**)?
4. Stell dir vor, du müsstest unfreiwillig alleine in eine andere Stadt oder in ein fremdes Land ziehen. Wen und was würdest du vermissen? Schreibe eine E-Mail an eine Person, die dir fehlen würde.

Placemat
→ Methodenglossar

F zu Aufgabe 1
Seht euch alternativ das animierte Video zu Alis Geschichte (siehe QR-Code auf S.162) an und beantwortet ebenfalls die vier Fragen in einer Placemat.

H zu Aufgabe 4
Fragen, die dir dabei helfen:
- Wen vermisst du? Was vermisst du an der Person?
- Wie sieht dein neues Leben aus?
- Fühlst du dich in der neuen Stadt / dem neuen Land wohl?
- Fühlst du dich fremd? Sind die neuen Menschen nett oder unfreundlich zu dir?
- Was wünschst du dir?

Was kann für die Kinderrechte getan werden?

„Da kann ich leider nichts machen...“?! Es gibt verschiedene Möglichkeiten, um auf die Kinderrechte aufmerksam zu machen und für ihre Einhaltung einzutreten. Einige Beispiele seht ihr hier.

M13 Das verflixte Dreieck

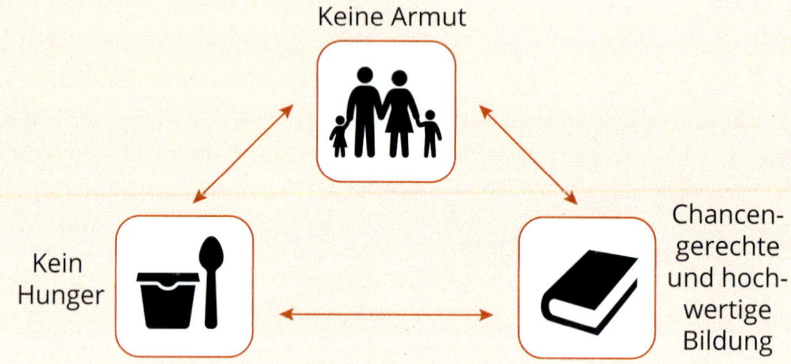

M14 Du als Konsument: Dein Kauf macht den Unterschied

Die zwei gängigsten Siegel für fair gehandelte Lebensmittel sind GEPA und Fairtrade.

a) Siegel für faire Arbeitsbedingungen

Auch du kannst beim Einkaufen mitentscheiden, ob Waren, mit denen skrupellose Hersteller auf Kosten von Kindern viel Geld verdienen, bei uns verkauft werden. [...] Die Hilfsorganisation „Terre des hommes“ empfiehlt, bei Produkten aus der Landwirtschaft auf das Fair-Trade-Siegel [oder das GEPA-Siegel] zu achten. Produkte, die mit diesem Siegel gekennzeichnet sind, wurden unter fairen Arbeitsbedingungen hergestellt. So können schon die Eltern ein Einkommen erzielen, das ihnen erlaubt, ihre Kinder in die Schule statt zur Arbeit zu schicken. [Weitere Siegel, die für faire Arbeitsbedingungen bei Kindern stehen sind Care & Fair sowie Rugmark].

Beck, Carola: Hart schuften statt lernen: Kinderarbeit, www.helles-koepfchen.de, 29.05.2018

b) Der „Grüne Knopf“: das erste staatliche Nachhaltigkeitssiegel

Das Textilsiegel „Grüner Knopf“ soll es Verbrauchern erleichtern, umweltfreundliche und unter fairen Arbeitsbedingungen hergestellte Kleidung zu erkennen. [...] Zwar gibt es bereits einige Textilsiegel, doch viele von ihnen decken nur einzelne Aspekte ab [...]. Um einem Kleidungsstück das Siegel „Grüner Knopf“ verleihen zu dürfen, muss das Unternehmen bei der Produktion 26 Kriterien erfüllen, zum Beispiel: Verbot von Kinderarbeit bei der Herstellung, Zahlung von Mindestlöhnen, [...] Verzicht auf gefährliche Chemikalien, Einsparung von Kohlendioxid (CO_2).

Bakkenbüll, Ann-Britt: „Grüner Knopf“: Wie gut ist das Textilsiegel? www.ndr.de, 09.09.2019

M15 Initiativen für Kinderrechte und Nachhaltigkeit

a) Save the Children für Kinder weltweit im Einsatz

Save the Children wurde 1919 von der Lehrerin Eglantyne Jepp in Großbritannien gegründet. Sie ging auf die Straße, um für hungrige und arme Kinder in Österreich und Deutschland Geld zu sammeln. Für sie gab es nach dem 1. Weltkrieg keine Sieger und Besiegten, sondern nur Mädchen und Jungen, die in Hunger und Armut lebten. Heute ist Save the Children die größte NGO für Kinderrechte der Welt. Die Organisation ist in über 120 Ländern der Welt aktiv. Sie versucht mit verschiedensten Projekten für die Rechte aller Kinder auf Gesundheit, Bildung sowie Schutz vor Gewalt und Ausbeutung einzutreten.

NGO
Das ist die Abkürzung für Nichtregierungsorganisation. Eine solche Organisation gehört nicht zur Regierung oder anderen staatlichen Einrichtungen. Sie ist nicht finanziell gewinnorientiert und sie wird nur selten durch staatliche Mittel finanziert.

b) Foodsharing: Initiative gegen das Wegwerfen von Lebensmitteln

„Teile Lebensmittel, anstatt sie wegzuwerfen" ist das Motto dieser Initiative, die es seit dem Jahr 2012 gibt. Foodsharing e.V. ist ein Verein, der fast ausschließlich aus Freiwilligen und ehrenamtlichen Mithelferinnen und Mithelfern besteht. Als sogenannter Foodsaver kann sich jeder über die Webseite foodsharing.de engagieren und dafür sorgen, dass Lebensmittel, die die Supermärkte nicht mehr verkaufen können, gerettet werden. Viele Foodsaver geben die Lebensmittel auch an bedürftige Menschen und an die Tafel weiter.

Erklärvideo: Wie kann man Armut reduzieren?
70091-35

M16 Unternehmen für Kinderrechte

Auch Unternehmen übernehmen soziale Verantwortung und versuchen, bei der Durchsetzung von Kinderrechten ihren Beitrag zu leisten. So unterstützen IKEA, Cummins, C&A und die Postbank verschiedene Projekte von Save the Children. IKEA finanziert das Projekt „Kinderleicht – Kinderstark". Es richtet sich an Kinder im Kita- und Grundschulalter, die unter Belastungen und Stress leiden. Ihnen wird individuelle Hilfe angeboten. Die Postbank unterstützt das Projekt „LeseOasen". Ungeachtet der familiären und sozialen Voraussetzungen sollen alle Kinder zum Lesen angeregt werden. Denn die Fähigkeit zu lesen, ist die Grundlage für den weiteren schulischen Erfolg. Kinder werden spielerisch an das Lesen herangeführt und erleben vielleicht zum ersten Mal, dass Lesen auch Spaß macht.

Ein Kind übt schreiben.

M17 Kinder reichen erfolgreich Klimaklage ein

Die jüngste Klägerin ist gerade mal acht Jahre alt: Sechs Kinder und Jugendliche aus Portugal gehen mit einer außergewöhnlichen Klimaklage gegen Deutschland und 32 weitere Staaten vor. Nun haben sie einen Etappenerfolg erzielt.

[...] Der Europäische Gerichtshof für Menschenrechte (EGMR) in Straßburg gab grünes Licht für ihre außergewöhnliche Klage gegen Deutschland und 32 weitere Länder. Er entschied, mit der Anfang September eingereichten Klage fortzufahren. [...]

Die jüngste Klägerin ist gerade mal acht, die älteste 21 Jahre alt. Allen EU-Staaten sowie Norwegen, Russland, Großbritannien, der Türkei, der Schweiz und der Ukraine werfen sie vor, die Klimakrise verschärft und damit die Zukunft ihrer Generation gefährdet zu haben. Ihr Ziel: Der EGMR soll die Klimasünder dazu anhalten, ihre nationalen Ziele höher zu setzen und die von ihnen und ihren international tätigen Konzernen weltweit verursachten Emissionen zu reduzieren. [...] Die Entscheidung in Straßburg löste bei den Klägerinnen und Klägern in Portugal viel Jubel aus. "Es gibt mir viel Hoffnung zu wissen, dass die Richter im Europäischen Gerichtshof für Menschenrechte die Dringlichkeit unseres Falles erkennen", sagte der zwölfjährige André Oliveira aus Lissabon, der mit seiner 15-jährigen Schwester Sofia mitmacht.

Tagesschau / ARD: Erster Erfolg für Klimaklage von Kindern, www.tagesschau.de, 30.11.2020

AUFGABEN

1. a) Stellt im Plenum Vermutungen an, weshalb das Dreieck „verflixt" ist (**M13**).
b) Überlegt gemeinsam, was in den drei Bereichen jeweils getan werden kann.

2. a) Findet euch in Dreiergruppen zusammen und teilt die Texte **M14-M16** untereinander auf.
b) Lest die Texte und beantwortet folgende Fragen
- In welchen Bereichen engagieren sich die Projekte?
- Warum engagieren sie sich?

c) Stellt euer Ergebnis in der Klasse vor. Diskutiert und beurteilt das Engagement der Akteure.
d) Begründet anhand der Beispiele, wie die drei Bereiche des verflixten-Dreiecks zusammenhängen (**M13-M16**)

3. a) Erkläre, weshalb Kinder und Jugendliche aus Portugal eine Klage beim Europäischen Gerichtshof für Menschenrechte eingereicht haben (**M17**).
b) Diskutiert im Plenum, ob die Aktion ihr gewünschtes Ziel erreichen wird.

Einen Aktionsplan für eine nachhaltigere Zukunft gestalten

Worum geht es?

Ein Aktionsplan hilft euch, die Ideen und Wünsche, die ihr für die Zukunft unseres Planeten habt, als Ziele konkret zu formulieren. Dabei geht es vor allem auch darum, gemeinsame Ideen zu finden.

Geht dabei so vor:

1. Schritt: Kritikphase

Diese Phase habt ihr zum Großteil schon während der Bearbeitung des Kapitels durchlaufen. Ruft euch nochmal in Erinnerung, welche drängendsten Probleme es auf unserem Planeten gibt (siehe Auftaktseite und einzelne Unterkapitel). Formuliert dann basierend auf den Problemen Leitfragen zur Lösung des Problems, z. B. „Wie können wir den Klimawandel gemeinsam stoppen?“

2. Schritt: Fantasiephase

Für diese Phase gilt: Alles ist möglich. Hier geht es um eure Wünsche, Träume, Ziele in Bezug auf die Zukunft unseres Planeten. Ihr braucht erst einmal keine Rücksicht darauf nehmen, ob sie unrealistisch scheinen mögen. Sammelt eure Ideen und arbeitet sie dann zu konkreten Entwürfen aus.

3. Schritt: Verwirklichungsphase

Stellt nun eure Entwürfe der Realität gegenüber:
- Welche Schwierigkeiten gibt es, die Ideen in die Tat umzusetzen?
- Wo müssen die Entwürfe verändert oder angepasst werden?

Konkretisiert notwendige Veränderungsschritte: Nennt z. B. Maßnahmen, die ergriffen werden müssen, damit euer Zukunftsentwurf Realität werden kann.

4. Schritt: Beurteilungsphase

Präsentiert alle Entwürfe in der Klasse und beurteilt, ob die einzelnen Zukunftsentwürfe umsetzbar sind. Für welchen Entwurf würdet ihr euch jeweils entscheiden? Begründet eure Entscheidung.

Beispiel eines Zukunftsentwurfs für eine nachhaltigere Gesellschaft

70051-36

SCHLÜSSELPROBLEME UNSERER ERDE

Kapitel 5.2, M1-M4

DER KLIMAWANDEL UND SEINE FOLGEN

Ohne den natürlichen Treibhauseffekt wäre es zum Überleben zu kalt auf der Erde. Durch den hohen Ausstoß von sogenannten Treibhausgasen wird der Treibhauseffekt aber nun zur Gefahr. Die Wärme kann nicht in die Atmosphäre entweichen. Dadurch wird es auch auf der Erde immer wärmer. Einige Gase sind für den Treibhauseffekt besonders wirksam und verstärken den Klimawandel. Das sind vor allem CO_2 (Kohlenstoffdioxid) und Methan (CH_4). Sie werden in erster Linie durch die Industrie, den Verkehr und die Landwirtschaft erzeugt. Am Beispiel des Fleischkonsums kann man erkennen, dass alle drei Bereiche eng miteinander verknüpft sind.

Bereits heute sind die Folgen der globalen Erwärmung für Menschen, Pflanzen und Tiere spürbar. Das Eis der Arktis, Antarktis und der Alpengletscher schmilzt immer schneller , der Meeresspiegel steigt an, es kommt häufiger zu Überschwemmungen, allgemein nehmen Wetterextreme zu. Ganze Küstenregionen drohen, irgendwann im Wasser zu versinken. In anderen Regionen herrschen dagegen immer öfter Dürrekatastrophen. Es sind deutlich mehr Tier- und Pflanzenarten früher sind vom Aussterben bedroht.

Kapitel 5.2, M9-M12 und M20-M21

PLASTIKMÜLL UND UMWELTVERSCHMUTZUNG

Die Menschen produzieren immer mehr Müll. Vor allem Plastikmüll ist ein großes Problem. Wenn er nicht richtig entsorgt wird, ist er eine große Gefahr für Tiere. Sie fressen oder verfangen sich in Plastikverpackungen. Auf unterschiedlichen Wegen gelangt Plastikmüll vor allem ins Meer und wird dort nur sehr langsam abgebaut.

Die industrielle Produktion hat uns viele Vorteile eingebracht, wie z. B. schnellere Kommunikation oder das Auto als Fortbewegungsmittel. Hierfür werden aber viele Rohstoffe benötigt. Beim Abbau dieser Rohstoffe wird meist die Natur im Umfeld zerstört und Seen und Flüsse verunreinigt.

Kapitel 5.3, M1-M12

DIE SITUATION DER KINDER IN DER WELT

In Deutschland müssen heutzutage Kinder in der Regel nicht hungern oder für den Lebensunterhalt ihrer Familie arbeiten. Vor 200 Jahren war das noch Normalität. Heute jedoch gibt es auch unter den in Deutschland lebenden Kindern arme Kinder. Sie sind von vielen Möglichkeiten, am öffentlichen Leben teilzunehmen, ausgeschlossen. Dabei spricht man von relativer Armut.

Obwohl es genügend Lebensmittel auf der Welt gibt, sterben täglich Kinder, weil sie nicht genügend zu Essen bekommen. Oft kommen sie schon krank zur Welt, weil die Versorgung der Mutter in der Schwangerschaft schlecht war. Viele andere Kinder müssen arbeiten, weil ihre Eltern das Geld brauchen. Häufig haben sie dann nicht genug Zeit, um zur Schule zu gehen und zu lernen und so steigt die Gefahr, dass sie ihr Leben lang arm bleiben.

BEITRÄGE ZUM SCHUTZ DER ERDE

HANDELN FÜR DAS KLIMA

Kapitel 5.2, M5-M8

Bewusster Konsum ist einer der wichtigsten Beiträge, den wir als Verbraucherinnen und Verbraucher zum Klimaschutz leisten können. Besonders im Bereich der Lebensmittel ist es von Vorteil, für den Klimaschutz regional, saisonal und biologisch erzeugte Waren einzukaufen. Kurze Transportwege, weniger Produkte aus dem Gewächshaus und ein geringerer Einsatz von Chemikalien sind für das Klima besser und die Menschen gesünder. Alle Punkte zu erfüllen ist für Verbraucherinnen und Verbraucher sehr schwer, weil das Angebot in Supermärkten begrenzt oder nur in besonderen Läden vorhanden ist und die Preise höher sind. Die Politik hat für den Klimaschutz auch einige Gesetze beschlossen: So sollen beispielsweise schädliche Schadstoffe in der Tierhaltung vermindert oder erneuerbare Energien ausgebaut werden (Wind, Wasserkraft, usw.).

MÜLLVERMEIDUNG UND NACHHALTIGER UMGANG MIT ROHSTOFFEN

Kapitel 5.2, M13-M16 und M23-M25

Wir trennen Müll, um die Rohstoffe noch einmal zu nutzen. Ein gutes Beispiel dafür sind Schulhefte. Alte Hefte können in der Papiertonne entsorgt werden. Um neues Papier herzustellen, brauchen wir dann keine Bäume fällen. Mit bestimmten Verfahren werden die alten Hefte aufbereitet. Dafür ist es wichtig, den Müll richtig zu entsorgen und zu wissen, welche Tonne für welchen Abfall bestimmt ist.
Die meisten Produkte wie ein Smartphone, ein Fahrrad oder ein Auto benötigen viel Energie und Rohstoffe bei der Herstellung. Anstatt endliche Rohstoffe wie Kohle, Öl und Gas für die Energieerzeugung zu nutzen, wird immer mehr auf erneuerbare Energien und Rohstoffe wie z. B. Wasser, Sonne oder auch Holz gesetzt. Sie haben den großen Vorteil, dass sie immer wieder nachproduziert werden.

VERANTWORTUNG FÜR KINDER DER WELT ÜBERNEHMEN

Kapitel 5.3, M13-M17

Wenn ich als Konsument oder Verbraucher nicht möchte, dass Kinder unter schlechten Bedingungen mein Produkt herstellen oder die Umwelt durch mein Kaufverhalten Schaden nimmt, muss ich mich vor dem Kauf gut informieren. Label und Siegel stehen für die Einhaltung bestimmter Kriterien bei der Herstellung von Produkten (z. B. das Fairtrade-Siegel). Auch diese müssen kritisch überprüft werden, da die einzuhaltenden Standards (Regeln) nicht immer besonders hoch sind. Hilfsorganisationen, wie z. B. die Kindernothilfe, wollen besonders benachteiligten Kindern aus der Armut helfen und ihnen beispielsweise bessere Bildungschancen bieten. Auch die Politik versucht gewisse Standards vorzuschreiben, wie beispielsweise beim „Grünen Knopf".

Nachdem du das Kapitel „Unsere Erde, unsere Verantwortung" bearbeitet hast, kannst du hier das Erlernte anwenden, dein Wissen prüfen und dir ein Urteil bilden.

M1 Ein Einkauf mit Folgen

Carolin bekommt am Wochenende Besuch. Sie hat Freunde zum Frühstück eingeladen. Voller Vorfreude schlendert sie durch ihren Lieblingssupermarkt, um Zutaten für einen Obstsalat zu kaufen. Sie geht hier besonders gern einkaufen, weil es zu jeder Jahreszeit tolles Obst und Gemüse aus aller Welt gibt. Ein Blick in ihren Geldbeutel verheißt nichts Gutes, sie hat nur 10 € dabei. Carolin achtet also beim Einkauf auf die Angebote. Eine Mango für 0,59 €, eine Ananas für 1,99 € und 1 kg Bananen für 1,29 € sowie zwei Neuseeland-Äpfel für 0,49 € landen schnell in ihrem Einkaufskorb. Sie hat sogar noch mehr als 5 € übrig. Im Vorbeilaufen sieht sie Shorts, die ihr gut gefallen, für nur 4,99 €. Sie nimmt sie kurzerhand mit. An der Kasse angekommen, freut sie sich über den günstigen Einkauf. Vor dem Supermarkt trifft sie ihre Bekannte Anna. Stolz zeigt Carolin ihren Schnäppcheneinkauf. Anna schaut entsetzt auf den Einkauf und sagt: „Diese Früchte im Sommer? Du weißt schon, wo diese Früchte herkommen, von wem sie oft geerntet werden und auf welchem Weg sie zu uns gelangt sind? Unser Garten ist zurzeit voller Erdbeeren und anderer Leckereien, das ist viel nachhaltiger. Und bei den billigen Shorts will ich gar nicht erst wissen, wer die genäht hat."

interaktive Übung zum Kapitel

82000-73

M2 Wirtschaften kostet

Aufgaben

1. Erkläre, warum Anna so entsetzt auf Carolins Einkauf reagiert hat (**M1**).
2. Beschreibe, worauf Carolin bei ihrem nächsten Obsteinkauf achten kann. Gehe dabei auf die drei Bereiche der Nachhaltigkeit Ökologie, Ökonomie und Soziales ein (**M1**).
3. Welche Probleme veranschaulicht die Zeichnung (**M2**)?
   a) Beschreibe genau, was du siehst.
   b) Nenne Gründe dafür, warum die Erde so dargestellt wurde.
   c) Erläutere den Zusammenhang zwischen deinem Kaufverhalten und der Zeichnung.
4. „Wir Konsumenten sind doch eigentlich machtlos, wenn nicht endlich die Politik und die Unternehmen etwas ändern und zum Beispiel Kinderarbeit verbieten. Im Moment können wir wenigstens weiterhin billig einkaufen!" Beziehe begründet Stellung zu dieser Aussage.

Tabelle zur Selbsteinschätzung

70091-37

Was ist Urlaub für dich?

Was weißt du schon?

1. Beschreibe die Bilder und vergleiche sie. Wo könnten diese Orte sein? Welche Unterschiede und Gemeinsamkeiten fallen auf?
2. Weshalb fährst du gerne in den Urlaub? Entwirf einen Plan für einen typischen Urlaubstag, der dir gefallen würde.
3. Sammelt Ideen im Plenum, welche Probleme auftreten können, wenn Menschen an einem Ort Urlaub machen.

6

#Urlaub ohne Grenzen?

Urlaub an der Nordsee oder in den Alpen? Oder doch gleich nach Mallorca? Jedes Jahr verbringen Millionen Menschen ihren Urlaub in den Alpen, an der Nordsee oder in fernen Ländern an Traumstränden. Aber warum eigentlich – was ist das Besondere an diesen Orten? Und wie kannst du dafür sorgen, dass diese Orte so besonders bleiben?

Was lernst du in diesem Kapitel?

... das Reiseverhalten früher und heute sowie dessen Auswirkungen miteinander zu vergleichen.

... die Merkmale der Naturräume und Voraussetzungen für den Tourismus in den Alpen, an der Nordsee und auf Mallorca zu beschreiben.

... den Wandel von Reiseformen und Motiven zu erläutern und zu beurteilen.

... die Bedeutung des Tourismus für Urlaubsorte und -regionen darzustellen.

... die Folgen, die durch den Massentourismus in Urlaubsregionen ausgelöst werden, kritisch zu beurteilen.

... das Konzept des sanften Tourismus zu beschreiben und wie du danach in deinem Urlaub handeln kannst.

Werbeprospekte einer Urlaubsregion gestalten

Worum geht es?

Um sich über eine Urlaubsregion vorab zu informieren, sieht man sich oft erst einmal ein Prospekt mit möglichen Aktivitäten an. Hier könnt ihr selbst aktiv werden und solche Prospekte für die hier vorgestellten Regionen, die Alpen und die Nordsee, entwerfen. Um herauszustechen, müsst ihr natürlich die Besonderheiten beschreiben und für die Region werben. Vergesst aber nicht, auch einen kritischen Blick auf die Region zu haben.

Geht dabei so vor:

Start

1. Bildet Gruppen von 3-4 Schülerinnen und Schülern.

2. Informiert euch zuerst allgemein über die Geschichte des Reisens, die Großlandschaften und Tourismusregionen Deutschlands und Europas sowie die Besonderheiten der Alpen, der Nordseeküste und Mallorcas.
(→ Kapitel 6.1, M1-M4; Kapitel 6.2, M1-M4; Kapitel 6.3, M1-M4)

3. Entscheidet euch für eine der Regionen und entwerft ein Werbeprospekt für diese Region. Ziel des Werbeprospekts ist es, die anderen Schülerinnen und Schüler davon zu überzeugen, dass man in eurer Region besser Urlaub machen kann.
Die folgenden Inhalte sind hierfür wichtig:
   - Urlaub an den Küsten:
     (→ Kapitel 6.2, M5-M12)
   - Urlaub in den Alpen:
     (→ Kapitel 6.2, M17-M22)
   - Urlaub auf Mallorca
     (→ Kapitel 6.3, M5-M8)

4. Stellt in eurem Prospekt die Besonderheiten eurer Region vor (Naturraum, Klima, Sehenswürdigkeiten). Gebt dann konkrete Planungshinweise für eine Reise von ca. einer Woche zu eurem gewählten Urlaubsort. Bezieht die für euch interessantesten Aktivitäten mit ein.

5

Stellt eure Werbeprospekte in der Klasse vor. Diskutiert, welche Vorzüge und welche Nachteile die jeweiligen Urlaubsregionen haben.

6

Setzt euch gemeinsam in der Klasse mit den Problemen, die durch den Tourismus in einer der Regionen auftreten, kritisch auseinander. Führt hierzu ein Rollenspiel oder ein kritisches Interview durch.
(→ Kapitel 6.2, M13-M16, Methode: Ein Rollenspiel durchführen; Kapitel 6.2, M23-M25; Kapitel 6.3, M9-M12

Ziel

7

Findet euch wieder in den Kleingruppen zusammen und ergänzt euer Prospekt um Tipps und Regeln, wie man sich als Urlauber in der jeweiligen Region verhalten sollte, damit auch die Natur intakt bleibt und die Menschen vor Ort etwas davon haben.
(→ Kapitel 6.3, M13-M17 #Sanfter Tourismus).

Beispiel für ein Werbeprospekt

6.1 Reisen früher und heute

Immer weiter, immer schneller? Reisen im Wandel

Heute erscheint es uns fast selbstverständlich mit dem Auto, Zug oder Flugzeug zu einem weiter entfernten Ort zu reisen. Meist wollen wir vor Ort Urlaub machen oder jemanden besuchen. Wie sah das früher aus?

M1 Wie lange braucht(e) man von Mainz nach Bozen?

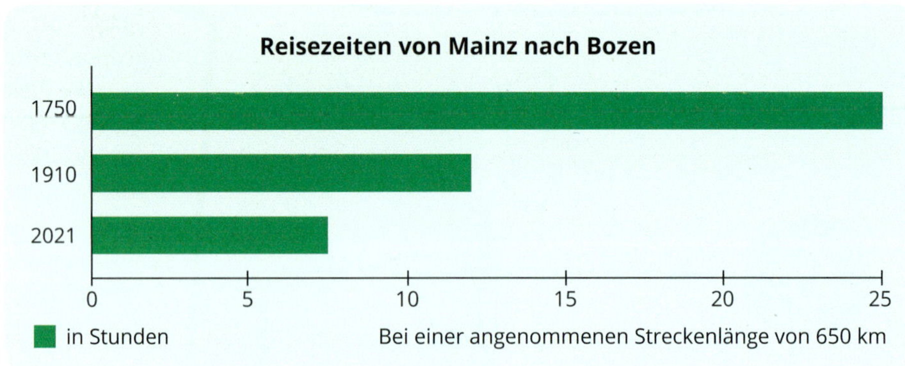

M2 Reisen in den Urlaub – früher wie heute?

Pilger vor einer Burg. Im Mittelalter wurde das Pilgern als wichtig angesehen, um beispielsweise Buße zu tun.

Menschen „reisen" schon immer, allerdings aus ganz anderen Gründen, an die wir heute vielleicht zuerst denken würden. Im antiken Römischen Reich hatte das Reisen erstmals eine größere Bedeutung: Die Römer hatten das Straßennetz sehr gut ausgebaut und man reiste vor allem zu Geschäftszwecken. Es gab sogar teilweise schon Unterkünfte für Reisende. Wer es sich leisten konnte, reiste mit dem Pferd. Trotzdem benötigte man für aus unserer Sicht relativ kurze Distanzen meist Wochen oder Monate. Im Mittelalter wurden vor allem Reisen aus religiösen Zwecken unternommen: Einer der bis heute bekanntesten Pilgerwege, der zu dieser Zeit entstand, ist der Jakobsweg. Das Reisen, um sich die Kultur anderer Regionen und Länder anzusehen, kam erstmals im 18. Jahrhundert auf. Adelige konnten es sich leisten bedeutende Städte in Europa, wie Rom, Venedig, Wien oder Nizza, zu besuchen. Der berühmte Schriftsteller Goethe ließ sich beispielsweise auf seinen Reisen inspirieren. Erholungsreisen kamen erstmals im 19. Jahrhundert auf. Adelige und wohlhabende Bürger, die es sich leisten konnten, zog es zunehmend in

Im 19. Jahrhundert reiste man bereits bequem per Zug, hier ist ein Abteil des berühmten „Orient Express" nach Istanbul dargestellt.

entferntere Gebiete und man fuhr beispielsweise mit dem Dampfschiff nach Ägypten oder mit dem Zug nach Istanbul. Das Reisen für jedermann und jede Frau entwickelte sich in Europa erst nach dem Zweiten Weltkrieg. Der wirtschaftliche Aufschwung ermöglichte es Familien innerhalb Deutschlands und später auch nach Italien mit dem Auto zu reisen. Erst ab den 1970er Jahren wurden auch Flugreisen immer günstiger und beliebter und man entdeckte beispielsweise die Insel Mallorca als Reiseziel.

In den 50er und 60er Jahren konnten sich erstmals mehr Menschen einen Urlaub mit dem Auto leisten.

M3 Das Reisen heute – endlose Möglichkeiten?

Heute kann man in Sachen Reisen normalerweise aus dem Vollen schöpfen: Bei der Reiseplanung kann man entscheiden, ob man mit dem Zug, dem Auto oder dem Flugzeug anreist. Außerdem gibt es neben Erholungs- und Wellnessreisen auch die Möglichkeit zu individuelleren Reisen wie Wander- oder Abenteuerreisen. Die Reisebranche ist ein wichtiger Wirtschaftszweig in vielen Ländern, viele Menschen arbeiten in diesem Bereich und leben davon. Da heutzutage weitaus mehr Menschen reisen als früher, kommt es aber auch zu Problemen für die Umwelt, das Klima und die Menschen vor Ort. Deshalb findet beim Thema Reisen ein langsames Umdenken zu einem sanften Tourismus mit weniger Auswirkungen auf Mensch und Umwelt statt. Während der Corona Pandemie haben einige Menschen auch wieder die eigene Region neu entdeckt. Doch der Erfolg der Urlaubsreise in die Ferne wird weitergehen.

AUFGABEN

1. Vergleicht die Reisezeiten von Mainz nach Bozen von 1830 bis heute. Wie lassen sich die Unterschiede erklären? Sammelt in der Klasse mögliche Erklärungen (**M1**).
2. Arbeite aus **M2** heraus, wie sich das Reisen im Lauf der Geschichte verändert hat.
3. Erstellt in Kleingruppen einen Zeitstrahl, der die Entwicklung des Reisens von der Antike bis heute darstellt (**M2**, **M3**).
4. a) Erläutere, welche positiven und negativen Auswirkungen das Reisen heute hat (**M3**).
   b) „Während Corona hat man wieder die eigene Region schätzen gelernt." Begründe, worauf es beim Reisen neben der Erholung heute noch ankommt (**M3**).

F zu Aufgabe 1
Im antiken Römischen Reich wurden auf den damaligen Straßen ungefähr 60 Kilometer pro Tag zurückgelegt. Berechne, wie lange man so von Mainz nach Bozen benötigte.

H zu Aufgabe 3
Notiert jeweils Reisemotive, Reisedauer und Art der Fortbewegung für die Antike (0-200 v. Chr.), 1830, 1910, 1970 und heute.

Wohin soll es in den Urlaub gehen?

Egal, ob du einen kleinen Ausflug außerhalb deiner Heimatstadt machst oder an die Nordsee fährst. Du musst dich immer erst einmal für einen Ort entscheiden. Was hilft dir dabei, deine Entscheidung für den Urlaub zu treffen?

M4 In die Alpen oder an die Nordsee?

Familie Ahrens plant ihren Sommerurlaub für dieses Jahr. Allerdings sind sie sich nicht einig darüber, wo es hingehen soll. Nachdem sie schon andere Reiseziele ausgeschlossen haben, bleiben noch die Alpen, die Nordseeküste und Mallorca als Reiseziele übrig. Lina und ihre Mutter Selma wollen unbedingt an die Nordsee, Vater Matthias in die Alpen und Jonas nach Mallorca.

Monat	°C	mm
J	–2,5	76
F	–1,0	70
M	2,6	91
A	6,1	97
M	11,3	125
J	13,9	181
J	16,0	183
A	15,5	172
S	12,0	111
O	7,4	83
N	1,6	98
D	–1,7	85
Jahr	6,8	1371

Klimadaten Garmisch-Partenkirchen

Monat	°C	mm
J	2,7	66
F	2,5	39
M	5,4	44
A	8,7	35
M	12,2	50
J	15,0	61
J	17,7	99
A	17,6	111
S	15,2	73
O	11,3	90
N	7,5	85
D	4,5	83
Jahr	10	836

Klimadaten Borkum

Werbeanzeigen für die Alpen, die Nordseeküste und Mallorca

Monat	°C	mm
J	9,2	37
F	9,6	35
M	10,6	36
A	12,5	39
M	16,4	30
J	20,8	14
J	23,8	9
A	24,1	20
S	21,6	50
O	17,6	63
N	13,1	47
D	10,5	44
Jahr	15,8	414

Klimadaten Palma de Mallorca

°C
Kurzform für Grad Celsius; Maßeinheit für die Temperatur

mm
Kurzform für Millimeter; Maßeinheit für den Niederschlag

TOURISMUS

Als Tourismus wird eine Reise an einen Ort bezeichnet, der nicht der eigene Wohnort ist. Am Tourismus sind sowohl die Urlauber, als auch die Gastgeber, die in Hotels oder Pensionen für die Urlauber sorgen, beteiligt.
Für Regionen wie die Alpen oder die Nordseeküste, in die viele gerne in den Urlaub fahren, ist der Tourismus eine wichtige Einnahmequelle. Ein Urlaub oder eine Reise kann ganz unterschiedliche Gründe haben. Viele Menschen suchen zum Beispiel Erholung und Ruhe. Andere wiederum wollen vor allem Städte besichtigen und Kulturdenkmäler besuchen.

AUFGABEN

1. Arbeitet zu zweit und helft Familie Ahrens bei der Urlaubsplanung.
   a) Urteilt spontan: Wo würdet ihr gerne hinreisen, an die Nordsee, in die Alpen oder nach Mallorca? Begründet eure Ansicht (**M4**).
   b) Notiert die Vorzüge der Urlaubsregion, für die ihr euch entschieden habt (**M4**).
   c) Ermittelt anhand der Klimadaten die beste Reisezeit für eure Region (**M4 Randspalte**).

2. a) Stellt die Vorzüge eurer Region im Plenum vor.
   b) Diskutiert im Plenum auf Grundlage eures Wissens, welche Region ihr Familie Ahrens für ihren Urlaub vorschlagen würdet.

3. Erkläre in eigenen Worten, was man unter dem Begriff Tourismus versteht (**#Tourismus**).

F zu Aufgabe 1
Beurteile die Werbeanzeigen der jeweiligen Region (**M4**) kritisch. Welcher Eindruck soll hier entstehen?

6.2 Urlaub in Deutschland

Wie vielfältig ist Deutschland?

Auf Bildern oder in Filmen zur Nordsee, den Alpen oder den Mittelgebirgen fällt schnell auf, dass diese Landschaften ganz unterschiedlich sind. In welcher dieser Landschaften lebst du und wie unterscheiden sie sich?

M1 Die Landschaften Deutschlands

1

2

3

4

M2 Deutschland zu Fuß

Ein leidenschaftlicher Wanderer aus Hamburg hat von 2014-2016 Deutschland von Norden nach Süden durchwandert. Seine Erlebnisse hat er in einem Tagebuch festgehalten:

Tag 5: Hier in der Nähe der Nordseeküste ist es sehr angenehm zu wandern. Das Land ist überall flach. Ich streife vorbei an Wäldern und Feldern, an einem kleineren See mache ich Rast. In drei Tagen sollte ich in Hannover sein.

Tag 30: Der Harz liegt hinter mir – ein faszinierendes Mittelgebirge. Die Tour zum Brocken war ganz schön anstrengend, da geht es bis auf 1.141 Meter über dem Meeresspiegel hinaus! Es wird jetzt aber wohl so weitergehen mit den Hügeln.

Tag 60: Die Torturen des Auf- und Abwanderns werden hier belohnt. Ich mache Rast am schönen Starnberger See. Das Land ist leicht hügelig, es geht immer wieder auf und ab. Das Alpenvorland ist bis zu 800 Meter hoch. In der Ferne sehe ich schon die Alpen!

Tag 135: Geschafft! Die Zugspitze ist das Ziel meiner 1.700 km langen Wanderung. Es ging steil bergauf durch Felsen und Geröll. Der Blick von oben belohnt jeden, der es schafft: tief eingeschnittene, enge Täler und ringsherum die spitzen, steilen Berggipfel der Alpen.

M3 Die Großlandschaften Deutschlands

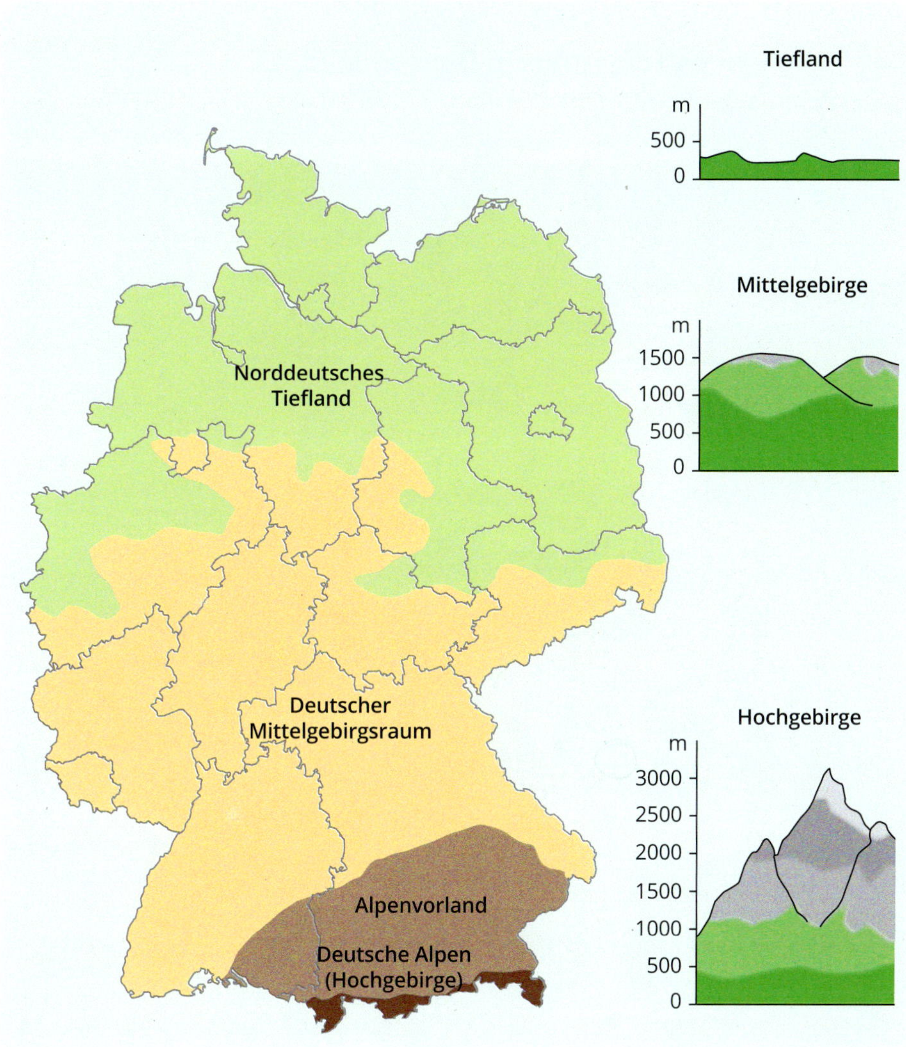

Deutschland lässt sich grob in vier Großlandschaften einteilen. Innerhalb dieser Landschaften gibt es aber noch weitere ganz unterschiedliche Naturräume.

Relief
Die Form der Erdoberfläche wird als Relief bezeichnet.
Eine Landschaft kann hauptsächlich aus steil aufragenden Bergen und tiefen Tälern bestehen. Sie kann aber auch hügelig oder ganz flach sein und damit ein ganz anderes Relief besitzen.

AUFGABEN

1. Beschreibe die Bilder der Landschaften Deutschlands. Welche Unterschiede lassen sich erkennen (**M1**)?
2. a) Erläutere die Merkmale der einzelnen Großlandschaften und halte sie in einer Tabelle fest (**M2**, **M3**).
   b) Beschreibe die Landschaft deines letzten Urlaubsorts oder deines Heimatorts auf die gleiche Weise wie in **M2**.
3. Ordne die Bilder begründet den einzelnen Großlandschaften zu: Norddeutsches Tiefland, Mittelgebirgsland, Alpenvorland, Alpen (**M1-M3**).

F zu Aufgabe 2a
Arbeite mit dem Atlas. Notiere in der Tabelle für jede Großlandschaft jeweils zwei weitere Beispiele (Fluss, Stadt, oder Gebirge).

H zu Aufgabe 2a
Halte in der Tabelle folgende Dinge fest: wichtigste Merkmale, Höhenbereich, Beispielorte.

F zu Aufgabe 3
Recherchiere weitere Informationen zur Zugspitze.

Tourismusregionen in Deutschland

M4 Wo gibt es Tourismus in Deutschland?

H zu Aufgabe 1a
Beziehe vor allem auch die Regionen mit ein, in denen sich viele Kur- und Erholungsorte nah beieinander befinden.

AUFGABEN

1. Arbeite mit der Karte **M4**.
   a) Arbeite die wichtigsten Tourismusgebiete und -orte Deutschlands aus der Karte heraus. Orientiere dich dabei an den Übernachtungszahlen.
   b) Finde geeignete Orte in Deutschland für folgende Unternehmungen:
   - eine Städtereise,
   - einen Sommerurlaub,
   - einen Winterurlaub.

Was macht die Küstenlandschaften aus?

M5 Wie unterscheiden sich die Meeresküsten?

Auf der Insel Rügen, die an der Ostsee liegt, gibt es die berühmten Kreidefelsen. Sie bilden eine typische Steilküste und sind sehr beliebt bei Touristen.

Auf der Insel Sylt, die an der Nordsee liegt, gibt es Flachküsten. Sie sind bei Ebbe nicht mit Wasser bedeckt und fallen flach ins Meer ab.

M6 Was sind Meeresküsten?

Meeresküsten sind die Übergänge vom Land zu den Meeren der Welt. Neben den drei großen Weltmeeren, auch Ozeane genannt, gibt es noch viele kleinere Meere, die alle miteinander verbunden sind. Es gibt also auf der Welt eine miteinander verbundene Wasserfläche, die von der Landfläche durch Küsten abgegrenzt ist. Trotzdem sind die Küsten der Meere sehr unterschiedlich. So gibt es Steilküsten, an denen das Meer direkt an hoch aufragende Felsen grenzt, aber auch Flachküsten, bei denen das Land flach in das Wasser abfällt. Häufig sind die Meeresküsten eine beliebte Ferienregion.

AUFGABEN

1. Suche Nord- und Ostsee in deinem Atlas und beschreibe deren Lage in Deutschland und Europa.
2. Beschreibe und vergleiche die Bilder der Küsten Rügens und Sylts. Welche Unterschiede lassen sich feststellen (**M5**)?
3. Erkläre die Begriffe Meeresküste, Steilküste und Flachküste mit eigenen Worten (**M6**).

Was macht die Nordseeküste so besonders?

Von deinem Wohnort in Rheinland-Pfalz ist die Nordseeküste nicht sehr weit entfernt. Daher ist sie bei uns als Urlaubsziel beliebt. Aber was ist eigentlich das Besondere an dieser Küste?

M7 Ebbe und Flut am Hafen von Husum

Bei Ebbe kann man am Hafen von Husum beobachten, dass die Schiffe auf Grund liegen. Die Menschen dort wissen allerdings ziemlich genau, wann das Wasser wieder kommt.

M8 Die Gezeiten an der Nordsee

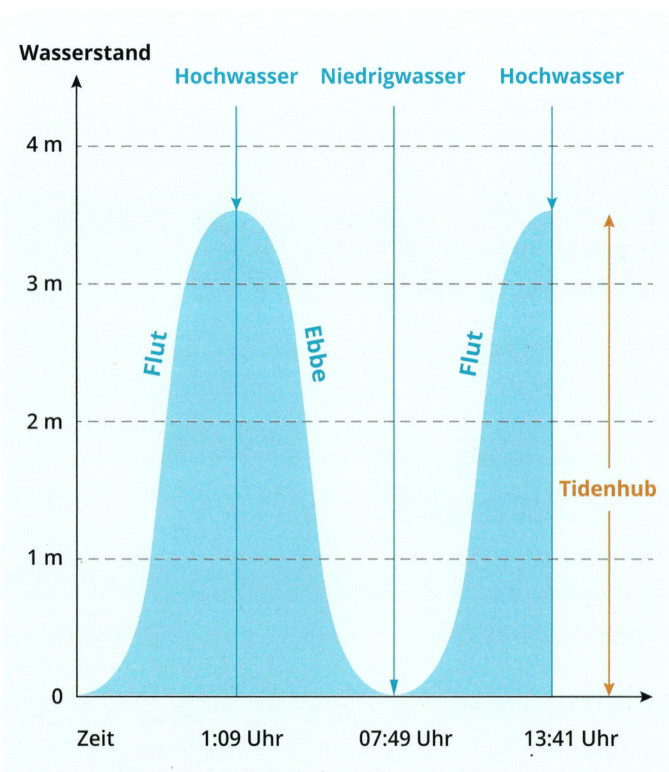

Gezeitenkalender für Borkum am 10. April 2020

Uhrzeit	Wasserhöhe	ungefähr um
1:09	Hochwasser	eins nachts
7:49	Niedrigwasser	viertel vor acht morgens
13:41	Hochwasser	viertel vor zwei
20:03	Niedrigwasser	acht abends

Badezeiten für Borkum am 10. April: ca. 9:00 Uhr bis 13:30 Uhr

Vorsicht: Aufgrund der starken Strömungen bei ablaufendem Wasser nicht außerhalb der Badezeiten baden! Es besteht Lebensgefahr!

M9 Wie sieht der Lebensraum Wattenmeer aus?

Das Watt ist ein besonderer Lebensraum, da es zu bestimmten Zeiten von Wasser bedeckt ist und zu anderen Zeiten wieder nicht. An diese Bedingungen haben sich die Tiere jeweils angepasst.

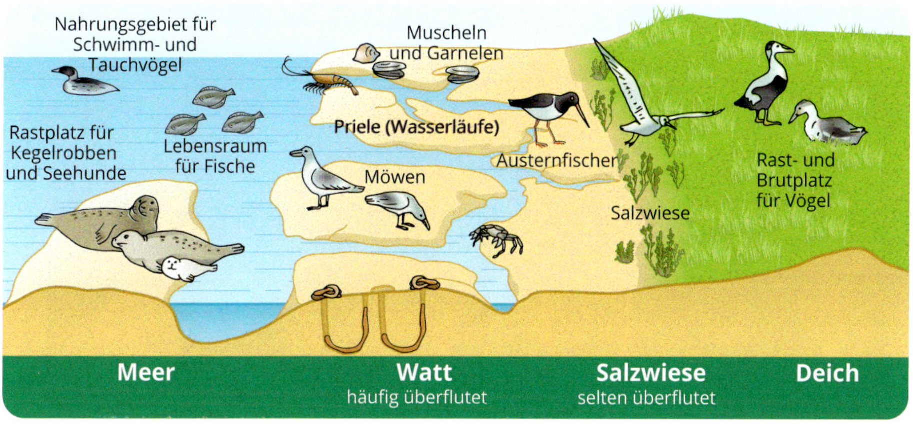

Der Wattwurm lebt unter der Erde des zeitweise überfluteten Watts. Er frisst sich durch den Sand und kommt nur an die Oberfläche, um seine Ausscheidungen dort zu hinterlassen. Vögel, die im trockenen Bereich der Salzwiesen rasten und brüten, kommen bei Niedrigwasser in das Watt und suchen nach Nahrung. Fische und Seehunde leben im ständig überfluteten Teil des Wattenmeeres.

Deich
Ein Deich ist ein Damm, der verhindern soll, dass Meer- oder auch Flusswasser das Hinterland überflutet.

GEZEITENKÜSTE

Bei einer Gezeitenküste steigt und sinkt das Wasser mit Flut und Ebbe der Meere besonders stark. Dadurch entsteht ein besonderer Lebensraum – das Wattenmeer.
Bei Niedrigwasser ist die Küste fast vollständig ohne Wasser. Bei Hochwasser kehrt das Wasser wieder in diesen Teil des Meeres zurück (Flut und Ebbe).

AUFGABEN

1. Beschreibe die Bilder des Hafens von Husum. Welche Unterschiede lassen sich erkennen (**M7**)?
2. Untersucht zu zweit das Naturphänomen Gezeiten.
   a) Erklärt den Begriff Gezeiten. Nutzt hierfür die Begriffe Ebbe, Flut, Niedrigwasser und Hochwasser (**M18**, **#Gezeitenküste**).
   b) Begründet, weshalb am 10. April 2020 die Badezeit auf Borkum von 9 bis 13.30 Uhr andauert (**M8**).
3. a) Beschreibe den Naturraum Wattenmeer vom Meer zum Deich (**M9**).
   b) Die Tiere im Wattenmeer haben sich an die besonderen Bedingungen angepasst. Begründe für jeweils eines der Tiere in den Bereichen Meer, Watt und Salzwiese, weshalb es genau in diesem Bereich des Wattenmeers lebt (**M9**).

H zu Aufgabe 2b
Seht euch hierzu genau an, wann Ebbe und Flut auf Borkum am 10. April beginnen und aufhören.

H zu Aufgabe 3
Beginne beim Meer: Das Meer ist durchgängig überflutet, und dort leben Seehunde und Fische. Vögel finden hier Nahrung.

F Informiere dich im Internet über zwei weitere Termine in einer Gezeitentabelle zu den Badezeiten der Insel Borkum. Welche Unterschiede lassen sich hier feststellen?

Wie kannst du deinen Urlaub an der Nordsee gestalten?

Jede Urlaubsreise will gut geplant sein, damit man sowohl bei schlechtem, als auch bei gutem Wetter weiß, was man im Urlaubsgebiet unternehmen kann. Wie kannst du einen Urlaub auf Borkum sinnvoll planen?

M10 Post von der Nordsee

Hi Paula!
Wir sind jetzt seit zwei Tagen auf Borkum und es ist toll hier! Der Urlaub hat schon auf der Fähre angefangen. Mindestens 45 Minuten hat die Überfahrt gedauert, auf der uns der Wind schon um die Nase geweht hat. Am Hafen angekommen, sind wir mit der Inselbahn bis zur Ferienwohnung gefahren. Die nächsten Tage wollen wir die Strände, die Dünen, die Stadt und das Ostland mit dem Mietfahrrad erkunden. Natürlich wollen wir aber so oft es geht am Strand sein und ins Meer gehen. Langweilig wird uns hier sicher nicht: Wir könnten auch einen Surfkurs machen, Kutschfahrten unternehmen, Tennis spielen, reiten oder bei schlechtem Wetter ins Schwimmbad gehen. Und natürlich durch das Watt wandern – aber nur mit einem Wattführer, der spannende Geschichten erzählt und genau weiß, wann Flut und Ebbe sind!
Bis dann, deine Lina

Paula Hauser
Nußbaumweg 5
50737 Köln

M11 Aktivitätenliste der Familie Ahrens für Borkum

Tag	Urlaubsaktivität	Wo am besten?
Montag, 14.08.	halbtägige Wattwanderung	vor der Greune Stee (im Wattenmeer)
Dienstag, 15.08.	Die gute Aussicht von einer Düne genießen	Auf den Sternklipp-dünen

Offizielle Urlaubs-broschüre für Borkum

70091-38

M12 Wo kann man was machen auf Borkum?

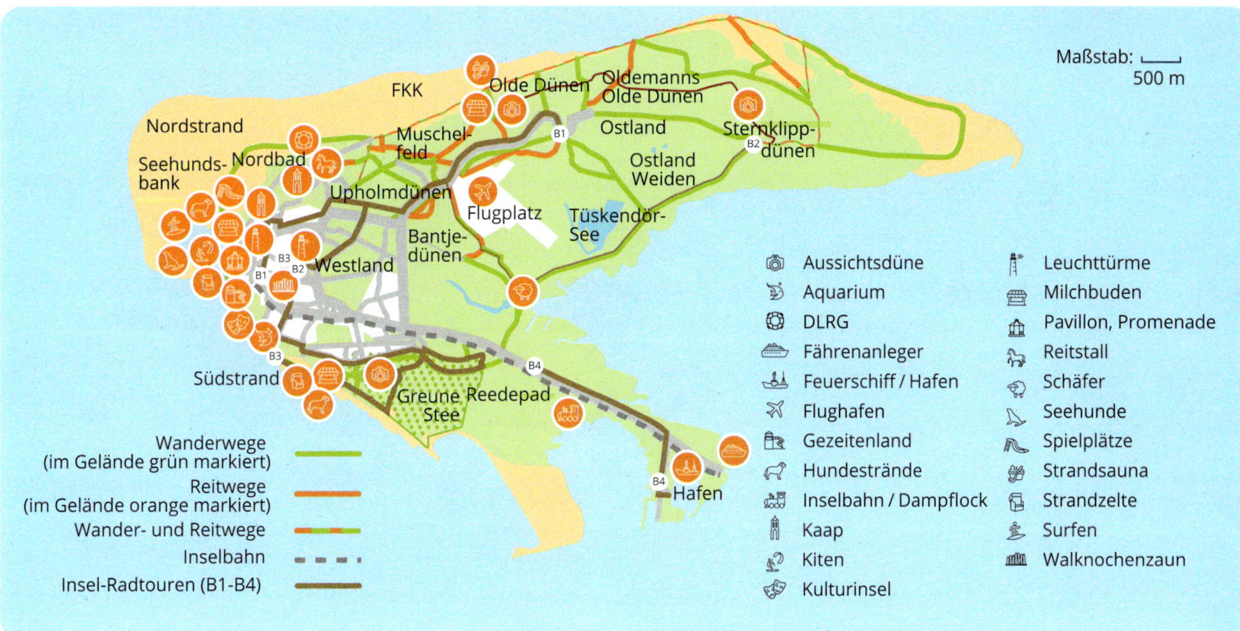

AUFGABEN

1. Nenne Beispiele für Urlaubsaktivitäten auf der Insel Borkum, die Lina erwähnt (**M10**). Weshalb würdest du gerne auf Borkum Urlaub machen?
2. Arbeitet zu zweit und helft Familie Ahrens bei der Planung ihrer Urlaubstage.
   a) Erweitert die Aktivitätenliste um Mittwoch und Donnerstag mithilfe der Karte. Notiert mindestens zwei für euch interessante Aktivitäten (**M11**, **M12**).
   b) Begründet mithilfe der Karte, wohin Familie Ahrens am besten für diese Aktivitäten gehen sollte. Notiert die Orte in der letzten Spalte der Tabelle (**M11**, **M12**).
   c) Stellt eure Urlaubsplanung im Plenum vor. Nutzt hierfür die Karte **M12**.

F Gestalte ein Werbeprospekt für die Nordseeinsel Borkum, in welchem du den Naturraum und mögliche Aktivitäten beschreibst.

Das Wattenmeer – ein Raum für alle?

Der Tourismus ist sehr wichtig für Borkum. Die meisten Einwohner arbeiten im Tourismus und verdienen dort ihr Geld. Aber durch den Tourismus entstehen auch Probleme. Welche Probleme sind das und weshalb lassen sie sich nicht so einfach lösen?

M13 Das Wattenmeer in Gefahr

Badeurlauber an der Nordsee

Touristische Infrastruktur
Alle Einrichtungen, die wichtig für den Tourismus sind: Hotels, Schwimmbäder, Restaurants, aber auch gut ausgebaute Straßen und Versorgungsmöglichkeiten in Supermärkten.

Schon bei der An- und Abreise mit Autos entstehen viele Abgase, und die Autos brauchen viel Platz. Auf die Nordseeinseln müssen diese Autos auch noch mit der Fähre gebracht werden. Vor Ort verursachen die Urlauber viel Müll, der entsorgt werden muss, und sie verbrauchen viel Strom und Wasser, die produziert werden müssen. Je mehr Menschen dort Urlaub machen, desto mehr Häuser müssen als Hotels und Ferienhäuser gebaut werden. Das alles verbraucht viel Fläche, die dem Naturraum entzogen wird.

M14 Welche Bedeutung hat der Tourismus für Borkum?

Borkum hat 5202 Einwohner. Damit ist es eine kleine Insel. Allerdings verbringen jedes Jahr mehrere Hunderttausend Touristen dort ihren Urlaub. Im Jahr 2017 waren es knapp 304.000 Gäste. Dafür gibt es auf Borkum sehr viele Ferienwohnungen, Ferienhäuser, Hotels, Pensionen, die größte Jugendherberge Deutschlands und einen Campingplatz. Die Touristen sind daher sehr wichtig für die Insel – schließlich hängen viele Arbeitsplätze von ihnen ab: Touristenführer, Hotelbesitzer, Küchenchefs, und viele mehr haben dadurch Arbeit.

MASSENTOURISMUS

An beliebten Touristenorten wollen viele Menschen Urlaub machen. Wenn dafür ein großes Angebot an Hotelbetten und an Einrichtungen für Urlauber vorhanden ist, spricht man von Massentourismus.
Durch die vielen Menschen, die das Urlaubsgebiet gleichzeitig nutzen, entstehen oft viele Probleme für die Umwelt und den Mensch. An der Nordsee werden zum Beispiel die Seerobben von den Stränden vertrieben, weil die Menschen dort in großen Massen baden wollen. Wälder und Dünen werden ebenfalls geschädigt, wenn zu viele Menschen dort ihren Urlaub verbringen.

M15 Das Wattenmeer – ein viel genutzter Lebensraum

Nicht nur die Touristen nutzen den Lebensraum Wattenmeer und die Nordsee. Auch andere Akteure wie beispielsweise die Industrie nutzen und beanspruchen den Naturraum Wattenmeer stark.

Nationalpark
Ein Nationalpark ist ein Schutzgebiet, in dem die Natur erhalten bleiben soll. Die Pflanzen und Tiere sollen dort ohne größere Störung und Eingriff des Menschen leben können. In Deutschland gibt es insgesamt 16 Nationalparks.

M16 Der Nationalpark Niedersächsisches Wattenmeer

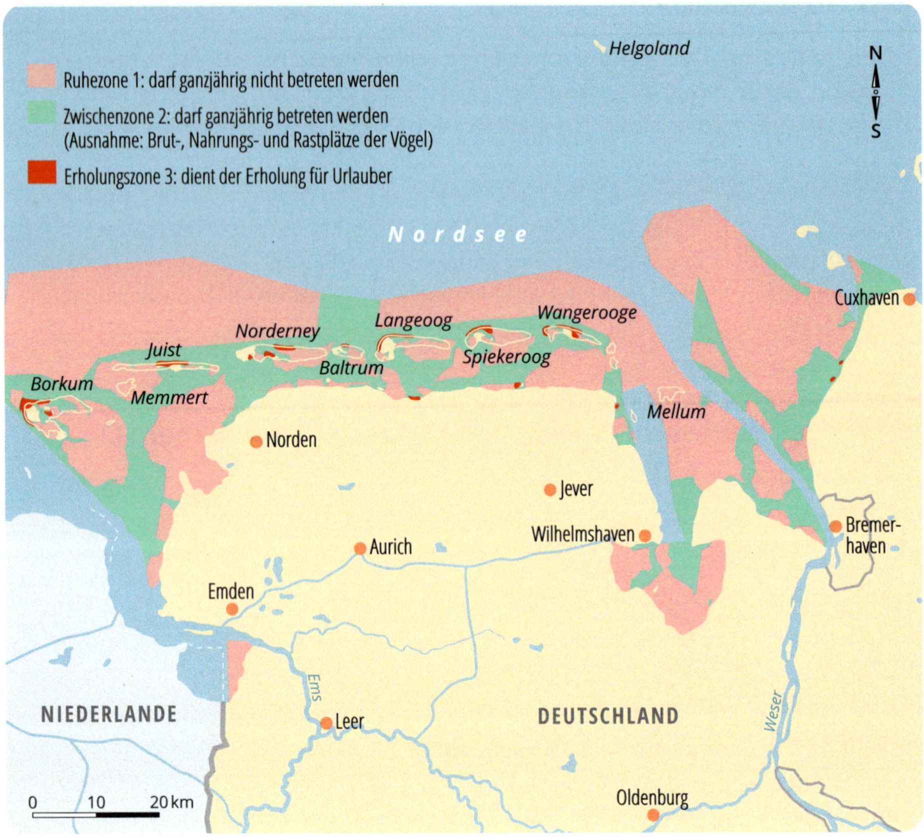

Lerntempoduett
→ Methodenglossar

Mindmap
→ Methodenglossar

H zu Aufgabe 2c
Beginnt für eure Mindmap mit den Stichpunkten „Erholungsraum", „Wirtschaftsraum" und „Gefährdung des Lebensraums".

H zu Aufgabe 3
Beschreibe hierzu genauer, welche verschiedenen Zonen es gibt.

AUFGABEN

1. Beschreibe das Bild. Welchen Eindruck macht es auf dich (**M13**)?
2. Das Wattenmeer – ein Erholungs- und Wirtschaftsraum für alle? Erarbeitet die Gefährdung und Bedeutung des Wattenmeers in einem Lerntempoduett.
   a) Erläutert die Bedeutung des Wattenmeers als Erholungs- und Wirtschaftsraum für den Menschen (**M14**, **M15**).
   b) Arbeitet aus **M13** und der Grafik **M15** Probleme heraus, die auf Borkum und im Wattenmeer durch den Tourismus und die wirtschaftliche Nutzung entstehen. Nutzt hierzu auch den **Begriffskasten**.
   c) Fasst eure Ergebnisse in einer Mindmap zusammen.
3. Erkläre am Beispiel des Wattenmeers wie das Konzept eines Nationalparks funktioniert (**M16**).
4. Führt in Kleingruppen (3-4 Schülerinnen und Schüler) ein Rollenspiel zur Frage „Sollte ein Freizeitbad auf Borkum gebaut werden?" durch. Arbeitet hierzu auf der Grundlage von **M13-M16** Rollen aus oder nutzt die Rollenkarten zur Orientierung (**Methode: Ein Rollenspiel durchführen**).

Ein Rollenspiel durchführen

Worum geht es?

Bei einem Rollenspiel könnt ihr in einer vorgegebenen Situation in Rollen schlüpfen, die durch Rollenkarten vorgeschrieben sind oder auch von euch selbst ausgestaltet werden können. Dabei geht es darum, so zu spielen, als ob ihr eine bestimmte Person in einer bestimmten Situation seid. Auf diese Weise könnt ihr bei einem Konflikt die eigenen Einstellungen erkennen, aber auch die Interessen und Sichtweisen anderer Beteiligter besser nachvollziehen.

Rollenkarten für das Rollenspiel

70091-39

Geht dabei so vor:

1. Klärt, wie viele Rollen in eurem Rollenspiel vergeben werden sollen.
2. Verteilt die Rollen auf möglichst gleich große Gruppen in der Klasse. Jede Gruppe übernimmt jeweils eine Rolle.

1. Schritt: Rollenvergabe

1. Macht euch mit eurer Rolle vertraut, indem ihr euch in der Gruppe über die Rolle austauscht.
2. Recherchiert im Schulbuch, im Internet, in Bibliotheken oder bei Experten nach weiteren Informationen zu euren Rollen. Zum Beispiel: Welche weiteren Argumente gibt es für eure Position?
3. Besprecht eure Rolle, tauscht euch mit eurem Wissen aus und erweitert die Rolle mit euren eigenen Ideen.
4. Bestimmt außerdem die Person, die für eure Gruppe die Rolle im Rollenspiel übernimmt.
5. Der Rest eurer Gruppe wird Beobachter.

2. Schritt: Inhaltliche Vorbereitung auf die einzelnen Rollen

Bereitet euch auf eure jeweiligen Rollen im Rollenspiel vor. Nutzt hierzu die Inhalte des Kapitels oder orientiert euch an den Rollenkarten (siehe QR-Code).

3. Schritt: Durchführung des Rollenspiels + Reflexion

1. Führt das Rollenspiel durch. Baut euer Klassenzimmer dafür entsprechend um.
2. Beantwortet nach dem Rollenspiel in der Klasse folgende Fragen:
   - Welche Rolle konnte wie überzeugen?
   - Wie lautet das Ergebnis des Rollenspiels?
   - Wurde ein Ergebnis gefunden, das alle Rollen vertreten können?
   - Welche Besonderheiten sind euch im Allgemeinen aufgefallen?

Was ist eigentlich so besonders an den Alpen?

Die Alpen sind das höchste und größte Hochgebirge in Mitteleuropa. Von uns aus sind sie auch das nächstgelegene Hochgebirge. Auch sie sind ein sehr beliebtes Urlaubsziel – aber warum eigentlich?

M17 Ansicht des Zugspitzmassivs

Blick auf den Ort Ehrwald auf der österreichischen Seite der Zugspitze und das dahinterliegende Zugspitzmassiv

M18 Der Naturraum im Hochgebirge der Alpen

Pflanzen und Tiere haben sich in den Alpen den Klimabedingungen angepasst. Bäume wachsen zum Beispiel nur bis ca. 1800 Meter Höhe, die sogenannte Baumgrenze. Oberhalb gibt es nur noch Sträucher und Gräser auf den Bergen, bevor über 2000 Meter keine Pflanzen mehr wachsen. Auch die Tiere haben sich den kalten Klimabedingungen angepasst. Das Auerhuhn fühlt sich in den Laub- und Mischwäldern am wohlsten: Dort findet es ausreichend Nahrung, und die Wälder bieten ihm Schutz. Das Murmeltier lebt an den sonnigen Hängen der Matten und Almen. Der Steinbock hat sich mit seinem dichten Fell an den Frost in der Felsregion angepasst. Der Steinadler baut seine Nester an steilen Felswänden.

HOCHGEBIRGE

Hochgebirge ragen mindestens über 1500 Meter über dem Meeresspiegel auf. Mit zunehmender Höhe wird es dort kälter. Die Pflanzen- und Tierwelt ist hieran angepasst.
Typisch sind für alle Hochgebirge auch schroffe Felsen, steile Gipfel und tiefe Täler. Erdgeschichtlich gesehen sind diese Gebirge relativ jung.

M19 Wie sieht der Lebensraum Hochgebirge aus?

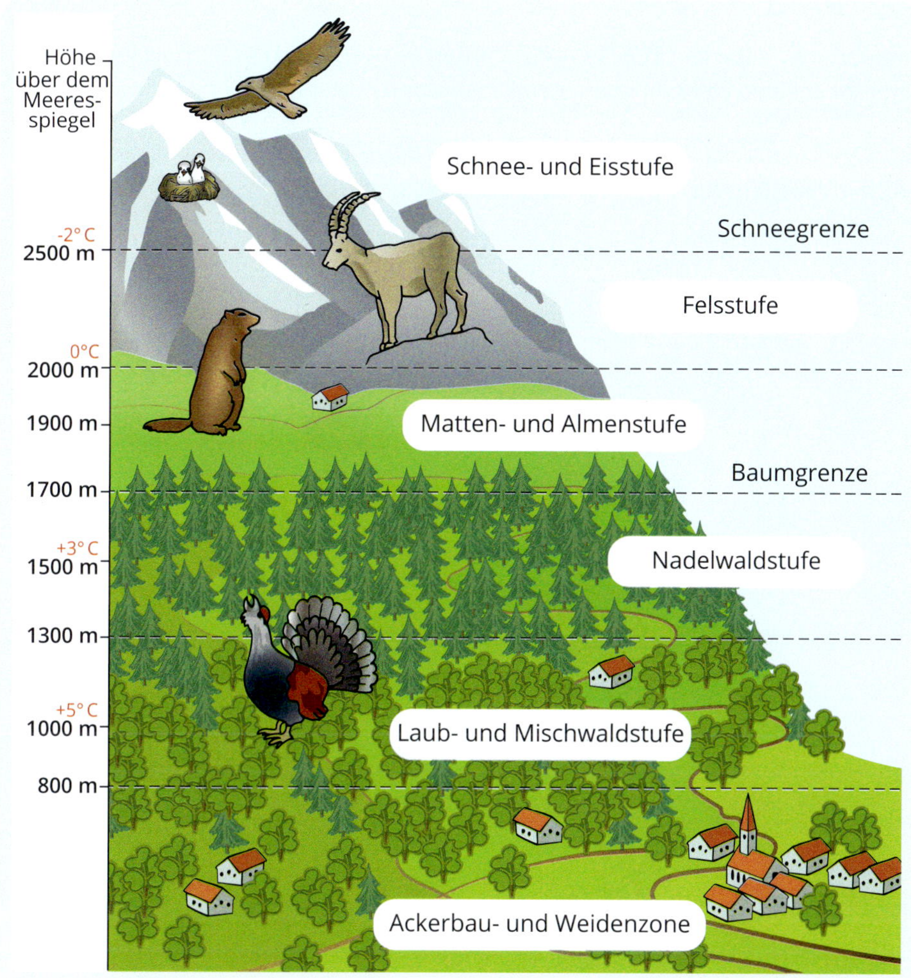

Der Lebensraum Hochgebirge am Beispiel der Nordalpen im Schaubild. Angabe der Jahresdurchschnittstemperaturen bei den jeweiligen Höhenstufen in rot.

Matten
Wiesen in den höheren Lagen der Alpen, auf denen auch Zwergsträucher und Stauden wachsen. Außerdem wird diese Stufe als Weidegebiet für die Almwirtschaft genutzt.

AUFGABEN

1. Beschreibe die Veränderung der Landschaft vom Tal bis zum Gipfel der Zugspitze (**M17**).
2. Erarbeitet in einem Lerntempoduett die Kennzeichen des Hochgebirges Alpen.
   a) Beschreibt die Besonderheiten der jeweiligen Höhenstufe (**M18**, **M19**).
   b) Erklärt, worauf sich die Veränderungen der Pflanzenwelt zurückführen lassen (**M19**, **#Hochgebirge**).
3. Tauscht euch im Plenum aus und erstellt gemeinsam eine Tabelle mit den Merkmalen der Höhenstufen der Alpen (**M17-M19**).
4. Du willst eine Wanderung im Hochgebirge vorbereiten. Es soll bis über 2000 Meter Höhe gehen. Begründe, was du an Ausrüstung mitnehmen solltest.

Lerntempoduett
→ Methodenglossar

F **zu Aufgabe 2b**
Berechne, wieviel Grad Celsius bei etwa 3000 m auf dem Gipfel herrschen.

F Mit etwas Glück kannst du auf einer Wanderung eines der beschriebenen Tiere entdecken. Erstelle mithilfe von **M18** und **M19** und einer Internetrecherche einen Steckbrief eines dieser Tiere.

Wie kannst du deinen Urlaub in den Alpen gestalten?

Urlaub in den Alpen heißt nicht nur Skifahren oder Wandern. Welche weiteren Aktivitäten gibt es und wie kannst du den Urlaub sinnvoll gestalten?

M20 Die Alpen – schön das ganze Jahr über

Die Alpen bieten viele Freizeitmöglichkeiten im Sommer und im Winter.

M21 Wann kommen die Touristen?

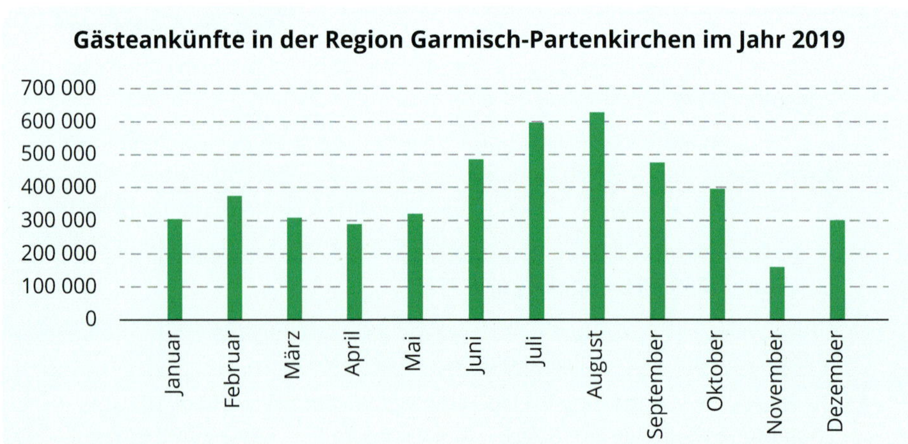

Gästeankünfte im Landkreis und Markt Garmisch-Partenkirchen 2019, zusammengefasst.
Daten: statistik.bayern.de

WINTER- UND SOMMERTOURISMUS

Die Alpen sind ein Urlaubsgebiet, das sowohl im Sommer als auch im Winter viel für Touristen bietet. Daher ist hier von Juni bis September als auch von Dezember bis Februar Hochsaison.
Die Nebensaison ist März bis Mai und November. Hier kommen deutlich weniger Besucher.

M22 Ausgewählte Highlights und Events der Region um Garmisch-Partenkirchen

Sommer	Winter	Alle Jahreszeiten
Wanderungen in den zahlreichen Wandergebieten	Winterwandern, Schneeschuhwandern, Skifahren	Besichtigung der Partnachklamm
BMW Motorrad Days, Richard-Strauss Festival	Neujahrsskispringen	Aussichtsplattform AlpspiX an der Alpspitze

Urlaubsbroschüren der Gemeinde Garmisch-Partenkirchen
70091-40

Blick auf die Aussichtsplattform AlpspiX an der Alpspitze in den Nordalpen

AUFGABEN

1. Beschreibe anhand der Beispiele, welche Aktivitäten in den Alpen im Sommer und im Winter interessant für Urlauber sind (**M20**).
2. Werte das Diagramm zu den Touristenankünften aus (**M21**). Zu welcher Zeit kommen die meisten Urlauber?
3. a) Arbeitet zu zweit. Entwerft ein sinnvolles Programm für zwei Urlaubstage im Winter und im Sommer. Nutzt die Tabelle **M22** und eine geeignete Atlaskarte, auf der Winter- und Sommeraktivitäten zu finden sind, und erstellt eine Aktivitätenliste (vgl. **M11**).
   b) Stellt euer Urlaubsprogramm in der Klasse vor.

Statistiken, Diagramme und Schaubilder analysieren
→ Methodenglossar

F **zu Aufgabe 1**
Ergänze weitere Beispiele für Aktivitäten in den Alpen, die du kennst.

F Gestalte ein Werbeprospekt für die Alpen, in dem du den Naturraum und mögliche Aktivitäten beschreibst.

Ski fahren – den ganzen Winter und überall?

Im Winter gibt es für viele Urlauber gar keine Diskussion: Es geht zum Skifahren in die Alpen. Welche Auswirkungen hat das auf die Natur und die Menschen vor Ort?

Sölden
Der Ort Sölden ist einer der beliebtesten und größten Wintersportorte in Österreich. Er liegt in den Zentralalpen und ist gut von Deutschland aus erreichbar.

M23 Wie wirbt Sölden für sein Skigebiet?

Von Anreise über Skiverleih bis hin zu Pistenspass XL

Was zeichnet das Skigebiet Sölden aus? Ganz klar: das vielseitige, schneesichere Pistenangebot bis auf die Gletscher, die modernen Bahnen, die Superlative. Aber auch das Drumherum passt zu 100 Prozent: kostenlose Skibusse und Parkplätze, serviceorientierte Skiverleihe und engagierte Skischulen ebnen den Weg auf die Ski und das Snowboard.

Pichler, Eva: Von Anreise über Skiverleih bis hin zu Pistenspass XL, www.soelden.com, abgerufen am 09.04.2020

M24 Wie wirkt sich der Wintertourismus aus?

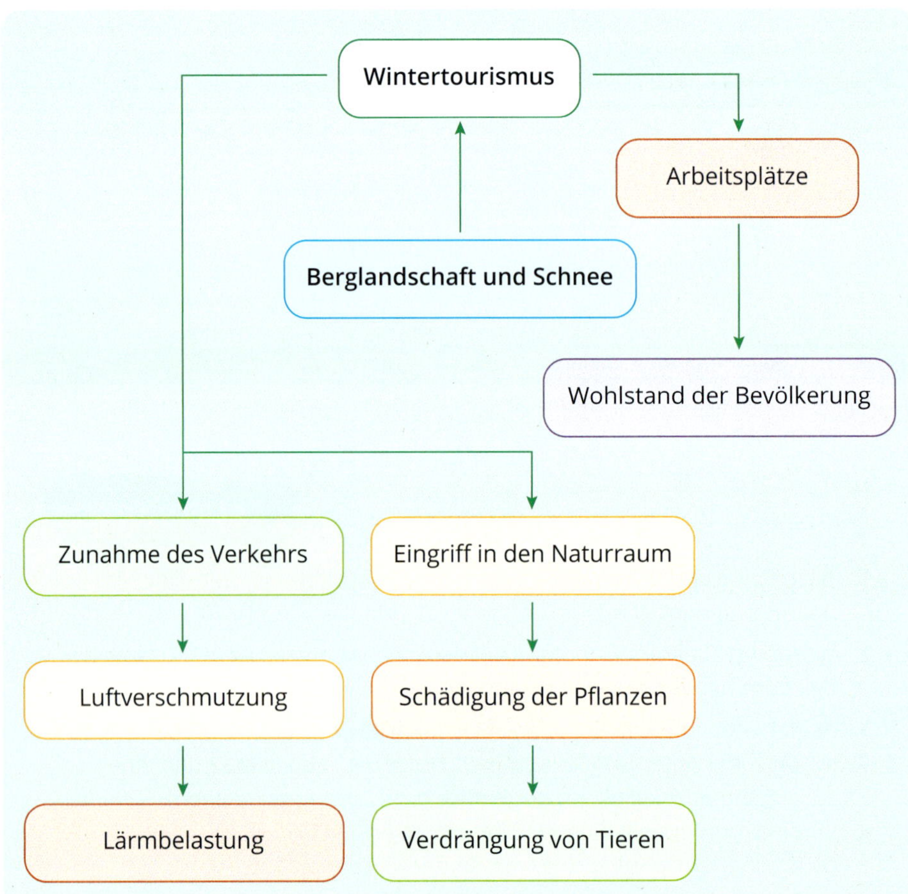

M25 Skitourismus – mit oder ohne Schneekanonen?

Durch die weltweit steigenden Temperaturen werden die Winter in den Alpen milder und es fällt nicht mehr so viel Schnee wie früher. Um für die Touristen den Schnee zu garantieren und um die Skisaison zu verlängern, investieren immer mehr Skiliftbetreiber in den Alpen in Beschneiungsanlagen und stellen Schnee künstlich her. Schließlich müssen die Skilifte über die Saison gesehen rentabel sein. Das verbraucht allerdings große Mengen an Wasser und Energie. Für das benötigte Wasser der Schneekanonen müssen immer öfter große Stauseen angelegt werden. Ebenso kann eine längere Beschneiung auch die Wachstumszeit der Pflanzen verkürzen.

Skigebiete, die wenige oder keine Beschneiungsanlagen verwenden, sind auf den natürlichen Schneefall angewiesen. Oft müssen die Skigebiete dann auch im Winter geschlossen bleiben.

Viele Skigebiete setzen heutzutage die ganze Saison über auf Beschneiungsanlagen. Sie produzieren sogar Schnee, wenn die Skifahrer darunter herfahren.

AUFGABEN

1. Fasse zusammen, mit welchen Dingen der Wintersportort Sölden für sich wirbt (**M23**).
2. a) Stelle die Vor- und Nachteile des Wintersporttourismus in einer Tabelle gegenüber (**M24**).
   b) Begründe, welche Veränderungen sich hierdurch ergeben (**M24**).
3. Arbeitet zu zweit und führt ein fiktives Interview mit einem Skiliftbetreiber durch (**M24**, **M25**).
   a) Entscheidet euch, wer von euch welche Rolle übernimmt: Journalist oder Skiliftbetreiber?
   b) Arbeitet jeweils die Argumente für (Skiliftbetreiber) und gegen (Journalist) den Skitourismus aus (**M24**, **M25**).
   c) Führt das Interview zu zweit durch.
4. Eine befreundete Familie will zum Skiurlaub nach Sölden fahren. Würdest du ihnen dazu raten oder davon abraten? Begründe deine Meinung.

H **zu Aufgabe 2b**
Lies dir hierzu nochmal den Begriffskasten zum Massentourismus durch.

H **zu Aufgabe 3b**
Der Journalist sollte sich hierzu im Vorfeld schon kritische Fragen notieren. Der Skiliftbetreiber muss ebenfalls seine Argumente gut vorbereiten, um den kritischen Fragen zu entgegnen.

F „Früher fürchteten die Menschen in den Alpen die kalten Winter, heute sehnen sie sich den Schnee herbei." Erkläre diese Aussage.

6.3 Urlaub in Europa

Europa – ein vielfältiger Naturraum

Europa ist zwar ein vergleichsweise kleiner Kontinent, dafür aber sehr vielfältig. Die Landschaften unterscheiden sich stark voneinander und machen diesen Kontinent damit einzigartig.

M1 Vielfalt der Landschaften

1: Tiefland im Norden Polens **2:** Die Pyrenäen zwischen Frankreich und Spanien **3:** Inseln an der griechischen Küste **4:** Schäreninseln vor der Küste Stockholms, Schweden

a) Europas Großlandschaften

Ähnlich wie Deutschland lässt sich auch Europa grob in drei Großlandschaften einteilen: Hochgebirge, Mittelgebirge und Tiefländer. Die Alpen sind das wohl bekannteste Hochgebirge Europas. Es gibt aber noch einige mehr, wie beispielsweise die Pyrenäen oder die Karpaten. Neben den vielen Mittelgebirgen in Europa gibt es einige ausgedehnte Tiefländer vor allem im Norden und Osten Europas. Hierzu gehören unter anderem das Nordrussische Tiefland und der Baltische Landrücken in Polen und dem Baltikum.

b) Inseln und Halbinseln

Europa ist landschaftlich auch deshalb so vielfältig, weil es viele Inseln und Halbinseln am Atlantik, seinen Nebenmeeren, und am Mittelmeer besitzt. Die Küsten an Mittelmeer und Atlantik sind zum Teil stark zerklüftet, dadurch bilden sich kleinere und größere Meeresbuchten aus. Die größten Halbinseln sind die skandinavische, die spanische, die italienische und die griechische Halbinsel Peloponnes. Die größten Inseln sind Großbritannien, Irland und Island. Daneben gibt es noch viele kleinere Inseln wie Sizilien, Mallorca, Malta oder die Hebriden.

M2 Die Naturräume Europas

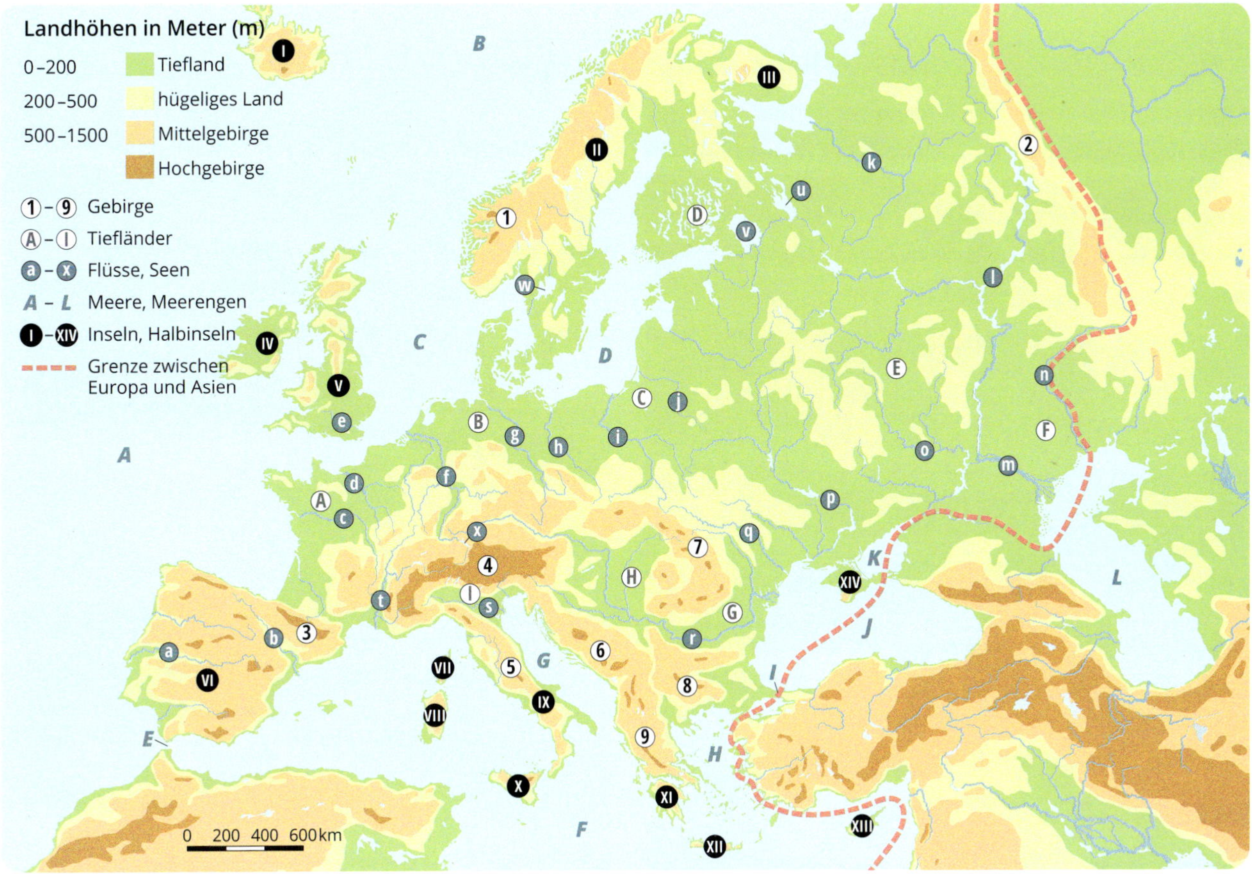

Der Naturraum Europas lässt sich im Norden, im Süden und im Westen durch die angrenzenden Ozeane relativ gut abgrenzen. Im Südosten sind es das Schwarze Meer und das Kaspische Meer. Im Südosten und Osten fällt die Abgrenzung deutlich schwerer. Eigentlich ist Europa nämlich Teil einer zusammenhängenden Landmasse, die man Eurasien nennt. Im Südosten bieten nur das Kaspische und Schwarze Meer und ganz im Osten der Ural natürliche Barrieren. Dazwischen ist der Übergang zu Asien fließend und die Abgrenzung daher schwierig.

Die Karte Naturräume Europas als Arbeitsblatt

70091-41

AUFGABEN

1. Beschreibe die Bilder der Landschaften Europas (**M1**). Welche Landschaftsmerkmale lassen sich erkennen?
2. a) Arbeitet zu zweit die jeweiligen Besonderheiten der Landschaften Europas heraus.
   b) Erklärt, weshalb Europa als vielfältiger Naturraum gesehen wird (**M1**).
3. Arbeite mit dem Arbeitsblatt zur Karte Europas (**QR-Code**) und **M2**.
   a) Lokalisiert gemeinsam in der Klasse die Grenzen Europas mithilfe von **M2**.
   b) Zeichne die Grenzen auf der ausgedruckten Karte nach (**QR-Code, M2**).
   c) Erläutert im Plenum anhand von **M2** und eurer Karte, weshalb eine Abgrenzung des Naturraum Europas vor allem im Osten schwierig ist.

H zu Aufgabe 2a
Teilt euch hierzu **M1a** und **b** untereinander auf.

Urlaubsregionen in Europa

M3 Paris – Stadt der Liebe

Die Stadt Paris hat unzählige Sehenswürdigkeiten für Touristen zu bieten. Links: Der Eiffelturm, das wohl bekannteste Wahrzeichen von Paris. Rechts oben: Der Louvre ist ein weltbekanntes Kunstmuseum und besitzt ein einzigartiges Glasdach in Pyramidenform. Rechts unten: Die Basilika Sacre Coeur ist eine Wallfahrtskirche, die auf dem Hügel Montmartre erbaut wurde.

STÄDTETOURISMUS

Reisen aller Art, die das Ziel haben eine bedeutende Stadt zu besuchen sowie die dortige Kultur und die Lebensweise näher kennenzulernen. Städtereisen können vor allem den Zweck haben, bekannte Sehenswürdigkeiten zu besuchen, oder aber auch um dort bestimmte Events (Konzerte, Messen) zu erleben. Bekannte europäische Metropolen wie London, Paris, Amsterdam, Berlin, Prag und einige andere haben jährlich Millionen an touristischen Besuchern.

M4 Touristenziele in Europa

AUFGABEN

1. a) Beschreibe die Bilder (**M3**).
   b) Welche der Sehenswürdigkeiten würdest du gerne einmal besuchen? Begründe deine Meinung.
2. Arbeitet zu zweit mit der Karte **M4**.
   a) Nennt weitere Städte in Europa, für die es sich lohnt sie zu besuchen.
   b) Nennt Gebiete in Europa, die vorwiegend Sommertourismus haben, sowie Gebiete, die vor allem im Winter beliebt sind.
3. Du planst einen Sommerurlaub im europäischen Ausland mit deiner Familie. Wichtig für euch ist, dass ihr nahe einer Küste seid und dass eine sehenswerte Stadt in der Nähe ist.
   a) Nenne Regionen, die in Frage kommen (**M4**).
   b) Recherchiere für zwei Regionen die Besonderheiten.
   c) Entscheide dich begründet für eine Region.

H zu Aufgabe 3b
Informiere dich hierfür näher zum Klima der jeweiligen Region und darüber, was diese Region sonst noch besonders macht.

Wie kannst du deinen Urlaub auf Mallorca gestalten?

Nur wenige Flugstunden trennen uns von Mallorca, der größten Baleareninsel. Nicht nur das ist der Grund dafür, dass sich Mallorca seit den 1950er Jahren zu einem der beliebtesten Reiseziele innerhalb Europas entwickelte. Aber was bietet die „Trauminsel" Touristen eigentlich?

M5 Ein Gruß aus Mallorca

Emre sieht auf dem Instagram-Account seiner Mutter einen Post von Verwandten, die anscheinend gerade auf Mallorca sind. Er ist begeistert von den Bildern.

Mallorca-Junkie
Palma

Gefällt 1.535 Mal

Mallorca-Junkie Ein traumhafter Urlaub auf Mallorca geht wieder mal zu Ende. Jeden Tag kann man hier etwas Anderes erleben – als Familie wird einem hier nie langweilig.

#urlaubfürgroßundklein #trauminsel #badeparadies #wassersport #meeresfrüchte #mittelmeer-flair

M6 Klimadaten zu Mallorca und Borkum

		Juli	August	September	Oktober
Tagestemperatur	M.	31 °C	31 °C	28 °C	24 °C
	B.	20 °C	21 °C	18 °C	14 °C
Sonnenscheindauer (Stunden pro Tag)	M.	11	10	9	7
	B.	6	6	4	3
Niederschlagsmenge	M.	6 mm	19 mm	54 mm	62 mm
	B.	81 mm	87 mm	81 mm	77 mm
Regentage	M.	1	2	4	7
	B.	11	11	11	11
Wassertemperatur	M.	25 °C	26 °C	25 °C	23 °C
	B.	18 °C	19 °C	17 °C	13 °C

Die Abkürzung M. steht für Mallorca, die Abkürzung B. für Borkum.

M7 Wo kann man was machen auf Mallorca?

Offizielle Tourismusseite Mallorcas
70091-42

M8 Touristische Aktivitäten auf Mallorca

Sehenswürdigkeiten & kulturelle Angebote	Spaß & Sport	Einkaufen & Genießen
Idyllisch gelegene Bergdörfer mit engen Gassen und sandfarbenen Gebäuden	Surfen, Segeln, Stand-Up-Paddeln , Jetski fahren, Tauchen und vieles mehr	Tägliche Wochenmärkte mit Lebensmitteln und traditionellen Produkten
Kathedrale Le Seu in der Hauptstadt Palma de Mallorca mit den zahlreichen Einkaufsstraßen	Wander- und Radwege im Naturpark S'Albufera mit Entdeckung der Tier- und Pflanzenwelt	Mallorquinische, mediterrane Küche mit viel Fisch und Meeresfrüchten

Blumengasse in einem mallorquinischen Dorf

Die Kathedrale Le Seu in Palma de Mallorca

AUFGABEN

1. a) Beschreibe deinen Eindruck von der „Trauminsel" Mallorca, indem du dir den Instagram-Post genauer ansiehst (**M5**).
b) Verorte mithilfe einer geeigneten Atlaskarte die Lage und Landeszugehörigkeit Mallorcas.

2. Emre und seine Familie beschließen nächstes Jahr auch nach Mallorca zu fliegen. Unterstütze Emre und seine Familie bei der Planung ihres Mallorca-Urlaubs.
a) Beschreibe die klimatischen Bedingungen in den Sommermonaten. Vergleiche sie hierzu mit den Daten der Nordseeinsel Borkum (**M6**).
b) Erstelle eine Packliste mit nützlichen Gegenständen für euren Koffer (**M5**, **M6**).
c) Plane einen abwechslungsreichen Urlaubstag für die Familie auf Mallorca. Berücksichtige dabei die unterschiedlichen Interessen in einer Familie (**M7**, **M8**).
d) Begründe mithilfe der Karte, wo Emres Familie ihren Urlaubstag aus Aufgabe c) verbringen sollte (**M7**).

3. Emres Eltern stellen fest: „Mallorca hat ja wirklich für jeden etwas zu bieten!". Nimm Stellung zu dieser Aussage.

F **zu Aufgabe 1a**
Beurteile kritisch, welche Probleme entstehen können, wenn (zu) vieles über die eigene Urlaubsreise auf Instagram gepostet wird.

F **zu Aufgabe 2a**
Beschreibe die Bedingungen einer Reise in den Herbstferien im Oktober. Was gilt es hier zu beachten?

H **zu Aufgabe 2c**
Mögliche Interessen der Familie: Emre (Sport), Vater (Erholung), Mutter (Sehenswürdigkeiten).

F Vergleiche die Aktivitäten auf Mallorca mit denen auf der Nordseeinsel Borkum.

Mallorca – Masse statt Klasse?

Schon lange ist die Insel Mallorca kein Geheimtipp mehr. Der boomende Tourismus hat das Leben der Einheimischen und das Erscheinungsbild der Insel in den letzten Jahren stark geprägt. Kann man heute nur noch von Masse statt Klasse sprechen?

M9 Zu viel des Guten?

Tausende protestieren gegen **Massentourismus** auf Mallorca (24.09.2017)

Tourismusbehörde beschließt weitere Begrenzung der Gästebetten auf Mallorca *(04.07.2020)*

DER BALLERMANN: eine der **beliebtesten** Partymeilen Europas

Endlich wieder Urlaub? Ansturm auf Mallorca Reisen an Ostern erwartet (24.03.2021)

M10 Wie entwickelt sich der Tourismus auf Mallorca?

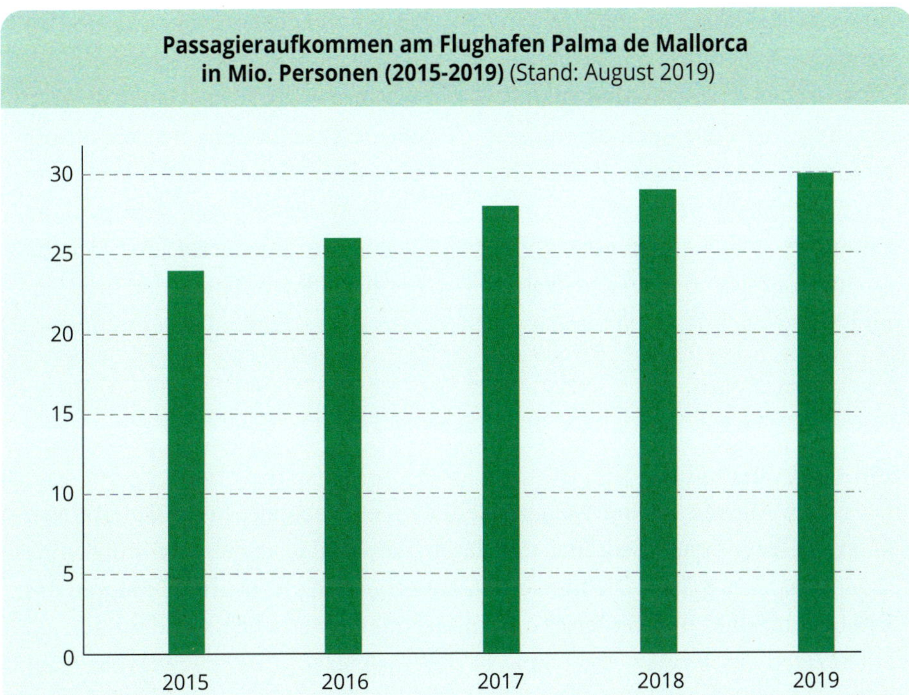

Daten: © Aena 2019

M11 Touristen das ganze Jahr über?

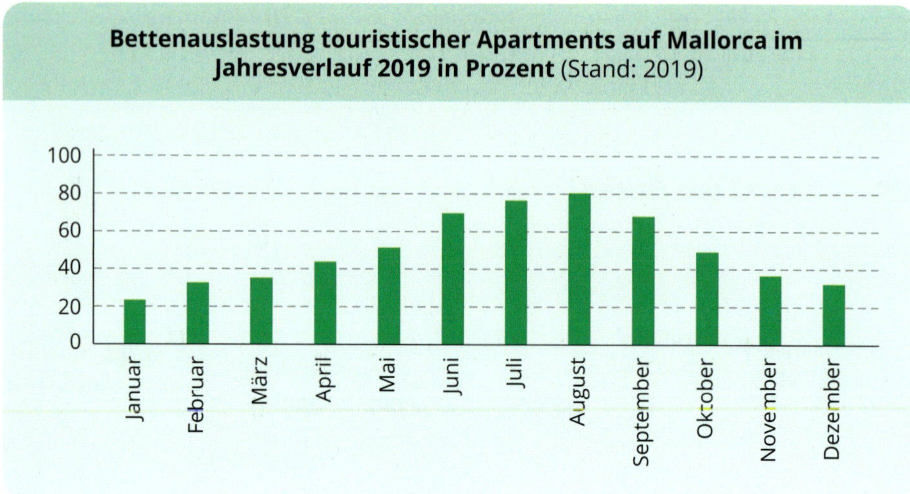

Daten: © Statista 2021

M12 Stimmen zu Massentourismus auf Mallorca

Eine Politikerin:
Touristen bringen zwar Einnahmen, kosten aber auch Geld (Straßen, Flugplätze, Klär- und Entsorgungsanlagen). Einheimische demonstrieren wegen zu hoher Mietpreise. Wir müssen die begrenzte Fläche der Insel zwischen Touristen und Einheimischen aufteilen. Auch darf unsere Insel nicht mehr als Hochburg für betrunkene Partygänger bekannt sein. Wir müssen einen Tourismus fördern, der unsere Natur und Kultur auch zu schätzen weiß.

Eine Freundes-Clique:
Einmal im Jahr geht es für uns nach S'Arenal zum Partymachen. Hier heißt es meist, je günstiger die Unterkunft, desto besser. Wir lieben die ausgelassene Stimmung am Ballermann, feiern zur Schlagermusik bis in die Nacht, schlafen bis mittags und stimmen uns am Strand für die nächste Partynacht ein. Nach wenigen Tagen geht es dann wieder zurück nach Hause. Ausflüge zu anderen Teilen der Insel haben wir noch nicht unternommen.

Ein Umweltschützer:
Durch die Massen an Touristen entstehen viele Probleme: Vermüllte Strände, kilometerlange Staus, Gedränge und Taschendiebstähle an Sehenswürdigkeiten sowie Wasserengpässe. Die immer neu entstehenden Hoteltürme zerstören das Erscheinungsbild unserer Insel und immer mehr Menschen wandern auf der Suche nach einer guten Anstellung in die Küstenstädte, wo neuer Wohnraum meist in Form von Hochhäusern geschaffen werden muss.

Ein Wirtschaftsexperte:
Mit einem Anteil von 75 % ist der Tourismus der wichtigste Wirtschaftszweig der Insel. Wir konnten zahlreiche Arbeitsplätze in der Hotellerie, Gastronomie, dem Baugewerbe und anderen Dienstleistungsbereichen schaffen. Landwirtschaft und Fischerei spielen heute eine untergeordnete Rolle.
Es bleibt abzuwarten, wie sich die 2016 eingeführte Touristengrenze (Begrenzung auf etwa 330.000 Gästebetten) auswirken wird.

Ein Olivenbauer:
Früher fand ich nur schwer Abnehmer für meine Produkte, heute kaufen sie Hotels. An meinem Straßenstand verkaufe ich landestypische Produkte wie Olivenöl an Touristen. Leider ist Wasser heute sehr teuer geworden, denn viele Hotels benötigen dieses für Pools und Gärten. Meine Tochter arbeitet in einem 4-Sterne-Hotel, verdient regelmäßiges Geld, lernt viele neue Menschen kennen und beherrscht inzwischen die deutsche und englische Sprache.

Ein Reiseveranstalter:
Früher haben wir v. a. Pauschalreisen nach Mallorca verkauft, d. h. ein Reiseveranstalter organisiert das gesamte Paket: Anreise, Unterkunft und Verpflegung. In Zukunft erwarten wir jedoch Veränderungen vom reinen Badetourismus hin zum Wander- oder Golfurlaub, Taucherreisen oder Kultururlaub. Neben Pauschaltouristen versucht Mallorca, Touristen mit gehobenen Ansprüchen anzusprechen und sanftes Reisen zu bewerben.

AUFGABEN

1. Erkläre den Ausspruch „Masse statt Klasse" anhand der Situation auf Mallorca (**M9**).
2. a) Beschreibe die Entwicklung des Tourismus auf Mallorca (**M10**).
   b) Erläutere, welche Monate im Jahr das Problem des Massentourismus hauptsächlich betrifft (**M11**).
3. Arbeitet im Lerntempoduett die Vor- und Nachteile des Massentourismus heraus (**M12**).
   a) Legt eine Tabelle an und vervollständigt die Spalten mithilfe von **M12** stichpunktartig.
   b) Tauscht eure Ergebnisse aus und ergänzt die Tabelle um weitere Punkte.
4. Diskutiert in der Klasse die Frage „Mallorca – Masse statt Klasse?" (**M9-M12**)
5. Formuliere Lösungsansätze, um dem Massentourismus auf Mallorca zu begegnen (**M9-M12**).

Statistiken, Diagramme und Schaubilder analysieren
→ Methodenglossar

Lerntempoduett
→ Methodenglossar

Sanftes Reisen – wie geht das?

Wie du weißt, haben Urlaubsregionen heutzutage viele Probleme. Das hat dazu geführt, dass viele Menschen nun umdenken wollen. Wie aber kannst du einen schönen Urlaub machen und trotzdem die Umwelt respektieren?

M13 Urlaub in der Ferne oder vor Ort?

Im Gesellschaftslehreunterricht haben Emre und Lina den Auftrag bekommen, sich Reiseprospekte für unterschiedliche Urlaubsziele in Deutschland und Europa anzusehen und zu vergleichen. Sie diskutieren, wo es besser wäre hinzureisen.

Lina: „Ein All-Inclusive-Angebot für eine Reise nach Mallorca, eine Woche nur 400 € pro Person. Entspannen am Pool und im Meer, sich verwöhnen lassen, das wär doch mal was!"

Emre: „Da kommt dann aber noch der Flug dazu! Hier, ein Angebot von einem Wellness-Hotel auf Rügen, mit direktem Zugang zum Meer und Vollpension. Fliegen soll ja sowieso schlecht für das Klima sein!"

M14 Wie kann man umweltverträglich zum Urlaubsort anreisen?

Viele Urlaubsorte in Deutschland und Europa kann man mittlerweile relativ gut auch per Zug oder per Fernbus erreichen. Im Vergleich zu einer Anreise mit dem Auto verbraucht man hier deutlich weniger CO_2. Einige Urlaubsregionen bieten zudem Gästekarten an, bei denen während des Aufenthaltes alle öffentlichen Verkehrsmittel kostenlos genutzt werden können. So werden Anreize gesetzt, damit auch vor Ort kein eigenes Auto benötigt wird.

Doch die beste Variante eine Insel wie Mallorca zu erreichen ist weiterhin das Flugzeug. Was kann also getan werden, um trotzdem umweltfreundlicher anzureisen? Im Moment gibt es zumindest die Möglichkeit, die durch den Flug verursachten CO_2-Emissionen zu kompensieren. Manche Fluggesellschaften bieten z. B. an, dass ein bestimmter Betrag des Flugtickets für die Aufforstung von Wäldern verwendet wird.

M15 Wie sollst du dich in einem Nationalpark verhalten?

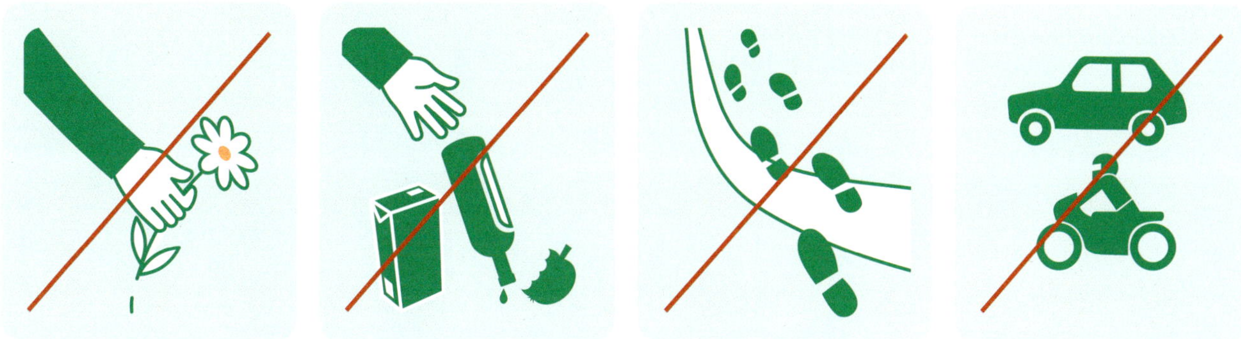

M16 Was kannst du vor Ort tun?

Kampf dem Müll an der schleswig-holsteinischen Nordseeküste: Am Freitag, 30. Oktober, ist große Sammelaktion im Wattenmeer. Unter der Regie des LKN (Landesbetrieb für Küstenschutz, Nationalpark und Meeresschutz) inklusive der Nationalparkverwaltung werden Naturschutzverbände, Tourismusorganisationen und möglichst viele weitere Freiwillige mobilisiert […].
Ziel ist es, weite Strecken der rund 500 Kilometer Nationalpark-Küstenlinie von Müll zu befreien.

Wells, Heike: Auf zum Müllsammeln!, www.nationalpark-wattenmeer.de, 19.10.2015

Eine Gruppe von Kindern sammelt Müll an der Küste.

SANFTER TOURISMUS

Urlauber und Gastgeber gehen beim sanften Tourismus umsichtig und aufmerksam mit der Natur und der Kultur der Menschen vor Ort um. Dadurch sollen Probleme wie der Müll in den Meeren, Schadstoffe durch Autoverkehr oder Lärmbelästigung der Einwohner vermieden werden.
Der sanfte Tourismus beginnt auch schon bei der Anreise zum Urlaubsziel. Ideal ist dabei die Anreise mit der Bahn oder in Gruppen mit einem Reisebus. Flugreisen zu vermeiden, ist ebenso eine Möglichkeit. Außerdem wird in Gebieten, die auf sanften Tourismus achten, die Zahl der Touristen begrenzt, damit die Natur nicht durch zu viel Lärm, Müll, Gebäude und Verkehr zu stark belastet wird. Die Kultur der Einheimischen soll ebenso respektiert werden, und sie sollen an den Einnahmen des Tourismus beteiligt sein.

Methode:
Eine Klassenfahrt planen

70091-43

M17 Sehenswürdigkeiten in Rheinland-Pfalz

F zu Aufgabe 3
Erkunde deine Heimatregion und stelle die Besonderheiten in einer Kartenskizze dar. Orientiere dich an M34.

F Lina will sich nicht unterkriegen lassen: „Wie soll ich denn nach Ägypten mit dem Zug kommen?" Recherchiere im Internet, wie du trotzdem eine Flugreise nachhaltig gestalten kannst.

F Plant auf Grundlage eures Wissens eine Klassenfahrt nach den Leitlinien des sanften Tourismus.

AUFGABEN

1. Fasst im Plenum die Argumente Linas und Emres für einen Urlaub in der Ferne oder in Deutschland zusammen (**M13**).
2. Entwerft in Kleingruppen (3-4 Schülerinnen und Schüler) ein Faltblatt mit Richtlinien, wie man einen nachhaltigen Urlaub gestalten kann.
   a) Beschreibt im Faltblatt, wie man die Anreise gestalten kann, sodass die Umwelt geschont wird (**M14**). Welche Voraussetzungen müssen hierfür gegeben sein?
   b) In einem Urlaubsgebiet ist man oft auch im Nationalpark unterwegs. Erkläre anhand der Zeichen, an welche Regeln man sich im Nationalpark halten muss (**M15**).
   c) Erläutert das Projekt „Müllsammeln am Wattenmeer" (**M16**).
3. „Warum in die Ferne schweifen, wenn es vor Ort doch so schön ist?"
   a) Suche dir zwei Orte in Rheinland-Pfalz mithilfe der Karte **M17**, die du interessant findest und noch nicht kennst.
   b) Finde mithilfe einer Internetrecherche mehr über diese Orte heraus.

TOURISMUS IN DEUTSCHLAND UND EUROPA

TOURISMUS – WAS IST DAS?

Wenn wir in den Urlaub fahren, nennt man uns Touristen. Dabei wird nicht unterschieden, wie lange wir verreisen oder wie weit wir von zu Hause entfernt sind. Schon in der Eifel, im Pfälzerwald oder auch in Mainz, Koblenz und Trier findet Tourismus statt. Es gibt dabei vielfältige Möglichkeiten des Tourismus. Vom Campen bis zum Hotelurlaub, von der Jugendherberge in der Eifel bis zur Städtereise nach Paris, vom Sommerurlaub an der Nordsee bis zum Winterurlaub im Skigebiet. Die Gastgeber vor Ort richten sich auf ihre Gäste ein und bieten ihnen viele Möglichkeiten. All das gehört zum Tourismus. Um zu entscheiden, wohin man in den Urlaub fährt, kann man beispielsweise Reiseprospekte und Klimatabellen studieren.

← Kapitel 6.1, M4, #Tourismus; Kapitel 6.2, M4; Kapitel 6.3, M3-M4

BELIEBTE URLAUBSZIELE – NORDSEEKÜSTE, ALPEN UND MALLORCA

Die Küstenlandschaft der Nordsee zeichnet sich vor allem durch zwei Besonderheiten aus: die starken Gezeiten und der dadurch entstandene Naturraum des Wattenmeers. Das Wattenmeer weist Bereiche auf, die zeitweise, ganz oder nur selten überflutet sind. Tiere und Pflanzen, aber auch der Mensch haben sich hieran angepasst. An die Nordsee reisen Touristen vor allem gerne zum Badeurlaub, um Wattwanderungen zu machen oder auch um die Tierwelt zu bestaunen. Der Naturraum der Alpen ist ebenso einzigartig: hier haben sich Tiere, Pflanzen und auch der Mensch an die unterschiedlichen Höhenstufen – und somit an immer unwirtlichere Lebensbedingungen und Temperaturen angepasst. Touristen kommen sowohl im Winter, als auch im Sommer gerne in die Alpen: im Winter kommen die meisten vor allem zum Skifahren, im Sommer zum Wandern. Die Insel Mallorca ist durch ihre Lage am Mittelmeer besonders beliebt im Sommer. Das Klima ermöglicht Badeurlaub bis in den Oktober hinein und die Gastgeber sind gut auf die Touristen vorbereitet.

← Kapitel 6.2, M5-M12, M17-M22; Kapitel 6.3, M5-M8

PROBLEME DES TOURISMUS UND LÖSUNGSANSÄTZE

In jedem Raum, der touristisch, also von Urlaubern und Gastgebern, genutzt wird, kommt es auch zu Problemen für die Umwelt. Die Folge sind oft hohes Müllaufkommen, Zerstörung des Lebensraums von Tieren und Pflanzen, Luftverschmutzung, hoher Flächenverbrauch für Hotels und so weiter. Wichtig ist, dass man sich als Urlauber an die geltenden Regeln hält: so soll man in Schutzgebieten wie einem Nationalpark zum Beispiel auf keinen Fall Müll hinterlassen oder die Tiere stören. Viele Gemeinden, die vom Tourismus leben, versuchen umzudenken und auf einen sanften Tourismus zu setzen. Auch als Urlauber kann man seinen Urlaub „sanfter" gestalten.

← Kapitel 6.2, M13-M16, M23-M25; Kapitel 6.3, M9-M12

KOMPETENZCHECK

Nachdem du das Kapitel „Urlaub ohne Grenzen?“ bearbeitet hast, kannst du hier das Gelernte anwenden, dein Wissen prüfen und dir ein Urteil bilden.

M1 Frühlingsland – ein Traumziel?

Kommen Sie nach Frühlingsland! Wir locken mit ganzjährig schönem Frühlingswetter und einer wunderbaren Natur.

Bei uns gibt es Berge und Seen, die zum Wandern und zum Baden einladen, das ganze Jahr über. Die Tiere in unserer Umgebung sind zwar fast ausgestorben, aber in unseren großzügigen Tierparks können alle Tierarten der Welt bestaunt werden. Für schlechtes Wetter haben wir natürlich auch vorgesorgt: Bei uns gibt es ein großes Shoppingcenter mit einem integrierten 3D-Kino.
Reisen Sie heute noch an, am besten mit dem eigenen PKW: Parkplätze sind in großen Mengen vor unseren Hotels vorhanden, große mehrspurige Autobahnen führen Sie direkt zum Urlaubsziel! Restaurants gibt es in den ausgestorbenen Ortschaften zwar keine, aber unsere Hotels verwöhnen Sie mit unseren All-Inclusive Angeboten!

M2 Klimadaten Frühlingsland

Monat	Temperatur (°C)	Niederschlag (mm)
Januar	15	80
Februar	16	80
März	17	80
April	18	90
Mai	19	100
Juni	20	100
Juli	21	100
August	20	90
September	19	90
Oktober	18	80
November	17	80
Dezember	16	90
Jahr	**18**	**1060**

interaktive Übung zum Kapitel

82000-74

M3 Die Bevölkerung in Frühlingsland

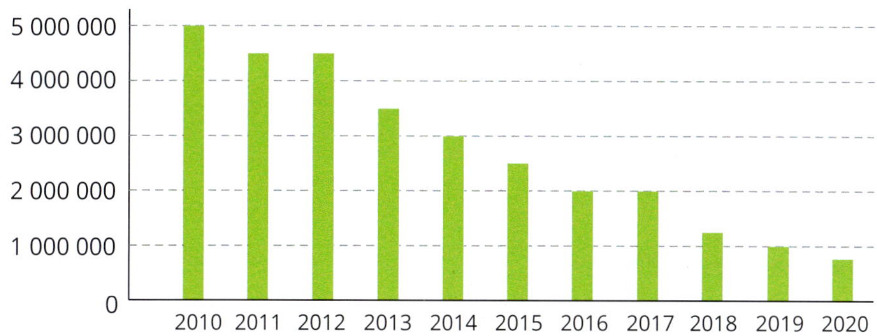

M4 Entwicklung des Tourismus

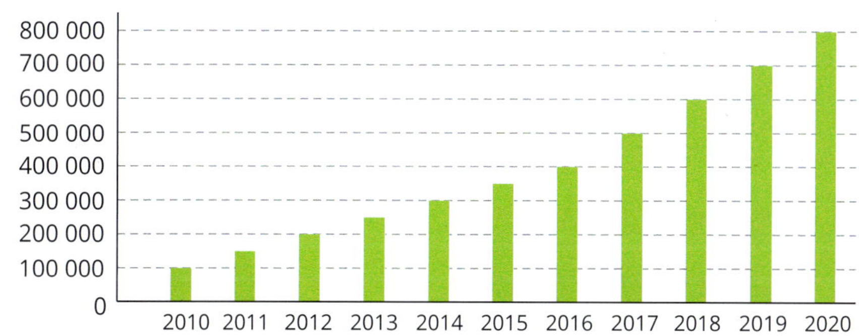

Aufgaben

1. a) Arbeite aus **M1** heraus, mit welchen Vorzügen und Angeboten das Frühlingsland die Urlauber lockt.

b) Werte die Klimadaten des Frühlingslands aus. Was fällt hierbei im Vergleich zu anderen Klimadaten auf (**M2**)?

c) Werte die Statistiken zur Einwohnerentwicklung und Anzahl der Hotelbetten in Frühlingsland aus. Welche Zusammenhänge sind hier erkennbar und welche Gründe könnte es dafür geben (**M3**, **M4**)?

2. Ein Naturschützer aus der benachbarten Region Nachhaltigenheim empört sich: „Dieser Massentourismus auf Kosten der Umwelt und der Menschen in Frühlingsland muss sofort aufhören!" Begründe mithilfe von **M1**, auf welche Probleme er sich hierbei bezieht.

3. Entwickelt in Kleingruppen Strategien, wie Frühlingsland zu einer Region umgestaltet werden kann, die sich dem sanften Tourismus verschrieben hat.

Tabelle zur Selbsteinschätzung

70091-44

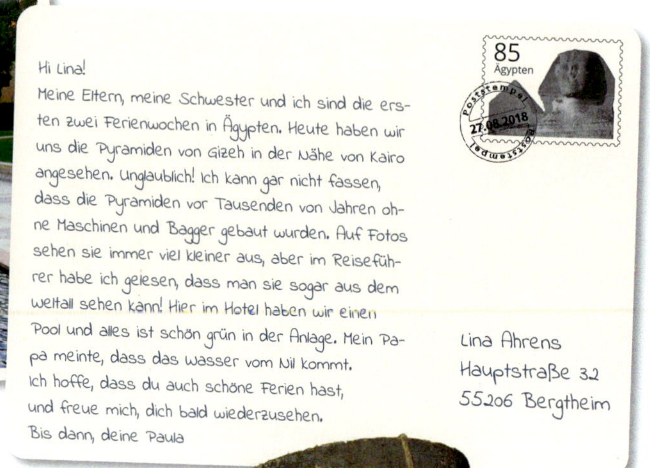

Postkarte aus Ägypten mit den Pyramiden im Hintergrund. Jedes Jahr besuchen Millionen von Touristen das Land am Nil.

Das Niltal bei Beni Hassan (Mittelägypten). Der Nil ist Lebensader und Wasserlieferant für mehr als 400 Millionen Menschen. Wie auf diesem Bild sah das Niltal schon zur Zeit der alten Ägypter aus.

Büste der Nofretete, Ehefrau des ägyptischen Pharaos Echnaton (Neues Museum Berlin)

Was weißt du schon?

1. Sammelt im Plenum, was ihr bereits über das Land Ägypten wisst.
2. Fasse zusammen, von welchen Besonderheiten Ägyptens Linas Freundin aus ihrem Urlaub berichtet.
3. „In Ägypten begegnen sich Vergangenheit und Gegenwart" – Stellt mithilfe der hier gezeigten Bilder Vermutungen an, was mit diesem Satz gemeint sein könnte.

7

#Eine Reise nach Ägypten – wir begegnen der Vergangenheit

In Wüsten sind die Lebensbedingungen für den Menschen sehr schwierig. Trotzdem gibt es ganze Länder wie Ägypten, die in einer Wüste liegen. In Ägypten siedelten trotz der Trockenheit schon vor ca. 10.000 Jahren die ersten Menschen. Vor ungefähr 5.000 Jahren entwickelte sich diese Siedlung sogar zu einer Hochkultur: Pyramiden, Könige, Mumien, Grabschätze und alte Schriftzeichen faszinieren die Menschen noch heute. Doch wie kam es zur Entwicklung dieser Hochkultur und welche Rolle spielte der Nil hierbei?

Was lernst du in diesem Kapitel?

... die Bedeutung des Nils für die Menschen damals und heute zu beschreiben.

... die Faktoren, die zur Entstehung der Hochkultur im alten Ägypten beitrugen, zu nennen und zu erklären.

... wichtige Begriffe wie Nilschwemme, Pharao, Hieroglyphen und Pyramiden zu erklären.

... die Herrschaft des Pharaos zu erläutern und zu erklären, wie seine Macht begründet wurde.

... die Arbeitsteilung der alten Ägypter zu beschreiben und die Berufe zu benennen.

... fiktive Interviews zum Aufbau der früheren ägyptischen Gesellschaft durchzuführen.

... die gesellschaftliche Bedeutung des Pyramidenbaus zu beschreiben und zu beurteilen.

... die Bedeutung des Tourismus für Ägypten heutzutage darzustellen und die Auswirkungen kritisch zu beurteilen.

Auf den Spuren des alten Ägypten – einen Reiseführer erstellen

Worum geht es?

Wenn man in eine Urlaubsregion reisen möchte, ist die Vorfreude meist groß. Viele Menschen informieren sich vorab in einem Reiseführer über Ausflugsziele und mögliche Aktivitäten. Während der Reise ist der Reiseführer ein ständiger Begleiter und informiert die Touristen vor Ort über die jeweiligen Sehenswürdigkeiten. Erstellt mithilfe dieses Kapitels und des Gemeinsam Aktiv einen Reiseführer, der sich speziell an Kinder richtet.

Geht dabei so vor:

Start

1

Findet euch in Kleingruppen zusammen (3-4 Schülerinnen und Schüler).

2

Informiert euch gemeinsam über das Potenzial Ägyptens als Urlaubsziel, aber auch über Probleme, die es in dem Land gibt.
(Auftaktseite; → Kapitel 7.1, M1-M3; Kapitel 7.2, M1-M3)

3

Erstellt im Anschluss die ersten zwei Seiten eures Reiseführers:
- Seite 1: Die Highlights des Urlaubslands Ägypten
- Seite 2: Reise- und Sicherheitshinweise für das Land

4

Informiert euch zur Hochkultur im alten Ägypten und wie diese entstehen konnte. Orientiert euch dabei an den folgenden Leitfragen:
- Wie konnte in der Wüste eine Hochkultur entstehen? (→ Kapitel 7.1, M9-M13)
- Welche Macht hatte der Pharao? (Kapitel 7.1, M14-M19)
- Wie war das Zusammenleben bei den Ägyptern gestaltet? (→ Kapitel 7.1, M20-M25)
- Welche Bedeutung hatten die Pyramiden? (→ Kapitel 7.1, M26-M32)

5

Erstellt weitere Inhaltsseiten eures Reiseführers zu interessanten Ausflugszielen und Sehenswürdigkeiten.

6

Gestaltet zum Schluss ein ansprechendes und passendes Deckblatt für euren Reiseführer.

7

Tauscht eure Reiseführer von Gruppe zu Gruppe aus. Jede Gruppe sichtet und kommentiert das Ergebnis einer anderen Gruppe. Berücksichtigt dabei folgende Aspekte:

- Sachliche Richtigkeit: Sind die Informationen korrekt?
- Vollständigkeit: Fehlen wichtige Informationen?
- Aufbau und Gliederung: Ist der Reiseführer sinnvoll gegliedert?
- Äußere Form und Gestaltung: Ist der Reiseführer ordentlich gestaltet? Ist das Deckblatt ansprechend? Sind die Rechtschreibung und der Satzbau gelungen?

8

Überarbeitet abschließend auf Grundlage der Rückmeldung der anderen Gruppe euren eigenen Reiseführer.

7.1 Der Nil und Ägypten – wie lebt man in der Wüste?

Ägypten erkunden: Eine Nilkreuzfahrt mit Lina und Emre

Während einer Flusskreuzfahrt erkunden die Passagiere bei Tagesausflügen die Städte und Orte entlang eines großen Flusses. Da sich die Hochkultur des alten Ägyptens hauptsächlich entlang des Nils entwickelte, bietet eine Nilkreuzfahrt die besten Voraussetzungen, sich auf Spurensuche zu begeben und der altägyptischen Welt zu begegnen.

M1 Stationen der Nilkreuzfahrt

Ich interessiere mich sehr für fremde Länder und wie die Menschen dort leben! Ob wir wohl eine alte Mumie zu Gesicht bekommen?

Hallo, ich bin Akay. Ich bin euer Reiseleiter und werde euch auf eurer Nilkreuzfahrt begleiten. An fünf Orten werden wir das Land und seine spannende Vergangenheit erkunden. Anschließend könnt ihr euch bei einem Badeurlaub am Roten Meer entspannen.

Ich bin gespannt, was wir alles erleben werden! Was für ein Abenteuer, Überreste des alten Ägyptens zu erkunden!

Ein Flusskreuzfahrtschiff auf dem Nil. Die Schiffe sind „schwimmende Hotelzimmer" und verfügen über Kabinen, in denen die Touristen übernachten.

Reiseplan

- **Station 1:** Assuan
- **Station 2:** Luxor / Tal der Könige
- **Station 3:** Sohag
- **Station 4:** Gizeh
- **Station 5:** Rosette
- **Station 6:** Badeurlaub in Hurghada (Transfer im Reisebus)

M2 Ägypten – ein Land in der Wüste

Wüsten sind Landschaften, in denen es nur wenige Pflanzen gibt. Sie entstehen in Gebieten auf der Erde, in denen nie oder ganz selten Niederschlag fällt. Ägypten liegt in der Sahara, der größten Wüste der Welt. In dem Land herrscht ein heißes Wüstenklima. Süßwasser fehlt meist. Dadurch wachsen in Wüsten auch kaum Pflanzen.

FLUSSOASE

Eine Oase ist ein Ort in der Wüste, an dem Pflanzen wachsen können, da hier Wasser verfügbar ist.
Der Nil bildet eine Flussoase, weil der Fluss das ganze Jahr über Wasser führt.

M3 Satellitenbild von Ägypten

AUFGABEN

1. Beschreibe die Lage Ägyptens (**M1**, **M3**). Nenne die Hauptstadt, Nachbarländer, Ballungsräume sowie Gebirge und Flüsse.
2. Vergleiche **M1** mit einer Atlaskarte des Niltals. Erstelle eine Karte (ähnlich wie **M1**) mit weiteren Städten, die als Ausflugsziele in Frage kommen.
3. Beschreibe das Satellitenbild. Welche landschaftlichen Merkmale Ägyptens sind hier gut zu erkennen (**M3**)?
4. Erkläre den Begriff „Flussoase" anhand des Nils (**M2**, **M3**, **#Flussoase**).

H zu Aufgabe 1
Nutze den Atlas, um dich besser orientieren zu können und z. B. auch die Ballungsräume beschreiben zu können.

Der Assuan-Staudamm – wie kann der Nil kontrolliert werden?

Lina und Emre sind irritiert, dass ihre Nilkreuzfahrt nicht an einem Fluss, sondern auf einem sehr großen See beginnt. Hier wurde ein riesiger Staudamm gebaut. Welche Funktion hat dieses gewaltige Bauwerk?

Station 1: Assuan

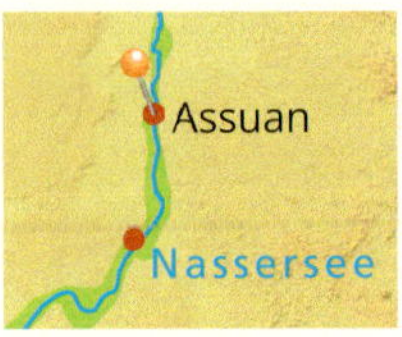

M4 Der Assuan-Staudamm

Staumauer des Assuan-Staudamms

Nasserstausee
Der Nasserstausee bekam seinen Namen vom ehemaligen ägyptischen Präsidenten Gamal Abdel Nasser.

M5 Wissenswertes zum Staudamm

Der Reiseleiter Akay berichtet über den Staudamm: „Aufgrund einer von Menschen errichteten Staumauer entstand der Nasserstausee. Dieser See ist ca. 500 Kilometer lang und bis zu zehn Kilometer breit. Er ist einer der größten Seen der Welt und ungefähr zehnmal so groß wie der Bodensee. Die Staumauer des Assuan-Staudamms ist 3800 Meter lang und 110 Meter hoch. Das entspricht der Höhe eines Hochhauses mit etwa 30 Stockwerken. Zum Vergleich: Der Dom in Speyer ist nur knapp 70 Meter hoch. In der Stadt Assuan leben über 280.000 Einwohner. Somit ist Assuan eine der größten Städte in Oberägypten."

M6 Der unberechenbare Nil

Der Nil führte viele Jahre lang nicht das ganze Jahr über die gleiche Menge an Wasser. Durch die Regenzeit von Juli bis Oktober gelangte viel mehr Wasser in den Flusslauf. Der Nil überschwemmte mit diesen Wassermassen weite Uferbereiche. In manchen Jahren allerdings blieb die Flut aus und Dürrezeiten waren die Folge. Wegen dieser ungleichen Nilschwemmen war es schon immer ein Traum der Menschen, den Wasserstand des Nils zu beeinflussen und zu kontrollieren.

M7 Der Staudamm – ein gigantisches Projekt

Schon 1902 wurde ein erster kleiner Staudamm errichtet. Aber erst im Jahr 1960 entstand der große Assuan-Staudamm, der den Nil so hoch aufstaut, dass er das flussabwärts liegende Land das ganze Jahr über gleichmäßig mit Wasser versorgen kann. So konnten alle Felder am Nil das ganze Jahr über gleichmäßig bewässert werden und zusätzlich noch über 5000 km² Wüste in neues Ackerland umgewandelt werden. Der Assuan Staudamm ist zusätzlich auch noch ein großes Wasserkraftwerk, das Strom für Ägypten produziert. Insgesamt erzeugt es ein Zehntel des Stroms von ganz Ägypten.

M8 Der Assuan-Staudamm – Fluch oder Segen für Ägypten?

Keine Überschwemmungen mehr	ganzjährig Wasser zum bewässern
Neues Ackerland wurde gewonnen.	Trinkwasserversorgung für die Menschen ist ganzjährig gesichert.
100.000 Menschen mussten für den Stausee umgesiedelt werden und haben ihre Heimat verloren.	Nilschlamm fehlt, es muss künstlicher Dünger eingesetzt werden.
Tempelanlagen mussten verlegt werden.	Klimafreundliche Stromerzeugung durch das Wasserkraftwerk
Schädlinge wie Mäuse und Ratten vermehren sich ohne Überschwemmungen unverhältnismäßig schnell und werden zur Plage.	Eine gefährliche Wurmerkrankung, die teilweise tödlich verläuft, wird durch Schnecken übertragen, die durch die Dauerbewässerung einen idealen Lebensraum gefunden haben.
Die Flusstalränder werden ohne Nilschlamm abgetragen (Erosion).	Aufgrund des Stausees sind alte Bauwerke und Kulturstätten für immer verloren gegangen.

AUFGABEN

1. Beschreibe das Bild **M4** mithilfe von **M5**.
2. Erkläre, weshalb man in Ägypten den Assuan-Staudamm gebaut hat (**M6**, **M7**).
3. Ist der Assuan-Staudamm ein Fluch oder ein Segen für die Menschen? Arbeitet zu zweit, um die Frage zu beantworten.
   a) Ordnet die Aussagen in der Tabelle (**M8**) in Argumente für und gegen den Bau des Assuan-Staudamms.
   b) Erklärt, weshalb das Großbauprojekt ein „Eingriff in die Natur" ist (**M7**, **M8**).
   c) Beurteilt auf Grundlage der Argumente, ob der Bau des Staudamms sinnvoll war (**M8**).

H zu Aufgabe 3a
Beispiel: Ein Argument für den Bau war/ist, dass es keine Überschwemmungen mehr gibt, ein Argument dagegen, dass Tempelanlagen verlegt werden mussten.

Wie wurde das Leben in der Wüste möglich?

Seit mehreren tausend Jahren betreiben die Menschen mitten in der Wüste Landwirtschaft und bauen Getreide und Gemüse an. Obwohl es kaum Niederschlag gibt, haben die Viehherden ausreichend zu trinken und zu fressen. Wie war das in Zeiten vor dem Assuan-Staudamm möglich?

M9 Die alten Ägypter bejubeln den Nil

Eine alte Pyramideninschrift zeigt, wie sehr sich die Menschen über das Nilhochwasser freuten. Dort steht geschrieben:

Die, die den Nil sehen, zittern, wenn er strömt. Die Felder lachen, und die Ufer sind überflutet. Die Gaben des Gottes steigen herab, das Gesicht des Menschen wird hell, und das Herz der Götter jauchzt.

Nach: Erman, Adolf: Die Literatur der Ägypter. Gedichte, Erzählungen und Lehrbücher aus dem 3. und 2. Jahrtausend v. Chr., Leipzig 1923, S. 35

M10 Die Flussoase Nil prägte die Jahreszeiten

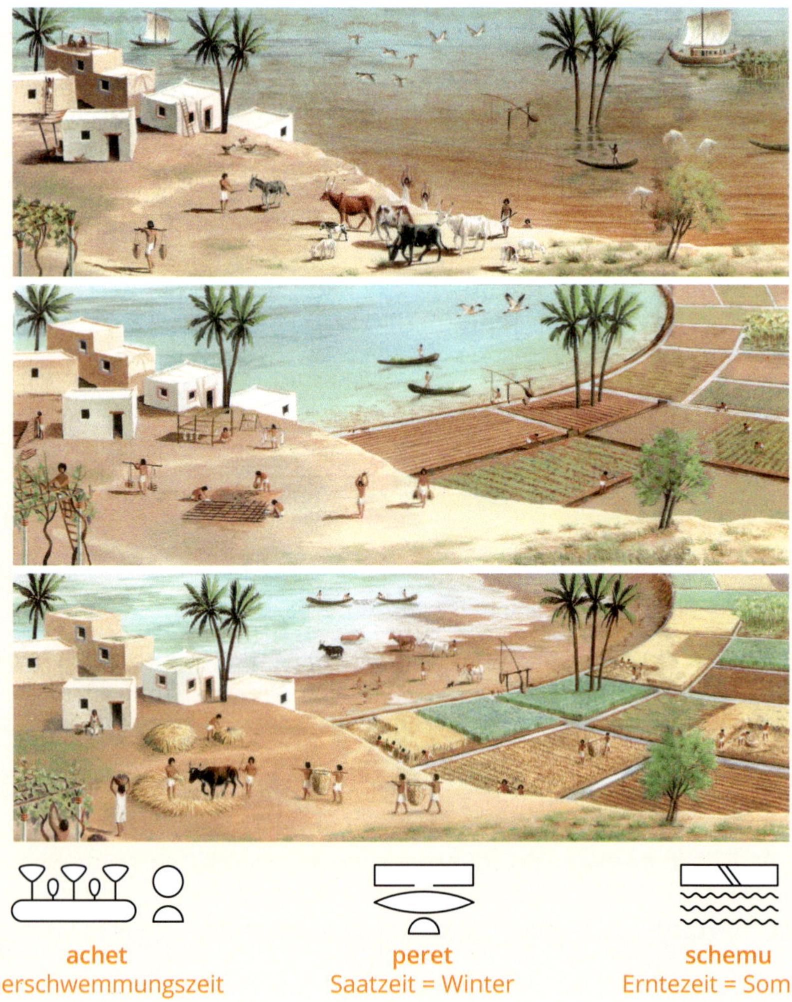

Zeichnungen von Philippe Biard, 1992. Der Zeichner hat den gleichen Uferabschnitt des Nils zu drei Jahreszeiten abgebildet.

M11 Landwirtschaft am Nil

Bevor der Assuan-Staudamm gebaut wurde, überschwemmte der Nil zur Regenzeit die Flussufer oft kilometerweit in das Landesinnere. Das Hochwasser, auch Nilschwemme genannt, war für die alten Ägypter meist Grund zur Freude: Es brachte fruchtbaren schwarzen Schlamm mit sich, der die Ackerflächen düngte. Nach Monaten der Überschwemmung konnten die Menschen damals ihre Saat auf den Feldern verteilen. An den Ufern gediehen nun - mitten im Wüstenland - Getreide, Obst, Gemüse und auch Papyrus - die Pflanze, aus der Schreibmaterial hergestellt wurde.

Bauern und Fischer auf dem Nil bei Assuan (2007). Ähnlich wie auf dem Foto sah das Niltal schon im Altertum aus.

M12 Wie entstand die Hochkultur Ägyptens?

In der Trockenzeit sank der Pegel des Nils ab. Dann bewässerten die Bauern ihre Saat. Dazu nutzten sie Kanäle aus künstlich angelegten Becken. Nur in einer größeren Gemeinschaft war es möglich, Dämme und Kanäle mit Schleusen zum Speichern und Verteilen des Wassers zu bauen. Besondere Hebewerke sorgten dafür, dass das Wasser auch in weitere, höher gelegene Felder geschöpft werden konnte. Dies war ein technischer Fortschritt. Um sich auf das Hochwasser vorzubereiten, bestimmten die ägyptischen Priester durch Sternenbeobachtung die Zeit der Nilschwemme. So entstand ein Kalender, der unserem ähnlich war. Daraus entwickelte sich die Astronomie, die Wissenschaft von den Himmelskörpern wie Sonne, Mond, Sterne. Durch die genauen Berechnungen verbesserten die Ägypter ihre Lebensbedingungen. Weil sie Aussaat und Ernte planten, konnten sie Überschüsse erwirtschaften. Sie waren gut organisiert und spezialisierten sich auf verschiedene Berufe. Die Feldvermesser teilten die Felder nach der Überschwemmung neu ein. Die Schreiber notierten, wie viel Getreide in der Erntezeit in die Vorratsspeicher kam. Durch diese Arbeitsteilung konnte die Hochkultur Ägyptens entstehen.

HOCHKULTUR

Hochkulturen sind Gesellschaften, die für ihre Zeit sehr fortschrittlich waren. Die ägyptische Hochkultur bestand von ca. 3000 v. Chr. bis 400 n. Chr., also lange vor der griechischen und römischen Antike.
Die alten Ägypter erwirtschafteten mehr Nahrungsmittel, als sie für sich selbst benötigten. Dadurch gab es verschiedene und spezialisierte Berufe. Es gab außerdem eine Religion, eine Schrift, Gesetze und eine herausragende technische Entwicklung.

M13 Die Nilschwemme – Fluch oder Segen?

Die Überschwemmungen brachten Wasser und fruchtbaren Schlamm, der von den Wassermassen aus dem Hochland von Ostafrika mitgetragen wurde. Dieser Schlamm bedeckte nach dem Rückgang der Nilschwemme die Felder und diente als Dünger für den Boden. Da der Schlamm auch Lehm lieferte, konnten sogar noch Ziegel und Tongefäße daraus hergestellt werden. Durch das Wasser der Überschwemmungen konnten die Menschen ihre Felder weiter bewässern. Der Nil bildete also die Grundlage für die Landwirtschaft der Ägypter. Allerdings konnte die Regenzeit im Hochland von Ostafrika unterschiedlich ausfallen. Wenn zu viel Regen fiel, führte das zu heftigen Überschwemmungen, die Siedlungen zerstörten und den Boden der Felder fortschwemmten. Zu wenig Niederschlag in der Regenzeit führte zu einer zu niedrigen Nilschwemme. In beiden Fällen war die Ernte der Menschen in Gefahr, was zu Hungersnöten führen konnte.

AUFGABEN

1. Beschreibe, weshalb Überschwemmungen im alten Ägypten als ein Segen gesehen wurden (**M9**).
2. Wie entstand eine Hochkultur in der Wüste? Arbeitet zu zweit, um diese Frage zu beantworten.
   a) Ordnet die Bilder jeweils einer Jahreszeit begründet zu (**M10**).
   b) Beschreibt das Bewässerungssystem der Ägypter am Nil. Schildert die Tätigkeiten, die zu den unterschiedlichen Jahreszeiten erledigt werden mussten (**M10**).
   c) Erklärt, wie auf Grundlage des Nils in Ägypten eine Hochkultur entstand (**M10-M12**).
3. Verfasse einen Bericht eines Bauern aus dem alten Ägypten, der am Nil wohnte. Stelle darin die Vor- und Nachteile der Nilschwemme gegenüber (**M13**).
4. „Der Nil ist Lebensgrundlage für die Menschen damals und heute!“ Erkläre, was mit dieser Aussage gemeint ist.

Der Pharao – Gott oder König?

Im „Tal der Könige" liegen viele Herrscher Ägyptens begraben. Die Ägypter nannten ihren Herrscher Pharao. Seine Macht war allumfassend. Konnte der Pharao also tun und lassen, was er wollte?

M14 Die Gräber der Pharaonen

„Heute legen wir in Luxor an. Nur 5 km von hier entfernt befindet sich das ‚Tal der Könige'. Bis heute wurden dort 64 Gräber und Gruben gefunden, in denen die altägyptischen Herrscher begraben wurden. Trotz Grabräubern und Plünderern fanden Forscher im Tal der Könige viele unversehrte Gräber mit vielen wertvollen Grabbeigaben. Unter anderem wurde hier im Jahr 1922 die Grabkammer Tutanchamuns entdeckt. Die Goldmaske, die neben zahlreichen Schmuckstücken und einem goldenen Thron gefunden wurde, ist wohl das berühmteste Fundstück. Die Funde der Archäologen geben uns Hinweise, wie die Pharaonen damals geherrscht haben. Die Grabkammer des Tutanchamun können wir besichtigen."

Station 2: Luxor/ Tal der Könige

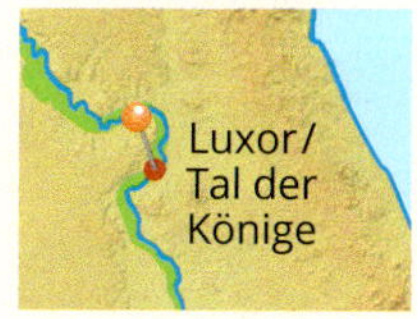

M15 Die Pharaonen und das Tal der Könige

Die antike Hochkultur Ägyptens hatte seit ca. 3000 v. Chr. an der Spitze einen Herrscher, der „Pharao" genannt wurde. Dieser Titel bedeutet „großes Haus", benannt nach dem königlichen Palast. Im „Tal der Könige", in der Nähe der heutigen Stadt Luxor, wurden um 1500 v. Chr. die Gräber der verstorbenen Pharaonen angelegt. Insgesamt regierten und herrschten etwa 330 Pharaonen in Ägypten, darunter auch einige Königinnen wie Hatschepsut und Kleopatra VII.

rechts oben: Luftbild mit Blick auf das Tal der Könige
links unten: Der Tempel der Hatschepsut im Tal der Könige
rechts unten: Gang mit Hieroglyphen in einer der Grabkammern im Tal der Könige

Zusatzkapitel: Woher wissen wir heute so viel über die alten Ägypter?

70091-69

M16 Tutanchamun – Totenmaske eines Pharaos

Die Maske ist mit verschiedenen Herrschaftszeichen geschmückt: einem reich verzierten Kopftuch (Nemes-Kopftuch), Geier und Kobra als Schutzgötter Ober- und Unterägyptens, dem geflochtenen, künstlichen Kinnbart (Königsbart) als Zeichen für die Göttlichkeit des Pharaos sowie einem Krumm- oder Hirtenstab und einem Wedel (einer Peitsche) als Zeichen der Königswürde und der richterlichen Gewalt.

Goldmaske Tutanchamuns, Sarkophag aus Gold, Glas und Halbedelsteinen, um 1325 v.Chr.

M17 Der Pharao – die absolute Macht?

Der Pharao hatte die absolute Macht in Ägypten. Das heißt, er galt als Besitzer aller Bewohner, des Landes und Bodens und der Bodenschätze. Außerdem war er der oberste Priester und Richter. Als solcher erließ er die Gesetze des Landes und setzte hohe Beamte und Priester ein. Jeder Mensch in Ägypten musste seine Befehle befolgen und ihm Abgaben zahlen. Mit dieser Macht hatte der Pharao aber auch Pflichten. Er organisierte den Bau der großen Tempel oder Pyramiden. Er musste das Reich verwalten und die Versorgung der Bevölkerung mit Wasser, Nahrung, Kleidung und Baumaterial verantworten. Dazu hatte der Pharao das Land vor Feinden zu schützen. Ganz alleine konnte der Pharao aber nicht regieren. Natürlich übernahmen die Beamten die Verwaltung. Der höchste unter ihnen war der Wesir: Als oberster Staatsdiener war er der zweitmächtigste Mann im Land. Die Bauern, Soldaten und Arbeiter waren für die Durchführung aller Arbeiten zuständig. Aber nur der Pharao bestimmte darüber und hatte das letzte Wort.

M18 Der Pharao: Mensch oder Gott?

Nach Ansicht der alten Ägypter war die wichtigste Aufgabe des Pharaos der Dienst an den Göttern. Nur er konnte und durfte mit ihnen in Kontakt treten, denn er galt als Sohn des Sonnengottes „Re", der im Glauben der Ägypter der Vater aller Götter war. Die Menschen glaubten daran, dass nur mit der Unterstützung des Sonnengottes „Re" die Nilschwemme für gute Ernten ausreichte und ein Zustand der göttlichen Ordnung und Gerechtigkeit zu sichern sei. Diese Unterstützung zu sichern war also die wichtigste Aufgabe des Pharaos als oberster Priester.

Aufgrund seiner göttlichen Abstammung wurde der Pharao als gottähnlich verehrt. In ihrem Glauben wurde der Pharao nach dem Tod selbst zu einem Gott. Da im alten Ägypten insgesamt etwa 330 Pharaonen über 3000 Jahre herrschten, hat sich die Götterwelt mit der Zeit immer wieder verändert.

Zusatzkapitel: Die Götter der alten Ägypter

70091-45

M19 Lobgesang an den Sonnengott Re

Die älteste schriftliche Überlieferung dieses Lobgesangs (Hymnus) stammt aus dem 15. Jh. v. Chr. Er ist beim täglichen Gottesdienst für den Sonnengott Re vorgetragen worden:

Re hat den König an die Spitze des Landes der Lebenden gegeben bis in alle Ewigkeit, um dauerhaft die Menschen zu richten, die Götter, zufriedenzustellen, die Maat [Weltordnung] zu verwirklichen und das Böse zu vernichten. Er gibt den Göttern Opferspeisen und den Verstorbenen Totenopfer. Der Name des Königs ist im Himmel wie Re [...]. Es jubeln die Menschen, wenn sie ihn sehen, das Volk bereitet ihm Beifallsstürme.

Zitiert nach: Braun, Nadja: Der Pharao als Priester und Stellvertreter Gottes. Untersuchungen zu einem Text aus dem königlichen Sonnenkult, Leipzig 2001 (unveröffentlichte Magisterarbeit)

Maat
Als Maat wurde im alten Ägypten das Konzept für Gerechtigkeit und die bestehende Weltordnung bezeichnet. Eine Göttin selbst verkörperte diese Weltordnung. Sie war Tochter (Amun-)Res.

AUFGABEN

1. Erkläre, woher das „Tal der Könige" seinen Namen hat (**M14**, **M15**).
2. Ordne die Erkennungsmerkmale Tutanchamuns den Ziffern in **M16** zu.
3. Welche Aufgaben hatte der König? Arbeitet zu zweit.
   a) Arbeitet die Rechte und Pflichten des Pharaos heraus (**M17**).
   b) Stellt die Vor- und Nachteile der Position des Pharaos gegenüber.
   c) Wärt ihr gerne als Pharao von Ägypten geboren worden? Tauscht euch darüber aus und begründet eure Meinung.
4. Ist der Pharao ein Gott oder ein Mensch?
   a) Erkläre, welchen Bezug ein Pharao zu den ägyptischen Göttern hatte (**M18**, **M19**).
   b) Diskutiert im Plenum, inwiefern der Pharao als „Gott" oder „Mensch" gesehen werden kann (**M18**, **M19**).

Die ägyptische Gesellschaft – Arbeit und Leben am Nil

Die Versorgung der Bevölkerung war in Ägypten nicht Privatsache, sondern die Aufgabe des Staates. Die Gemeinschaftsarbeiten in der Landwirtschaft mussten gut organisiert werden, auch über weite Strecken und Entfernungen hinweg. Wie gelang diese Zusammenarbeit?

Station 3: Sohag

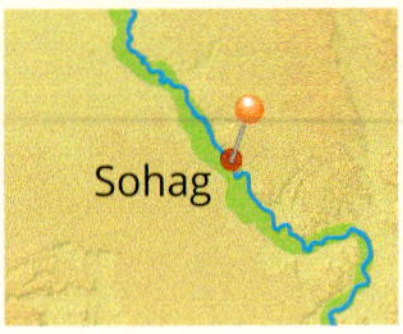

Bis zur nächsten Station in Kairo legen wir noch knapp 500 km zurück. Das ist ganz schön weit!

Ich frage mich, wie die Ägypter über so weite Entfernungen ihr Gemeinschaftsleben so gut organisieren konnten.

M20 Der Nil mit Blick auf Sohag

Da sich in Sohag nur wenige Überreste aus dem alten Ägypten befinden, profitiert die Stadt Sohag vom Tourismus der Nilkreuzfahrten kaum. Auch das Schiff von Lina und Emre legt hier nicht an. Die beiden betrachten die Stadt vom Schiff aus.

M21 Verwaltung durch Beamte

Die Beamten in Ägypten kümmerten sich um die Verwaltung. Der höchste Beamte, der Wesir, stand mit seiner Familie direkt unter dem Pharao. Ebenso war es mit den Hohepriestern der Tempel. Oft kamen diese ranghohen Beamten aus der Pharaonenfamilie. Das alte Ägypten war sehr gut organisiert, da hohe Beamte die Arbeit der niedriger gestellten Beamten kontrollierten. Sie gaben außerdem die Befehle des Pharaos weiter und verwalteten die vierzig Bezirke Ägyptens. Für das Heer gab es militärische Beamte, den Pyramidenbau überwachten Aufseher, die Priester kümmerten sich um die Tempel der Götter. Jeder hatte eine Aufgabe, auf die er spezialisiert war.

Holzmodell aus dem Grab eines Bürgermeisters von Theben, um 1990 v. Chr. Beamte und Schreiber des Pharaos zählen das Vieh der Bauern, um zu ermitteln, wie viele Abgaben diese zu leisten haben.

M22 Der Alltag der Bauern

Ein Großteil der Ägypter arbeitete als Bauern und Bäuerinnen. Sie besaßen kein eigenes Land, sondern arbeiteten auf den Feldern des Pharaos oder reicher Landbesitzer. Deswegen lieferten sie einen Großteil ihrer Ernte ab und bezahlten Steuern für die Nutzung von Wasserkanälen. Das klingt nicht unbedingt fair, doch in schlechten Jahren wurden sie mit Vorräten aus den Speichern versorgt. Die Aufgaben am Nil kennst du bereits. Dazu kamen noch die Viehhaltung und der Anbau von Obst und Gemüse in Gärten und die Arbeit auf den Baustellen des Pharaos.

Wandmalerei aus dem Grab des Menna, Theben-West, um 1375 v. Chr. (Ausschnitt). Die Gräber sind mit prächtigen Malereien ausgestattet.

M23 Handwerker und Arbeiter

Handwerker und Arbeiter erhielten Aufträge des Königs, für die sie meist mit Getreide bezahlt wurden. Der Pharao stellte Werkzeuge und Material, mit denen sie Möbel, Arbeitsgeräte, Schmuck oder Kleidung herstellen konnten. Genau wie heute bekam nicht jeder den gleichen Lohn: Schreiber und begabte Handwerker verdienten mehr als einfache Arbeiter. Wenn das Geld nicht – oder nicht pünktlich – gezahlt wurde, kam es auch vor, dass die Arbeiter und Handwerker streikten und ihre Arbeit niederlegten.

Handwerker bei der Arbeit, Grabmalerei, um 1380 v. Chr.

M24 Ein Pharao spricht zu seinen Handwerkern

Auf einer Steinsäule lässt Ramses II. diese Rede an seine Handwerker festhalten:

Ihr baut für mich Denkmäler in großer Zahl. Ihr seid begeistert über die Arbeit mit wertvollem Gestein und fleißig im Herstellen von Denkmälern. So kann ich alle Tempel, die ich erbaut habe, ausstatten. Oh, ihr Unermüdlichen, ihr seid unersetzlich! [...] Ich kenne eure mühselige Arbeit. Die Speicher sind voll für euch mit Getreide, damit ihr nicht eine Nacht hungrig verbringt.

Zitiert nach: Höber-Kamel, Gabriele: Die Rede an die Handwerker, in: Kemet 3/1999, S. 12 f. (gekürzt und vereinfacht)

M25 Die Gesellschaft wie eine Pyramide?

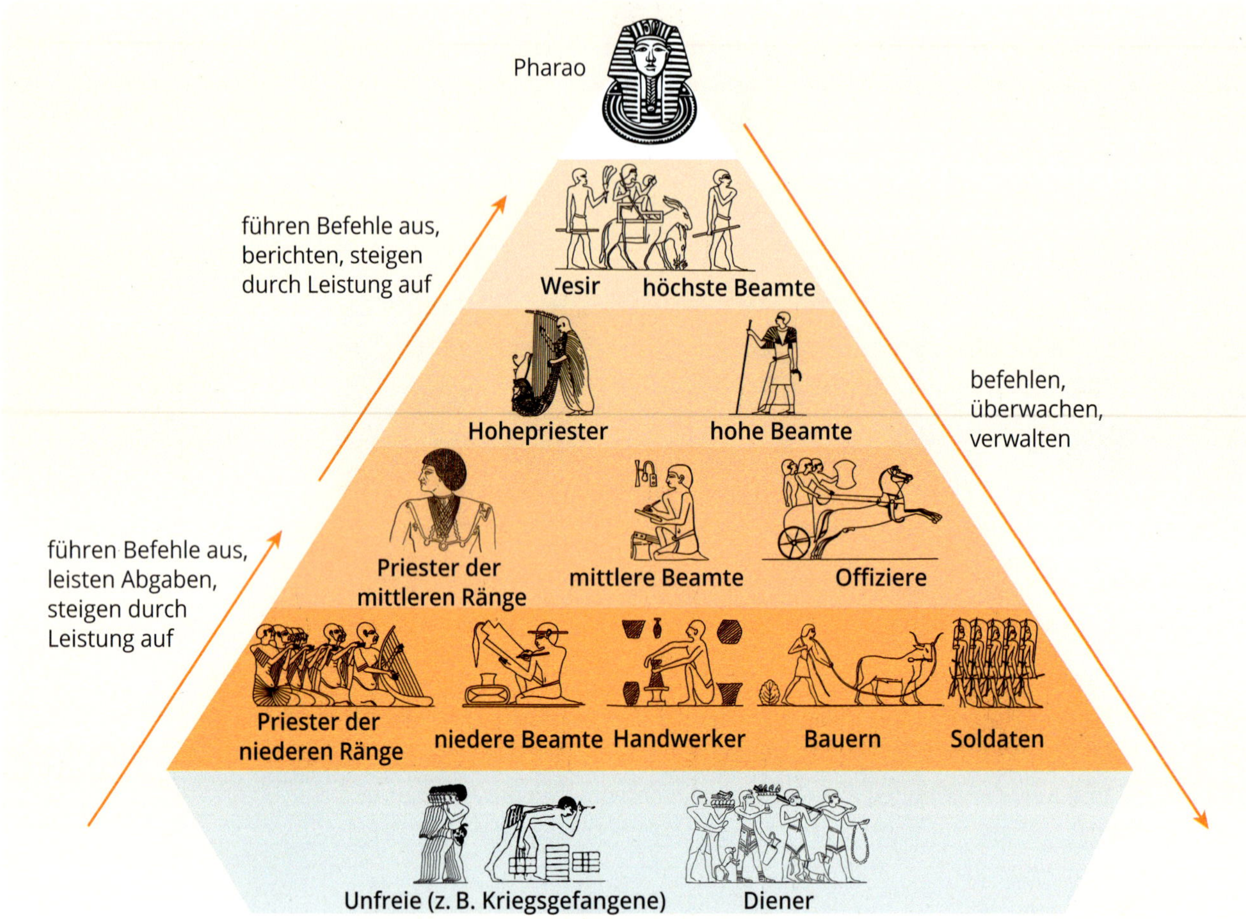

Die ägyptische Gesellschaft war klar gegliedert. Allerdings waren die Grenzen zwischen den Schichten fließend. Man konnte durch Leistung aufsteigen und einige übten mehrere Ämter aus.

AUFGABEN

1. Stelle Vermutungen an, wie die ägyptische Gesellschaft organisiert war. Beziehe dich dabei auf dein Wissen zur Macht des Pharaos (**M16-M19**).
2. Arbeitet in Gruppen zusammen und führt zu einer der Berufsgruppen (Teilaufgabe a, b oder c) ein fiktives Interview durch. Stellt euch anschließend die Ergebnisse im Plenum vor.
   a) Erklärt die Arbeit und die Bedeutung der Beamten für den ägyptischen Staat (**M21**).
   b) Stellt die Vor- und Nachteile für die Bauern heraus, die die Abhängigkeit vom Pharao mit sich brachte (**M22**).
   c) Arbeitet die Erwartungen und Versprechungen des Pharaos an die Handwerker heraus (**M23**, **M24**).
3. Erklärt im Plenum den Aufbau der ägyptischen Gesellschaft (**M25**).

Das „Weltwunder" der Pyramiden – wie wurden sie gebaut und wozu dienten sie?

Damals wie heute beeindrucken die Pyramiden die Menschen zutiefst. Die Pyramiden von Gizeh gehören zu den bekanntesten Bauwerken der Welt. Insgesamt wurden in Ägypten mehr als 80 Pyramiden entdeckt. Weshalb nahmen die Menschen die Anstrengung in Kauf, solch riesige Pyramiden zu bauen?

M26 Die Pyramiden von Gizeh

Station 4: Gizeh

„Für die meisten Reisenden ist der heutige Ausflug der Höhepunkt der Nilkreuzfahrt: Wir stehen vor einem der ältesten erhaltenen Bauwerke der Welt: der Cheops-Pyramide, die Pharao Cheops erbauen ließ. Er regierte um 2550 vor Chr. Die Pyramide ist ungefähr so hoch wie der Kölner Dom und größer als sieben Fußballfelder. Sie diente als gigantische Grabstätte und als Denkmal und Machtdemonstration des Herrschers."

M27 Gigantische Grabstätten

Jede Pyramide war Teil einer großen Anlage. Dazu gehörten Totentempel, große Straßen vom Nilufer her und kleinere Pyramiden für Königinnen und Prinzessinnen sowie Gräber hoher Beamter. Alles diente dazu, das Weiterleben des Herrschers nach dem Tod im Jenseits zu ermöglichen und den Wohlstand des Volkes zu sichern. Deshalb war es für die Ägypter eine religiöse Pflicht und eine große Ehre, am Pyramidenbau mitwirken zu können. Der Bau einer Pyramide konnte über 20 Jahre dauern. Etwa 4000 Menschen arbeiteten ständig daran. Während des jährlichen Nilhochwassers brachen die Arbeiter in den Steinbrüchen Steinblöcke und transportierten sie über den Nil. Jeder Steinblock wog durchschnittlich so viel wie zwei Autos. Ohne Kräne, Bagger oder Maschinen und nur mithilfe von Werkzeugen aus Holz, Stein und Kupfer wurden die Pyramiden gebaut.

M28 Grabräuber

Die Pharaonen nahmen eine Menge kostbarer Schätze mit in ihre Grabkammern. Viele Vorsichtsmaßnahmen sollten den Raub der Kostbarkeiten verhindern: Die Eingänge wurden mit Steinblöcken verschlossen, die Grabkammern waren nur durch verwinkelte Gänge erreichbar. Trotzdem wurden die meisten Gräber im Laufe der Zeit durch Grabräuber geplündert.

M29 Querschnitt durch die Cheops-Pyramide

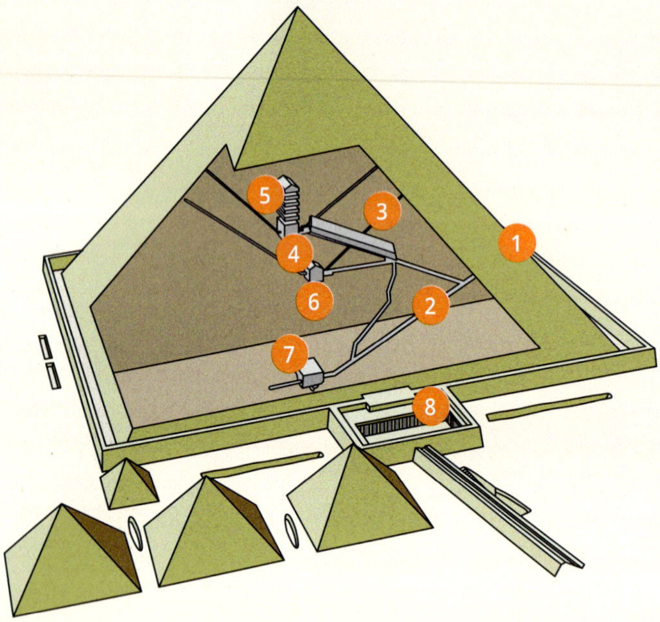

1 Der Eingang wurde mit Steinblöcken verschlossen

2 Die Gänge wurden mit Steinblöcken verschlossen

3 Luftschacht

4 Grabkammer des Königs

5 Decksteine aus Granit, 7 - 8 m lang, mit einem Gewicht von je ca. 50 Tonnen

6 Grabkammer der Königin

7 unterirdische Kammer

8 Tempel

M30 Herodot über Cheops

Der griechische Historiker Herodot schreibt über den Pharao Cheops um 500 v. Chr., also ca. 2 000 Jahre nach dem Pyramidenbau:

Cheops hat das Land ins tiefste Unglück gestürzt. Er hat alle Ägypter gezwungen, für ihn zu arbeiten. Die einen mussten aus den Steinbrüchen im arabischen Gebirge Steinblöcke bis an den Nil schleifen. [...] Andere mussten die Steine weiterschleifen bis hin zu den sogenannten libyschen Bergen. [...] So wurde das Volk bedrückt, und es dauerte zehn Jahre, ehe nur die Straße gebaut war, auf der die Steine dahergeschleift wurden. [...] An der Pyramide selbst wurde zwanzig Jahre gearbeitet.

Herodot 2, 124, Zitiert nach: Lautemann, Wolfgang/ Schlenke, Manfred (Hrsg.): Geschichte in Quellen. Altertum: Alter Orient, Hellas, Rom. Bd. 1, bearbeitet von Arend, Walter: München 1989, S.15

M31 Was kommt nach dem Tod?

Die Ägypter glaubten an ein Leben nach dem Tod. Nach ägyptischer Vorstellung war ein Weiterleben nach dem Tod an zwei Bedingungen geknüpft: Der Körper musste erhalten bleiben und der Verstorbene hatte sich vor dem Totengericht zu behaupten. Das Totengericht stellten sich die Ägypter in einer unterirdischen Halle vor. Bevor der Verstorbene dorthin gelangte, musste er allerlei Gefahren überwinden, etwa Krokodile, die seine Seele einfangen wollten. Am Ende des Weges musste sich jeder Ägypter vor Osiris, dem Gott der Unterwelt, für seine Taten verantworten. Die Ägypter stellten sich das Leben im Jenseits ähnlich wie irdisches Leben vor, mit dem Unterschied, dass es ewig dauerte. Deshalb gehörten zu den Grabbeigaben auch Kleidung, Möbel und Schmuck und sogar mumifizierte Haustiere. Wohlhabende Ägypter bemühten sich schon zu Lebzeiten um eine möglichst prunkvolle Grabausstattung.

M32 Mumie des Pharaos Ramses II.

Ramses II. starb 1213 v. Chr. Die Balsamierer entnahmen dem Toten Gehirn und Eingeweide, nicht aber das Herz. Die Organe bestatteten sie in besonderen Gefäßen. Anschließend wurde der Leichnam etwa 70 Tage in Natronsalz gelegt, um ihn auszutrocknen. Dann füllte man den Körper mit Papyrus und umwickelte ihn mit wohlduftenden Leinenbinden: Der Leichnam war nun eine Mumie. Er wurde in einen oder sogar in mehrere ineinander geschachtelte Sarkophage gelegt. Sarkophage sind Särge aus Stein oder Metall, die der Aufbewahrung für die Ewigkeit dienen sollten – sie verrotten nicht.

AUFGABEN

1. Ein Freund fragt dich: „Was ist denn das Besondere an den Pyramiden? Und warum wurden sie überhaupt gebaut?" Beantworte ihm beide Fragen (**M26**, **M27**).
2. Untersuche, welche Vorsichtsmaßnahmen beim Pyramidenbau getroffen wurden, um zu verhindern, dass Räuber die Grabkammer plünderten (**M28**, **M29**).
3. Lies Herodots Ausführungen und gib in deinen eigenen Worten wieder, was er über den Pharao Cheops berichtet. Prüfe seine Ausführungen bezüglich ihrer Glaubwürdigkeit (**M30**).
4. Beschreibe mit eigenen Worten den Vorgang der Einbalsamierung (**M32**).
5. Erkläre, weshalb die Ägypter einen so großen Aufwand bei der Bestattung der Verstorbenen betrieben (**M31**, **M32**).
6. Erstelle eine Präsentation zum Thema Pyramidenbau. Nutze hierzu Bildmaterial aus dem Buch oder dem Internet und beschreibe die Bedeutung für die Ägypter früher und die Faszination hierfür heute.

F Recherchiere im Internet, was unter „Weltwunder" zu verstehen ist. Beurteile, inwiefern der Bau der Pyramiden als Weltwunder gesehen werden kann.

F Erstelle ein Quiz zum Thema Pyramiden für deine Mitschülerinnen und Mitschüler.

H **zu Aufgabe 3**
Um zu prüfen, was gegen seine Ausführungen spricht, vergleiche den Text Herodots mit dem Material **M27**. Gehe hierbei vor allem darauf ein, welche Bedeutung der Pyramidenbau hatte.

Weshalb war die Schrift für die Ägypter so bedeutend?

Für uns gehört die Schrift und das Schreiben zum Alltag. Aber das war nicht immer so für die Menschen. Die alten Ägypter hatten als Hochkultur auch ihre eigene Schrift. Wie sah diese Schrift aus und was machte sie besonders?

Warum lobt der ägyptische Vater den Schreiberberuf so sehr?

M33 Erlerne den Beruf des Schreibers!

In der Lehre des Cheti (um 1300 v. Chr.) erzählt ein Schreiber von den verschiedenen Handwerksberufen und rät seinem Sohn, Schreiber zu werden:

Schreiber muss wohl ein besonderer Beruf im alten Ägypten gewesen sein.

Der Töpfer ist unter der Erde, obwohl er noch lebt. Er gräbt im Schlamm wie ein Schwein, seine Kleider sind steif vom Dreck. Seine Atemluft kommt direkt aus dem Feuer. Er stampft den Ton mit den Füßen und ist dabei selbst ganz zerstampft. [...] Der Weber ist schlimmer dran als eine Frau. Die Knie gegen die Brust gedrückt, kann er kaum Luft holen. Wenn er einen Tag nicht webt, bekommt er fünfzig Stockschläge. [...] du siehst: Es gibt keinen Beruf ohne Chef. Mit Ausnahme des Schreibers – der ist selbst Chef. Daher ist es besser für dich, wenn du Schreiben lernst, als die anderen Berufe, einer elender als der andere.

Zitiert nach: Lichtheim, Miriam: Ancient Egyptian Literature, Vol. I., Berkeley 2006, S. 186 ff. (übersetzt von Sanke, Markus)

M34 Der Stein von Rosette – eine Sensation

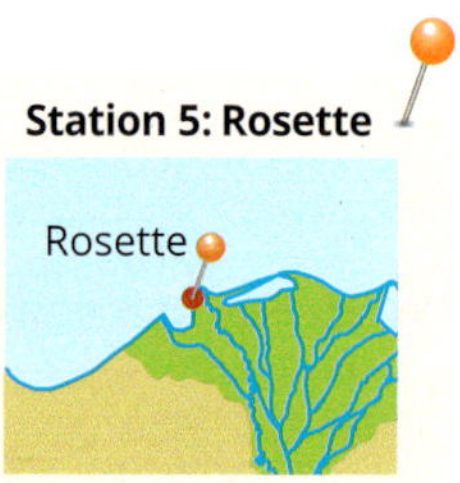

Akay berichtet: „Bevor wir mit einem Ausflug in die Hafenstadt Alexandria unsere Nilkreuzfahrt beenden, möchte ich euch über einen Sensationsfund hier in dieser kleinen Stadt Rosette berichten: Der Stein von Rosette! Im Jahr 1799 wurde er von französischen Soldaten gefunden. Auf dem Stein waren drei Texte in drei verschiedenen Schriften eingemeißelt: In Hieroglyphen, Demotisch und Griechisch. Das Griechische konnte leicht entziffert werden. Zu lesen war eine Verordnung der altägyptischen Priester. In den letzten Zeilen stand, dass der gleiche Text in drei Sprachen aufgeschrieben werden sollte. Jetzt konnte man mithilfe der bekannten griechischen Schrift die bis dahin unbekannten ägyptischen Zeichen entziffern. Eine Sensation!

Die über die Jahrtausende in Vergessenheit geratene Schrift konnte nun gelesen werden. Leider kann ich euch den Stein von Rosette nicht zeigen, da er im Britischen Museum in London aufbewahrt wird. Wenn ihr euch aber diese Abbildung genau anschaut, dann erkennt ihr die drei unterschiedlichen Schriftarten."

M35 Der Stein von Rosette und Hieroglyphen

Basaltstein, der im Jahr 1799 gefunden wurde. Höhe 112 cm, Breite 76 cm, Gewicht ca. 800 km. Deutlich zu erkennen sind die drei unterschiedlichen Schriften.

Hieroglyphe
Eine Hieroglyphe ist ein Schriftzeichen in einer Bilderschrift. Das bedeutet, dass die Bilder die Buchstaben oder auch Silben und ganze Wörter darstellen. Diese Bilder werden dann Hieroglyphen genannt

M36 Einige ägyptische Schriftzeichen

Greifvogel	a	Schilfblätter	i (j)	Mund	r
Bein	b	Korb mit Henkel	k	gefalteter Stoff	s
Brunnenschacht	ch	Löwe	l	Teich	sch
Hand	d	Eule	m	Brotlaib	t
Schilfblatt	e	Wasser	n	Wachtelküken	u, v, w
Hornviper	f	Schlinge	o	Türriegel	z
Krugständer	g	Hocker oder Matte	p	Seil	tsch
Hof	h	Abhang	q	Schlange	dsch

Die ägyptischen Schriftzeichen können nicht einfach mit unserem Alphabet gleichgestellt werden. Es gibt zwar Hieroglyphen für einzelne Laute, aber viele stehen für ganze Silben oder sind einfache Darstellungen der Dinge, die sie bezeichnen. In dieser Tabelle findest du eine Umschrift, in der annähernd die Hieroglyphen in die entsprechenden Laute umgesetzt sind.

M37 Onuris – Schreiberschüler für den Pharao

Onuris steht morgens früh auf. Anders als seine Schwester Sahira arbeitet er aber nicht bei seinen Eltern mit, sondern lernt in der Schreiberschule Lesen, Schreiben und Rechnen. Den Vormittag verbringt er an seinem kleinen Schreibpult. Der Lehrer, ein angesehener Schreiber und Beamter des Königs, ist streng und schlägt die Jungen oft, wenn er denkt, dass sie faul seien oder nicht auf seine Ermahnungen hören. Sie müssen still sein und rasch ihre Aufgaben erledigen. Manchmal wünscht sich Onuris, er hätte mit seiner Schwester zu Hause bleiben können. Sie darf als Mädchen keine Schreiberschule besuchen und keine Beamtin werden. Seine Eltern haben das aber so bestimmt, damit er später als Schreiber einen angesehenen Beruf ausüben kann. Als wohlhabende Händler können sie es sich leisten, dass ihr Sohn nicht im eigenen Geschäft mitarbeitet und auch den Unterricht in der Schreiberschule bezahlen. Vielleicht wird Onuris sogar als Beamter für den Pharao arbeiten.

M38 Welche Bedeutung hatte die Schrift im alten Ägypten?

Ursprünglich haben die Ägypter alles, was sie wussten und mitteilen wollten, im Kopf behalten und anderen mündlich übermittelt. Da die Verwaltung eines immer größer werdenden Staates aber viel Planung und Organisation benötigte, reichte die mündliche Mitteilung irgendwann nicht mehr aus.
Vor mehr als 5000 Jahren verwendeten sie die ersten Schriftzeichen für die bedeutendsten Informationen. Nur ausgebildete höhere Beamte konnten dieser Tätigkeit nachgehen. Sie notierten Taten, Einnahmen und Ausgaben des Pharaos und verbreiteten seine Befehle. Nur so konnte das immer größer werdende Ägypten organisiert und verwaltet werden.

AUFGABEN

1. a) Beschreibe, weshalb der Vater den Beruf des Schreibers so lobt (**M33**).
b) Schreiber war in Ägypten ein sehr angesehener Beruf. Stellt im Plenum Vermutungen an, weshalb das so war.

2. Erläutere, weshalb der Fund des Steines von Rosette so bedeutsam war (**M34**, **M35**).

3. Schreibe deinen Namen in Hieroglyphen und erstelle ein Namensschild für deinen Sitzplatz (**M36**).

4. Arbeitet zu zweit. Sammelt Vor- und Nachteile der Bilderschrift im Vergleich zu Buchstaben (**M36**).

5. a) Beschreibe, wer im alten Ägypten lesen und schreiben lernen durfte (**M37**).
b) Überprüfe mithilfe von **M37** die Aussage, dass Schreiber ein „Traumberuf" in Ägypten war.

6. Erkläre in eigenen Worten, weshalb die Ägypter eine Schrift entwickelt haben (**M38**).

H zu Aufgabe 4
Überlege, in welchen Situationen heute vor allem eine Art der Bilderschrift genutzt wird.

7.2 Der Tourismus in Ägypten – Chance oder Problem?

Im Jahr 2019 reisten knapp 13 Millionen Menschen nach Ägypten, um die Sehenswürdigkeiten zu besichtigen oder an den Stränden zu entspannen. Einerseits ist dieser Massentourismus eine große Chance für Ägypten. Andererseits ergeben sich bei so vielen Reisenden auch Probleme.

M1 „Urlaubsparadies" am Roten Meer?

Foto aus einem Werbekatalog für einen Strandurlaub am roten Meer

Soldat vor den Pyramiden von Gizeh

Station 6: Hurghada

M2 Ägypten und der Massentourismus

Ägypten ist ein sehr beliebtes Reiseland. Wenn bei uns Winter ist, hat Ägypten ein mildes Klima, was viele Touristen anzieht. Viele Menschen reisen für einen Badeurlaub ans Rote Meer, um zu entspannen und zu tauchen. Die Nilkreuzfahrten sind sehr beliebt, um die Sehenswürdigkeiten aus der Zeit der Pharaonen zu besichtigen. Der Massentourismus ist für Ägypten sehr bedeutend. Nicht nur Akay und seine Familie sind auf den Tourismus angewiesen. Insgesamt wurden in Ägypten fast vier Millionen Arbeitsplätze durch den Tourismus geschaffen. Dennoch bringt die hohe Zahl an Touristen nicht nur Vorteile: Große Hotelbauten stehen an den Stränden und der Wasserverbrauch steigt stark an. Die einzigartigen Korallenriffe werden durch die hohe Anzahl an Tauchern zerstört. Und auch die Überreste aus der antiken Hochkultur fallen dem Tourismus zum Opfer: Pro Tag kommen ca. 10.000 Besucher in das Tal der Könige, um dort die Grabstätten zu besichtigen. Die hohe Luftfeuchtigkeit, die durch den Atem und den Schweiß der Touristen entsteht, schädigt die Wandgemälde und Ausstellungsstücke. Teilweise wurden bereits einige Pyramiden und Grabkammern für die Besucher gesperrt.

Sommer, Sonne, Strand! Oh, ist das schön hier! Ich freue mich auf den Badeurlaub!

Da hast du Recht! Allerdings sind hier sehr, sehr viele Touristen! Das ist mir schon während der Ausflüge aufgefallen.

M3 Tourismus in Ägypten – eine ungewisse Zukunft

Eine Schatztruhe für Kulturinteressierte: Pyramiden, die Sphinx, Tempel und vieles mehr

Ägypten: Hohe Temperaturen das ganze Jahr über

Die langen Sandstrände des Roten Meers sind die beliebtesten weltweit

Arabische Welt: Die politische Lage wird auch in Ägypten immer unsicherer

Terroranschläge auch in Tourismusorten: Ist Ägypten noch sicher?

Leere Strände am Roten Meer: Die Corona-Krise trifft Ägypten hart

Hotels in Ägypten locken aufgrund unsicherer Lage mit günstigen Preisen

Die Niloase: ein besonderer Naturraum

Touristenansturm an den Pyramiden: Halten das die Bauwerke noch lange aus?

Tourismus in Ägypten weiterhin ein wichtiger Wirtschaftszweig

AUFGABEN

1. Erkläre mithilfe von **M2** den Zwiespalt, der in den Bildern in **M1** deutlich wird.
2. Erkläre, weshalb der Tourismus für viele Menschen in Ägypten bedeutsam ist (**M2**).
3. Beschreibe, welche negativen Auswirkungen der Tourismus für Ägypten hat (**M2**).
4. Lies dir die Schlagzeilen zu Ägypten durch (**M3**).
   a) Arbeitet zu zweit und ordnet die Einflüsse auf den Tourismus nach Chancen und Risiken. Begründet eure Zuordnung.
   b) Erkläre die Überschrift in **M3**. Weshalb hat der Tourismus eine „ungewisse Zukunft"?
5. „Die Touristen sollen genau jetzt kommen. Schließlich können sie jetzt viel günstiger bei uns Urlaub machen!" Beurteile diese Aussage eines Hotelmanagers (**M3**).
6. Diskutiert im Plenum, ob „sanfter Tourismus" in Ägypten möglich ist.

Sanfter Tourismus
→ Kapitel 6.3

DIE HOCHKULTUR DES ALTEN ÄGYPTEN

ENTSTEHUNG DER HOCHKULTUR AM NIL

Kapitel 7.1, M9-M13

Ägypten verdankte seinen Wohlstand nicht nur dem Nil, sondern auch der gut organisierten Landwirtschaft und der künstlichen Bewässerung. Es konnte sogar das Datum für die jährliche Nilschwemme vorausberechnet werden. Durch reiche Ernten wuchs die Bevölkerung. Die Bauern mussten Teile ihrer Ernte abliefern. Damit ernährte der Herrscher seine Beamten und Spezialisten, die selbst keine Nahrung erzeugten.

PHARAONEN IM ALTEN ÄGYPTEN

Kapitel 7.1, M14-M19

Herr über die Menschen und das Land war der Pharao. Die Ägypter glaubten, er sei der „Stellvertreter" des Sonnengottes Re. Zu seinen wichtigsten Herrscherpflichten gehörten die Verwaltung seines Staates sowie die Versorgung und der Schutz seines Volkes. Dabei halfen ihm zahlreiche hohe Beamte als Stellvertreter in den Bezirken sowie mittlere und niedere Beamte. 3.000 Jahre regierten Pharaonen. Eine ähnlich lange Herrschaftsform hat es in der Geschichte nicht wieder gegeben.

GESELLSCHAFT IM ALTEN ÄGYPTEN

Kapitel 7.1, M20-M25

Die ägyptische Gesellschaft beruhte auf Arbeitsteilung: Neben der großen Gruppe der Bauern gab es Spezialisten wie Handwerker und Beamte, die für besondere Aufgaben eingesetzt wurden. Die Gesellschaft war hierarchisch gegliedert. An der Spitze standen der Pharao mit seiner Familie und die höchsten Beamten. Die unterste Schicht bildeten die Unfreien.

DIE SCHRIFT DER ÄGYPTER

Kapitel 7.1, M33-M38

Um wichtige Informationen genau übermitteln zu können, entwickelten die Ägypter eine Schrift. Mit den Hieroglyphen schickten sie Nachrichten in alle Teile des Reiches. Dies erleichterte die Verwaltung des riesigen Landes. Allerdings gab es nur wenige Schriftkundige. Sie wurden als Beamte eingesetzt und waren sehr angesehen. Die Erfindung der Schrift ist ein Kennzeichen der frühen Hochkultur.

TOURISMUS IM HEUTIGEN ÄGYPTEN

Kapitel 7.2, M1-M3

Der Tourismus ist für das heutige Ägypten ein wichtiger Wirtschaftszweig. Das Land bietet sowohl für Kultur- (Pyramiden, Sphinx, Tempel), als auch für Badeurlauber (Rotes Meer) ein großes Angebot. Allerdings stehen dem heute Probleme wie die unsichere Lage aufgrund der weltweiten Corona-Krise und die Gefahr des Terrorismus gegenüber. Auch das Problem des Massentourismus und die daraus entstehenden Folgen schaffen Probleme.

Nachdem du das Kapitel „Eine Reise nach Ägypten – wir begegnen der Vergangenheit“ bearbeitet hast, kannst du hier das Gelernte anwenden, dein Wissen prüfen und dir ein Urteil bilden.

M1 Ein ungewöhnliches Mädchen im alten Ägypten

Dogma
Der Begriff Dogma (plural: Dogmen) kommt aus dem Griechischen und bedeutet so viel wie „Lehrsätze“. In einer Religion sind das meist Glaubensregeln, an die sich die Menschen halten sollen. Insbesondere Frauen wurden und werden dadurch meist schlechter gestellt.

Die kleine Nefrit begibt sich im Alter von vier Jahren mit ihrem Vater Kamose, einem armen Feldbauern vom Nil, in die Hauptstadt Mempi. Kamose will sich dort eine neue Existenz aufbauen und wird Arbeiter an der Pyramide des Pharaos. Der Schreiber Aperire erkennt schon früh Nefrits Talente und setzt sie als Schreiberin auf der Baustelle ein und auch der Bauleiter Api nutzt die zeichnerischen und mathematischen Fähigkeiten des Kindes. Durch einen Zufall wird Kamose vom Pharao zum Bauleiter ernannt, sodass Vater und Tochter nun für den Bau der Pyramide verantwortlich sind. Aber im Alter von zwölf Jahren beginnt Nefrit eine Ausbildung als Priesterin. Schon bald wird ihr jedoch bewusst, dass die religiösen Dogmen sie zu sehr einengen. Nefrit geht ihren eigenen Weg und lässt sich schließlich zur Architektin ausbilden. Sogar der Pharao Seneferu wird auf sie aufmerksam, und auch sein Sohn Rahotep streitet um die Gunst der schönen und selbstbestimmten jungen Frau ...

www.histo-couch.de/barbara-goldstein-die-baumeisterin.html [14. 01. 2019]

Cover des Romans „Die Baumeisterin“ von Barbara Goldstein, CreateSpace Independent Publishing Platform 2013

M2 Zur Geschichte Ägyptens

Achtung: Fehler!

Jedes Jahr zur Dürrezeit stieg der Pegel des Nils an, sodass die Ägypter sich freuen konnten. Dieses Ereignis kam für sie immer völlig überraschend. Die reiche Ernte wurde von den Handwerkern notiert und danach in die Vorratsspeicher gebracht. Der zweitmächtigste Mann im Staat war der Maurer, der andere Beamte kontrollierte. Das Zusammenleben der Ägypter war sehr kompliziert, da sie viele verschiedene Sprachen sprachen und sie alle einen Gott verehrten. In der Gesellschaft konnten die Ägypter nicht aufsteigen und mussten sich mit dem Platz abfinden, der ihnen von Geburt an zugeteilt worden war. Ganz besonders schlecht ging es den Unfreien, die noch nicht einmal Eigentum besitzen durften.

interaktive Übung zum Kapitel
82000-75

M3 Ägypten – eine Hochkultur

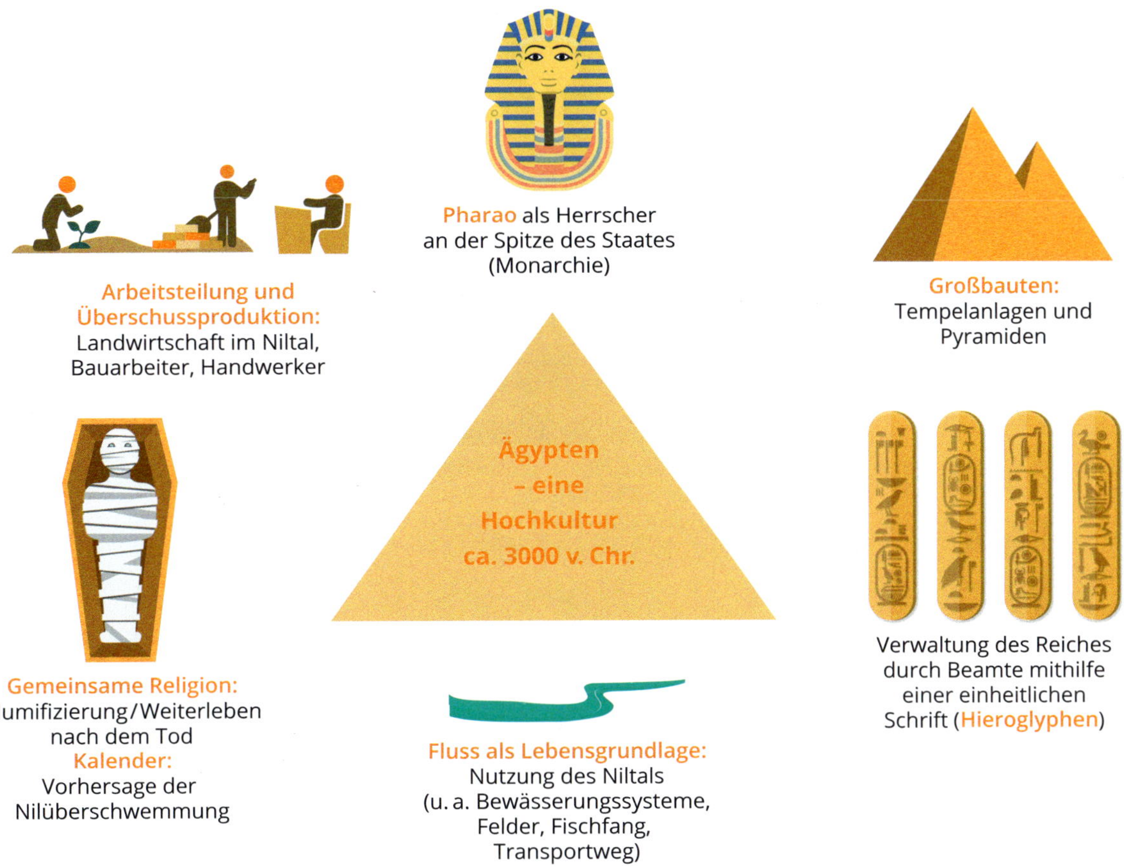

Aufgaben

1. Schreibe einen kleinen Teil der Geschichte „Die Baumeisterin" und berichte aus der Perspektive Nefrits oder ihres Vaters, wie dessen Arbeitsalltag als Feldbauer aussah und warum er glaubt, der neue Beruf als Pyramidenarbeiter sei eine Verbesserung (**M1**).
2. Der Text **M2** hat einige Fehler. Schreibe den Text so um, dass er die Verhältnisse im alten Ägypten korrekt wiedergibt.
3. Ihr nehmt an der „MainzerKinderUni" teil und besucht eine Themenwoche zu Ägypten. Zum Abschluss der Woche bereitet ihr Expertenvorträge vor, in denen ihr erklärt, warum das alte Ägypten eine frühe Hochkultur war. Fasst hierfür alle Aspekte, die die ägyptische Hochkultur ausmachten, zusammen und erläutert diese kurz. Haltet dann eure Vorträge in einer Kleingruppe und / oder vor der Klasse (**M3**).

Tabelle zur Selbsteinschätzung

70091-46

Die Ruinen des Forum Romanum im heutigen Rom. Das Forum war Zentrum der politischen Macht. Viele bedeutende Gebäude standen hier.

Dativius Torbogen in Mainz. Im heutigen Mainz finden sich viele dieser Spuren des antiken Römischen Reichs.

Was weißt du schon?

1. Sicher habt ihr eine Vorstellung davon, wie das Römische Reich so groß wurde, wie es beherrscht wurde und wie die Menschen dort lebten. Sammelt eure Ideen.

2. a) Erkläre, was dir die Bilder über das antike Rom und das Römische Reich verraten.

b) Sammelt im Plenum Begriffe und Fragen, die euch zum antiken Rom einfallen.

8

#Das antike Rom – Herrschaft und Lebenswelt

In deiner Region und in ganz Rheinland-Pfalz finden sich heute noch Spuren der Römer: römische Straßen, Überreste prächtiger Villen und vieles mehr. Archäologen erforschen diese Bauten und weitere Zeugnisse der römischen Antike schon seit langem und stellen sich viele Fragen: Wie hat es Rom in der Antike geschafft, sein Reich so weit auszudehnen? Hat es etwas mit dem Aufbau der Gesellschaft und der Art und Weise zu herrschen zu tun? All das wissen wir heute relativ genau und du kannst hier erfahren, wie die Römer ihr Weltreich beherrschten.

Was lernst du in diesem Kapitel?

... zu beschreiben, wie aus einem Bauerndorf ein Weltreich wurde.
... die Formen der Herrschaft im Römischen Reich zu vergleichen.
... die Bevölkerungsgruppen und das Zusammenleben im Römischen Reich darzustellen.
... das Verhältnis zwischen den Römern und ihren Nachbarn zu erläutern.
... zu erläutern, wie die Römer ihr Reich sicherten und Handel trieben.
... die Spuren, die die Römer hinterließen zu beschreiben und deren Bedeutung für heute herauszuarbeiten.
... eine Informationsbroschüre zu römischen Spuren in Rheinland-Pfalz anzufertigen.
... mit Geschichtskarten und Schriftquellen zu arbeiten.

Eine kleine Römerausstellung gestalten

Worum geht es?

Die Kultur der Römer prägt unsere Städte und unsere Gesellschaft bis heute, vor allem auch in Rheinland-Pfalz. Erforscht die Entwicklung des Römischen Reichs, den Aufbau der römischen Gesellschaft und die Einflüsse, die die Römer hinterlassen haben jeweils in Kleingruppen. Auf einem Wandplakat könnt ihr die wichtigsten Informationen hierzu zusammenfassen und der Klasse vorstellen.

Geht dabei so vor:

Start

1

Teilt euch in Kleingruppen zu je 3-4 Schülerinnen und Schülern auf und bereitet für euer Thema jeweils eine Posterpräsentation vor.

2

Bearbeitet in euren Gruppen einen der folgenden Themenbereiche:

- Vom Dorf zum Weltreich – Rom in der Antike (→ Kap. 8.1, M1-M7, M13-M16, Methode: Eine Geschichtskarte auswerten)
- Von Volkstribunen und Konsuln zu Kaisern (→ Kap. 8.1, M9-M12, M17-M20)
- Kulturkontakte, Reisen und Handel im Römischen Reich (→ Kap. 8.2, M1-M10)
- Was bleibt vom Römischen Reich? (→ Kap. 8.2, M11-M21)

3

Geht für die Vorbereitung eurer Präsentation folgendermaßen vor:

- Sucht neben den Inhalten aus dem Kapitel bei Bedarf nach weiteren Informationen zu eurem Thema (z. B. mithilfe einer Internetrecherche).
- Überlegt euch, wie ihr ein Plakat zu eurem Thema gestalten könnt (Methodenglossar → Ein Wandplakat erstellen).
- Erstellt einen Entwurf.

4

Stellt den Entwurf eurer Lehrerin oder eurem Lehrer vor und lasst euch eine Rückmeldung geben:

- Was ist gut gelungen, was kann noch verbessert werden?
- Was ist gut verständlich, was muss noch erklärt werden, damit andere Schülerinnen und Schüler das Plakat verstehen?
- Gibt es sachliche oder sprachliche Fehler, die behoben werden müssen?

5

Fertigt das Plakat an und stellt es in der in der Klasse vor (zur Vorbereitung einer Präsentation siehe QR-Code).

Eine Präsentation halten

70091-47

8.1 Entstehung eines Weltreichs

Wie ist Rom entstanden?

Viele Dinge – etwa Worte in unserer Sprache wie Familie, Fenster, Arena oder Alibi – haben wir von den Römern übernommen. Die Zeit der Römer prägt uns also bis heute. Wie kam es aber zu dieser Entwicklung?

Was ist das denn für ein merkwürdiges Tier?

M1 Romulus und Remus

Die Römer verehrten viele Götter, die nach ihrem Glauben in das Leben der Menschen eingriffen. Die Wölfin war das heilige Tier des Kriegsgottes Mars und das Wahrzeichen der Stadt Rom.

Und was soll das mit der Entstehung der Stadt Rom zu tun haben?

Bronzestatue aus den Kapitolinischen Museen in Rom

M2 Wer gründete Rom?

a) Die berühmte Gründungssage

Vor etwa 2800 Jahren: Eine Wölfin findet am Ufer des Flusses Tiber einen Korb mit zwei ausgesetzten Kindern. Sie ist vom Vater der Zwillinge, dem Kriegsgott Mars, gesandt. Die Wölfin säugt sie wie ihre eigenen Jungen, so überleben sie. Später nimmt ein Hirte Romulus und Remus auf. Als Erwachsene gründen sie im Jahre 753 v. Chr. am Ufer des Tiber eine neue Stadt mit dem Namen mit dem Namen Rom.Allerdings stritten sie sich darum, wer der die Stadt regieren sollte. Im Streit darum erschlug Romulus seinen Bruder Remus. Deshalb heißt heute die Stadt Rom und nicht Rem.

b) Was sagt die Wissenschaft?

Wahrscheinlich war den meisten Römern die Sage von der Gründung Roms bekannt, bei der die Götter ihre Hand im Spiel hatten. Sie glaubten sie und gaben sie gerne weiter. Aber was ist davon zu halten? Wie kann man „Geschichte" von „Geschichten" trennen? Die Antwort findet man bei so weit zurückliegenden Ereignissen oft im Boden: Archäologen haben durch Ausgrabungen herausgefunden, dass etwa 1000 v. Chr. Angehörige des Volkes der Latiner die sieben Hügel, die heute im Zentrum der Stadt Rom liegen, für die Anlage einer Siedlung nutzten. Hier kreuzten sich Handelswege und wegen der umliegenden Sümpfe war der Ort gut zu verteidigen. In der Siedlung lebten einige Hundert Einwohner. Im Laufe der Zeit entstand daraus eine Stadt mit Häusern aus Stein, einem Zentrum, Straßen und einer Stadtmauer. Die Sümpfe zwischen den Hügeln wurden trockengelegt und das Land bewohnbar gemacht.

Sage
Eine Sage ist eine mündlich erzählte Geschichte, die von Ereignissen handelt, bei denen übernatürliche Wesen (Riesen, Götter) eine Rolle spielen.

Latiner
Weil die Römer zum Volk der Latiner gehörten, heißt ihre Sprache „Latein".

Arbeit eines Archäologen
→ Kap. 2.2

M3 Die Hügel Roms um 900 v. Chr.

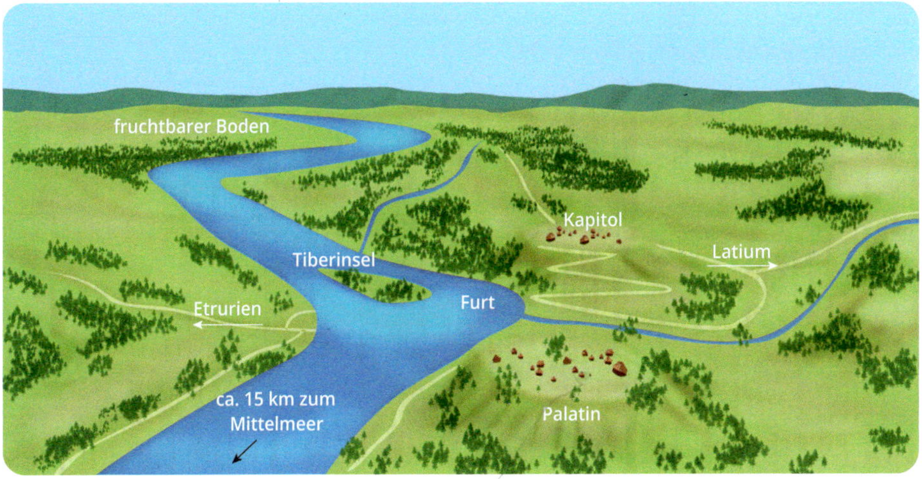

Der Fluss Tiber bildete die Grenze zwischen den Latinern, zu denen die Römer gehörten, und den Etruskern.

M4 Die Römer erobern Italien

Immer wieder kam es zu Auseinandersetzungen um Macht und Land mit den Nachbarvölkern, denen Rom dann den Krieg erklärte. Zwar verloren die Römer einzelne Schlachten, am Ende blieben sie aber siegreich. Römische Bürger mussten bis ins 2. Jahrhundert v. Chr. Kriegsdienst leisten. Harte Strafen und Belohnungen trugen zur Stärke der Armee bei. Es gab kaum ein Jahr, in dem die Römer nicht Krieg geführt haben. Ihre kriegerischen Erfolge sicherten sie mit Verträgen ab. Die ehemaligen Feinde wurden so zu „Bundesgenossen“, die Truppen und Material für das römische Heer stellen mussten. So konnte die Armee weiter vergrößert werden.

Um 272 v. Chr. beherrschte Rom den größten Teil Italiens. In diesem Gebiet lebten damals ca. 3 Millionen Menschen. Aus dem kleinen Bauernstaat war eine bedeutende Macht geworden.

AUFGABEN

1. a) Beschreibe die Abbildung **M1**.
   b) Erkläre mithilfe von **M2a**, was die Abbildung darstellen soll.
2. Vergleiche die Gründungssage mit den Ergebnissen der Wissenschaftler (**M2**). Welche wichtigen Unterschiede gibt es?
3. Warum ließen sich die Latiner gerade hier nieder? Begründe mithilfe von **M2** und **M3** die Wahl dieses Siedlungsortes.
4. Erkläre, wie es den Römern gelang, ihre Macht auf Italien auszudehnen (**M4**).

F Was könnte den Römern an der Sage von Romulus und Remus so wichtig gewesen sein?

Wie wurde Rom zum Weltreich?

Die Römer nannten das Mittelmeer „mare nostrum" – unser Meer. Wie sind sie auf eine solche Bezeichnung gekommen?

M5 Das Römische Reich bis zur Zeit seiner größten Ausdehnung

Animierte Karte zur Ausbreitung des Römischen Reichs

70091-48

M6 Warum soll Karthago zerstört werden?

„Im Übrigen bin ich der Meinung, dass Karthago zerstört werden muss!" – mit diesen Worten soll der römische Politiker Cato (234-149 v. Chr.) alle seine Reden beendet haben. Wer waren die Karthager und warum rief Cato zur Zerstörung auf?

Karthago lag an der Nordküste Afrikas im heutigen Tunesien. Die Karthager beherrschten den Handel und die Schifffahrt im Mittelmeer und besaßen einen gut geschützten Hafen. Zu ihrem Reich gehörte auch ein großer Teil Siziliens. Die Karthager waren also die größten Konkurrenten der Römer. Lange Zeit lebten Rom und Karthago in Frieden. Das änderte sich, als die Römer ihren Herrschaftsbereich bis zur Südspitze Italiens ausdehnten und die Interessen, z. B. an der Beherrschung Siziliens, direkt aufeinander trafen. Die Römer nannten die Karthager „Punier". Deshalb sind die kriegerischen Auseinandersetzungen zwischen Rom und Karthago als „Punische Kriege" in die Geschichte eingegangen.

M7 Die Punischen Kriege

264-241 v. Chr.:
1. Punischer Krieg
Am Ende des langen Krieges muss Karthago Sizilien abtreten und 80 Tonnen Silber an die Römer zahlen.

→

218-201 v. Chr.: 2. Punischer Krieg
Der karthagische Feldherr Hannibal zieht mit einem großen Heer samt Elefanten über die Alpen nach Italien. Er fügt den Römern bei Cannae eine schwere Niederlage bei. Am Ende siegen aber die Römer.

→

149-146 v. Chr.:
3. Punischer Krieg
Der Krieg endet mit der vollständigen Zerstörung Karthagos durch die Römer. Das Land wird Teil des römischen Reichs.

M8 Gibt es gerechte Kriege?

Aber brachten Kriege nicht Not und Leid mit sich? Diese Erfahrung mussten auch die Römer machen. Gegen Hannibal verloren bei Cannae 216 v. Chr. beispielsweise 60.000 Soldaten ihr Leben. Aber all das hielt die Römer nicht davon ab, an einem Recht auf Kriegsführung festzuhalten. Den Römern, wie auch den anderen Menschen im Altertum, galt der Krieg als etwas beinahe Selbstverständliches. Ihre Ansprüche auf Macht und Land leiteten sie von ihren Göttern ab, die bei einem bevorstehenden Krieg immer um Beistand gefragt wurden. Aber nicht jeder Krieg war gerechtfertigt. Es mussten bestimmte Voraussetzungen gegeben sein, die der römische Politiker Marcus Tullius Cicero (106-43 v. Chr.) so zusammenfasste: „Die Kriege sind ungerecht, die ohne Grund unternommen worden sind. Denn nur dann kann ein gerechter Krieg [...] als gerecht gelten, wenn es sich darum handelt, Rache an den Feinden zu üben oder diese abzuwehren; sonst nicht. Kein Krieg gilt für gerecht, wenn er nicht vorher angekündigt, wenn er nicht formell [= den Vorschriften und Regeln nach] erklärt ist, wenn er nicht aus Gründen der Wiedergutmachung geführt wird."

Cicero, Über den Staat, übersetzt von W. Sontheimer, Stuttgart 1980, S. 113

AUFGABEN

1. Werte die Karte **M5** zur Ausdehnung des Römischen Reiches aus. (**Methode: Eine Geschichtskarte auswerten**).
2. a) Erkläre mithilfe von **M6**, warum die Römer in den Krieg zogen.
   b) Fasse zusammen, zu welchem Ergebnis die Kriege führten (**M7**).
3. a) Arbeite aus dem Text heraus, wann nach Ciceros Meinung Kriege als gerecht gelten können (**M8**).
   b) Diskutiert, ob die Auffassung Ciceros heute noch Gültigkeit hat.

H zu Aufgabe 1
Werte die Karte nach folgenden Aspekten aus: In welche Richtungen hat sich das Römische Reich ausgebreitet? Welche heutigen Staaten gehörten zum Römischen Reich?

Erklärvideo zum allgemeinen Kartenverständnis

70091-49

Eine Geschichtskarte auswerten

Worum geht es?

Geschichtskarten helfen dabei, uns in der Vergangenheit zurecht zu finden. Sie stellen einen Raum (z. B. die Länder rund um das Mittelmeer) zu einer bestimmten Zeit oder in einem Zeitraum dar und sind damit eine besondere Form der thematischen Karten. Wie auch andere Karten zeigen Geschichtskarten unterschiedliche Farben und Zeichen. Um der Karte ihre Informationen zu entlocken, musst du schrittweise vorgehen.

Gehe dabei so vor:

1. Schritt: Bestimme das Thema der Karte

Die Überschrift hilft dir in den meisten Fällen, das Thema der Karte zu bestimmen. Anschließend kannst du auch noch die Legende und die Karte selbst betrachten, um mehr über das Thema zu erfahren.

2. Schritt: Ordne die Karte in den richtigen Raum und die passende Zeit ein

Hier helfen dir ebenfalls die Überschrift und die Legende. Im Fall der Karte „Das Römische Reich bis zur Zeit seiner größten Ausdehnung" werden einzelne Zeitabschnitte mit unterschiedlichen Farben dargestellt.

3. Schritt: Lies die wichtigsten Informationen aus der Karte heraus

Mithilfe der Legende und des Karteninhalts kannst du die wichtigsten Informationen herauslesen. Gehe dabei in diesem Fall so vor, dass du bei der ersten Zeitspanne beginnst und im Anschluss die weitere Ausdehnung des Römischen Reiches beschreibst.

4. Schritt: Fasse das Wichtigste zusammen

Fasse kurz zusammen, welche Erkenntnisse dir die Karte liefert und welche nicht. Sind Fragen offen geblieben oder gibt es neue Fragen, die durch die Betrachtung der Karte erst entstanden sind? Du kannst hierzu auch Vermutungen anstellen.

Wie regeln die Römer ihr Zusammenleben?

Von den Römern haben wir das Wort „Republik“ übernommen. Sie nannten ihren Staat Res Publica, was so viel heißt wie die „die öffentliche Sache“ – eine Sache also, an der alle beteiligt sind. Wer war aber tatsächlich daran beteiligt?

M9 Ein Aufstand in Rom?

Es schien ein Morgen wie viele andere zu sein. Der vornehme Lucius Cornelius ging zum Forum. Das Gedränge war so groß wie immer um diese Zeit. Aber plötzlich fiel Lucius Cornelius auf, dass die Leute heute nicht in die Stadt zum Marktplatz gingen. Nein, ganze Familien zogen mit all ihren Habseligkeiten aus der Stadt. Da erkannte Lucius Cornelius in der Menge den Plebejer Quintus. „Was ist hier los?“, wollte er wissen. Ohne den sonst üblichen Respekt gegenüber dem vornehmen Patrizier raunzte Quintus zurück: „Was soll schon los sein? Es reicht uns. Wir gehen.“ Lucius Cornelius war so verblüfft, dass er ganz vergaß, Quintus wegen seines groben Tons zu tadeln. „Was reicht euch? Wohin geht ihr?“ Quintus baute sich breitbeinig vor ihm auf: „Wir haben es satt, dass ihr Patrizier, mit euren angeblich so vornehmen Vorfahren, hier in der Stadt schaltet und waltet, wie es euch in den Kram passt. Ihr besitzt Ländereien und habt dadurch ein Vermögen, von dem wir nur träumen können. Uns lasst ihr die schwere Arbeit auf den Feldern und als Handwerker machen, das nehmen wir nicht länger hin!“

M10 Die Fabel vom Magen und den Gliedern

Der Geschichtsschreiber Livius (59 v. Chr. - 17 n. Chr.) erzählt folgende Begebenheit aus der Frühzeit Roms:

„Als der römische Senat beschloss, in den Krieg zu ziehen, weigerten sich die meisten Plebejer. Anstatt die Waffen zu ergreifen, verließen sie zornig die Stadt und schlugen auf einem nahe gelegenen Hügel ein Lager auf. Sie wollten nicht länger den Befehlen der Patrizier gehorchen. Die in der Stadt zurückgebliebenen Patrizier fürchteten sich. Allein konnten sie sich nicht gegen die Feinde verteidigen. Einige wollten die Plebejer mit Gewalt zurückholen.

Schließlich sagte Menenius Agrippa: „Ich werde zu ihnen gehen.“ Er wagte sich tatsächlich in das Lager der Plebejer. Dort erzählte er den verärgerten Bürgern folgende Geschichte: „Stellt euch einen Körper vor mit Kopf, Armen, Beinen, Rumpf und Magen. Eines Tages empörten sich die Glieder dieses Körpers. Denn sie mussten ja schließlich alle für den Magen arbeiten, der selbst nichts tat. Die zornigen Glieder beschlossen, ebenfalls nichts mehr für den Magen zu tun. Die Hände wollten keine Speise mehr zum Mund führen und der Mund weigerte sich, Essen aufzunehmen. Bald mussten sie aber erkennen, dass der ganze Körper verfiel.“

Nach: Livius, Römische Geschichte II, 32 (nacherzählt von Björn Onken und Dieter Brückner)

Die Fabel vom Magen und den Gliedern als Hörfassung

70091-50

Patrizier
Reiche, adelige Familien, die nach der Vertreibung des letzten Königs um 509 v. Chr. die Macht in den Händen hielten.

Plebejer
Einfache Bauern, Handwerker und Händler. Sie stellten den größten Teil der Bevölkerung Roms.

Menenius Agrippa erzählt den Plebejern die Fabel vom Magen und den Gliedern, Wandmalerei im Wiener Parlamentsgebäude von August Eisenmenger, um 1885.

M11 Was konnten die Plebejer erreichen?

a Es wird das Amt eines Volkstribunen eingerichtet. Dieser gilt als unantastbar, er darf also nicht bestraft werden.

b Die Plebejer dürfen eigene Versammlungen abhalten. Dort werden auch die 10 Volkstribunen gewählt.

c Die Volkstribune sollen die Plebejer schützen und können gegen Entscheidungen Einspruch erheben (Vetorecht).

d Das römische Recht wird auf Bronzetafeln festgehalten (Zwölf-Tafel-Gesetz). So gibt es bei Streitigkeiten eine für alle gültige Grundlage.

e Plebejer dürfen auch oberste Staatsbeamte werden. Ihre Versammlungen dürfen Gesetze beschließen, an die sich auch die Patrizier halten müssen.

f Das Heiratsverbot zwischen Plebejern und Patriziern wird aufgehoben.

DIE RÖMISCHE REPUBLIK

Die römische Republik bestand von ca. 470 bis 27 v. Chr. Sie bezeichnet die Staatsform, bei der ein Teil der Bürger über Konsuln und Volkstribune mitbestimmen konnte.

Sie ist gekennzeichnet durch die Wahl der Amtsträger durch die Versammlungen der männlichen Römer mit Bürgerrecht. Abgestimmt wurde aber nicht nach Personen – wie etwa bei Wahlen in Deutschland – sondern nach Besitz. Die Ämter wurden immer nur für ein Jahr ausgeübt. Das sollte verhindern, dass eine Person die Macht an sich reißen könnte. An der Spitze der Ämter standen die beiden Konsuln. Der Senat setzte sich aus den ehemaligen Amtsträgern zusammen und war das mächtigste Organ der römischen Republik.

M12 Wie funktionierte die römische Verfassung?

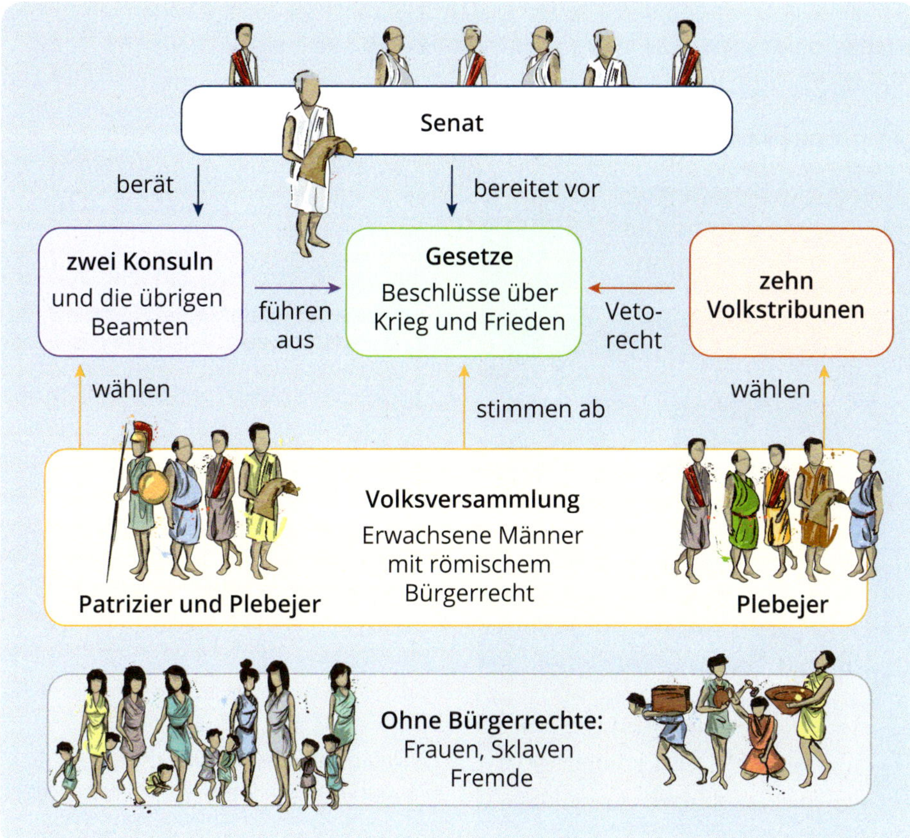

AUFGABEN

1. a) Beschreibe die Situation zwischen dem Patrizier und dem Plebejer. Weshalb geraten sie in einen Streit (**M9**)?
   b) Fasse zusammen, welche Stellung Patrizier und Plebejer jeweils im Römischen Reich haben (**M9**).
2. a) Erkläre, was M. Agrippa mit seiner Geschichte erreichen will (**M10**).
   b) Versetze dich in die Lage der Plebejer: Was könntest du Agrippa entgegnen (**M10**)?
3. a) Arbeitet in Kleingruppen zusammen. Erklärt den Aufbau der römischen Verfassung (**M12**).
   b) Begründet mithilfe des Textes und des Schaubilds zur Verfassung, welche Maßnahmen den Plebejern nützten und welche Punkte sie kritisieren könnten (**M11, M12**).
4. Denke zurück an den Beginn des Streits zwischen Patriziern und Plebejern: Können deiner Meinung nach die Plebejer mit dem Ergebnis zufrieden sein (**M9-M12**)?

H zu Aufgabe 2a
Wofür stehen die Glieder und wofür der Magen?

H zu Aufgabe 3a
Folgende Fragen helfen euch dabei, die Verfassung zu verstehen:
- Wer durfte wählen, wer nicht?
- Von wem konnten die Konsuln, von wem die Volkstribunen gewählt werden?
- Wer durfte Gesetze beschließen und über Krieg und Frieden entscheiden?

F Vergleiche die antike römische Verfassung mit der im antiken Griechenland.

Kriege für das Vaterland – ein Segen für alle?

Die zahlreichen Kriege veränderten die Gesellschaft. Sie machten Rom reich und mächtig, die Stadt wurde immer prächtiger. Aber nützte das allen Römern?

M13 Ein Mord in Rom?

133 v. Chr.: Der Volkstribun Tiberius Gracchus wird ermordet – ein ungeheuerliches Verbrechen, galt ein Volkstribun doch als unantastbar. Seinem Bruder und Nachfolger Gaius erging es wenige Jahre später nicht anders. Beide waren sehr beliebt beim einfachen Volk. Wie konnte es dazu kommen?

Das Bild zeigt, wie der Senator Tiberius Gracchus und 200 seiner Anhänger im Jahr 133 v. Chr. in Rom erschlagen werden (Stahlstich aus dem Jahr 1842).

M14 Wie sah die Situation der Kleinbauern aus?

Proletarier
Als Proletarier wurden die land- und besitzlosen Römer bezeichnet, die für Lohn arbeiten mussten.

Als Folge der Kriege wurden Hunderttausende als Sklaven nach Rom gebracht. So gerieten z. B. allein 167 v. Chr. auf dem Balkan 150.000 Menschen auf einmal in Gefangenschaft. Adelige Großgrundbesitzer setzten sie auf ihren Gütern ein und erzielten hohe Gewinne. Für die Kleinbauern, die oft fern der Heimat kämpfen mussten, sah die Situation nicht gut aus: Sie konnten ihre Felder nicht bewirtschaften und gerieten in Not. Viele zogen nach Rom, wo sie allerdings kaum etwas verdienen konnten. Das brachte auch militärische Probleme mit sich, weil sich die land- und besitzlosen Römer die Ausrüstung für den Krieg nicht mehr leisten konnten.

Nach dem griechischen Schriftsteller Plutarch (46-120 n. Chr.) soll Tiberius Gracchus die Lage in einer Rede so beschrieben haben: „Die Tiere, die in Italien leben, haben eine Behausung, jedes besitzt seine eigene Lagerstätte und seinen Schlupfwinkel; die Männer aber, die für Italien kämpfen und sterben, haben nur Anteil an der Luft und dem Licht. […] Für anderer Leute Wohlleben und Reichtum kämpfen und sterben sie. Sie heißen Herren der Welt, aber haben keine einzige Scholle zu eigen [= besitzen kein Stück Ackerland]."

Zitiert nach: Barceló, Pedro: Altertum. Grundkurs Geschichte 1, Athenaeum Verlag, Bodenheim 1982, S. 170 f.

M15 Die Last des Legionärs

Das Leben der Legionäre war hart. Während der Ausbildungszeit trainierten sie mit Waffen und lernten im Gleichschritt marschieren, bis sie etwa 36 km in fünf Stunden zurücklegen konnten. Da sie Rüstung, Waffen, Kochgeschirr, Werkzeuge und Proviant - alles in allem etwa 30 kg - mit sich schleppen mussten, wurden sie auch die „Maulesel des Marius" genannt.

Legionär
Die Bezeichnung Legionär leitet sich ab von Legion, der größten Einheit der römischen Armee (4.000-6.000 Soldaten).

M16 Welche Vorschläge machen Tiberius Gracchus und sein Bruder?

133 v. Chr. verlangte er eine Landreform: Senatoren sollten nur noch begrenzt Land besitzen dürfen, die frei gewordenen Äcker sollten an arme Römer abgegeben werden.

→

132 v. Chr. ließ er sich gegen die Regeln zum zweiten Mal als Volkstribun wählen. Die Senatoren fürchteten um ihre Macht und ihren Besitz, Tiberius wird zusammen mit seinen Anhängern von einer Gruppe von Senatoren ermordet.

→

Sein Bruder Caius setzte 123 v. Chr. die Reformen fort: Kolonien sollten gegründet werden (z. B. auch an der Stelle des zerstörten Karthago), die ärmeren Römer sollten mit billigerem Getreide versorgt werden, Soldaten sollten ihre Kleidung nicht mehr selbst bezahlen müssen.

AUFGABEN

1. Stellt im Plenum Vermutungen auf, weshalb der Volkstribun Tiberius Gracchus ermordet wurde (**M13**).
2. Fasse zusammen, welche Folgen die Kriege für die römische Gesellschaft hatten (**M14, M15**).
3. Erkläre, wie T. und C. Gracchus die Probleme lösen wollten. Für wen waren die Vorschläge von Vorteil, wer musste Einschränkungen befürchten (**M16**)?
4. Arbeitet zu zweit und verfasst einen Dialog zwischen zwei verarmten Bauern. Er sollte folgende Dinge beinhalten:
   - Die Probleme, die sie zuhause, aber auch in der Armee hatten (**M14, M15**)
   - Forderungen, um ihre Situation zu verbessern (**M16**).
5. Beantworte mithilfe deines Wissens aus dem Kapitel die Einstiegsfrage: Wie konnte es zur Ermordung des Tiberius Gracchus kommen (**M13-M16**)?

H zu Aufgabe 1
Rufe dir dazu in Erinnerung, wer ein Volkstribun werden konnte, von wem er gewählt werden konnte und von wem nicht.

Augustus – auf dem Weg zum Alleinherrscher

Caesar und Augustus. Einen dieser Namen hast du wahrscheinlich schon einmal gehört. Was aber haben sie mit dem antiken Römischen Reich zu tun?

M17 Wie kommt es zur Ermordung Caesars?

Darstellung der Ermordung Caesars, Ausschnitt aus dem Historiengemälde von Friedrich Füger, 1815

Am 15. März 44 v. Chr. wird Caesar, der wahrscheinlich bis heute berühmteste Römer, im Senat ermordet. Caesar war ein erfolgreicher Feldherr und eroberte Gallien (das heutige Frankreich). Auch wegen der enormen Kriegsbeute war er ein sehr reicher Mann. Die Senatoren fürchteten, dass Caesar zu mächtig werden könnte und sahen ihre eigene Stellung bedroht. So kam es zu einer Verschwörung: Eine Gruppe von ca. 60 Senatoren traf sich heimlich und verabredete, Caesar zu ermorden. Nach der Ermordung Caesars trat sein Adoptivsohn Oktavian seine Nachfolge an. Er ging schließlich als „Friedenskaiser" in die Geschichte ein. Was hat ihm diesen Titel eingebracht?

M18 Warum entgeht Augustus dem Schicksal Caesars?

a) Aus den Annalen des Tacitus

Der wohl bedeutendste römische Historiker, der Senator Cornelius Tacitus (um 56-117 n. Chr.), schreibt:

Sobald Augustus das Militär mit Geschenken, das Volk durch Getreidespenden, alle miteinander durch die Annehmlichkeit einer Friedenszeit für sich gewonnen hatte, erhob er allmählich höher sein Haupt und zog die Befugnisse des Senats, der Staatsverwaltung und der Gesetzgebung an sich. Dabei fand er keinen Widersacher, da die tatkräftigsten Männer auf den Schlachtfeldern geblieben oder den öffentlichen Verfolgungen zum Opfer gefallen waren, während die übriggebliebenen Angehörigen der römischen Führungsschicht bereitwillig das Joch der Knechtschaft auf sich nahmen und dafür umso höher an Reichtum und Ehren stiegen. So hatte sich denn die Staatsform gewandelt. Die Gleichheit der Staatsbürger war beseitigt, und alle schauten nur noch auf die Befehle des Princeps.

Nach: Tacitus, Annalen I.2, übersetzt von Walther Sontheimer, Stuttgart 1964, S. 121, M4

Caesar
Gaius Julius Caesar wurde 100 v. Chr. geboren. Er stammte aus der angesehenen Adelsfamilie der Julier. Er hatte verschiedene Staatsämter inne und wurde im Jahre 59 v. Chr. Konsul. In einem grausamen Bürgerkrieg setzte er sich gegen seinen Konkurrenten Pompeius durch und zog 45 v. Chr. als Sieger in Rom ein.

Diktator
Als Diktator bezeichnen wir jemanden an der Spitze des Staates, dessen Macht durch keine Regeln eingeschränkt ist.

b) Von Oktavian zu Augustus

44-30 v. Chr.:
Oktavian verfolgt und besiegt die Mörder Caesars und die Verteidiger der Republik. Innerhalb des Reiches sorgt er für ein Ende der Bürgerkriege.

→

27 v. Chr.:
Er verzichtet auf alle Vollmachten, die ihm der Senat übertragen hatte. Der Senat verleiht ihm den Ehrentitel „Augustus" (erhaben, verehrungswürdig, heilig). Er bezeichnete sich selbst als „Erster unter Gleichen", oder „primus inter pares". Deshalb wird seine Herrschaft bis heute als Prinzipat bezeichnet.

M19 Wie viel Macht hat der „Erste unter Gleichen"?

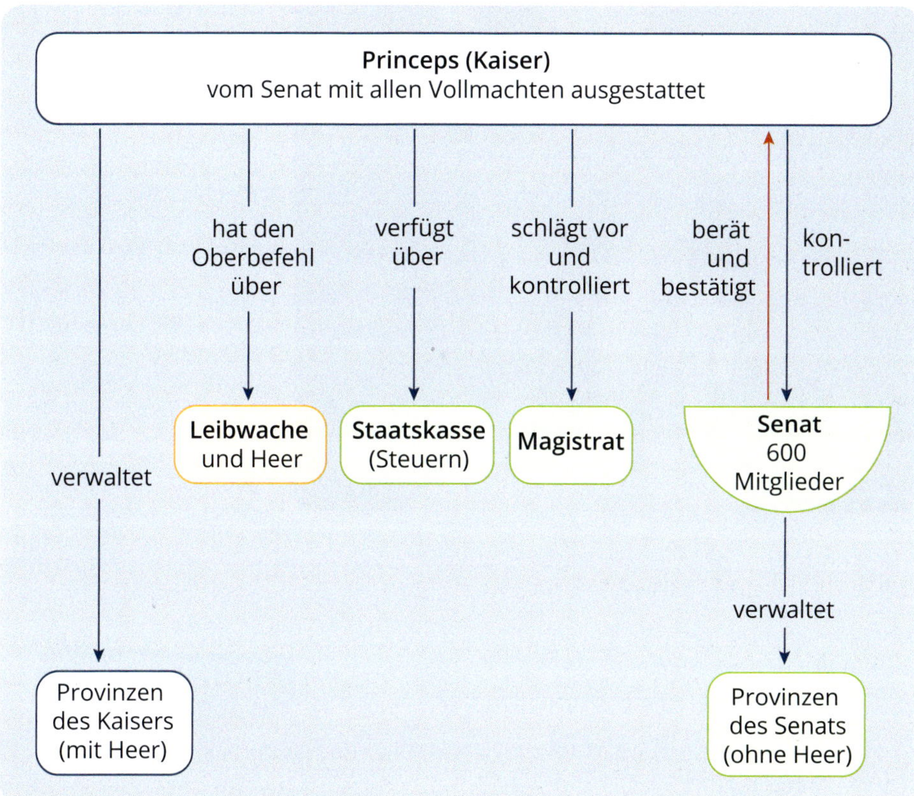

Kaiser leitet sich von Caesar ab und ist der höchste weltliche Herrschertitel.

DIE RÖMISCHE KAISERZEIT

Unter der römischen Kaiserzeit versteht man die Zeit zwischen dem Beginn des Prinzipats des Augustus 27 v. Chr. bis zum 3. Jahrhundert n. Chr. Sie ist gekennzeichnet durch die Herrschaft des Princeps oder auch Kaisers an der Spitze des Staates.

Von der kaiserlichen Zentrale aus wurde das Reich mit Beamten und Statthaltern verwaltet. Der Princeps hatte alle Vollmachten und somit die Entscheidungsgewalt in allen wichtigen Angelegenheiten.

M20 Wie stellt sich Augustus selbst dar?

Statue des Augustus. Nachdem Caesars Großneffe Octavian den Ehrennamen „Augustus" (erhaben, verehrungswürdig, heilig) verliehen bekam, ließ er dieses Bildnis tausendfach kopieren und im ganzen Römischen Reich verbreiten. Barfüßig wurden in der römischen Tradition sonst nur Götter dargestellt. Die Statue ist 2,17 m hoch und zeigt Augustus größer, als er tatsächlich war (Ashmolean Museum, Universität Oxford, Gipskopie nach einem 27 v. Chr. entstandenen Bronzeoriginal).

AUFGABEN

1. a) Beschreibe das Bild. Wie stellt der Maler Caesar und die Verschwörer dar (**M17**)?
   b) Erkläre, warum Cäsar ermordet worden ist (**M17**).
2. Begründe, wie es Augustus gelang, eine dauerhafte Alleinherrschaft zu errichten (**M18, Methode: Geschichtliche Schriftquellen entschlüsseln**).
3. Arbeitet zu zweit und erklärt mithilfe des Schaubilds **M19**, warum Rom nur noch scheinbar eine Republik war und wie viel Macht der Princeps hatte.
4. a) Untersuche, wie Augustus gesehen werden möchte (**M20**).
   b) Erkläre, warum seine Statue tausendfach verbreitet wurde (**M20**).
5. Beurteile die Herrschaftsmethode des Augustus auf Grundlage deines Wissens zur Verteilung der Macht in der römischen Republik und im antiken Griechenland.

H **zu Aufgabe 3**
Vergleicht hierfür auch das Schaubild mit dem Schaubild der römischen Republik (M12).

Geschichtliche Schriftquellen entschlüsseln

Worum geht es?

Vieles, was wir über die Vergangenheit wissen, wissen wir aus dem, was uns schriftlich überliefert ist. Schriftquellen auszuwerten, ist nicht immer so einfach: Sie sind oft in einer Sprache verfasst, die uns fremd ist. Man muss sich immer die Frage stellen, ob man glauben kann, was die Verfasserin oder der Verfasser geschrieben hat. Hier erfährst du Schritt für Schritt, wie du solch eine Quelle lesen kannst.

Gehe dabei so vor:

1. Schritt: Lies die Textquelle und mache dir Notizen

Lies den Text aufmerksam durch. Zu welchen Fragen kann die Quelle eine Antwort geben? Notiere dir die wichtigsten Punkte. Dazu gehört auch die Klärung von Begriffen, die unbekannt sind.

2. Schritt: Untersuche den Text mithilfe von W-Fragen

Diese Fragen dienen dazu, die Glaubwürdigkeit der Quelle einzuschätzen:
- Wer hat den Text geschrieben?
- Für wen ist der Text bestimmt?
- Wie steht der Verfasser vermutlich zu der berichteten Sache?
- Wann wurde der Text geschrieben?
- Wie lange liegt die berichtete Sache zurück?
- Um welche Art von Text handelt es sich (z. B. Flugblatt oder Gesetzestext)?

Wenn du diese Fragen beantwortet hast, weißt du, von welchem Standpunkt aus der Verfasser die Sache sieht und welche Absicht er vermutlich hat.

3. Schritt: Fasse den Inhalt der Quelle zusammen

Was sind die wichtigsten Erkenntnisse aus der Quelle? Fasse sie in Stichpunkten zusammen.

4. Schritt: Deute die Quelle

Welche Absicht des Autors wird im Text deutlich? Wie bewertet er die berichtete Sache? Wie passen die Ergebnisse zu deinen bisherigen Kenntnissen?

Beispiel einer Interpretation einer Schriftquelle anhand von M18

70091-51

8.2 Was bleibt vom Römischen Reich?

Römer und Germanen – Feinde oder gute Nachbarn?

Bei der Ausdehnung ihres Reiches nach Norden trafen die Römer auf germanische Stämme, über die sie wenig wussten. Wie verlief die Begegnung zwischen Römern und Germanen?

M1 Die Varusschlacht

„Varus, gib mir meine Legionen wieder!“ Das soll Augustus im Jahre 9 n. Chr. gesagt und dabei mehrfach den Kopf gegen die Tür gestoßen haben. Was war passiert? Varus war der römische Statthalter in der Provinz Germanien, die um das Land östlich des Rheins erweitert werden sollte. Auf dem Weg ins Winterlager geriet Varus mit seinem Heer von ca. 15.000 Soldaten in einen Hinterhalt der Germanen. Das Heer wurde vernichtend geschlagen, Varus nahm sich das Leben. An der Spitze der germanischen Stämme stand Arminius. Er stammte aus einer germanischen Familie und war ein in Rom ausgebildeter Offizier des römischen Heeres, dem Varus vertraute. Nach der Schlacht gaben es die Römer auf, weitere Gebiete in Germanien zu erobern.

Barbaren
Antike Geografen waren überzeugt: Je weiter aus dem Norden die Menschen kamen, desto wilder und größer würden die Bewohner. Barbaren verkörperten für die Römer das völlige Gegenteil der griechisch-römischen Zivilisation.

M2 Wer waren die Germanen?

Barbaren heute – eine moderne Spielfigur eines Germanen

Es gab verschiedene germanische Stämme, die Germanen selbst betrachteten sich nicht als ein Volk. Zwischen ihnen gab es immer wieder kriegerische Auseinandersetzungen. Zur Zeit der Eroberung Galliens (das heutige Frankreich) durch Caesar im 1. Jahrhundert v. Chr. kamen die Römer wiederholt mit Germanen in Berührung, die sich als kampferprobte Gegner erwiesen. Sie lebten in Siedlungen, die aus verstreut liegenden einzelnen Gehöften bestanden. Bodenfunde liefern uns Kenntnisse über die Germanen, sie selbst haben keine schriftlichen Zeugnisse hinterlassen. Es haben aber römische Geschichtsschreiber über sie berichtet. Die Römer bezeichneten die Germanen abwertend als „Barbaren“, als rohe und gewaltbereite Menschen ohne Kultur.

Ein Tag am Limes
70091-52

M3 Der Limes – nur ein Schutzwall?

Seit dem 1. Jh. errichteten die Römer zum Schutz vor Überfällen Grenzbefestigungen mit Holzwänden, Mauern und Wachtürmen, hinter denen sich Militärlager befanden. Die am Limes stationierten Soldaten waren auf die Versorgung durch die einheimische Bevölkerung angewiesen. Die Germanen lieferten neben Lebensmitteln Rohstoffe wie Holz und Blei. Auch Gänsefedern, Felle und Frauenhaar zur Herstellung von Perücken waren beliebt. Aus Rom kamen Waffen, Schmuck, Geschirr und Wein. Die Germanen lernten von den römischen Soldaten neue Arbeitstechniken wie den Hausbau aus Stein. Manche germanischen Anführer dienten mit ihren Leuten den Römern. Sie wurden dafür bezahlt und nahmen so am wirtschaftlichen Reichtum der Römer teil. Römische Soldaten ließen sich nach dem Ende ihrer Dienstzeit in der neuen germanischen Heimat nieder. Gar nicht so selten haben Römer und germanische Frauen geheiratet.

Am Grenzzaun Limes entwickelte sich ein reger Warenhandel.

ROMANISIERUNG

Romanisierung nennt man die Übernahme der lateinischen Sprache und der römischen Lebensweise durch die beherrschten Völker im Römischen Reich. Die Einflüsse der Romanisierung reichen bis heute.
Mit den Soldaten zog auch die römische Lebensart in die Provinzen ein. Das Leben änderte sich nachhaltig, die Einheimischen übernahmen römische Essgewohnheiten, die lateinische Sprache vermischte sich mit den einheimischen Sprachen.

AUFGABEN

1. Erkläre, welche Bedeutung die Varusschlacht für die Römer hatte (**M1**).
2. a) Beschreibe die Lebensweise der Germanen (**M2**).
   b) Erläutere, wie die Römer die Germanen sahen (**M2**).
3. Der Limes wurde vor allem als Schutzwall erbaut. Begründe, weshalb er sowohl für die Römer als auch die Germanen mehr als das war (**M3**).
4. Arbeitet zu zweit. Verfasst einen Dialog zwischen einem germanischen Anführer und einem römischen Heerführer, die sich am Limes treffen.

H zu Aufgabe 4
Im Gespräch sollen folgende Dinge angesprochen werden:
- Handelsbeziehungen
- Kriegsführung der Römer und Germanen im Vergleich

F zu Aufgabe 2b
Wo findest du heute noch vergleichbare Sichtweisen auf Menschen, die „anders“ sind?

F Recherchiere im Internet, in welchen Bundesländern wir heute noch Spuren des Limes finden.

Reisen und Handel im Römischen Reich

Das Römische Reich wuchs mit der Zeit zu einer enormen Größe an. Wie schaffte man es, dieses riesige Reich zu verwalten und die einzelnen Gebiete miteinander zu verbinden?

M4 Städtegründungen

Die „Porta Nigra" in Trier. Kaiser Konstantin, der von 306 bis 337 regierte, machte den Ort zeitweilig zum Sitz der Regierung des Weströmischen Reiches. Die Porta Nigra fungierte als Stadttor, durch das Händler fahren mussten, um hineinzukommen. Die Porta Nigra war aber auch ein Zeichen von Macht und Prestige des Römischen Reiches.

Wie du schon weißt, bauten die Römer hinter dem Limes befestigte Militärlager (Kastelle), um ihre eroberten Gebiete zu sichern. In ihrer Nähe ließen sich Handwerker und Händler nieder. Sie versorgten die Truppen mit allem Nötigen. So entstanden im Laufe der Zeit aus Militärlagern und Ansiedlungen auch bei uns erste Städte. Sie waren wichtig für die Romanisierung. Denn in den Städten bauten die Römer Tempel, Theater, Aquädukte, Marktplätze, Thermen und Häuser mit Fußboden- und Wandheizung. Von hier aus wurde das Land verwaltet, hier sprachen die Römer Recht, hier handelten sie mit Waren aus dem gesamten Reich. Hier lernte die einheimische Bevölkerung die römische Lebensart kennen. Die Zahl der Stadtbewohner betrug jedoch nie mehr als fünf bis zehn Prozent der Gesamtbevölkerung.

M5 Straßen erschließen die Provinzen

Ehemalige Römerstraße „Via Ausonia" im Soonwald/Hunsrück. Meistens waren die Römerstraßen schnurgerade angelegt. Die ehemalige Römerstraße wird heute als Landwirtschaftsweg und als Wanderweg genutzt.

Damit die Römer im gesamten Römischen Reich Handel treiben und ihre Soldaten und Verwaltungsbeamten überall gut versorgen konnten, bauten sie ein fortschrittliches Straßennetz. Die Qualität der Straßen war teilweise so hervorragend, dass manche von ihnen noch heute gut erhalten sind. Rund 80 000 km Straßennetz durchzogen im 2. Jh. n. Chr. das Römische Reich. So konnten Befehle, Nachrichten, neue Gesetze und Vorschriften, aber auch die römischen Heere und Waren schnell in alle Winkel des Imperiums gelangen. Das Straßennetz trug außerdem maßgeblich dazu bei, dass die Römische Kultur sich überhaupt bis in die entlegensten Winkel ausbreitete und nachhaltig seine Spuren in Europa hinterließ. Dadurch, dass das Straßennetz immer weiter ausgebaut wurde, entwickelten sich auch stetig viele neue Siedlungen.

M6 Fernhandel im Römischen Reich, 1.-3. Jh. n. Chr.

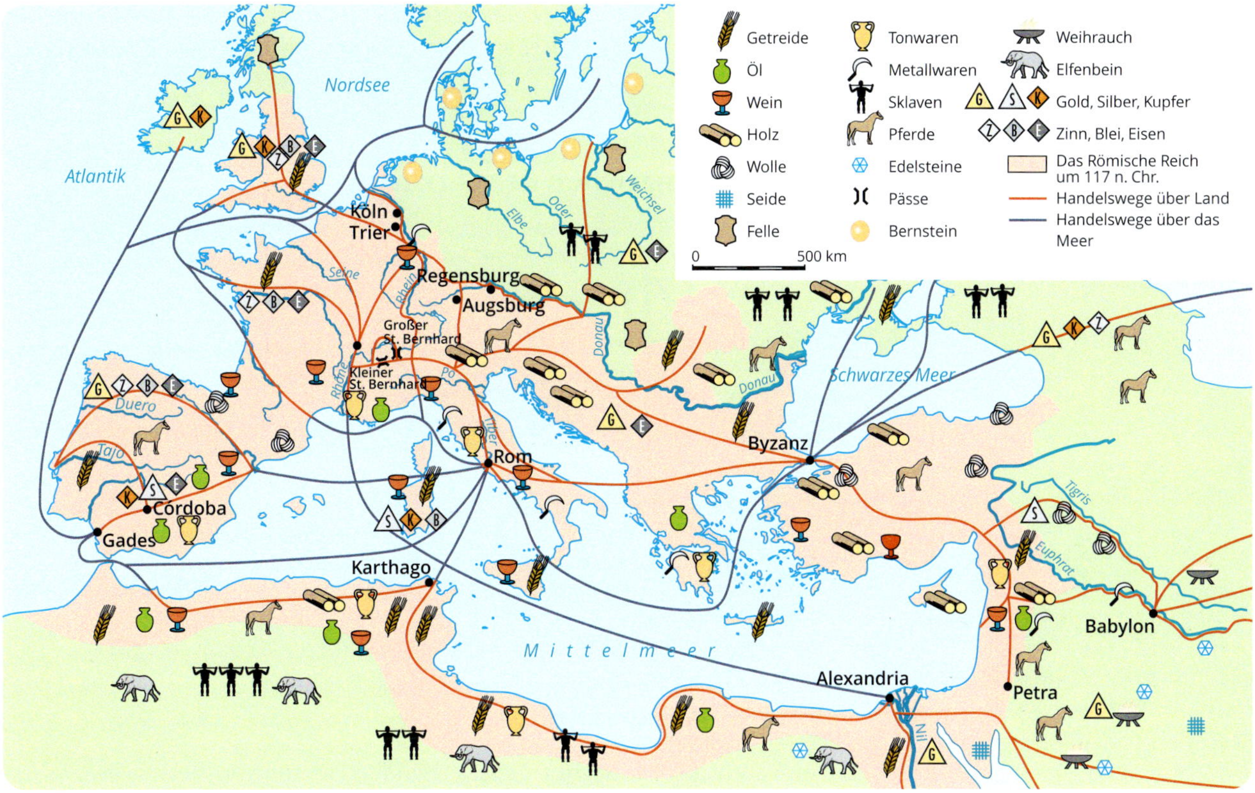

Auf den Römerstraßen legte ein Warentransport bis zu 60 km pro Tag zurück.

Die Entfernungen wurden mit Wagen und Karren zurückgelegt, die von Eseln gezogen wurden. Nicht alle Waren konnten innerhalb des Römischen Reichs gehandelt werden, manche mussten auch damals schon von weiter her eingekauft werden. Seide kam beispielsweise aus China über die Seidenstraße. Zu Wasser wurden die Waren mit Handelsschiffen aus Holz transportiert und zum Hafen Ostia, dem Hafen der Stadt Rom.

Man befuhr befuhr damit aber nicht nur das Mittelmeer, sondern auch große Flüsse wie Rhein und Rhone.

AUFGABEN

1. a) Beschreibe das Foto der „Porta Nigra" (**M4**).
   b) Erläutere, zu welchem Zweck es erbaut wurde (**M4**).
2. Erkläre anhand von **M4**, weshalb der Bau von Städten für das Römische Reich von großer Bedeutung war.
3. Beschreibe, welchen Nutzen das Straßennetz für die Römer und die Provinzbewohner hatte (**M5**).
4. Arbeitet zu zweit mit der Karte **M6**. Nennt die Güter, die Roms Wohlstand vermehrten. Ordnet dazu die genannten Güter in verschiedene Gruppen.

H zu Aufgabe 3a
Zwei mögliche Kategorien wären beispielsweise Metalle und Nahrungsmittel. Ergänze weitere Kategorien.

F zu Aufgabe 3
Vergleiche die Handelswege der Römer (**M6**) mit unserem heutigen Verkehrsnetz anhand einer geeigneten Atlaskarte. Welche Unterschiede und Gemeinsamkeiten fallen dabei auf?

Das Christentum breitet sich aus

Zu Beginn glaubten die Römer an viele verschiedene Götter. Im 4. Jahrhundert nach Christus wurde dann aber das Christentum zur verpflichtenden Religion der Römer. Wie kam es dazu?

M7 Das Geheimzeichen der Christen

Grabinschrift aus einer Katakombe, eine unterirdische Begräbnisstätte der frühen Christen; dieses Geheimzeichen nutzten die Christen in der Zeit der Christenverfolgung. Der Fisch war das Zeichen für die Zugehörigkeit zur christlichen Glaubensgemeinschaft. Das griechische Wort für Fisch ist ICHTHYS. Darin verbergen sich folgende Anfangsbuchstaben: **I**esous **C**hristos (Jesus Christus) **Th**eou (Gottes) **Y**ios (Sohn) **S**oter (Retter).

M8 Viele Götter und Kulte

Die Römer verehrten zu Beginn viele verschiedene Götter. Sie feierten Feste für ihre Götter und brachten ihnen Opfergaben. Sie hofften damit Gefahren abwehren zu können, da sie zum Beispiel Naturkatastrophen für göttliche Strafen hielten. Ihrem Glauben nach war jeder Gott für etwas Anderes zuständig. Neptun war beispielsweise der Gott des Meeres und Amor der Liebesgott. Auch der Kaiser war für die Römer eine Art Gott, dem Opfer gebracht wurden (Kaiserkult). Ihn zu verehren zeigte, dass man dem Römischen Reich treu ergeben war.

M9 Das Christentum entsteht

Dann gewann aber eine andere Religion immer mehr Bedeutung: das Christentum. Die Menschen erzählten sich von einem Sohn Gottes, der Wunder vollbringen könne. Seine „Jünger" nannten ihn „Christus", dt. „Gesalbter". In seinen Reden erzählte Jesus von Nächstenliebe. Um das Jahr 30 wurde Jesus vom römischen Provinzstatthalter Pontius Pilatus zum Tod am Kreuz verurteilt. Die Römer warfen ihm vor, die Herrschaft des römischen Kaisers nicht zu akzeptieren. Nach Jesu' Tod verkündeten seine Apostel (Anhänger), dass Gott seinen Sohn geopfert habe, um die Menschen von ihren Sünden zu erlösen und ihnen das ewige Leben nach dem Tod zu schenken. Besonders seine Apostel Petrus und Paulus konnten viele neue Anhänger gewinnen. So entstanden überall im Reich christliche Gemeinden. Die Christen glaubten von nun an nur an ihren einen Gott.

M10 Die Ausbreitung des Christentums bis ins 4. Jahrhundert n.Chr.

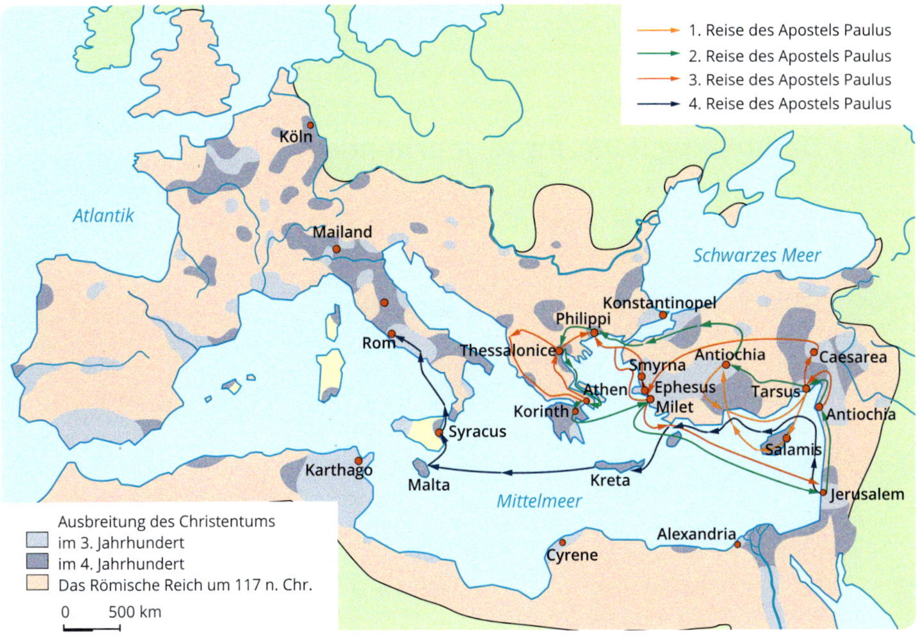

Animierte Karte zur Ausbreitung des Christentums

70091-53

Die Christen lehnten die römischen Götter ab und weigerten sich, dem Kaiser zu opfern. Deshalb wurden sie als Staatsfeinde von den Römern immer wieder verfolgt. Die christlichen Gottesdienste wurden verboten und christliche Gebäude und Schriften zerstört. Erst Kaiser Konstantin I. erlaubte den Christen, ihre Religion auszuüben und erkannte das Christentum 313 n. Chr. als gleichberechtigte Religion an. Kaiser Theodosius verbot im Jahr 391 schließlich alle anderen Religionen und das Christentum wurde alleinige Staatsreligion.

AUFGABEN

1. Stelle Vermutungen an, weshalb die Christen ein Geheimzeichen brauchten (**M7**).
2. Der junge Christ Alexamenos und sein römischer Mitschüler Marcus unterhalten sich über ihre jeweiligen Religionen. Gestaltet zu zweit einen Dialog der beiden, in dem sie sich über ihre Religionen austauschen (**M8**, **M9**).
3. a) Wertet in der Kleingruppe die Karte **M10** zur Ausbreitung des Christentums aus (**Methode: Eine Geschichtskarte auswerten**).
   b) Erläutere die Ausbreitung des neuen Glaubens (**M9**, **M10**).
4. a) Erkläre, warum die Christen ein Geheimzeichen brauchten (**M7**, **M10**). Überprüfe dabei deine Vermutungen aus Aufgabe 1.
   b) Beurteile Theodosius' Verbot anderer Religionen (**M10**).

H **zu Aufgabe 3b**
Beachte folgende Aspekte: Wo lagen die Ursprünge des Christentums und wo breitete es sich in Europa aus? Wie gewann das Christentum Anhänger?

H **zu Aufgabe 4b**
Heute steht in unserem Grundgesetz, dass jeder seine Religion frei ausüben darf.

F Auch heute noch werden Christen verfolgt. Recherchiere im Internet, welche Länder besonders betroffen sind.

Warum zerbricht das römische Weltreich?

Ein Dichter bezeichnete Rom im 1. Jahrhundert v. Chr. als „ewige Stadt“. Das Reich hatte sich rund um das Mittelmeer ausgedehnt, verfügte über ein starkes Heer und bestand fast 1000 Jahre. Warum ist es dann untergegangen?

M11 Darstellung Roms im 18. Jahrhundert

Darstellung Roms des Künstlers Giovanni Battista Piranesi. Zu dieser Zeit wusste man nicht, was sich unter der Erde verbarg und nutzte die hier dargestellten Ruinen als Baumaterial (Radierung aus dem Jahr 1775).

M12 „Die Barbaren kommen!“

Seit dem Ende des 2. Jh. zogen auf der Suche nach besseren Lebensbedingungen immer mehr germanische Stämme auf die Grenzen des Römischen Reiches zu. Ende des 4. Jahrhunderts drangen dann die Hunnen, ein Reitervolk aus der Mongolei, nach Mitteleuropa vor. Vor diesem Ansturm flohen die germanischen Stämme, es blieb ihnen nichts anderes übrig, als nach Westen auf das Gebiet des Römischen Reiches auszuweichen. Die römischen Kaiser versuchten teilweise die wandernden Volksgruppen als Verbündete anzusiedeln. Immer wieder kam es aber zu Kämpfen, bei denen das römische Heer unterlag. Im Jahre 410 wurde sogar Rom erobert und ausgeraubt.

M13 Welche Probleme gab es im Inneren?

Das Reich war so groß geworden, dass jetzt eine Grenze von 15.000 km Länge zu verteidigen war. Das Geld für eine Verstärkung der Armee fehlte aber. Heerführer in den Grenzgebieten nahmen den Kaisertitel für sich in Anspruch und kämpften gegeneinander. Die häufigen Herrscherwechsel schwächten das Reich. Um das Reich regieren zu können, teilte Kaiser Diokletian 284 das Reich in eine östliche und eine westliche Hälfte, 395 entstand

Zusatzkapitel Rom – das einzige Weltreich?

70091-54

daraus das Oströmische Reich mit der Hauptstadt Konstantinopel, das heutige Istanbul.
Der letzte weströmische Kaiser wurde 476 abgesetzt. In der Westhälfte Europas endete damit das Römische Reich. Das Oströmische Reich bestand bis ins 15. Jahrhundert.

M14 Machtübernahmen im Weströmischen Reich, ca. 400-550 n.Chr.

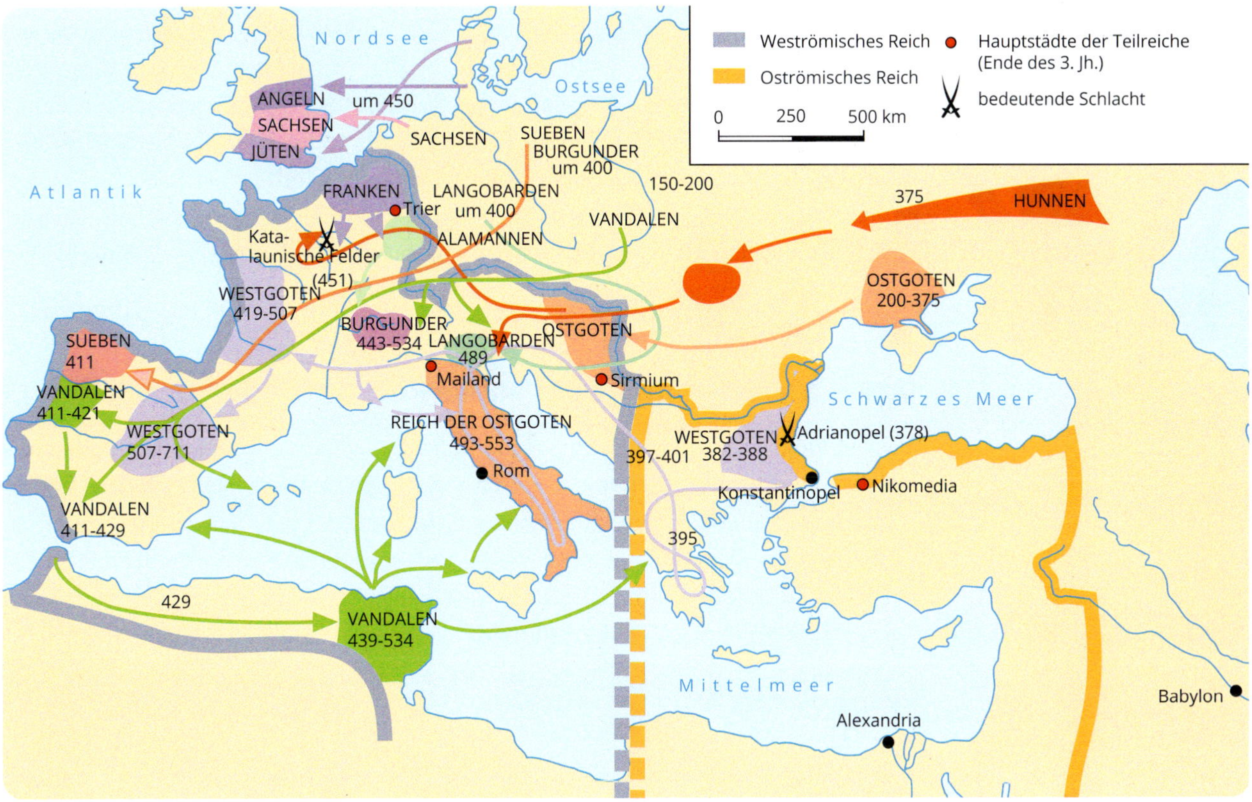

Die farbigen Flächen zeigen, wo sich ein Volk für eine längere Zeit niedergelassen hat. Wie man besonders an den Westgoten sehen kann, unternahmen sie manchmal mehrere Versuche zu einer Reichsgründung.

AUFGABEN

1. a) Beschreibe das Bild (**M11**).
   b) Stellt Vermutungen im Plenum auf, wie es zu diesem Zustand kommen konnte (**M11**).
2. a) Arbeitet zu zweit die inneren und äußeren Ursachen des Zerbrechens des Weltreichs aus **M12** und **M13** heraus.
   b) Stellt eure Ergebnisse in einem Schaubild dar.
3. Analysiere die Karte **M14** (**Methode: Eine Geschichtskarte auswerten**). Wie hat sich die Welt rund um das Mittelmeer gegenüber 117 n. Chr. (→ **Kapitel 8.1, M5**) verändert?

Wie beeinflusste Rom Europa?

Die Mehrheit der Bewohner des Römischen Reiches lebte in den zahlreichen Provinzen und gehörte einem der in den vielen Kriegen unterworfenen Völker an. Der Einfluss des antiken Roms hat also einen bleibenden Eindruck in ganz Europa hinterlassen. Was ist davon bis heute geblieben?

M15 Das antike Rom – was hat das mit uns heute zu tun?

Lina muss im Gesellschaftslehre-Unterricht für die nächste Stunde die Inhalte zum Römischen Reich wiederholen und findet dieses Thema unnötig: „Das Römische Reich, das ist doch schon so lange her. Wozu muss man denn da heute noch etwas darüber wissen? Das hat doch mit heute gar nichts zu tun!" Ihr Vater versucht ihr klar zu machen, weshalb es wichtig ist, über das antike Rom Bescheid zu wissen: „Natürlich! Es gibt heute noch römische Straßen und Gebäude! Und das ist noch nicht alles, was von den Römern bis heute geblieben ist. Italienisch und Spanisch klingen fast wie Latein!"

M16 Wie beeinflusste das antike Rom unsere heutige Kultur?

Viele heutige Sprachen gehen aus Latein hervor. Außerdem leitet sich unser heutiges Alphabet aus dem lateinischen Alphabet ab. Nicht zuletzt sind viele Rechtsgrundsätze der Römer später in unsere Rechtsprechung aufgenommen und angepasst worden. Beispielsweise darf niemand verurteilt werden, bis seine Schuld nicht zweifelsfrei bewiesen ist – „in dubio pro reo" heißt das im Lateinischen – im Zweifel für den Angeklagten.

Einige Begriffe aus dem Deutschen kommen aus dem Lateinischen. Nicht bei allen Begriffen ist das so offensichtlich.

Sicher hast du eine solche Statue schon einmal gesehen. Es ist die Darstellung der Justitia, der römischen Göttin der Gerechtigkeit.

M17 Spuren der Römer in unseren Dörfern und Städten

Die Römer gründeten in vielen Teilen Europas neue Siedlungen, die zu Städten heranwuchsen. In Westdeutschland entstanden einige der heutigen Städte aus römischen Siedlungen, darunter Bonn, Mainz oder Trier. Die fortschrittlichen Straßen, Brunnen und Gebäude der Römer wurden bis weit in das Mittelalter hinein genutzt.

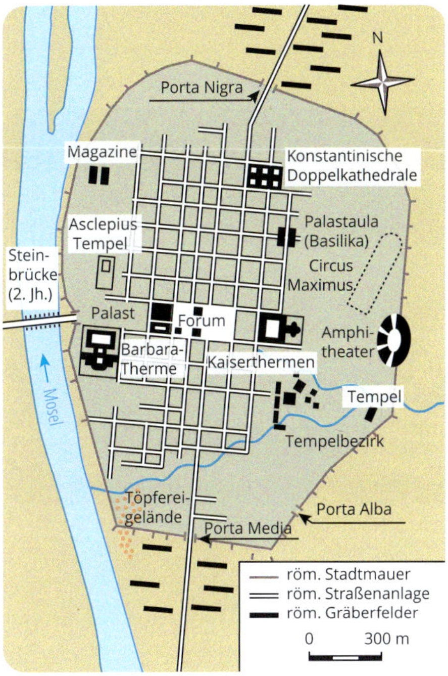

Stadtplan von Trier (4. Jh.): Die heutige Stadt ist aus der römischen Siedlung Augusta Treverorum hervorgegangen. Bis heute sind römische Bauwerke erhalten, die zum Weltkulturerbe erklärt wurden.

Becken eines römischen Bades in Bonn, 2.- 3. Jahrhundert n. Chr.: Archäologen fanden 2006 bei Ausgrabungen das Bad des vicus bonnensis, einer römischen Siedlung am Ort des heutigen Bonn. Der Boden ist durch die Fußbodenheizung rußgeschwärzt.

AUFGABEN

1. Linas Vater nennt Beispiele, wie uns das antike Rom noch heute beeinflusst. Sammelt im Plenum weitere Beispiele für die Einflüsse Roms (**M15**).
2. Arbeitet zu zweit und teilt euch die Materialien **M16** und **M17** untereinander auf.
   a) Erklärt euch gegenseitig anhand eurer jeweils gewählten Beispiele, wie und wo das Römische Reich Spuren in deiner Nähe hinterlassen hat.
   b) Begründet gemeinsam, weshalb das antike Rom bis heute noch bedeutsam ist.
3. Plant einen Museumsbesuch zu römischen Spuren in eurem Schulumfeld (**Methode: Planung und Vorbereitung eines Museumbesuchs**).

H zu Aufgabe 2b
Verwendet folgende Formulierung für eure Begründung:
Wenn es das antike Rom nicht gegeben hätte, …

Mainz als Römerstadt – welche Spuren kann man heute noch finden?

Vielleicht warst du auch schon einmal in unserer Landeshauptstadt Mainz. Hast du dabei Spuren aus der Römerzeit entdeckt? Davon lassen sich hier einige finden, denn die Römer errichteten dort, wo heute Mainz liegt, vor rund 2000 Jahren ein Lager namens Mogontiacum, aus dem sich die Stadt Mainz entwickelte.

Rekonstruktion des römischen Theaters

70091-55

M18 Römische Spuren in Mainz

M19 Um welche römischen Spuren handelt es sich?

Die Überreste des römischen Theaters in Mainz wurden erst im Jahr 1914 zufällig bei Bauarbeiten entdeckt. Zu Zeiten der Römer hatte es einen Durchmesser von 116 Metern. Das ist länger als ein Fußballfeld. Die Bühne war 42 Meter breit. Damit war es eines der größten römischen Bühnentheater nördlich der Alpen. Es bot Platz für ungefähr 10.000 Besucher und war für die Römer ein Ort für Aufführungen, Versammlungen und Militärparaden.

M20 Die Römersteine – Überbleibsel des Aquädukts

Die stetig wachsende Siedlung Mogontiacum benötigte ausreichend Trinkwasser. Deshalb bauten die Römer ungefähr 70 n. Chr. ein etwa 9 km langes Aquädukt. Das ist ein Bauwerk zum Transport von Wasser, sozusagen eine große Wasserleitung auf Stelzen. Die Römersteine sind die Überreste der damals bis zu 35 Meter hohen Pfeiler, auf denen eine Sandsteinrinne lag, durch die das Wasser floss. Diese war mit Platten abgedeckt.

M21 Isis- und Mater Magna-Heiligtum

Im Jahr 2000 stieß man bei Bauarbeiten für die Tiefgarage eines Einkaufszentrums auf Teile eines römischen Tempels. Er wurde vermutlich bis ins 3. Jahrhundert genutzt und war der altägyptischen Gottheit Isis und der römischen Magna Mater geweiht. Heute kann man das Heiligtum im Untergeschoss des Einkaufszentrums besichtigen. Bei den Ausgrabungen fand man dort rund 300 Öllämpchen und kleine Figuren. Ebenso konnte man damalige Opfergaben der Römer finden. So zeigen zum Beispiel gefundene Hühnerknochen, dass den Gottheiten Tieropfer dargebracht wurden.

AUFGABEN

1. a) Beschreibe die Überreste (**M18**).
   b) Erläutere, um welches Bauwerk es sich handelte. Woran kannst du das erkennen (**M18**, **M19**)?
2. Gestaltet in Kleingruppen einen Beitrag für einen Stadtführer zu Mainz (**M18-M21**).
   a) Beschreibt, welche römischen Überreste in Mainz zu finden sind.
   b) Erklärt ihre damalige Funktion.
   c) Erläutert, was wir durch die Spuren in Mainz über das Leben der Römer erfahren.
   d) Verwendet einen Stadtplan von Mainz, zeichnet die einzelnen Römerspuren dort ein und beschriftet sie.
3. Plant einen Ausflug nach Mainz, der sich mit den Spuren der Römer beschäftigt. Bezieht hierfür weitere Beispiele für Römerspuren ein. Weitere Beispiele findet ihr im QR-Code.

Stadtpläne der Stadt Mainz

70091-56

Weitere Informationen zur Geschichte der Stadt Mainz

70091-57

Planung und Vorbereitung eines Museumsbesuchs

Worum geht es?

In eurer Nähe gibt es zahlreiche römische Spuren, die aufbewahrt und erforscht werden. In Museen und Ausgrabungsstätten werden Fundstücke ausgestellt und erklärt. Aufgrund unseres derzeitigen Wissens über die vergangene Zeit werden z. B. auch Gebrauchsgegenstände oder Bauwerke wie die Stadtmauer in Xanten wiederhergestellt. Man spricht von Rekonstruktionen. Die Begegnung mit den originalen Überresten aus der Zeit des Römischen Reichs oder den Rekonstruktionen können weder Buch noch Internet leisten. Ein Besuch wird dann interessant und spannend, wenn er gut vorbereitet ist. Die folgenden Schritte helfen euch dabei.

Geht dabei so vor:

1. Schritt: Vorbereitung

- Was wissen wir über die Zeit, um die es im Museum geht?
- Welche Fragen interessieren uns? Worüber wollen wir dort etwas erfahren? (Dazu gehören auch Fragen zum Museum oder der Ausgrabungsstätte selber. Sind die Ausgrabungen z. B. abgeschlossen oder vermutet man noch weitere Funde im Boden?)
- Gibt es im Museum besondere Angebote (Führungen, Aktivitäten)? Das kann man über die Homepage des Museums in Erfahrung bringen.
- Wie wollen wir unsere Ergebnisse festhalten?

Archäologiepark Belginum

70091-58

Römisch-Germanisches Museum Mainz

70091-59

2. Schritt: Durchführung

- Verschafft euch zunächst einen Überblick (z. B. mithilfe eines Plans der Ausgrabungsstätte oder des Museums).
- Informiert euch gezielt zu euren Fragen.
- Was muss notiert, was kann fotografiert oder gefilmt werden (nach Erlaubnis fragen), um die Eindrücke festzuhalten?

3. Schritt: Auswertung

- Wurden unsere Fragen beantwortet? Was wissen wir jetzt, was uns vorher nicht bekannt war? Welche neuen Eindrücke haben wir gewonnen?
- Wie präsentieren wir unsere Ergebnisse und Erfahrungen (z. B. mit einem Poster, einem Informationsblatt, einem kurzen Video)?

WIE ENTSTAND DAS WELTREICH UND WESHALB GING ES UNTER?

ENTSTEHUNG DES WELTREICHS

Kapitel 8.1, M1-M8

Rom wurde am Tiber gegründet. Dort wuchsen Dörfer zu einer Stadt zusammen. Durch Expansion eroberten die Römer große fruchtbare Landschaften dazu. Die wachsende Bevölkerung des Imperium Romanum lebte von der Landwirtschaft.

Kleine Bauern zogen als Soldaten in den Krieg und verloren oft ihre Höfe. Sie verlangten vergeblich nach der Zuteilung von günstigem Ackerland in einer Landreform. Der Handel der Römer ging weit über die Grenzen des Imperiums (z. B. den Limes) hinaus.

GESELLSCHAFT IM ANTIKEN ROM

Kapitel 8.1, M9-M16

Die Gesellschaft zerfiel in Patrizier und Plebejer. Weit unten standen die Proletarier, die ihre Arbeitskraft in den Städten anboten. Für die Unterhaltung der Stadtbewohner sorgten Zirkusspiele und Schaukämpfe von Gladiatoren z. B. im Circus Maximus oder im Kolosseum.

HERRSCHAFTSFORMEN DER RÖMER

Kapitel 8.1, M13-M20

Nach der Königsherrschaft entstand die Republik. Das oberste Gremium war der Senat. Anfangs durften nur Patrizier ein Amt übernehmen, die Plebejer erkämpften sich aber immer mehr Rechte. Als Rom sich ausdehnte, wurden die Statthalter der Provinzen mächtige Männer. Im Bürgerkrieg hatten Feldherren wie Caesar oft große Macht. Augustus schaffte es, eine Monarchie zu errichten. Er begründete das Prinzipat, das römische Kaisertum.

AUFSTIEG UND FALL DES RÖMISCHEN REICHES

Kapitel 8.2, M1-M3, M11-M14

Roms Versuch, die Herrschaft bis zur Elbe auszudehnen, scheiterte in der Varusschlacht. Danach bauten Römer zur Grenzsicherung den Limes zum unbesetzten Germanien, der aber für Menschen und Waren durchlässig war. Seit dem 4. Jh. überschritten immer öfter nichtrömische Gruppen Roms Grenzen („Völkerwanderung"). Zuletzt übernahmen germanische Herrscher den Westen des Reiches. Im griechischen Osten lebte das Imperium Romanum im Byzantinischen Reich fort.

SPUREN DER RÖMISCHEN KULTUR

Kapitel 8.2, M15-M21

Durch die Expansion des Imperiums breitete sich die römische Kultur, Sprache, Recht und Lebensweise aus (Romanisierung). Auch heute können diese Spuren noch in Museen besichtigt werden und überdauern in unserer Kultur und Architektur.

KOMPETENZCHECK

Nachdem du das Kapitel „Das antike Rom – Herrschaft und Lebenswelt" bearbeitet hast, kannst du hier das Gelernte anwenden, dein Wissen prüfen und dir ein Urteil bilden.

M1 Zwei römische Münzen

Linke Münze:
Die römische Wölfin säugt die beiden Zwillinge Romulus und Remus.

Rechte Münze:
Unter Kaiser Vespasian und seinen Nachfolgern wurden Münzen mit der Aufschrift Iudaea capta (dt. erobertes Judäa) geprägt. Das Kürzel „SC" steht für senatus consultum: auf Beschluss des Senats.

Rückseite einer römischen Münze, geprägt 275-260 v.Chr.

Rückseite einer Münze, die um 71 n. Chr. geprägt wurde

M2 Ein moderner Autor berichtet über einen Redner, der nach Rom kommt

„Zu Lande und zu Wasser war der junge Redner [...] herbeigeeilt, hatte das bunte Treiben unterwegs bestaunt und sich an den Kais von Ostia am Ende nicht nur über den Hafen gewundert, sondern gar darüber, dass das Meer, ‚wenn überhaupt, für die Lastschiffe noch ausreicht'. Am Ziel seiner Reise war er jetzt angelangt, in Rom, der Hauptstadt der Welt, deren Besitz zusammenfiel ‚mit dem Weg der Sonne', jener Stadt, die so unermesslich groß war [...].

Im Frühjahr des Jahres 143 oder 144 n. Chr. traf der griechische Rhetor [= Redner] Aelius Aristides in der antiken Millionenstadt am Tiber ein [...] Er wollte, wenn er wohlbehalten ankäme, ‚die Stadt mit einer öffentlichen Rede begrüßen'.

Der ganze Erdkreis habe sich ‚dem Schmuck und sämtlichen Freuden zugewandt', jubelte Aelius Aristides [...]. ‚Überall gibt es [...] Brunnen, Tempel, Werkstätten und Schulen.' Der [...] Handel bringe alle Reichtümer der Provinzen in die Hauptstadt, herbeigeschafft werde ‚aus jedem Land und dem Meer, was immer die Jahreszeiten wachsen lassen', lobte der Redner. Wichtiger noch war der immerwährende Friede, den das Imperium zu garantieren schien. ‚An Kriege, auch wenn es sie jemals gegeben hat, glaubt man nicht mehr', stellte Aelius Aristides für seine Zeit zutreffend fest. [...] Die römischen Verhältnisse seien daher ‚sowohl für die Armen als auch für die Reichen befriedigend und nützlich'.

Aelius Aristides war bei weitem nicht der einzige Zeitgenosse, der die Welt des zweiten Jahrhunderts nach Christus so [...] sah, und sein Urteil wurde von vielen Nachgeborenen geteilt. Noch im 18. Jahrhundert zögerte der britische Historiker Edward Gibbon nicht, das zweite Jahrhundert nach Christus als ‚die Periode in der Weltgeschichte anzugeben, während welcher die Lage des Menschengeschlechtes die beste und glücklichste war'."

Ralph Bollmann: Lob des Imperiums, Berlin 2006, S. 7f.

interaktive Übung zum Kapitel

82000-76

M3 Gallier und Römer – was bedeutet Romanisierung?

Das Bild stammt aus der Reihe der Asterix-Comics.

M4 Die Geschichte des Römischen Reiches

Als das Römische Reich Anfang des 2. Jh. n. Chr. seine größte Ausdehnung erreichte, war es nach damaligem Verständnis ein ______.
Viele Tausend Kilometer lange ______ verbanden die Reichsteile untereinander und mit der Hauptstadt Rom. Weite Strecken der Reichsgrenzen waren durch den ______ gesichert.
Verschiedene Funde belegen, dass sich vor allem in den Städten des Imperium Romanum die Lebensart, die Kultur und das Recht der Römer verbreiteten. Wir nennen diesen Vorgang ______.
Nach einer langen Zeit ständiger Machtkämpfe und dreißig Jahre nach der Ermordung ______ gelang es ______, eine Alleinherrschaft zu errichten. Damit ging die Republik zu Ende und die ______ begann.

Aufgaben

1. Ordne die Münzen in **M1** zwei Epochen der römischen Geschichte zu. Begründe deine Aussagen. Berücksichtigt dabei zentrale Unterschiede der Herrschaft.

2. a) Beschreibe und erläutere mithilfe deiner Kenntnisse, was Aristides an der Stadt Rom begeistert (**M2**).

b) Der Redner behauptet, der Besitz Roms fiele mit dem „Weg der Sonne" zusammen. Erkläre, was damit gemeint ist, und überprüfe anhand der Karte Seite 248, **M5**, inwiefern das zutrifft.

c) Aristides sagt, die Verhältnisse seien für die Armen wie auch für die Reichen gut. Nimm Stellung zu seiner Sichtweise.

d) Die römische Kaiserzeit im 2. Jh. – eine Zeit, in der „die Lage des Menschengeschlechtes die beste und glücklichste war". Bewerte diese Aussage des Historikers aus dem 18. Jahrhundert.

3. a) Erkläre anhand des Bildes, was man unter Romanisierung versteht (**M3**).
b) Schreibe eine kurze Spielszene: Wie könnte die Geschichte weitergehen?
c) Wie ist die Romanisierung deiner Meinung nach zu bewerten?

4. Kennst du die Fachbegriffe? Überprüfe dein Sachwissen, indem du die Lücken füllst (**M4**).

H zu Aufgabe 2d
Für wen war diese Zeit glücklich, für wen vielleicht auch nicht? Was könnte für diese Beurteilung sprechen, was spricht dagegen?

Tabelle zur Selbsteinschätzung
70091-60

Lina und ihre Klassen-
kameraden Emre und Steffi

Lina und ihr Bruder Jonas

Das bin ich:
Lina Ahrens, 12 Jahre,
Klasse 6b, Gesamtschülerin

Lina mit ihren Großeltern

Lina in der Schule

Lina im Sportverein

Linas Vater und Mutter

Was weißt du schon?

1. a) Beschreibe die Bilder von Lina.
b) Ordne die Bilder den Begriffen Familie, Freunde, Freizeit und Schule zu.

2. a) Mit welchen Gruppen lebst du zusammen? Stelle in einer Mindmap dar, mit welchen Menschen bzw. Gruppen du zusammenlebst.
b) Beende für dich folgende Satzanfänge:
- Ich finde Freunde wichtig/nicht wichtig, weil...
- Die Familie ist mir wichtig/nicht wichtig, weil...
- In meiner Freizeit ist für mich am wichtigsten, dass ich...
- Eine wichtige Eigenschaft von mir ist, dass ich....

9

#Soziale Rollen und Familie

Jeden Tag bist du mit anderen Menschen zusammen – in deiner Familie, in der Schule, in deiner Freizeit. Dabei haben die Menschen unterschiedliche Erwartungen an dich – und umgekehrt. Das Zusammenleben mit anderen prägt dich selbst und die Art und Weise, wie du dein Leben gestaltest.

Was lernst du in diesem Kapitel?

... Identität und soziale Rollen zu unterscheiden.
... die Folgen von Rollenerwartungen – in Familien, Gruppen oder in der Schule – zu bewerten.
... unterschiedliche Lebens- und Familienformen zu beschreiben.
... die Aufgabenverteilung im Haushalt zu vergleichen.

Familie und soziale Rollen im Trickfilm darstellen

Worum geht es?

In diesem Kapitel lernt ihr viel über das Leben in unterschiedlichen Gruppen und wie es euch selbst und euren Alltag beeinflusst. Material in Textform ist manchmal etwas trocken. Schreibt also nach dem Durcharbeiten der Kapitel ein Drehbuch und dreht einen eigenen kurzen Trickfilm, wie ihr sie auch zum Beispiel von YouTube kennt.

Geht dabei so vor:

Start

1. Bildet Kleingruppen von 3-4 Schülerinnen und Schülern und arbeitet gemeinsam die einzelnen Themenbereiche nach den folgenden Schritten durch. Sammelt und notiert jeweils auch schon Ideen für euren Trickfilm.

2. Erklärt, was die Begriffe „Ich-Identität“ und „soziale Rolle“ bedeuten und wie sie zusammenhängen. Stellt in einer Mindmap dar, welche Erwartungen unterschiedliche soziale Gruppen, in denen ihr lebt, an euch stellen.
(→ Kapitel 9.1, M1-M5)

3. Überlegt erst alleine und tragt dann Beispiele zusammen, was typisch für Jungen und was typisch für Mädchen ist. Klärt gemeinsam den Begriff „Geschlechterklischee“.
(→ Kapitel 9.1, M6, M7)

4. Beschreibt Beispiele bzw. Situationen, in denen euch das Thema Vielfalt in der Schule begegnet ist. Überlegt gemeinsam, wie man im Alltag oder in der Schule am besten mit Vielfalt umgehen sollte.
(→ Kapitel 9.1, M8-M11)

5

Erschließt euch Chancen und Probleme unterschiedlicher Formen des Zusammenlebens (traditionelle vs. moderne Familienformen) sowie die Aufgabenverteilung und eure Rechte und Pflichten in der Familie.
(→ Kapitel 9.2, M1-M7)

6

Dreht einen Trickfilm zu einem der Themen, die ihr bearbeitet habt. Orientiert euch dabei an den folgenden Beispielthemen:
- Soziale Rollen und Rollenkonflikte
- Junge oder Mädchen sein – was heißt das eigentlich?
- Vielfalt in unserer Schule – wie gehen wir damit um?
- Wie leben wir in Familien zusammen?

Geht schrittweise nach den Anweisungen auf der Methodenseite vor. Für eure dargestellte Geschichte sollt ihr gezeichnete Bilder oder Spielfiguren anfertigen.
(→ Methode: Einen Trickfilm drehen)

7

Präsentiert eure Trickfilme im Unterricht und diskutiert, was euch gut gelungen ist und was ihr beim nächsten Video noch verbessern könnt.

9.1 Ich und die Anderen

Ich sein – wer bin ich eigentlich?

„Wer bin ich und was macht mich aus?" Hast du darüber schon mal nachgedacht?

M1 Wer bin ich?

Emre sitzt grübelnd an seinem Schreibtisch. Er hat im Unterrichtsfach Gesellschaftslehre eine schwierige Aufgabe aufbekommen. Jeder in der Klasse soll einen Text über sich selbst schreiben. Wer man ist, was man kann usw. „Vielleicht reicht ein Blick auf den Ausweis, um zu wissen, wer ich bin", überlegt Emre. Dort stehen schließlich Name, Alter, Körpergröße, Geburtsdatum und -ort, und die Augenfarbe. Aber reicht das wirklich, um zu sagen, wer man ist? Emre bezweifelt das ...

ICH-IDENTITÄT

Jeder Mensch ist etwas Besonderes und hat ein eigenes Ich. Unter Ich-Identität versteht man die Gewissheit eines Menschen, er selbst und unverwechselbar zu sein und sich von anderen zu unterscheiden.
Dem einen ist die Natur besonders wichtig, für die andere hat Technik oder Musik eine große Bedeutung. Unser Ich zeichnet sich auch dadurch aus, welche Beziehungen wir zu Freundinnen und Freunden, Mitschülerinnen und Mitschülern und der eigenen Familie haben.

M2 Welche Stärken und Schwächen habe ich?

Jeder Mensch hat Stärken und Schwächen. Aber was sind Stärken oder Schwächen? Sind manche Schwächen nicht auch Stärken und umgekehrt?

Ich kann mich gut konzentrieren.

Ich helfe gerne anderen Menschen.

Ich arbeite sehr schnell. Ich kann fleißig sein.

Ich bin oft genau. Ich bin sportlich.

Ich bin ordentlich. Ich bin neugierig.

Eigenschaft	positiv	negativ
„Ich bin misstrauisch."	Wenn ich nicht jedem sofort etwas anvertraue, kann ich auch nicht so schnell enttäuscht werden.	Zu viel Misstrauen kann stören, wenn man neue Freundschaften schließen möchte.
„Ich habe einen Dickkopf."	...	...

Ich sage direkt, was ich meine. Ich bin misstrauisch. Ich bin gerne freundlich zu anderen.

M3 Rückenstärken

Besorgt weiße Pappschilder und klebt sie euch gegenseitig auf den Rücken. Jetzt gehen alle durch das Klassenzimmer und ihr schreibt euch, wenn ihr euch begegnet, gegenseitig auf das Rückenschild, was ihr am anderen gut findet und mögt. Achtet darauf, dass bei jedem etwas auf dem Rücken steht! Zum Abschluss darf jeder sein Schild lesen und nach Schulende mit „gestärktem Rücken" nach Hause gehen.

AUFGABEN

1. Versetzt euch in Emres Situation (**M1**). Sammelt in der Klasse Ideen, was wichtig ist, wenn man eine Person beschreiben soll.
2. Charakterisiere dein „Ich" (**M2**).
   a) Entscheide dich für fünf wichtige Eigenschaften, die deine Eigenart ausmachen.
   b) Gestalte für dich selbst Medaillen mit deinen Stärken auf der einen und deinen Schwächen auf der anderen Seite.
   c) Stellt eure eigenen Medaillen an der Pinnwand im Klassenraum vor. Zuerst sind die negativen, dann aber die positiven Seiten dran.
3. Führt das Spiel „Rückenstärken" durch (**M3**).
4. Tauscht euch am Ende der Stunde in einem Sitzkreis darüber aus, was ihr über euer „Ich" gelernt habt.

H zu Aufgabe 2
Versuche dabei jeweils für eine positive Eigenschaft auch die mögliche negative Seite dieser Eigenschaft zu benennen und umgekehrt.

H zu Aufgabe 4
Folgende Fragen helfen euch:
- Habe ich heute über mich etwas Neues erfahren?
- War ich von einer Bewertung meiner Person positiv bzw. negativ überrascht?
- Kennen wir einander jetzt ein Stück besser?

Was wollen die alle von mir? In sozialen Rollen leben

Du gehst vor allem in die Schule, um dich mit deinen Freunden zu treffen und dich zu unterhalten? Gleichzeitig erwarten die Lehrkräfte von dir, dass du fleißig am Unterricht mitwirkst. Gesellig sein und dabei im Unterricht gut aufpassen – ist das nicht ein Widerspruch?

M4 Was wollen denn nur alle von mir?

Lina hat in der letzten Zeit große Probleme mit dem Aufstehen.

Auch heute kommt sie viel zu spät aus den Federn und erscheint, wie so oft in letzter Zeit, unpünktlich in der ersten Unterrichtsstunde. Herr Becker, der Deutschlehrer, lässt sie lange neben dem Pult warten, bevor sie sich entschuldigen darf.

Während der Stunde möchte ihre Freundin Steffi ihr von einem neuen Film erzählen. Eigentlich will Lina lieber aufpassen und sich am Unterricht beteiligen, um Herrn Becker wieder milde zu stimmen. Nach acht anstrengenden Unterrichtsstunden fährt sie endlich nach Hause. Weil Lina auf Steffi wartet, verpasst sie an diesem Tag zum zweiten Mal den Bus.

Zu Hause warten schon ihre Mutter und ihr Bruder am Mittagstisch. Kaum hat sie am Tisch Platz genommen, erfährt sie gleich durch den Anruf ihres Fußballtrainers, dass das Training auf heute Abend vorverlegt wird. Um diese Zeit ist sie doch mit ihrer besten Freundin Anna verabredet. Am Samstagnachmittag, wenn Anna sonst Zeit hätte, wird im Kreis der Familie Oma Fridas Geburtstag gefeiert. Lina möchte ihre liebe Oma doch durch ihre Abwesenheit nicht enttäuschen.

M5 Linas Leben in einer Mindmap

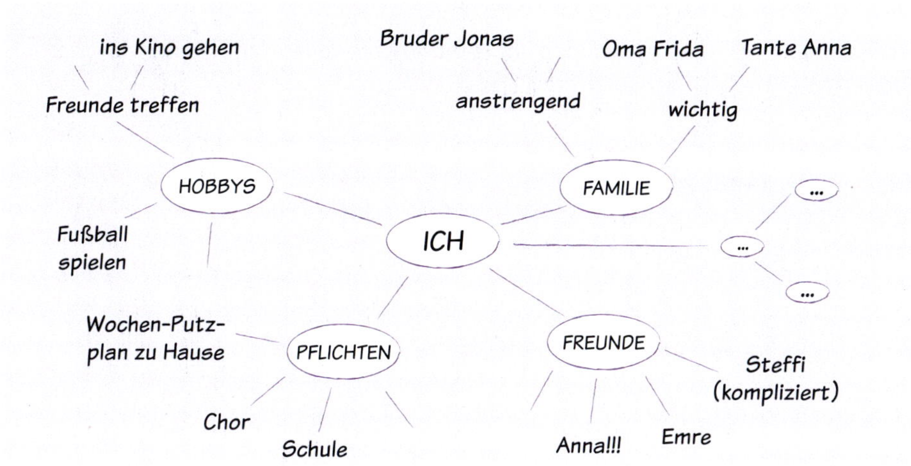

SOZIALE ROLLE

Jeder hat bestimmte Erwartungen an uns. Die soziale Rolle beschreibt, wie wir diese Erwartungen in der Gesellschaft erfüllen.
Der Begriff Rolle stammt aus dem Schauspiel, denn Schauspieler lasen früher ihre Texte von einer Papierrolle ab. Auch im realen Leben lernen Menschen ab ihrer Geburt, verschiedene Rollen zu übernehmen. Kinder sind für ihre Eltern Sohn oder Tochter, für andere sind sie Mitschülerin, Freund, Nachbar. Sie oder er spielen in einer Fußballmannschaft oder tanzen Hip-Hop. Nicht immer passen alle Erwartungen zusammen, die an uns gerichtet werden. So kann es zu einem Rollenkonflikt kommen.

AUFGABEN

1. a) Beschreibe Linas Situation (**M4**).
   b) Diskutiert in der Klasse, wie Lina sich jetzt verhalten sollte.
2. Erkläre, warum die verschiedenen Erwartungen Lina in eine schwierige Situation bringen (**M4**, **M5**).
3. a) Erstelle nach dem Vorbild von **M5** eine Mindmap, die deinen Alltag zwischen Familie, Schule und Freizeit darstellt.
   b) Erkläre, welche Erwartungen an dich gestellt werden. Welche davon kannst du leicht erfüllen, welche dagegen nur mit Mühe?
   c) Beschreibe einen möglichen Rollenkonflikt.
4. Erkläre mithilfe des Begriffskastens **#Soziale Rolle** den Unterschied zwischen einer sozialen Rolle und der Rolle eines Schauspielers in einem Film.

Mindmap
→ Methodenglossar

H zu Aufgabe 1a
Was könnten die einzelnen Menschen auf den Bildern zu Lina sagen? Was könnte Lina durch den Kopf gehen?

H zu Aufgabe 3
Schauspieler spielen meist nur eine Rolle im aktuellen Stück. Sie sprechen und bewegen sich nach Vorgaben des Drehbuchs und des Regisseurs. Wie ist es im realen Leben?

Junge oder Mädchen sein – auch nur eine soziale Rolle?

Mädchen mögen Rosa, lesen gerne und ihr Traumberuf ist Erzieherin. Die Lieblingsfarbe von Jungs ist Blau, sie können gut rechnen und wollen Feuerwehrmann werden. Typisch Mädchen, typisch Junge – ist das so?

M6 Lina will zum Fußball ...

M7 Typisch Junge, typisch Mädchen?

Viele Eltern sagen: Ich habe Puppen und Eisenbahnen und Kuscheltiere und Autos und Lippenstifte und Bagger zu Hause. Aber mein Sohn spielt fast nur mit den Eisenbahnen, Autos und Baggern; und meine Tochter liebt die Puppen, die Kuscheltiere und die Lippenstifte. Ob das angeboren ist? [...]

Niemand kann das wissen [...]. Schließlich leben wir Menschen ja nicht allein auf der Welt. Wir werden geboren – und schon haben wir Gesellschaft. Wir sehen, was andere Menschen machen. Das meiste machen wir dann genauso, denn so lernen wir.

Wenn wir etwas größer geworden sind, merken wir, dass wir Jungs sind oder Mädchen; dann machen wir gerne das nach, was andere Jungs oder Mädchen machen. Denn es ist schön, zu einer Gruppe dazuzugehören. So findet man Freunde und fühlt sich wohl. Und das geht am einfachsten, wenn man sich so verhält wie alle anderen, genauso aussieht und die gleichen Spiele spielt.

Man muss sich allerdings auch nicht zu sehr anpassen, denn wir sind ja alle etwas ganz Besonderes. Und so gibt es auch Mädchen, die gerne laut sind und Fußball spielen, und Jungs, die Mamas Make-up auflegen und Puppen im Kinderwagen schieben. [...]

Bestimmt gibt es Jungen, die gerne etwas in Rosa anziehen würden. Aber wenn sie das tun, dann werden sie ziemlich sicher ausgelacht. Rosa ist doch eine Farbe für Mädchen, heißt es dann. Und für Jungs? Ja, für die gibt es Blau. Aber warum mögen viele Mädchen eigentlich so gerne Rosa? Das weiß niemand so genau. Angeboren ist es bestimmt nicht. Und auch nicht unumstößlich. Schließlich war vor hundert Jahren Rosa die Farbe der Jungs. Echt wahr. [...]

[Jungen] sind häufiger im Sportverein – wahrscheinlich auch, weil ihre Eltern es toll finden, wenn ihr Sohn sportlich ist. Die Eltern mögen es auch, wenn Jungs im Spiel gegeneinander kämpfen, wenn sie sich auf dem Bolzplatz dreckig machen oder wenn sie schwere Sachen heben. [...] [V]ielen [Eltern] gefällt es auch besser, wenn ihre Töchter etwas Nettes zu Hause in der Wohnung spielen und wenn sie zum Tanzen gehen statt zum Judo.

Berndt, Christina: Typisch Mädchen, typisch Junge, www.sueddeutsche.de, 26.04.2012

Rosa und hellblau – Typisch Mädchen, typisch Jungs? Kurze Reportage des WDR

70091-61

AUFGABEN

1. a) Erkläre, über was sich Lina in der Situation **M6** ärgert.
   b) Wie findest du die Reaktion von Linas Familienmitgliedern? Begründe deine Meinung.
2. Was bedeutet für dich „typisch Junge“ und „typisch Mädchen“? Stelle deine Ergebnisse in Stichpunkten in einer Tabelle dar.
3. Arbeite heraus, warum Jungen und Mädchen Vorlieben für bestimmte Dinge entwickeln (**M7**).
4. Als Geschlechterklischees bezeichnet man Vorstellungen, was typisch für Jungen und Mädchen bzw. Männer und Frauen ist. Haben diese Vorstellungen nichts mit der Wirklichkeit zu tun? Diskutiert in der Klasse.

H zu Aufgabe 3
In jedem Textabschnitt findest du einen Grund.

F Erläutere mithilfe des Videos im QR-Code, wie Produkte Geschlechterrollen nutzen und welche Folgen das hat.

Vielfalt in der Klasse – wie gehen wir damit um?

Jeder Mensch ist anders. Auch in deiner Klasse sind alle Kinder verschieden. Diese Vielfalt ist interessant und bereichernd, kann aber auch zu Konflikten führen. Wie geht man also mit dieser Vielfalt um?

M8 Esra kommt zu Besuch ...

Linas Freundin Anna bekommt Besuch von ihrer neuen Freundin Esra. Sie ist sich da bei manchen Sachen aber noch unsicher und spricht mit Lina.

Lina, kannst du mal bei dir zuhause fragen, was Muslimas wie Esra gerne essen? Meine Mutter möchte das wissen, nach dem Schwimmen hat man doch immer so viel Hunger. Und: Darf Esra überhaupt einen normalen Badeanzug anziehen?

Na klar darf sie das, Muslimas ziehen aber manchmal auch Burkinis an. Sag mal, so richtig viel über Muslime weißt du aber nicht... Komm, wir fragen, ob wir uns morgen bei Esra treffen können, dann wirst du alles sehen... .

Zusatzkapitel Zusammen in einer Gruppen arbeiten – auch wenn alle sehr verschieden sind?

70091-62

„Alle Kids sind VIPs"

70091-63

M9 Ein Schulbericht: Engagement für mehr Vielfalt

Vielfalt und Toleranz sind die Grundbausteine einer funktionierenden Gesellschaft. Mit einfachen Beispielen wie Vielfalt in der Musik, Vielfalt beim Essen oder der Vielfalt der Tiere wollen wir aufzeigen, dass die Welt vielfältig sein muss, damit sie interessant werden kann. Über die Vielfalt der verschiedenen Kulturen und Menschengruppen muss unserer Meinung nach zunächst aufgeklärt werden, damit eine Basis für die Akzeptanz der Vielfalt bei den Schülern geschaffen werden kann.

Bertelsmann Stiftung: Eine Schule mit Courage, eine Schule ohne Rassismus, Wettbewerb 2019-2020, www.allekidssindvips.de, abgerufen am 23.03.2020

MIGRATION

Der Begriff „Migration" stammt von „wandern, sich bewegen". Menschen, die ihre Heimat verlassen, um dauerhaft woanders zu leben, werden „Migranten" genannt.
Migrationshintergrund haben z. B. solche Menschen, die entweder selbst oder deren Eltern ihre ursprüngliche Heimat verlassen haben. Sie bringen ihre Lebensweisen, Kulturen und Religionen mit und tragen so zur gesellschaftlichen Vielfalt bei.

M10 Leben mit Behinderung

Menschen mit Behinderung benötigen manchmal besondere Hilfe, z. B. beim Lernen oder beim Laufen.

Toleranz kommt vom lateinischen Wort „tolerare" und bedeutet „erdulden" oder „ertragen". Tolerant sein heißt, jeden Einzelnen so zu akzeptieren, wie er ist.

M11 Leben mit Behinderung

Laura und Susanna sind 13 Jahre alt und gehen zur Gesamtschule in Kassel. In eine integrative Klasse. Laura ist von Geburt an körperbehindert und auf den Rollstuhl angewiesen. Die beiden sind dicke Freundinnen. Das war aber nicht immer so. „Als Laura in unsere Klasse kam, war das komisch. Eine Behinderte in unserer Klasse. Ich hab gedacht: ‚Na toll, jetzt sollen wir also ständig auf die Rücksicht nehmen'", erzählt Susanna. Nun, nach eineinhalb Jahren, sind die beiden unzertrennlich. Laura ist wütend, wenn ihre Behinderung im Mittelpunkt steht. „Oft bemerke ich, wie ich angestarrt werde, und ich habe die Nase voll davon. Für mich ist es normal, nicht in die Stadt zu gehen, sondern zu rollen. Ich interessiere mich für all das, was meine Freunde auch interessiert. Das, was nervt, das sind die anderen. Manchmal ist es ihr Mitleid. Ich leide ja nicht. Ich kann halt nicht alles machen, aber fast alles. Manchmal sind es auch blöde Sprüche." „Dabei sind eigentlich alle Menschen in manchen Situationen behindert oder werden behindert", sagt Susanna. „Als ich neulich im Konzert war, hab ich nichts sehen können, weil vor mir nur Große standen."

Laura denkt laut nach: „Ich bin schon froh, dass ich hier an der Schule nichts Besonderes mehr bin. Für meine Klasse bin ich Laura und fertig. Manche mögen mich, andere nicht. Ganz normal."

Deutsche Behindertenhilfe – Aktion Mensch e.V. (Hrsg.), Ich, du und die anderen. Schülerheft, Bonn 2007, S.5

INKLUSION

Inklusion bedeutet, dass keine Menschen ausgeschlossen werden.
Inklusion heißt übersetzt Zugehörigkeit und steht für den Anspruch, dass im Schulsystem, am Arbeitsplatz oder in Freizeiteinrichtungen keine Menschen aufgrund ihrer Behinderung oder aufgrund ihrer Herkunft ausgeschlossen werden. Inklusion ist ein Menschenrecht, das der Staat gewährleisten muss.

INTEGRATION

Wie gut Menschen unterschiedlicher Herkunft in einem Staat zusammenleben, ist die Frage der Integration.
Sowohl die Migranten (Beachten von Regeln und Gesetzen, Lernen der Sprache) als auch die Einheimischen (offen und tolerant gegenüber neuen Mitbürgern sein) können zu einer gelungenen Integration beitragen.

AUFGABEN

1. Tauscht euch aus: Was wisst ihr über die Lebensweise und Bräuche von Muslima und Muslimen? Wenn es Muslime in der Klasse gibt, können sie sicher einiges erklären (**M8**).

2. a) Erkläre anhand von **M9**, was alles als Vielfalt in einer Schul- bzw. Klassengemeinschaft gelten kann.
b) **M9** stammt aus einer Projektbeschreibung im Rahmen der Initiative „Alle Kids sind VIPs". Informiert euch in Kleingruppen über diese Initiative (siehe QR-Code) und stellt ausgewählte Projekte in der Klasse vor.

3. a) Beschreibe die Bilder in **M10**.
b) Kennst du selbst Menschen mit Behinderung aus deinem Umfeld (z. B. Schule, Familie, Freundeskreis)? Berichte den anderen aus deiner Klasse von deinen Erfahrungen.

4. „Das, was nervt, sind die anderen", beschreibt Laura ihre Situation (**M11**).
a) Erläutere, was Laura nervt.
b) Versuche zu erklären, warum die Menschen so reagieren.

5. Diskutiert in der Klasse, wie ihr mit Vielfalt in eurer Klasse und Schule in Zukunft umgehen wollt: Zu welchen Schwierigkeiten kann es kommen? Wo seht ihr dagegen die Chancen?

F **zu Aufgabe 1**
Gibt es noch andere Religionen in eurer Klasse?

F **zu Aufgabe 5**
Erstelle eine Liste mit Vorschlägen, wie eure Klasse zu mehr Offenheit im Umgang mit der Vielfalt beitragen könnte.

Zusammenleben in unserer Region: Eine Infobroschüre erstellen

Worum geht es?

An deinem Wohnort gibt es viele verschiedene soziale Gruppen, die ganz unterschiedlich organisiert sind. Es gibt z.B. Sportvereine, Kirchengemeinden oder auch Bürgervereine. Alle diese Gruppen sind im Grunde darauf ausgerichtet das Zusammenleben und die Gemeinschaft zu stärken. Erstellt in einem Projekt eine Broschüre zu diesen sozialen Gruppen für Kinder und Jugendliche, die neu in eurem Wohnort sind.

So geht's:

1. Bildet Gruppen aus 3-4 Schülerinnen und Schülern. Teilt euch auf innerhalb der Gruppe auf, um mehr zu den sozialen Gruppen an eurem Wohnort zu erfahren:
   a) Glaubensgemeinschaften (Kirchen, Moscheen, Synagogen, ...)
   b) Jugendorganisationen (Jugendzentren, Treffpunkte, Jugendberatungsstellen, usw.)
   c) Vereine (Sportvereine, Vereine für soziales Engagement, Bürgervereine)

2. Recherchiert nach Glaubensgemeinschaften / Jugendorganisationen / Vereinen in eurem Wohnort. Beantwortet hierzu folgende Fragen: Welche Interessen und Ziele haben sie? Wie sind sie organisiert? Wo befinden sie sich? Macht euch Notizen zu den jeweiligen sozialen Gruppen und tragt sie zusammen. Ein erster guter Ausgangspunkt für eure Recherche sind die offiziellen Webseiten eurer Stadt / Region.

3. Erstellt mithilfe eurer gesammelten Informationen eine Broschüre für Kinder und Jugendliche, die neu in euren Ort ziehen und sich noch nicht auskennen. Wählt hierzu die wichtigsten sozialen Gruppen aus eurer Recherche aus und beschreibt diese kurz. Orientiert euch hierbei an den Leitfragen für eure Recherche (Interessen / Ziele / Organisation / Ort).

4. Fügt eurer Broschüre einen Stadtplan hinzu, in dem ihr alle wichtigen Orte (Glaubensgemeinschaften / Jugendorganisationen / Vereine) einzeichnet. Fügt dem Stadtplan eine Legende mit einer Kurzbeschreibung dieser Orte hinzu. Nutzt den QR-Code, um ein passendes Online-Tool zur Erstellung eures Stadtplans zu finden.

Online Tools für die Erstellung von Stadtplänen

70091-64

9.2 Zusammenleben in Familien

Mutter, Vater, Kind – ein Modell unter vielen?

Menschen leben gern mit anderen zusammen, zum Beispiel in einer Familie. Früher lebten die meisten in einer größeren Familie, denn so waren alle behütet. In den letzten Jahren hat sich das Bild einer Familie stark verändert. Welche Formen des Zusammenlebens gibt es heute?

M1 Georgia zieht aus: Vielmehr Chancen oder Probleme?

Georgia lebt noch im Haushalt ihrer Eltern Johanna und Baris. Während ihrer Geburtstagsfeier, bei der auch Emre, ihr kleiner Bruder dabei ist, teilt Georgia mit, dass sie in eine eigene Wohnung als Single ziehen will.
Eine Diskussion am Familientisch beginnt …

WG
Abkürzung für Wohngemeinschaft

M2 Formen des Zusammenlebens

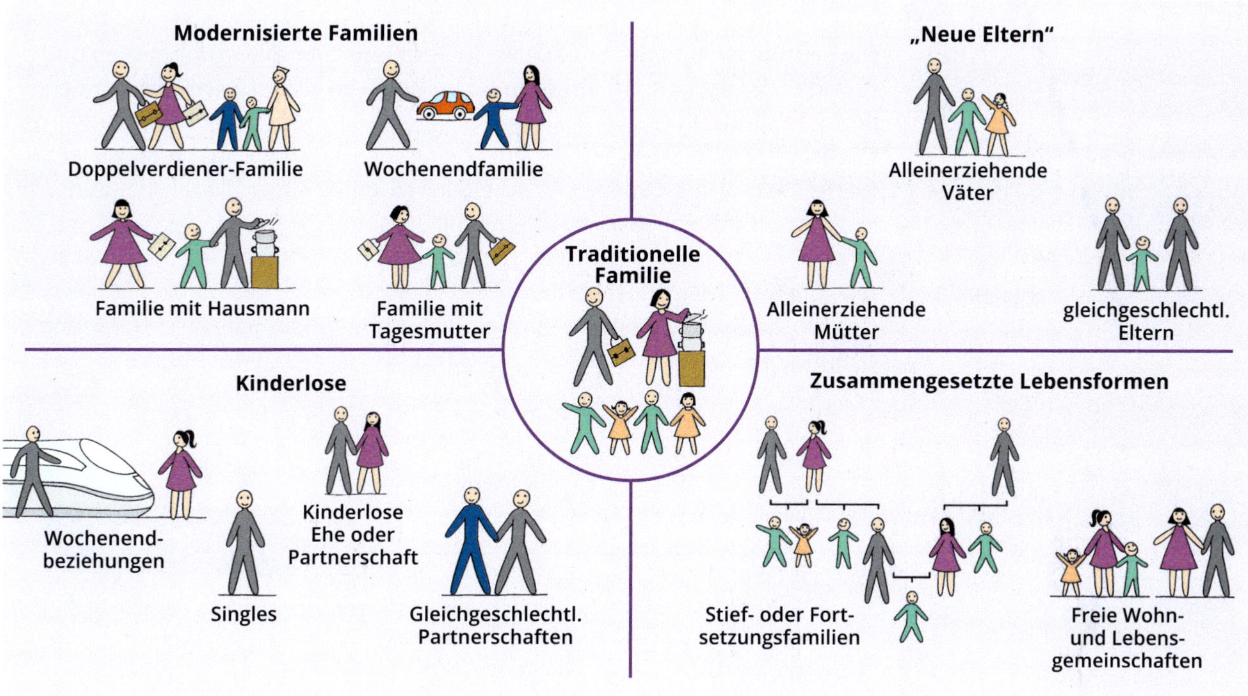

M3 Chancen und Probleme unterschiedlicher Formen des Zusammenlebens

1. Sicherheit
2. Geborgenheit
3. Flexibilität
4. Freiheit
5. Ruhe
6. Wohnungskosten
7. Unterhaltung/Abwechslung
8. Fürsorge und Hilfe
9. Kosten sparen
10. Gefühl des Gebrauchtwerdens
11. Soziale Kompetenz
12. Hohe Arbeitsbelastung
13. Zeit für sich und Freunde
14. Unruhe
15. Hohes Einkommen
16. Einsamkeit
17. Verwirklichung eigener Träume
18. Zeit für berufliche Karriere

FAMILIE

Die Familie ist eine Gemeinschaft, in der Menschen zusammenleben und füreinander sorgen. Im engeren Sinne gehören dazu Eltern mit minderjährigen Kindern.
Das Wort Familie stammt aus dem lateinischen familia (Hausgemeinschaft). Früher lebten meist mehrere Generationen unter einem Dach. Inzwischen sind neben der sogenannten Kernfamilie (Mutter, Vater, Kinder) auch weitere Familienformen verbreitet, zum Beispiel nichteheliche Partnerschaften mit Kindern, Alleinerziehende sowie Patchwork- und Regenbogenfamilien. Gemeinsam ist allen Familienformen, dass man füreinander Verantwortung übernimmt.

AUFGABEN

1. a) Arbeite die unterschiedlichen Auffassungen zum Thema Familie aus den Aussagen der einzelnen Familienmitglieder heraus (**M1**).
b) Urteilt in der Klasse spontan über die Frage: „Soll Georgia allein leben?".

2. Führt die Diskussion in Georgias Familie in einem Rollenspiel auf (**Methode: Ein Rollenspiel durchführen**, S. 191). Wie beurteilen die einzelnen Familienmitglieder jeweils die Chancen und Probleme unterschiedlicher Lebensformen?
a) Notiere dir hierfür zuerst Chancen und Probleme der verschiedenen Lebensformen aus **M2** mithilfe von **M3** und der Tabelle.

Familie/Lebensform	Chancen	Probleme
Emres Familie, traditionell		
Cousine Melanie, Single		
Freundin Luisa, alleinerziehend		

b) Entwerft dann in Kleingruppen Rollenkarten für Emre, Vater Baris, Mutter Johanna und die ältere Schwester Georgia. Nutzt hierfür die Argumente zu den Lebensformen, die ihr in der Tabelle gesammelt habt.
c) Tauscht euch im Anschluss an das Rollenspiel darüber aus, welche Argumente euch am meisten überzeugt haben. Begründet eure Meinung.

3. Definiere in eigenen Worten, was man unter einer Familie versteht. Überprüfe deine Definition mithilfe des Begriffskastens (**#Familie**).

H zu Aufgabe 2a
Was für die eine Lebensform eine Chance ist, kann für die andere ein Problem sein.

F zu Aufgabe 2a
Ergänzt die Tabelle um weitere Lebensformen aus **M2** sowie deren Vor- und Nachteile.

Rollenkarten zur Diskussion in Emres Familie
70091-65

Rechte und Pflichten in der Familie – soll Lina regelmäßig im Haushalt helfen?

In einem Haushalt fällt immer Arbeit an und diese nimmt viel Zeit in Anspruch. Aber ist es sinnvoll, dass Eltern von ihren Kindern erwarten, im Haushalt Aufgaben zu übernehmen?

M4 Wer soll den Abwasch machen?

M5 Sollen Kinder im Haushalt helfen?

Selma unterhält sich mit ihrer Freundin Beate, ebenfalls Mutter von zwei Kindern:

Selma: Wenn Lina sich im Haushalt mehr engagieren würde, wäre ich bestimmt entspannter und hätte auch mehr Zeit für andere Dinge.

Beate: Aber Selma, Lina muss sich auch mehr als 30 Wochenstunden mit der Schule beschäftigen. Wenn sie mehr helfen würde, hätte sie dann kaum noch Freizeit, oder?

Selma: Das mag sein, denn oft muss sie zu Hause auch noch Vokabeln üben und für Klassenarbeiten lernen. Aber am Wochenende hätte sie etwas mehr Zeit.

Beate: Ich kann ja verstehen, dass du dich manchmal überfordert fühlst. Aber Kinder haben neben der Schule ein Recht auf Freizeit. Außerdem: Willst du dich auf eine Diskussion mit Lina einlassen? Ich mache lieber alles selbst, bevor ich mit den Kindern darüber streite. Dann spare ich mir jede Menge Ärger und ich kann es sowieso schneller erledigen.

Selma: Wirklich? Ich finde es geht auch darum, dass meine Kinder so früh wie möglich lernen, was es heißt, Verantwortung zu übernehmen. Später müssen sie ja auch irgendwann ihren eigenen Haushalt führen.

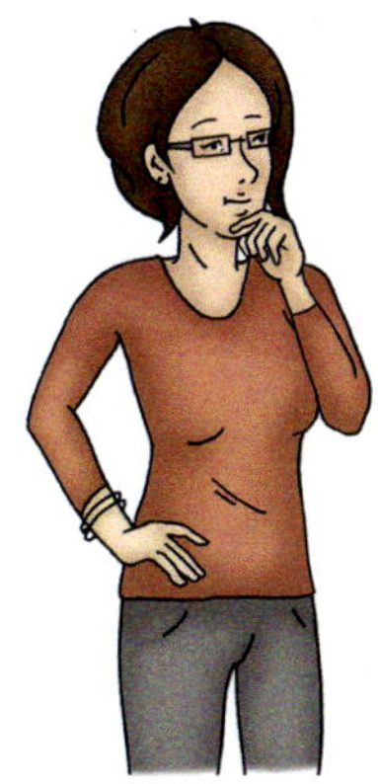

M6 Aufgabenverteilung bei Familie Ahrens

durchschnittliche Zeitaufwendung pro Woche in Stunden			
	Selma	Matthias	Lina
Berufstätigkeit / Schule	**20**	**37**	**36**
Haushalt (gesamt)	**29,5**	**6**	**1**
Einzelne Tätigkeiten im Haushalt			
aufräumen	6	1	0,5
Putzen	4	-	-
Wäsche waschen und Bügeln	5	1	-
Kochen und abspülen	8	1	-
Tisch decken	-	-	0,5
Müll raus bringen	0,5	-	-
kleinere Reparaturen und Renovierungen	0,5	0,5	-
einkaufen	3	1	-
Gartenarbeit	2	0,5	-
Autopflege	-	0,5	-
Geldangelegenheiten / Steuer	0,5	0,5	-

Selma Ahrens (43 Jahre)
Sie arbeitet nach einer längeren Pause wieder 20 Stunden in der Woche als Krankenschwester. Damit verdient sie 1.200 € im Monat. In ihrer Freizeit liest sie gerne oder trifft sich mit Freundinnen. Die Wochenenden möchte sie gerne mit der Familie verbringen.

Matthias Ahrens (46 Jahre)
Als Zimmermann verdient er knapp 2.700 € im Monat. Dafür arbeitet er 37 Stunden in der Woche. In seiner Freizeit fährt er Rad oder trifft sich mit Freunden zum Fußballschauen. Die Wochenenden möchte er gerne mit der Familie verbringen.

Lina Ahrens (12 Jahre)
Lina ist in der Woche 30 Stunden in der Schule. Zuhause muss sie dafür nochmals 6 Stunden pro Woche arbeiten. Den Rest der Zeit verbringt sie mit Fußball spielen, lesen und Freunde treffen.

M7 Kinderarbeit im Haushalt – was sagt das Gesetz?

a) Bürgerliches Gesetzbuch
§ 1619 - Dienstleistungen in Haus und Geschäft
Das Kind ist, solange es dem elterlichen Hausstand angehört und von den Eltern erzogen oder unterhalten wird, verpflichtet, in einer seiner Lebensstellung entsprechenden Weise den Eltern in ihrem Hauswesen und Geschäft Dienste [Aufgaben] zu leisten.

b) Jugendarbeitsschutzgesetz (JArbSchG)
§ 5 Verbot der Beschäftigung von Kindern
(1) Die Beschäftigung von Kindern [...] ist verboten.
(3) Das Verbot des Absatzes 1 gilt nicht für die Beschäftigung von Kindern über 13 Jahren [...] soweit die Beschäftigung leicht und für Kinder geeignet ist. [...] Die Kinder dürfen nicht mehr als zwei Stunden täglich, in landwirtschaftlichen Familienbetrieben nicht mehr als drei Stunden täglich, nicht zwischen 18 und 8 Uhr, nicht vor dem Schulunterricht und nicht während des Schulunterrichts beschäftigt werden.

Spontanurteil begründen

Worum geht es?

Findest du manchmal etwas gar nicht schlimm, was ein anderer sehr schlimm findet und du kannst nicht nachvollziehen, warum das so ist?
Unterschiedliche Einschätzungen von Situationen und Problemen sind abhängig von deiner Sichtweise. Menschen haben ein unterschiedliches Verständnis von „gerecht“. Die folgenden Schritte helfen dir, deine Einschätzungen und die der anderen besser zu verstehen.

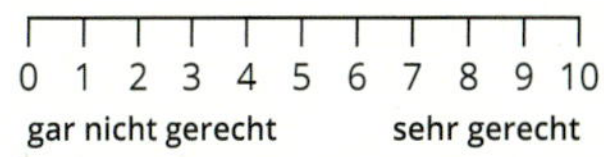

Gehe dabei so vor:

1. Schritt: Fälle ein Spontanurteil

Bilde dir zu dem Problem zunächst ein ganz spontanes Urteil aus dem Bauch heraus. Ordne dein spontanes Urteil auf einer Skala von 0 (gar nicht gerecht) bis 10 (sehr gerecht) ein.

2. Schritt: Finde Begründungen

Finde Begründungen, warum du die Situation als „gerecht“ oder „gar nicht gerecht“ einschätzt.

3. Schritt: Überprüfe die Regeln

Überprüfe, ob in der Situation Regeln verletzt werden und wer durch die Situation Nachteile hat. Sind die entstandenen Nachteile und Probleme schwerwiegend?

4. Schritt: Ordne erneut ein und begründe

Ordne das Problem nun erneut auf der Skala von 0-10 ein und begründe dein Urteil.

AUFGABEN

1. a) Beschreibe die Situation im Bild (**M4**).
b) Urteilt spontan anhand einer Positionslinie: Sollten Kinder im Haushalt mithelfen?

2. Arbeite aus **M5** Gründe heraus, die für oder gegen die Hilfe von Kindern im Haushalt sprechen. Erstelle dazu eine Pro-Kontra-Tabelle.

3. a) Prüfe mithilfe von **M6**, ob die Wahrnehmung von Selma Ahrens richtig ist, dass die Haushaltsarbeit an ihr hängen bleibt.
b) Erläutere, inwiefern Kinder zuhause mithelfen dürfen (**M7**).
c) Erstelle mithilfe von **M6** eine Übersicht über die Aufgabenverteilung in deiner Familie. Vergleiche sie mit der Verteilung bei Familie Ahrens.

4. a) Bildet erneut eine Positionslinie: Sollten Kinder im Haushalt mithelfen?
b) Inwieweit hat sich dein Standpunkt im Vergleich zu der ersten Positionslinie geändert? Begründe (**Methode**: **Spontanurteil begründen**).

Positionslinie
→ Methodenglossar

H zu Aufgabe 2
Mögliche Pro- und Kontra-Argumente sind beispielsweise: die Eltern im Alltag entlasten, zur Hygiene und Sauberkeit erziehen, Streit bei der Aufgabenverteilung vermeiden wollen.

H zu Aufgabe 3a
Addiere jeweils die fett gedruckten Arbeitsstunden in den Zeilen Berufstätigkeit und Haushalt.

Einen Trickfilm drehen

Worum geht es?

Mit einfachen Computerprogrammen, z. B. „Stop Motion Studio", könnt ihr einfach kleine Geschichten in einem Film darstellen. Ihr benötigt Smartphone oder Tablet, die App „Stop Motion Studio", kleine Figuren (z. B. Puppen, Actionfiguren etc.) oder Material zum Zeichnen/Malen, Stativ, grüner Hintergrund (z. B. Tuch).

Geht dabei so vor:

1. Schritt: Vorbereitung und Recherche

Bearbeitet euer Thema in Arbeitsgruppen von drei bis vier Schülerinnen und Schülern. Überlegt euch, worum es in eurer Geschichte gehen soll.

2. Schritt: Erstellt ein Drehbuch

Vorlage für ein Drehbuch

70091-66

Mithilfe des Drehbuchs plant ihr die einzelnen Szenen eures Trickfilms. Überlegt euch zu jeder Szene Folgendes:
1. Was passiert in der Szene bzw. was ist zu sehen?
2. Was sagen die Figuren oder was sagt ihr als Sprecher?

Zeichnet in die einzelnen Rahmen die Elemente, so wie sie im Video nach und nach auftauchen sollen. Haltet euch an die Vorlage.

3. Schritt: Bereitet den Film vor und nehmt ihn auf

Erklärfilm zur Arbeit mit der App „Stop Motion Studio"

70091-67

Testet die Videotechnik des Smartphones oder Tablets und probt die Aufnahme mindestens zweimal. Wenn ihr den Trickfilm mit gezeichneten Figuren drehen wollt, müsst ihr diese zunächst anfertigen.
Macht die Aufnahme am besten mit einem Stativ (Anleitungen zum Selberbasteln findet ihr im Internet). Öffnet die App und legt ein neues Projekt an. Um Bewegungen der Figuren darzustellen, müsst ihr diese Schritt für Schritt bewegen und jedes Mal ein neues Foto aufnehmen. Aus den Einzelbildern wird automatisch in der App ein Video erstellt. Sind die Figuren in 2D erstellt, müsst ihr von oben filmen, bei 3D-Figuren wird von der Seite gefilmt. Der Text wird im Nachhinein eingesprochen.

4. Schritt: „Film ab!"

Präsentiert euren Film in der Klasse. Gebt euch gegenseitig ein Feedback, was gut gelungen ist und worauf ihr beim Planen und Drehen eures nächsten Trickfilms noch achten solltet.

ZUSAMMENLEBEN MIT ANDEREN

ICH-IDENTITÄT UND SOZIALE ROLLE

Kapitel 9.1, M1-M7

Ich-Identität bedeutet, dass man weiß, dass man unterschiedliche Eigenschaften hat und einzigartig ist. Im Zusammenleben mit unterschiedlichen Gruppen nimmt der Mensch unterschiedliche soziale Rollen ein. Je nachdem, welche Rolle ein Mensch einnimmt, verhält er sich unterschiedlich. Auch das Geschlecht ist eine soziale Rolle. Die Unterschiede zwischen Mädchen und Jungen sind zum Teil angeboren und zum Teil durch Eltern oder bestimmte Vorstellungen in der Gesellschaft anerzogen. Es ist wichtig, dass Kinder und Jugendliche unterschiedliche Dinge ausprobieren können, egal ob etwas als typisch für Jungen oder für Mädchen gilt.

UMGANG MIT VIELFALT

Kapitel 9.1, M8-M11

Unsere Gesellschaft ist sehr vielfältig. Menschen haben also Unterschiede, z. B. was ihr Geschlecht, Alter, Aussehen, Religion, Herkunft oder Fähigkeiten betrifft. Jeder einzelne ist mit seinen Ideen und Fähigkeiten wichtig für die Gesellschaft, sollte akzeptiert werden und sich frei entfalten dürfen. Nicht immer ist man mit der Einstellung anderer Personen einverstanden oder stört sich an ihrem Aussehen. Besonders dann ist Toleranz gefragt. Auch körperliche und geistige Voraussetzungen sind ein Merkmal von Vielfalt. In inklusiven Schulen lernen Kinder mit und ohne Behinderung zusammen.

FAMILIENFORMEN UND AUFGABENVERTEILUNG IN DER FAMILIE

Kapitel 9.2, M1-M7

Heutzutage gibt es die unterschiedlichsten Familienformen. Sie sind für uns neben der traditionellen Familie normal geworden. Zu einer traditionellen Familie bzw. Normalfamilie gehören Vater, Mutter und Kind(er). Familien mit einem Elternteil, Patchworkfamilien oder gleichgeschlechtliche Familien sind heute auch sehr verbreitet. Familien zeichnen sich dadurch aus, dass mindestens zwei Generationen zusammenleben und die Generationen untereinander Leistungen erbringen (z. B. Kindererziehung). Kinder und Jugendliche können im Haushalt mithelfen, solange die Arbeit im Haushalt ihren schulischen Erfolg nicht negativ beeinflusst. Dadurch lernen sie z. B., früh Verantwortung zu übernehmen und ihnen fällt es später leichter, ihren eigenen Haushalt zu führen.

Nachdem du das Kapitel zu „Soziale Rollen und Familie" bearbeitet hast, kannst du hier das Gelernte anwenden, dein Wissen prüfen, dir ein Urteil bilden und aktiv werden.

M1 Ich und die Anderen

Karikatur: Ludwiggalerie Schloss Oberhausen

Aufgaben

1. Beschreibe genau, was auf der Karikatur abgebildet ist.
2. Erkläre, was die abgebildeten Personen mit den Begriffen soziale Gruppen, soziale Rollen und Identität zu tun haben.
3. Erkläre, warum der Junge sich von den Strippen befreien möchte. Berücksichtige dabei die Fachbegriffe aus diesem Kapitel.

M2 Ein neuer Mitschüler

Carlos, ein neuer Mitschüler, wird euch in der ersten Unterrichtsstunde vorgestellt. Er hat langes Haar und kleidet sich auch etwas ungewöhnlich. Zudem spricht er nur ein bisschen Deutsch.

Aufgaben

1. Gestaltet in Gruppen Rollenspiele zur Situation und wertet diese in der Klasse aus.
2. Entwerft in Gruppen je ein Projekt, das sich mit den Herausforderungen und Chancen der Vielfalt auseinandersetzt. Schreibt euch Stichwörter zu folgenden Fragen auf:
   1. Was könntet ihr als Thema für eure Klasse oder auch für eure Schule anbieten?
   2. Welche Medien würdet ihr einsetzen?
   3. In welcher Form würdet ihr auf das Thema aufmerksam machen?

interaktive Übung zum Kapitel

82000-77

M3 Familie – überall anders

Lina regt sich in der Pause vor ihren Freunden Emre und Steffi furchtbar auf: Sie muss zu Hause viel mehr Aufgaben übernehmen als ihr Bruder. Lina findet das ungerecht, denn sie hat den Eindruck, viele Jungen müssten weniger im Haushalt helfen. Sie ist meistens früher und öfter zu Hause als ihr Bruder. Dann soll sie den Tisch decken, beim Abräumen helfen und die Getränke aus dem Keller holen.

Emre berichtet, dass er seit einer Erkrankung seiner Mutter wochentags und samstags immer mindestens drei Stunden auf seine kleine Schwester aufpassen muss. Auch um das Abendessen und das zu-Bett-bringen kümmert er sich, häufig sogar um die Einkäufe. Sein Vater musste einen zweiten Job annehmen, um mehr Geld zu verdienen. Für die Schule hat Emre manchmal kaum noch Zeit ...

Steffi wird ganz kleinlaut: Sie hat keine Geschwister. Das findet sie zwar oft doof. Aber ihre Mutter geht nachmittags nicht arbeiten und nimmt sich viel Zeit für sie. Und richtige Pflichten hat sie zuhause eigentlich nicht.

Aufgaben

1. Beschreibe die unterschiedlichen Lebensformen von Emre, Lina und Steffi.
2. a) Ist Hausarbeit typisch Mädchen bzw. Frau? Erläutere was mit dem Begriff „typisch“ gemeint ist
   b) Nimm Stellung zu der Frage.
3. Begründe, ob es sinnvoll und rechtlich möglich ist, dass Kinder im Haushalt mithelfen. Beziehe dich dabei auf Lina, Emre und Steffi (**M3**).

Tabelle zur Selbsteinschätzung

70091-68

Sklavenmarke, Rom, 4. Jh. n. Chr. Manche Sklaven trugen Marken an einem Halsband. Die Aufschrift hier lautet: „Ich bin entflohen. Wenn du mich meinem Herrn zurückbringst, bekommst du einen Solidus als Belohnung."

Familiengruppe, Grabbeigabe, um 2500 v. Chr. Der kleinwüchsige Seneb, ein Beamter und hoher Diener des Pharaos, ist mit seiner Frau und seinen Kindern dargestellt.

Betrunkener, Vasenmalerei, griechische Antike, um 480 v. Chr. Eine Frau muss ihn nach Hause begleiten. Ob es sich bei der Frau um eine Sklavin oder seine Frau handelt, ist unklar.

Was weißt du schon?

1. Beschreibe die Bilder. Welchen ersten Eindruck vermitteln die Bilder über die jeweiligen Gesellschaften?
2. Lest zur Vorbereitung nochmals auf den Seiten 82-86 und 225-230 sowie 251-258 nach, was diese Gesellschaften jeweils ausmachte.

10

#Projekt: Andere Zeiten – andere Sitten

Ihr habt mittlerweile schon einiges über frühere Gesellschaften und deren Aufbau gelernt. In diesem abschließenden Projekt geht es darum, zu vergleichen, wie die jeweiligen Bevölkerungsgruppen im alten Ägypten und der griechischen und römischen Antike zusammengelebt haben und welche Rechte und Pflichten sie hatten.

Was lernst du in diesem Kapitel?

... das Zusammenleben in früheren Gesellschaften zu beschreiben und zu vergleichen.

... die Situation unterschiedlicher Bevölkerungsgruppen anhand bestimmter Kriterien zu vergleichen.

... unser heutiges Zusammenleben und das in früheren Gesellschaften miteinander in Beziehung zu setzen.

Projekt: Andere Zeiten – andere Sitten

So geht's:

1 Teilt euch in Kleingruppen von 3-4 Schülerinnen und Schülern auf. Jede Gruppe beschäftigt sich mit einer anderen Bevölkerungsgruppe in früheren Gesellschaften. Erarbeitet die Rolle der jeweiligen Bevölkerungsgruppe anhand der folgenden Aufgaben.

2 **Gruppe 1: Die Frau in früheren Gesellschaften – dem Mann gleichberechtigt?**

a) Charakterisiert die Rolle der Frau sowie ihre Rechte und Pflichten in früheren Gesellschaften (**M1-M3, M6, M9-M11, #römische familia**).
b) Vergleicht anschließend die Stellung der Frau in diesen Gesellschaften.

Gruppe 2: Männer in früheren Gesellschaften – eine bevorzugte Gruppe?

a) Charakterisiert die Rolle sowie die Rechte und Pflichten der Jungen und Männer in früheren Gesellschaften (**M1-M3, M7, M9-M11, #römische familia**).
b) Vergleicht anschließend die Stellung der Männer in diesen Gesellschaften.

Gruppe 3: Sklaven – ein unwürdiges Leben ohne Aussicht auf Besserung?

a) Charakterisiert die Rolle, sowie die Rechte und Pflichten der „Randgruppen" (Sklaven/Unfreie) in früheren Gesellschaften (**M4, M5, M8, M12, M13**)
b) Vergleicht anschließend die Stellung der „Randgruppen" in diesen Gesellschaften.

H zu 2b
Für den Vergleich der Stellung von Frau/Mann/„Randgruppen" helfen euch folgende Leitfragen:
- Konnte diese Gruppe in der jeweiligen Gesellschaft ihren Beruf frei wählen?
- Inwiefern konnten diese Menschen über ihr Leben selbst bestimmen?
- Welchen Tätigkeiten ging diese Gruppe jeweils nach?

Um den Vergleich einfacher zu strukturieren, könnt ihr eure Ergebnisse auch zunächst in einer Tabelle festhalten.

3 Wählt eine der Varianten, um die Inhalte für die anderen Gruppen zu präsentieren:
Variante 1: Stellt die Situation eurer Bevölkerungsgruppe auf Plakaten dar.
Variante 2: Erstellt einen „Audioguide" in Form eines Podcasts.
Variante 3: Erstellt fiktive Interviews, in denen die Situation eurer Bevölkerungsgruppe deutlich wird.

4 Bereitet in euren Gruppen einen Galeriegang vor, in dem ihr eure gesellschaftliche Gruppe vorstellt. Führt den Galeriegang durch und bewertet eure Produkte und Inhalte gegenseitig.
Stellt in der Klasse einen Vergleich mit heute an: Inwiefern hat sich die Rolle und die Situation der einzelnen Bevölkerungsgruppen verändert?

Galeriegang
→ Methodenglossar

Das Zusammenleben im alten Ägypten

M1 Ägyptische Familien

Die Menschen im alten Ägypten bekamen viele Kinder, von denen jedoch einige sehr früh starben. Von den Kindern wurde erwartet, dass sie ihren Eltern bei der Arbeit halfen. Mädchen gingen der Mutter im Haushalt zur Hand, während Jungen meist den Beruf des Vaters erlernten. In ihrer freien Zeit spielten die Kinder genauso gern wie heute: Sie tanzten, jonglierten, spielten Fangen oder übten sich im Fechten und Ringen. Nur wenige Familien konnten es sich leisten, die Kinder zur Schule zu schicken. Verheiratet wurden die Kinder sehr früh – oft schon mit 14 Jahren!

M2 Frauen und Männer im alten Ägypten

Frauen waren im alten Ägypten rechtlich unabhängig und den Männern gleichgestellt. Sie konnten über Besitz verfügen und ihre Ansprüche vor Gericht einklagen. Allerdings übten nur wenige Frauen wichtige Ämter aus, da sie nur in Ausnahmefällen lesen lernen durften. Daher blieb ihnen als Hauptaufgabe die Betreuung der Familie. Sie führten also den Haushalt, erzogen die Kinder und verwalteten den Besitz und galten so als „Herrinnen des Hauses". Tatsächlich übten also fast ausschließlich Männer wichtige Berufe und Positionen aus und verwalteten so den Staat. Die Beamten des Pharaos waren beispielsweise ausschließlich mächtige, wohlhabende Männer. Auch der Beruf des Schreibers war den Männern vorbehalten.

Cheti und seine Frau vor einem Opfertisch: Detail aus einem Relief aus dem Grab des Cheti, 1980 v. Chr. Bei allen wichtigen Tätigkeiten ließen sich die Ägypter mit ihren Frauen darstellen.

M3 Erfreue ihr Herz

Über das Verhältnis von Frau und Mann heißt es in einer „Weisheitslehre", die nach 500 v. Chr. entstanden ist:

Wenn es dir gut geht, gründe ein Haus und liebe deine Frau, fülle ihren Bauch und kleide ihren Rücken. Salben sind ein Heilmittel ihrer Glieder, erfreue ihr Herz, solange du lebst, sie ist ein fruchtbarer Acker für ihren Herrn. Streite nicht mit ihr vor Gericht. Halte sie fern, Macht zu haben.

Zitiert nach: Donadoni, Sergio: Der Mensch des Alten Ägypten, Frankfurt a. M. / New York 1992, S. 365

M4 Unfreie – eine Gruppe ohne Rechte?

In Ägypten gab es als unterste Schicht die Unfreien. Sie waren entweder Kriegsgefangene oder Kinder von Unfreien. In vielen Gesellschaften bedeutet Unfreiheit, dass man keine Rechte hat. Im alten Ägypten war das anders. Unfreie konnten auch Besitz haben und hatten bestimmte Rechte. Trotzdem standen sie im Ansehen, in ihrer Freiheit und in ihrem Besitz ganz unten in der hierarchischen Gliederung der alten ägyptischen Gesellschaft.

M5 Die Bauern – ein hartes Leben ohne Aussicht auf Besserung?

Die meisten Ägypter arbeiteten als Bauern auf den Feldern des Pharaos oder anderer reicher Landbesitzer. Sie mussten einen Großteil der Ernte abliefern und auch noch Steuern und Abgaben für die Nutzung der Bewässerungskanäle zahlen. So waren sie völlig abhängig von den reichen Landbesitzern. Doch dafür wurden sie bei schlechten Ernten und in der Überschwemmungszeit des Nils aus den Getreidespeichern mitversorgt.

Bestrafung eines Bauern, Wandmalerei aus dem Grab des Menna, Theben-West, um 1375 v. Chr.

Das Zusammenleben im antiken Athen

M6 Das Schicksal eines 12-Jährigen Mädchens

Mit 12 Jahren wurde Medeia an einen Mann verheiratet, der 35 Jahre älter war als sie. Bis dahin hatte sie bei ihrer Familie gelebt, wo man ihr praktische Fertigkeiten wie Spinnen oder Weben beibrachte. Auch das Schreiben und Lesen lernte sie dort. Nun musste sie mit einem Mann zusammenleben, den sie weder kannte noch liebte. Von dieser Heirat versprach sich ihr Vater viele Vorteile, denn Medeias zukünftiger Ehemann war sehr reich und hatte großen Einfluss. Am Anfang war er noch sehr freundlich zu ihr, doch dann wurde er plötzlich grausam und behandelte sie sehr schlecht. Eine Scheidung kam für Medeia nicht in Frage, denn das hätte große Schande über sie und ihre ganze Familie gebracht.

Nachzeichnung einer griechischen Vasenmalerei, um 550 v. Chr.: Frauen aus wohlhabenden griechischen Familien führten den Haushalt.

M7 Was Männer machten

In einer Polis wie Athen bestimmten die Männer das Zusammenleben – im Frieden wie auch im Krieg. In der Hausgemeinschaft hatte zwar oft die Frau das Sagen, aber gegenüber Fremden besaß immer der Mann das letzte Wort. Er traf andere Bauern, Handwerker und Händler auf dem Marktplatz, auf den Volksversammlungen und im Theater. Die Männer blieben in der Öffentlichkeit unter sich – wie im Krieg. Reiche Bürger luden Freunde zu Gastmählern (Symposien) nach Hause ein. Dabei traf man sich ohne Ehefrauen. Der Familienvater bestimmte auch die Ausbildung der Kinder. Da sie nicht kostenlos war, lernten einige Athener weder Lesen noch Schreiben. Reiche Eltern stellten Erzieher (Pädagogen) ein. Sie unterrichteten vor allem ihre Jungen.

Junge Athleten beim Training, Rotfigurige Malerei auf einer griechischen Schale (Ausschnitt), um 470 v. Chr

M8 Ein Leben in Unfreiheit – Sklaverei in Athen

Um das Jahr 450 v. Chr. war fast jeder dritte Einwohner Athens ein Sklave. Oft handelte es sich um Kriegsgefangene oder Kinder von Sklaven. Sklaverei drohte aber auch Menschen, die ihre Schulden nicht bezahlen konnten oder als Kinder von ihrem eigenen Vater verkauft wurden. Sklaven hatten keinerlei Rechte, denn sie waren Eigentum ihres Herrn, der allein über sie bestimmen durfte. Er konnte sie vermieten, verkaufen und auch weitervererben.

Für gute Sklaven mussten hohe Preise bezahlt werden. Auf Sklavenmärkten wurden sie wie Waren gehandelt. Es gab sogar eine Art „Umtauschrecht", z. B. wenn ein Sklave eine Krankheit hatte, von der der Käufer nichts wusste. Männliche Sklaven wurden immer begehrter, schließlich konnten sie schwerere Arbeit leisten.

Sehr reiche Athener „besaßen" 50 oder mehr Sklaven. Viele hielten sich zu Hause Sklaven, dort waren sie unter anderem für die Erziehung und Bildung der Kinder zuständig. Sie überwachten dann zum Beispiel die Hausaufgaben der Kinder und begleiteten sie zum Unterricht. Aber auch in der Landwirtschaft oder in den Werkstätten konnten sie als billige Arbeitskräfte eingesetzt werden. Am schlimmsten erging es wahrscheinlich den Bergwerkssklaven. Sie mussten unter erbärmlichsten Bedingungen arbeiten, um den Reichtum Athens zu vermehren. Nicht selten wurden die Sklaven mit Gewalt dazu gezwungen, denn die Arbeit im Bergwerk war sehr hart. Durch die schwere Arbeit überlebten viele Sklaven nur wenige Jahre.

Bergwerkssklaven in einer Tongrube. An der Decke hängt ein Wassergefäß, aus dem sich die Männer erfrischen konnten. Die Arbeit war sehr hart. Tontafel aus Korinth 6. Jh. v. Chr.

Das Zusammenleben im antiken Rom

M9 Die Macht des pater familias

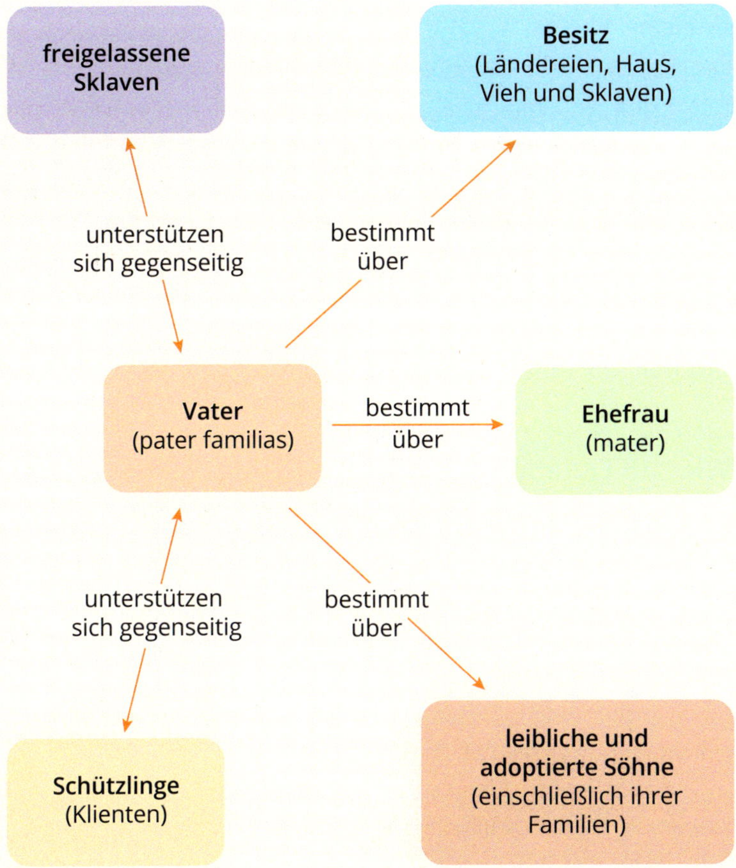

Dem Zusammenleben in Familie und Staat lagen gleiche Werte wie Gehorsam, Treue, Disziplin und Pflichtgefühl zugrunde. Die starke Stellung des pater familias prägte auch die Gesellschaft.

RÖMISCHE FAMILIA

Die römische „familia" umfasste mehrere Generationen und auch Menschen, die nicht miteinander verwandt oder verheiratet waren. Das Bestimmungsrecht lag beim pater familias, dem ältesten männlichen Mitglied der „familia".

In der „familia" lebten Eltern, Söhne und Töchter, Enkel und Urenkel zusammen. In wohlhabenden Familien kamen oft noch adoptierte Personen hinzu. Ebenso gehörten zur Familie die Sklaven, die im Haushalt oder auf dem Feld arbeiteten, wie auch freigelassene ehemalige Sklaven. Der pater familias hatte die Entscheidungsgewalt über alle Angehörigen der „familia" und über das Vermögen.

M10 Welche Stellung hatten Frau und Mann?

In Rom durften Mädchen bereits mit 12 Jahren, Jungen mit 14 Jahren heiraten. Sie waren damit aber nicht „erwachsen" in unserem heutigen Verständnis, sondern unterstanden bis zum Tod des pater familias dessen Macht. Wenn eine Frau heiratete, trat sie damit in die familia ihres Ehemannes über. Die Römer kannten also keine Gleichberechtigung zwischen Mann und Frau, die Stellung des Mannes begründeten sie mit seinem Dienst im römischen Heer. Eine Frau durfte beispielsweise deshalb nicht vor Gericht aussagen. Im Verlauf der römischen Geschichte kam es aber zu Veränderungen: So gab es durchaus berufstätige Frauen (Näherinnen, Hebammen, selten Ärztinnen und Geschäftsfrauen), Frauen nahmen an Mahlzeiten mit Gästen teil und gingen allein in die Öffentlichkeit. Seit dem 3. Jahrhundert v. Chr. konnten Paare einen Ehevertrag schließen, bei dem die Frau im Besitz ihres Vermögens blieb. Eine Scheidung war möglich. Einzelne Frauen aus der Oberschicht erlangten durch ihre Familien auch politischen Einfluss.

M11 Wie sah Erziehung und Schule im antiken Rom aus?

Die Römer kannten keine Schulpflicht, Schulbildung war eine Privatangelegenheit. Mit 7 Jahren gingen Jungen und auch viele Mädchen zur Schule. Lehrer waren häufig freigelassene Sklaven. Ein eigenes Schulgebäude oder Klassenräume gab es nicht, der Unterricht fand z. B. unter dem Vordach eines Ladens statt. Gelernt wurde in diesen Schulen ein wenig Lesen, Schreiben und einfaches Rechnen. Die Lehrer griffen häufig zur Prügelstrafe, um sich durchzusetzen.

Für die Mädchen endete nach dieser Elementarschule meist die Schulausbildung. Mädchen wurden vor allem darin unterrichtet einen Haushalt zu führen, Stoffe zu weben und den richtigen Umgang mit den eigenen Hausssklaven zu erlernen.

Nur Kinder der reichen Familien gingen in eine teure Privatschule oder wurden von Hauslehrern unterrichtet. Das waren oft gebildete Sklaven aus Griechenland.

Jungen dieser reichen Familien gingen länger zur Schule und besuchten eine Rednerschule, wenn sie in der Politik Karriere machen wollten. Denn dafür war es notwendig, wirkungsvolle öffentliche Reden halten zu können. Oft wurden sie hierzu auch in römischem Recht und der Geschichte Roms unterrichtet.

Römische Schüler. Nach der Elementarschule konnten Jungen eine Literatur- oder Rednerschule besuchen (Neumagener Schulrelief, 2. Jh. n. Chr.).

M12 Sklavenleben in Rom

Sklave, der als Gladiator in einer Arena kämpft. Nicht alle Gladiatoren waren Sklaven. Es gab einige Bürger, die freiwillig Gladiator wurden. Sie mussten nur ein- bis dreimal pro Jahr kämpfen und bekamen einen guten Lohn dafür.

M13 Wie lebten die Sklaven?

Zur Lage der Sklaven im Bergbau schreibt der griechische Geschichtsschreiber Diodor, der im ersten Jh. v. Chr. lange in Rom gelebt hat:

„Die Sklaven, die im Bergbau beschäftigt sind, bringen ihren Besitzern unglaubliche Einkünfte; sie selbst aber müssen unterirdisch graben, und viele sterben infolge der übermäßigen Anstrengung – denn Erholung oder Pausen in der Arbeit gibt es nicht; Aufseher zwingen sie mit Schlägen, die furchtbaren Leiden zu ertragen."

Diodorus 5,336 ff., nach: Schmid, H.-D. (Hrsg.) Fragen an die Geschichte, Bd. 1, Frankfurt am Main 1979, S. 96

Einmal Sklave – immer Sklave? Auch die Freilassung von Sklaven war möglich, etwa beim Tod des Herrn, nach einer gewissen Dienstzeit oder gegen Geld. Ein römisches Gesetz:

Wenn ein Sklave sich mit eigenem Geld freikaufen will, kann er dies verlangen, wenn sein Eigentümer ihm dies zugesagt hat. Wenn er von ihm nicht freigelassen wird, kann der Sklave Anklage erheben. In Rom kann er dies vor dem Stadtpräfekten tun, in den Provinzen beim [Statthalter]. Wenn ein Sklave eine solche Anklage vorbringt, sie aber nicht beweisen kann, wird er zur Zwangsarbeit in die Bergwerke geschickt. Wenn sein Herr ihn zurückfordert, darf er ihn bestrafen, aber nicht härter als die Behandlung im Bergwerk.

Nach: Wiedemann, Thomas:, Greek and Roman Slavery, London / New York 2005, S. 47 f. (übers. von Markus Sanke)

Eine Positionslinie bilden

Worum geht es?

Mit Hilfe einer Positionslinie können Einstellungen körperlich zum Ausdruck gebracht werden. Dies kann in jedem größeren Raum geschehen, z. B. in eurem Klassenraum.

Geht dabei so vor:

1. Schritt: Vorbereitung

Auf einer gedachten oder durch einen Klebestreifen auf dem Boden markierten Linie positionieren sich die Schüler zu einer Frage oder zu einem Problem. Die Enden dieser Linie stellen alternative Pole (ja/nein; stimmt/stimmt nicht), der Abstand zwischen diesen Punkten entsprechend abgestufte Positionen dar.

↓ ↓ ↓

2. Schritt: Durchführung

Die Schüler werden dann aufgefordert, ihre Positionen zu begründen und sich auch argumentativ aufeinander zu beziehen.

Scholz, Lothar: Spielerisch Politik lernen. Methoden des Kompetenzerwerbs im Politik- und Sozialkundeunterricht, Frankfurt/M, 2003, S. 114

Ein Wandplakat erstellen

Worum geht es?

Ein Wandplakat bietet die Möglichkeit gelernten Inhalt zu visualisieren.

Geht dabei so vor:

1. Schritt: Vorbereitung

Haltet das Wichtigste fest. Hierbei können euch folgende Materialien helfen:
- Bilder, Tabellen, Fotos ...
- Kurze Informationstexte

↓ ↓ ↓

2. Schritt: Gestaltung

- Klare, saubere, deutliche Schrift
- Keine Rechtschreibfehler
- Farben verwenden, die auch von weitem gut erkennbar sind
- Raum gut aufteilen (nicht dicht gedrängt)

Nach: Klippert, Heinz: Methodentraining. Übungsbausteine für den Unterricht, Weinheim und Basel: Beltz Verlag 1999, S. 168

Ein Placemat erstellen

Worum geht es?

Mit Hilfe der Placemat-Methode könnt ihr in Kleingruppen verschiedene Ideen zu einem Thema mit grafischer Unterstützung zusammenführen. Das Placemat-Verfahren hilft, eigene Arbeitsergebnisse mit Gruppenergebnissen zu vereinen.

Geht dabei so vor:

1. Schritt: Gruppen bilden und Placemat vorbereiten

1. Bildet Vierergruppen und versammelt euch an einem Gruppentisch.
2. Nehmt ein weißes Blatt Papier und zeichnet nebenstehende Grafik nach.
3. Legt die Grafik mitten auf den Gruppentisch.

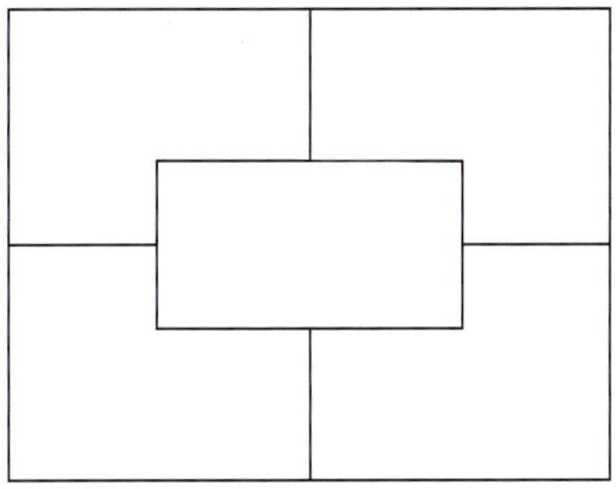

2. Schritt: Durchführung des Placemat-Verfahrens

1. Jede Schülerin und jeder Schüler hat einen Außenbereich in der Grafik für sich. In diesen Bereich könnt ihr eure Ideen zu einem bestimmten Thema stichpunktartig eintragen.
2. Wenn alle ihre Felder ausgefüllt haben, tauscht euch über eure Einträge aus. Dreht hierfür das Placemat einfach immer ein Stück weiter. So erfahrt ihr die Ideen der anderen.
3. Ihr könnt die Ideen der anderen auch mit eigenen Ideen ergänzen.
4. Wenn das Placemat wieder in der Ausgangsposition liegt, könnt ihr lesen, was eure Mitschülerinnen und Mitschüler in eure Felder hinzugefügt haben.
5. Nun werden die Einträge in der Gruppe diskutiert. Einigt euch auf 3 Ideen/Punkte, die im leeren Feld in der Mitte notiert werden.

3. Schritt: Vorstellung

1. Stellt eure Ergebnisse in der Klasse vor.
2. Vergleicht eure Ergebnisse mit den Ergebnissen der anderen Gruppen. Gibt es Gemeinsamkeiten oder Unterschiede?

Ein Gruppenpuzzle durchführen

Worum geht es?

Diese Unterrichtsmethode ist eine Form der Gruppenarbeit. Sie arbeitet mit zwei Gruppenformen, der Stamm- und der Expertengruppe.
Beim Gruppenpuzzle werden die Mitglieder einer Klasse in Gruppen eingeteilt. Jede Gruppe bearbeitet das Gesamtthema, jedoch jedes Mitglied in Einzelarbeit einen anderen Teil.

Geht dabei so vor:

1. Schritt: Bildet Stammgruppen

- Teilt die Klasse in Stammgruppen von drei bis sechs Personen auf.
- Teilt jedem Mitglied einer Stammgruppe eine Teilaufgabe zu. Jedes Gruppenmitglied wird somit zum „Experten" eines Themas.
- Gebt euch ausreichend Zeit, damit ihr euch in euer Gebiet einarbeiten könnt.

Stammgruppen

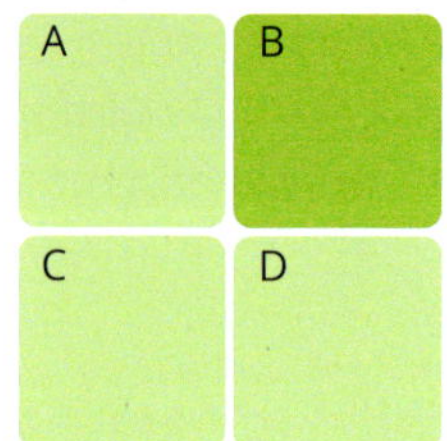

2. Schritt: Bildet Expertengruppen

- Bildet nun „Expertengruppen", indem sich Mitglieder des gleichen Themengebiets treffen und ihre Ergebnisse vergleichen.
- Besprecht in euren „Expertengruppen" eure Teilaufgabe als Experten. Löst zusammen die Teilaufgabe und formuliert ein Ergebnis mit dem sich jeder „Experte" einverstanden erklärt.

Expertengruppen

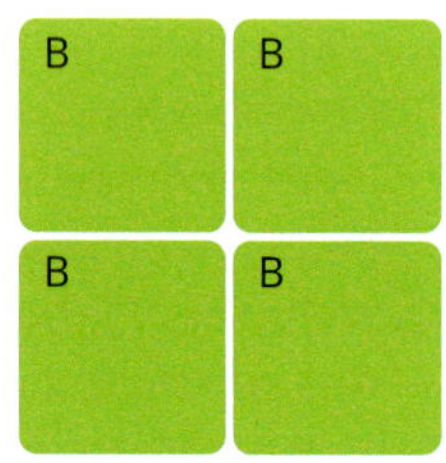

3. Schritt: Rückkehr in die Stammgruppen

- Kehrt als „Experten" anschließend in eure ursprünglichen Gruppen zurück.
- Vermittelt als „Experten" euren anderen Gruppenmitgliedern, was ihr über euer Themengebiet erarbeitet habt.
- Hört den anderen Experten zu und stellt ihnen gegebenenfalls Verständnisfragen.

Stammgruppen

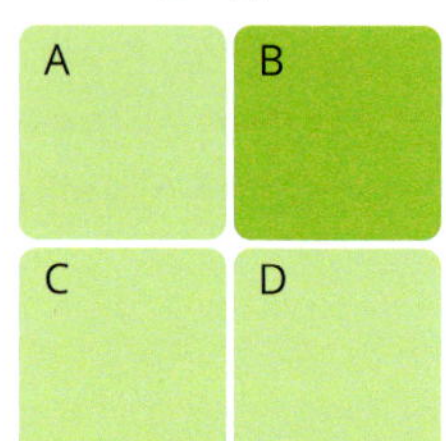

Ein Partnerpuzzle durchführen

Worum geht es?

Diese Unterrichtsmethode ist eine arbeitsteilige Form der Partnerarbeit. Am einfachsten lässt sie sich durchführen, wenn die Schülerinnen und Schüler zu viert an Gruppentischen zusammensitzen. Aber auch bei einer frontalen Sitzordnung lässt sie sich mit der entsprechenden Vorbereitung anwenden. Sie eignet sich vor allem dann für die Aneignung von Wissen, wenn es zwei gleichwertige Themengebiete gibt, die nicht aufeinander aufbauen.

Geht dabei so vor:

1. Schritt: Vorbereitung

- Bildet Gruppen mit jeweils vier Schülerinnen und Schülern.
- Jeweils zwei Schülerinnen und Schüler der Gruppe bearbeiten Aufgabe A, die anderen zwei Aufgabe B.

2. Schritt: Erarbeite dir die Inhalte in Einzelarbeit

- Nachdem dir deine Aufgabe zugewiesen wurde, bearbeite das Thema zuerst in Einzelarbeit. Mache dir Notizen, um das Erlernte festzuhalten.

Einzelarbeit

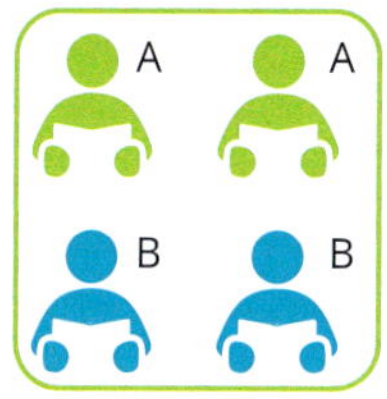

3. Schritt: Tauscht euch als Experten zu eurem Thema aus

- Schließt euch nun als Experten mit derselben Aufgabe zusammen.
- Vergleicht die Ergebnisse eurer Erarbeitung: Korrigiert euch gegenseitig und ergänzt jeweils Wissen zu eurem Thema.
- Bereitet euch darauf vor, euer Thema den anderen Schülerinnen und Schülern zu erklären: Markiert die wichtigsten Informationen, die ihr weitergeben wollt und überlegt euch, wie ihr diese Informationen am besten vermitteln könnt. Ihr seid die Experten für euer Thema, also seid gut vorbereitet.

Partnerarbeit

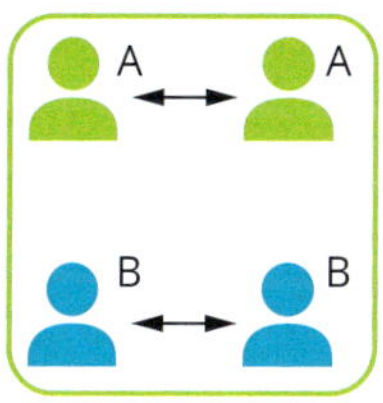

4. Schritt: Vermittelt den jeweils anderen Experten euer Thema

- Jeweils eine Schülerin oder ein Schüler mit der Aufgabe A schließt sich jetzt mit einer Schülerin oder einem Schüler der Aufgabe B zusammen.
- Der Experte A vermittelt nun die wichtigsten Inhalte seiner Aufgabe und erklärt wichtige Zusammenhänge. Experte B muss an dieser Stelle die wichtigsten Informationen festhalten (Sicherung).
- Im Anschluss vermittelt Experte B dem Experten A seine Inhalte auf die gleiche Weise.

Vermittlung

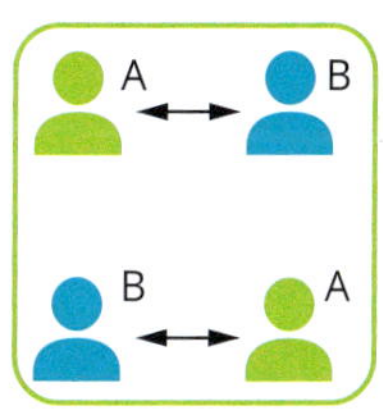

5. Schritt: Kehrt zurück in euer Expertenpaar

- Zum Schluss könnt ihr euch in eurem Expertenpaar nochmals gegenseitig überprüfen. Habt ihr alle Inhalte, die euch vom anderen Experten vermittelt wurden richtig verstanden?

Nach: Brüning, Ludger und Tobias Saum: Erfolgreich Unterrichten durch Kooperatives Lernen 1. Strategien zur Schüleraktivierung, Essen 2007

Ein Lerntempoduett durchführen

Worum geht es?

Diese Unterrichtsmethode ist eine Kombination aus Einzel- und Partnerarbeit. Sie eignet sich vor allem gut, um dem unterschiedlichen Arbeitstempo der Schülerinnen und Schüler bei der Erarbeitung eines Themengebiets gerecht zu werden. Sie wird auch als Think (Aneignung von Wissen in Einzelarbeit) – Pair (Austausch in Partnerarbeit) – Share (Präsentation der Ergebnisse) Methode bezeichnet.

Geht dabei so vor:

1. Schritt: Erarbeite dir die Inhalte in Einzelarbeit

Bearbeite das Thema zuerst in Einzelarbeit. Mache dir Notizen, um das Erlernte festzuhalten. Nimm dir dabei die Zeit, die du benötigst, um die Aufgabe gründlich zu bearbeiten.

2. Schritt: Bildet Lernteams mit ähnlichen Arbeitsgeschwindigkeiten

Wenn ihr mit der Bearbeitung eurer Aufgabe fertig seid, steht auf oder geht zu einer „Haltestelle" in eurem Klassenzimmer. Wartet bis ein anderer Schüler oder eine andere Schülerin ebenfalls aufsteht und schließt euch zusammen.

3. Schritt: Tauscht euch im Lernteam aus

Tauscht euch jetzt zu zweit über eure Ergebnisse der bearbeiteten Aufgabe(n) aus. Ergänzt gegenseitig Inhalte und stellt euch Verständnisfragen. Gegebenenfalls sollt ihr noch weitere Aufgaben zur Vertiefung des Themas bearbeiten. Bereitet eure Arbeitsergebnisse gemeinsam so auf, dass ihr sie im Anschluss in der Klasse vorstellen könnt.

4. Schritt: Präsentiert eure Arbeitsergebnisse

Als Lernteam präsentiert ihr jetzt eure Arbeitsergebnisse im Plenum. Im Plenum werden noch weitere Verständnislücken geklärt und von den anderen Schülerinnen und Schülern weitere Inhalte ergänzt.

Nach: Bungert-Müller, Anette: Lerntempoduett. Formen des kooperativen Lernens. Bildungsserver Rheinland-Pfalz, www.heterogenitaet.bildung-rp.de, abgerufen am 18.05.20

Eine Mindmap erstellen

Worum geht es?

Eine Mindmap (englisch: mind map; auch: Gedanken[land]karte, Gedächtnis[land]karte) erstellen, ist eine Technik, die für das Erschließen oder das visuelle Darstellen eines Themengebietes oft zum Einsatz kommt. Hierbei sollen Gedanken freien Lauf erhalten und so die Fähigkeit des Gehirns zur Kategorienbildung genutzt werden.

Geht dabei so vor:

1. Schritt: Das Thema bestimmen

Zuerst gilt es, ein möglichst konkretes Thema bzw. einen bestimmten Begriff zu bestimmen. Schreibt dieses Thema/diesen Begriff in die Mitte eines Papiers.

2. Schritt: Hauptäste setzen

Zieht Linien/Hauptäste von dem Thema/Begriff in verschiedene Richtungen. Schreibt dann Oberbegriffe in Großbuchstaben am Ende der Hauptäste. Mit diesen Oberbegriffen strukturiert ihr das Thema/den Begriff grundlegend, überlegt hier also genau, welche Begriffe ihr für die Hauptäste wählt.

3. Schritt: Erweiterung und Abschluss

Ergänze nun Nebenarme mit einer zweiten (und evtl. dritten) Gedankenebene.

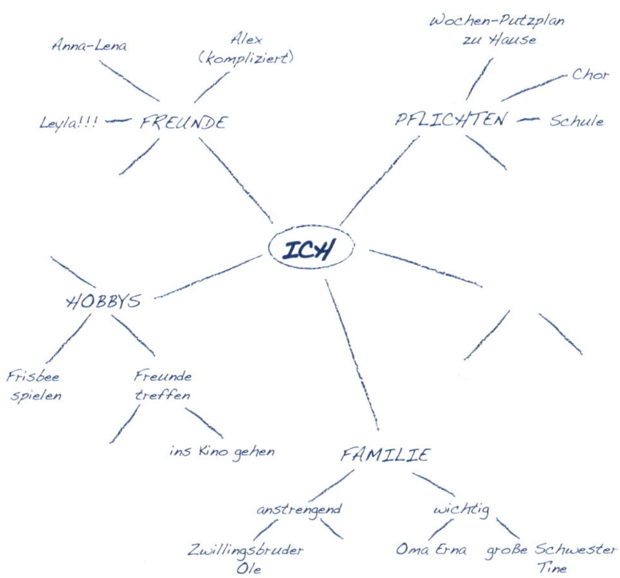

Statistiken, Diagramme und Schaubilder analysieren

Worum geht es?

Die Statistik ist eine Zusammenfassung vieler verschiedener Daten. Die Daten können zum Beispiel sein: Anzahl von Menschen, Deutschen, Kindern, Frauen, Männern oder Höhe von Einkommen, Schulden, Taschengeld und vieles mehr. Die Zusammenfassung der Daten (Statistik) wird mithilfe von Diagrammen oder Schaubildern dargestellt. Sie sind oft sehr unterschiedlich aufgebaut.

a)

Balkendiagramm

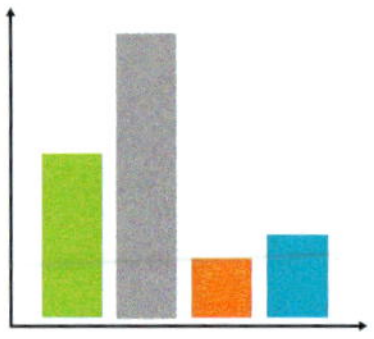

Säulendiagramm

b)

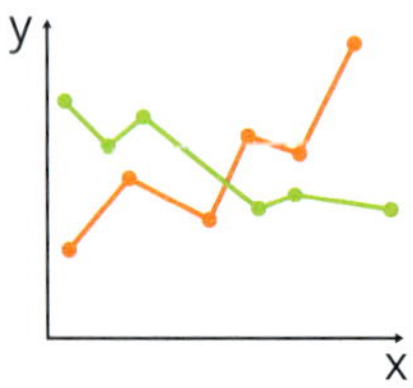

Liniendiagramm

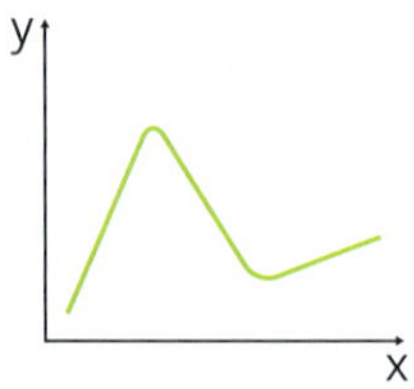

Kurvendiagramm

c)

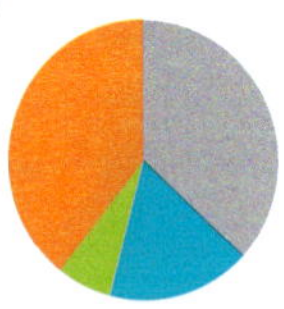

Kreis-/Kuchen-/
Tortendiagramm

Gehe dabei so vor:

1. Schritt: Bestimme das Thema und die Darstellungsform

- Bestimmung des Themas: Schaue zunächst auf die Überschrift des Diagramms/des Schaubilds. Hier finden sich meist die gesuchten Informationen.
- Bestimmung der Darstellungsform: Es gibt verschiedene Arten von Diagrammen:

a) **Balken- und Säulendiagramme:** Diese Diagramme können verschiedene Zahlenwerte gut miteinander vergleichen,

b) **Linien- und Kurvendiagramme:** Diese Diagramme können zeitliche Entwicklungen gut darstellen.

c) **Kreis-, Kuchen- oder Tortendiagramme:** Diese Diagramme können unterschiedliche Anteile an der Gesamtmenge gut aufzeigen.

2. Schritt: Beschreibe das Diagramm oder das Schaubild

- In welcher Maßeinheit sind die Zahlenwerte angegeben? Handelt es sich um absolute Zahlen? Dann steht dort z. B. „in Tausend" oder „in Millionen".
- Welcher Zeitpunkt oder Zeitraum ist dargestellt?
- Woher kommen die Zahlen, was ist als Quelle der Darstellung angegeben?

3. Schritt: Analysiere und beurteile das Diagramm oder Schaubild

Was zeigen die Zahlen und Daten? Gibt es Besonderheiten oder Auffälligkeiten?

- Ist die Form der Darstellung korrekt?
- Wie ist die Aussage des Schaubilds/Diagramms in das Thema einzuordnen?

Präsentation in einem Galeriegang

Worum geht es?

So könnt ihr aus eurer Schule eine Galerie machen: Einzelne von euch oder Gruppen stellen Ergebnisse aus, die sie zuvor in einer Arbeitsphase erarbeitet haben. Die anderen haben die Möglichkeit, einen „Galeriegang" zu unternehmen. Dabei könnt ihr an den ausgestellten Ergebnissen vorbeispazieren, die Ergebnisse betrachten und vielleicht auch Fragen dazu stellen.

Geht dabei so vor:

1. Schritt: Vorbereitung

- Nummeriert eure Bilder, damit ihr sie in der Auswertungsphase gut auseinanderhalten könnt.
- Wählt dazu einen Gruppensprecher, der in der Nähe von eurem Bild steht und es bei Bedarf erklären kann. Wechselt euch zwischendrin ab, damit jeder auch die anderen Ergebnisse anschauen kann.
- Verabredet eine Zeit, z. B. 20 Minuten, die ihr für euren Galeriegang nutzen wollt. Haltet diese verabredete Zeit unbedingt ein, damit ihr anschließend gemeinsam ein Auswertungsgespräch führen könnt.

2. Schritt: Eindrücke notieren

Damit ihr im Anschluss an euren Galeriegang nicht alles vergessen habt, ist es sinnvoll, sich ein paar Notizen zu machen (siehe Tabelle in der Randspalte). Ihr könnt weitere Kriterien ergänzen.

	Bild 1	Bild 2	Bild 3	...
Layout				
Idee / Originalität				
Aussage				
...				

Bitte ins Heft!

3. Schritt: Bilder ausstellen

Hängt nun eure Bilder im Klassenzimmer oder zum Beispiel im Flur eurer Schule aus. Ihr solltet den Platz so wählen, dass er frei zugänglich ist, d. h. jeder sollte sich problemlos davorstellen und die Bilder betrachten können. Der Galeriegang kann beginnen.

4. Schritt: Bilder beurteilen

Nun könnt ihr auf der Basis der eigenen Notizen entscheiden, welche(s) Plakat / welche(r) Flyer in Bezug auf die Aufgabenstellung besonders gut gelungen ist bzw. sind. Bedenkt, dass einem Urteil immer eine sachliche Begründung zugrunde liegen sollte.

Erläuterungen zu Operatoren

Operatoren für die gesellschaftswissenschaftlichen Fächer (2016)

Anforderungsbereich I: Reproduktion

(Wiedergeben und Beschreiben)

Arbeitsanweisung in der Aufgabe	Was ist genau zu tun?	Was dir zusätzlich helfen kann
nennen	Du zählst knapp die gefragten Informationen oder Begriffe auf.	Deine Antwort kann in Stichworten strukturiert sein: 1. ..., 2. ..., 3. ... usw.
beschreiben	Du gibst die wichtigsten Merkmale in ganzen Sätzen und eigenen Worten wieder. Das kann aus eigenem Wissen oder mithilfe von Bildern, Karikaturen, Statistiken ... erfolgen.	Diese Formulierungen können dir helfen: *„Hier ist abgebildet ...“ – „Hier sehe ich ...“*
bezeichnen	Du drückst wichtige Sachverhalte in eigenen Worten aus, die dir z. B. in einer Karte, einer Tabelle oder einem Schaubild aufgefallen sind.	Achte darauf, möglichst exakt auf den Punkt zu bringen, was dir aufgefallen ist.

Anforderungsbereich II: Reorganisation und Transfer

(selbstständiges Erklären, Einordnen und Anwenden)

Arbeitsanweisung in der Aufgabe	Was ist genau zu tun?	Was dir zusätzlich helfen kann
herausarbeiten	Du „filterst“ aus einem Material unter bestimmten Gesichtspunkten die entsprechenden Informationen heraus.	Achte darauf, welche Gesichtspunkte in der Aufgabenstellung genannt werden. Vermeide eine reine Inhaltswiedergabe.
charakterisieren	Du findest heraus, worin die charakteristischen Merkmale bestehen und beschreibst das besonders Auffällige.	Nenne Merkmale und fasse die wichtigsten Auffälligkeiten zusammen.
erstellen	Du zeigst Zusammenhänge auf – oft mit einer Skizze oder einer Zeichnung.	Hierfür kannst du z. B. Pfeile, Tabellen oder eine Mindmap verwenden.
darstellen	Du zeigst Zusammenhänge auf. In der Regel schreibst du dazu einen eigenen, gegliederten Text oder entwirfst ein Schaubild.	Damit nichts durcheinander gerät, kannst du vorher eine Stichwortsammlung bzw. einen Gliederungsentwurf machen.
analysieren	Du wertest Materialien systematisch aus.	Zähle nicht nur Besonderheiten auf, sondern sortiere und werte aus, indem du sie in einen Zusammenhang setzt.
ein-, zuordnen	Du stellst etwas in einen Zusammenhang, der dir durch die weitere Aufgabenstellung vorgegeben wird.	Achte darauf, auch zu erklären, warum das eine zum anderen passt.
begründen	Du untermauerst eine Aussage mit Gründen.	Formulierungen, die du verwenden kannst: *„Dafür spricht ...“ – „Ein Grund dafür ist ...“*

Arbeitsanweisung in der Aufgabe	Was ist genau zu tun?	Was dir zusätzlich helfen kann
erklären	Du gibst auf der Basis deines Wissens eine Antwort.	Zeige die Gründe für etwas oder die Zusammenhänge von etwas auf.
erläutern	Du erklärst, warum etwas so ist, und nennst dabei Beispiele oder Belege.	Mit Beispielen und Belegen veranschaulichst du deine Erklärung.
vergleichen	Du arbeitest aus zwei Materialien bestimmte Gesichtspunkte heraus und suchst nach Gemeinsamkeiten und Unterschieden, die du gewichtest. Am Schluss formulierst du ein Ergebnis.	Hier kann eine Tabelle hilfreich sein. Achte darauf, dass auch die Nennung von Unterschieden zu einem Vergleich gehören.

Anforderungsbereich III: Reflexion und Problemlösung
(Umgang mit Urteilen und Abwägen von Handlungsmöglichkeiten)

Arbeitsanweisung in der Aufgabe	Was ist genau zu tun?	Was dir zusätzlich helfen kann
überprüfen	Du untersuchst, ob eine Aussage stimmig ist und formulierst ein Ergebnis deiner Überlegungen.	Du musst nicht abwägen, sondern kannst dich für eine Richtung entscheiden.
beurteilen	Du nimmst Stellung zu einer Aussage von anderen oder einem Sachverhalt. Dabei geht es darum herauszufinden, ob diese Aussage überzeugend – also logisch und in sich stimmig – ist. Gib dabei die Gründe für dein Urteil an.	Formulierungen, die du verwenden kannst: *„Ich halte die Aussage für überzeugend, weil …“* – *„Weniger / nicht überzeugend ist, dass …“*
bewerten	Du beziehst Stellung. Allerdings kannst und sollst du hier stärker das einbeziehen, was dir persönlich oder unserer Zeit heute wichtig ist.	Formulierungen, die du verwenden kannst: *„Ich halte das für richtig (bzw. falsch), weil …“* – *„Damit habe ich Schwierigkeiten, weil …“*
erörtern	Dir wird ein Problem vorgegeben. Wie auf einer zweischaligen Waage kannst du das Problem abwägen. Lege die Gründe dafür in die eine Schale, die Gründe dagegen in die andere. Am Ende kommst du zu einem Ergebnis deiner Abwägung. Dabei hilft wieder der Blick auf die Waage: In welcher Waagschale finden sich die gewichtigeren Gründe?	Formulierungen, die du verwenden kannst: *„Dafür spricht …“* – *„Dagegen spricht …“* – *„Insgesamt komme ich zu der Einschätzung, dass …“*
entwickeln	Du suchst nach einem Lösungsansatz für ein Problem.	Achte darauf, dass sich dein Lösungsansatz mit Gründen oder Belegen aus den vorgegebenen Materialien untermauern lässt.
gestalten	Du stellst etwas her oder entwirfst etwas, zum Beispiel eine Rede, ein Streitgespräch zwischen zwei Personen.	Achte darauf, die Aufgabenstellung im Blick zu behalten. Beachte ebenfalls: Wen willst du ansprechen?

Register

Bildnachweis

© 2008 Arena Verlag GmbH, Würzburg – S. 104, 105, 109; AdobeStock / Ilhan Balta – S. 40; - / lunaundmo – S. 119; - / Robert Kneschke – S. 162; - / Jürgen Wackenhut – S. 180; Ägyptisches Museum, Kairo – S. 233; akg-images – S. 39, 65, 118, 159, 254, 266; - / Bible Land Pictures, Z. Radovan, www.BibleLandPictures.com – S. 274; - / Bildarchiv Steffens – S. 105; - / Peter Connolly – S. 255; - / De Agostini Picture Library – S. 176; - / De Agostini Picture Library, G. Dagli Orti – S. 309; - / Interfoto – S. 177; - / Erich Lessing – S. 305; - / Nimatallah – S. 256; - / Quagga Media UG – S. 176; - / Science Photo Library – S. 101; - / Science Photo Library, John Bavaro Fine Art – S. 39, 100; Mehmet Akyazi – S. 63; Alamy Stock Photo / ASP, GeoImaging, NASA – S. 219; - / Robert Harding – S. 39; - / Peter Horree – S. 303; - / JBTravel – S. 39, 246; - / Alessandro Pinto – Cover; arts+media / © Alfred Engler – S. 271; ASTERIX®-OBELIX®- IDEFIX® / © 2021 LES EDITIONS ALBERT RENE / GOSCINNY - UDERZO – S. 275; Philippe Biard - Découvertes Junior / Tome 3 © Gallimard-Larousse Jeunesse 1992 – S. 222; bpk-Bildagentur / Ägyptisches Museum und Papyrussammlung, SMB, Margarete Büsing – S. 214; - / Antikensammlung, Staatliche Museen zu Berlin, Jürgen Liepe – S. 86, 306; - / RMN-Grand Palais, Ayman Khoury – S. 226; - / Scala - courtesy of the Ministero Beni e Att. Culturali, Rom, Terme di Diocleziano, Museo Nazionale Romano – S. 300; - / The Metropolitan Museum of Art, New York – S. 305; - / The Trustees of The British Museum – S. 274; Bridgeman Images – S. 258; - / Rheinisches Landesmuseum Trier – S. 308; dpa-Infografik / Globus-Grafik – S. 161; dpa Picture-Alliance – S. 103; - / akg-images – S. 39, 65, 66, 235; - / akg-images, Bildarchiv Steffens – S. 270; - / akg-images, Andrea Jemolo – S. 228, 300; - / AP Photo, Kirsty Wigglesworth – S. 30 (3); - / Udo Bernhart – S. 242; - / Bibliographisches Institut, Prof. Dr. H. Wilhelmy – S. 228; - / dpa-Fotoreport, Polizei – S. 144; - / dpa Themendienst, Mascha Brichta – S. 76; - / dpaweb, Maurizio Gambarini – S. 154; - / EPA, Abir Abdulla – S. 160; - / EPA FILES, Georgi Licovski – S. 154; - / EU – S. 140; - / Franck Fernandes – S. 237; - / Thomas Frey – S. 75; - / Christophe Gateau – S. 138 (2); - / André Held – S. 300; - / Heritage Images, CM Dixon – S. 84; - / Ton Koene – S. 156; - / OKAPIA KG, Germany, Günter Kiepke – S. 113; - / Kristin Palitza – S. 151; - / REUTERS, X03674, Ammar Abdullah – S. 163; - / robertharding, Robin Hanbury-Tenison – S. 112; - / Pedro Saura – S. 41; - / ZB, euroluftbild.de, Alfons Rath – S. 270; - / Zentralbild, Thomas Schulze – S. 154; Fotolia / AK-DigiArt – S. 70; - / animaflora – S. 70; - / Tylor Olson – S. 55; - / Christian Schwier – S. 55; GDKE / Landesarchäologie, Mainz – S. 271 (2); © Generaldirektion Kulturelles Erbe / Rheinisches Landesmuseum Trier, Foto: Thomas Zühmer – S. 262; GEPA The Fair Trade Company mbH, Wuppertal – S. 164; Getty Images Plus / iStock Editorial, 22kay22 – S. 197; - / iStock Editorial, Claudio Caridi – S. 225; - / iStock Editorial, geogif – S. 195; - / iStock Editorial, kmn-network – S. 208; - / iStock Editorial, thehague – S. 188; - / iStock Editorial, Vladislav Zolotov – S. 200; - / iStockphoto, ALEKSA – S. 268; - / iStockphoto, Alex – S. 204; - / iStockphoto, Anagramm – S. 130; - / iStockphoto, Andrew_Mayovskyy – S. 178; - / iStockphoto, Animaflora – S. 175; - / iStockphoto, Antonistock – S. 140; - / iStockphoto, asantosg – S. 26; - / - / iStockphoto, Markus Beck – S. 204; - / iStockphoto, bennymarty – S. 84; - / iStockphoto, beresnev – S. 152 (2); - / iStockphoto, Boarding1Now – S. 116; - / iStockphoto, boggy22 – S. 235; - / iStockphoto, Thomas Bullock – S. 197; - / iStockphoto, chat9780 – S. 149; - / iStockphoto, chris-stein – S. 184; - / iStockphoto, comzeal – S. 149; - / iStockphoto, DimoSobko – S. 146; - / iStockphoto, Disobeyart – S. 194; - / iStockphoto, doble-d – S. 142; - / iStockphoto, Balate Dorin – S. 179, 202; - / iStockphoto, DragonImages – S. 55; - / iStockphoto, drogatnev – S. 152; - / iStockphoto, DrPAS – S. 101; - / iStockphoto, Eivaisla – S. 96, 116; - / iStockphoto, fermate – S. 153; - / iStockphoto, Fotowada – S. 194; - / iStockphoto, golfcphoto – S. 146; - / iStockphoto, graphicsdunia4-you – S. 140; - / iStockphoto, Irina Iglina – S. 152; - / iStockphoto, InnaFelker – S. 237; - / iStockphoto, itsdesignnet – S. 152; - / iStockphoto, jenoche – S. 121; - / iStockphoto, jf – S. 209; - / iStockphoto, Tinnakorn Jorruang – S. 130; - / iStockphoto, kadmy – S. 70; - / iStockphoto, Kerkez – S. 149; - / iStockphoto, Kesu01 – S. 194; - / iStockphoto, Koldunov – S. 130; - / iStockphoto, Rainer Lesniewski – S. 35; - / iStockphoto, Larysa Lyundovska – S. 202; - / iStockphoto, MicrovOne – S. 152; - / iStockphoto, monkeybusinessimages – Cover, S. 171, 287; - / iStockphoto, Uwe Moser – S. 194; - / iStockphoto, MuchMania – S. 152; - / iStockphoto, Nednapa – S. 116; - / iStockphoto, NicoElNino – S. 171; - / iStockphoto, NikWaller – S. 146; - / iStockphoto, Octopus182 – S. 152 (2); - / iStockphoto, Stanislav Palamar – S. 28; - / iStockphoto, Paralaxis – S. 130; - / iStockphoto, PaulVinten – S. 218; - / iStockphoto, Pavlo Stavnichuk – S. 39; - / iStockphoto, PeterHermesFurian – S. 27; - / iStockphoto, Kamil Polak – S. 242; - / iStockphoto, kritsada phruetthiphunphisut – S. 225; - / iStockphoto, Alexander Reshnya – S. 178, 180; - / iStockphoto, Aleksandr Rybalko – S. 149; - / iStockphoto, rypson – S. 171; - / iStockphoto, scaliger – S. 200; - / iStockphoto, sculpies – S. 231; - / iStockphoto, simpson33 – S. 268; - / iStockphoto, smartin69 – S. 212; - / iStockphoto, takepicsforfun – S. 225; - / iStockphoto, ThomasSereda – S. 200; - / iStockphoto, Tinieder – S. 192; - / iStockphoto, tupungato – S. 180; - / iStockphoto, typo-graphics – S. 183; - / iStockphoto, urfinguss – S. 140; - / iStockphoto, vencavolrab – S. 198; - / iStockphoto, We-Ge – S. 12; - / iStockphoto, Alexander Wolff – S. 184; - / iStockphoto, Yarygin – S. 146; - / iStockphoto, zhaojiankang – S. 129; - / moodboard – S. 70; iStockphoto / bubaone – S. 152; - / FatCamera – S. 287; - / jaroon – S. 55; - / kharps – S. 223; - / Moonstone Images – S. 96; - / _Zak – S. 152; Archäologie & Münzkabinett / Universalmuseum Joanneum GmbH, Foto Sarah Kiszter – S. 108; Kindernothilfe e. V., Duisburg – S. 160; Julian Kümmerle, Ditzingen – S. 264; Landesmuseum Natur und Mensch, Oldenburg – S. 109; LUDWIGGALERIE Schloss Oberhausen – S. 298; From The Greek World, first published in 1987 by Kingfisher Publications, an imprint of Pan Macmillan. Reproduced by permission of Macmillan Publishers International Limited / Illustrator Kevin Maddison. Copyright © Macmillan Publishers International Limited 1987 – S. 88; Mauritius Images / Alamy Stock Photo, Sabena Jane Blackbird – S. 101; - / Alamy Stock Photo, Eye Ubiquitous – S. 214; - / Alamy Stock Photo, Home Bird – S. 96, 134, 140, 164; - / Alamy Stock Photo, John Keates – S. 214; - / Alamy Stock Photo, Kraiot – S. 122; - / Alamy Stock Photo, Ralf Liebhold – S. 96; - / Alamy Stock Photo, Panther Media GmbH – S. 198; - / Alamy Stock Photo, Tminaz – S. 96; - / Alamy Stock Photo, David Tomlinson – S. 198; - / Alamy Stock Photo, Universal Art Archive – S. 26; - / Alamy Stock Photo, Universal Images Group North America LLC, DeAgostini – S. 113; - / Alamy Stock Photo, Ufuk Uyanik – S. 62; - / Alamy Stock Photo, Marc Venema – S. 186; - / Christina Blum – S. 123; - / BY – S. 26; - / Roland T. Frank – S. 34; - / Günter Gräfenhain – S. 34; - / Anne-Katrin Heine – S. 118; - / imageBROKER, Manfred Bail – S. 218; - / imageBROKER, Egon Bömsch – S. 34; - / imageBROKER, Anton Luhr – S. 24; - / imageBROKER, Michael Nitzschke – S. 198; - / imageBROKER, Christian Ohde – S. 124, 134; - / imageBROKER, Ottfried Schreiter – S. 96, 116; - / imageBROKER, Valentin Wolf – S. 22; - / Catharina Lux – S. 34; - / Rene Mattes – S. 220; - / Hans-Peter Merten – S. 183, 186; - / nature picture library, Tim Laman – S. 112; - / Novarc, Hans P. Szyszka – S. 110; - / Pitopia, Beate Türk – S. 262; - / Niels Quist – S. 78; - / Udo Siebig – S. 180; - / Uwe Steffens – S. 186; - / United Archives – S. 229; - / Westend61, Carlos Hernandez – S. 171; Bodo Müller, Bartensleben – S. 261; Museum Zitadelle, Jülich – S. 105; Kartendaten © OpenStreetMap-Mitwirkende (www.openstreetmap.org) / CC-BY-SA 2.0 – S. 203; Peter Palm, Berlin – Vorsatz vorne (2), S. 23, 36, 117, 148, 182, 190, 199, 201, 210; Modellbausatz hergestellt von Pegaso Models / www.pegasoworld.com – S. 260; Fernando Vergana Pina, Santiago – S. 83; plant-for-the-planet.org – S. 96; Republik Österreich Parlamentsdirektion, Wien – S. 252; Römisch-Germanisches Museum der Stadt Köln / © Ulrich Karas – S. 42; © Saint Elmo´s Tourismusmarketing GmbH – S. 187; Save the Children / Andrew Pacuto – S. 165; Photo Scala, Florenz – S. 304; - / De Agostini Picture Library – S. 229; Thomas Schulte – S. 44 (5); Luftbild © Stadt Trier, AB 085/2021 – S. 22; Südtiroler Archäologiemuseum / www.iceman.it – S. 39; © SWR / Alexander Fischer – S. 100; ullstein bild / Lombard – S. 106; - / Schellhorn – S. 110; Universitäts- und Landesbibliothek Bonn / ULB Bonn, 2019 – S. 41; Nicolas von Kospoth, Wesseling – S. 269; © Jan Weinbecker – S. 189; World Food Programme (WFP), Berlin – S. 157; © WWF – S. 142; - / Infographic by Anita Drbohlav – S. 143; www.wikimedia.org / Karsten11, CC0 – S. 109.

Mediencodes

akg-images / Erich Lessing – S. 84, 227; Sebastian Bolesch, Berlin – S. 162; dpa Picture-Alliance / REUTERS, Sri Lankan Ministery of Defence – S. 162; - / SULUPRESS.DE, Torsten Sukrow – S. 108; - / ZB, Jens Büttner – S. 108; Fotolia / Ke Wang – S. 266; Getty Images Plus / iStockphoto, kritchanut – S. 108; - / iStockphoto, nubtis – S. 108; - / iStockphoto, photu – S. 108; - / iStockphoto, Pogonici – S. 108; - / iStockphoto, vuk8691 – S. 108, 167; Mauritius Images / Alamy Stock Photo, LatitudeStock –S. 84; - / Alamy Stock Photo, Werner Otto – S. 266; - Alamy Stock Photo, Janine Wiedel Photolibrary – S. 65; - / imageBROKER, Karl-Heinz Spremberg –S. 84; - / VIEW Pictures, Andy Stagg – S. 65; Minneapolis Institute of Art – S. 266; Bodo Müller, Bartensleben – S. 118; Peter Palm, Berlin – S. 17, 37; Terre des hommes Deutschland / Boris Scharlowski – S. 162; UNICEF Nepal / Naresh Newar – S. 162.

Europa – physisch